国家社会科学基金一般项目结项成果
（项目批准号：16BWW013）

"布鲁姆斯伯里团体"现代主义与中国文化关系研究

杨莉馨　白薇臻　著

图书在版编目(CIP)数据

"布鲁姆斯伯里团体"现代主义与中国文化关系研究/杨莉馨,白薇臻著.—北京:北京大学出版社,2022.3
（文学论丛）
ISBN 978-7-301-32906-1

Ⅰ.①布… Ⅱ.①杨…②白… Ⅲ.①比较文学–文学研究–中国、西方国家②东西文化–比较文化–研究 Ⅳ.①I0-03②G04-53

中国版本图书馆CIP数据核字(2022)第030739号

书　　名	"布鲁姆斯伯里团体"现代主义与中国文化关系研究 "BULUMUSIBOLI TUANTI" XIANDAI ZHUYI YU ZHONGGUO WENHUA GUANXI YANJIU
著作责任者	杨莉馨　白薇臻　著
责任编辑	张　冰　吴宇森
标准书号	ISBN 978-7-301-32906-1
出版发行	北京大学出版社
地　　址	北京市海淀区成府路205号　100871
网　　址	http://www.pup.cn　新浪微博:@北京大学出版社
电子信箱	wuyusen@pup.cn
电　　话	邮购部 010-62752015　发行部 010-62750672　编辑部 010-62759634
印　刷　者	大厂回族自治县彩虹印刷有限公司
经　销　者	新华书店
	650毫米×980毫米　16开本　20.75印张　330千字 2022年3月第1版　2022年3月第1次印刷
定　　价	98.00元

未经许可,不得以任何方式复制或抄袭本书之部分或全部内容。
版权所有,侵权必究
举报电话:010-62752024　电子信箱:fd@pup.pku.edu.cn
图书如有印装质量问题,请与出版部联系,电话:010-62756370

目 录

引　言 ………………………………………………………… 1

第一章　西方的中国形象与 20 世纪初的中英文化碰撞 …… 1
　　第一节　西方的中国形象：启蒙时代之前 ………………… 2
　　第二节　17—18 世纪欧洲的第一次"中国热" ………… 12
　　第三节　20 世纪初的中英文化碰撞 …………………… 24

**第二章　"布鲁姆斯伯里团体"的形成及与中国文化的亲缘
　　　　　关系** ……………………………………………… 38
　　第一节　"布鲁姆斯伯里团体"的形成与发展 ………… 38
　　第二节　"布鲁姆斯伯里团体"的价值立场及与中国文化的
　　　　　　亲缘关系 ……………………………………… 50
　　第三节　20 世纪初期中国文化进入英国的基本渠道
　　　　　　………………………………………………… 61

第三章　汉学家笔下的诗性中国：韦利与中国文化的传播
　　………………………………………………………… 74
　　第一节　韦利作为传统汉学与现代汉学的桥梁 ……… 75
　　第二节　韦利与中国文化的亲缘关系 ………………… 84
　　第三节　韦利的汉译成就与中国文化观 ……………… 96

第四节　韦利的中国文化观与英、美现代主义 …………… 107

第四章　哲学家眼里的道德中国：迪金森与罗素的东方乐园 ……… 120
 第一节　迪金森与罗素的中国情缘 …………………………… 120
 第二节　《"中国佬"信札》中理想的中国文明观 ……………… 131
 第三节　《中国问题》与现代性反思 …………………………… 141
 第四节　当"道德中国"遭遇"现实中国" …………………… 150

第五章　美学家心目中的审美中国：弗莱等的中国艺术渊源 ……… 161
 第一节　17—18世纪西方"中国热"中对中国艺术的认知 …… 162
 第二节　19世纪末—20世纪初西方对中国艺术的重新"发现"
  ………………………………………………………………… 166
 第三节　弗莱等的现代主义探索及与中国的艺术之缘 ……… 174

第六章　弗莱、贝尔对中国艺术美学的汲取与阐发（一）………… 184
 第一节　对主观表现、散点透视与平面构图的推重 ………… 185
 第二节　从"气韵生动"到韵律之美 ………………………… 197
 第三节　以"留白"作为"有意味的形式"的构成元素 ……… 208

第七章　弗莱、贝尔对中国艺术美学的汲取与阐发（二）………… 217
 第一节　从简约与抽象中发展设计的观念与结构的意识 …… 217
 第二节　追求情感与智性的和谐协作 ………………………… 228
 第三节　形式主义美学的内在悖论 …………………………… 237

第八章　作家想象中的神秘中国：伍尔夫、斯特拉齐等的中国因缘
 ………………………………………………………………… 241
 第一节　伍尔夫与中国以及中国文人的渊源 ………………… 241
 第二节　伍尔夫与凌叔华《古韵》的写作与出版 …………… 253

第三节　斯特拉齐剧本《天子：一部悲情的情节剧》中的中国想象
　　…………………………………………………………… 263
第四节　"布鲁姆斯伯里团体"其他作家与中国 ……………… 271

结论　中国作为"他者之眼" ………………………………… 278
参考文献 …………………………………………………… 295
后　记 ……………………………………………………… 312

引 言

  长久以来,不同文化之间的交流、碰撞、互相吸收与融合,是推动人类进步与世界发展的重要动力。相隔万里的东方与西方,在难以计数的探险家、旅行者、商人、外交官、传教士以及文人学者等的联结下,潜移默化地对彼此施加着重要的影响,由此编织出东西方文化交流的绚烂图景。回望中西文化交流的历史长卷,我们发现,无论是"西学东渐"还是"东学西传",中西文学——文化的发展从来都离不开从对方那里汲取的宝贵滋养。

  纵观中西文化的交流历程,西方对中国文化的两次接受热潮分别出现在17—18世纪和19世纪末、20世纪初。其中,兴起于17世纪中叶的"中国热"风靡欧洲达一个多世纪之久,使得中国瓷器、漆器、茶叶、丝绸等物品成为欧洲社会追捧的对象,中国独特的园林艺术、政治体制、以儒学为代表的道德伦理、文学创作和审美趣味也备受欧洲人的青睐。"中国风尚"从有形的器物层面,再到无形的制度、哲学与审美文化层面均给欧洲社会带来了深远的影响,成为启蒙思想家们反抗欧洲中世纪以来的宗教狂热与封建特权、建构合乎理性的近现代社会秩序的现实参照与精神向往。进入19世纪之后,随着欧洲"中国热"的逐渐回落,西方话语体系形塑的中国形象也渐入谷底。直至19世纪后期、20世纪初,因缘际会之下的西方世界重新"发现"了中国,中西文明再度发生了剧烈碰撞,西方的中国形象也随之发生了改变。此时西方的美学思潮与文学艺术正经历着从以"模仿论"为基础的现实主义与自然主义传统中脱胎换骨的重大变革,中国的多种文化艺术元素为欧美的现代主义者们提供了来自异域的助推力量。英国著名的现代主义美学与文学艺术团体"布鲁姆斯伯里团体"(Bloomsbury Group)与中国文化元素的密切关联,正是其中的突出实例。

"布鲁姆斯伯里团体"是20世纪上半叶以哲学家G. L.迪金森(Goldsworthy Lowes Dickinson,1862—1932)和伯特兰·罗素(Bertrand Russell,1872—1970),美学家罗杰·弗莱(Roger Fry,1866—1934)和克莱夫·贝尔(Clive Bell,1881—1964),作家弗吉尼亚·伍尔夫(Virginia Woolf,1882—1941)、利顿·斯特拉齐(Lytton Strachey,1880—1932)、E. M.福斯特(Edward Morgan Forster,1879—1970),汉学家阿瑟·韦利(Arthur Waley,1889—1966),经济学家梅纳德·凯恩斯(John Maynard Keynes,1883—1946),画家文尼莎·贝尔(Vanessa Bell,1879—1961)等为核心,主要由剑桥大学的精英知识分子组成的文艺美学团体。这一团体不仅在英国现代主义文艺运动中居于核心地位,亦与中国文学—文化有着不解之缘。然而,"布鲁姆斯伯里人"(Bloomsburian)的中国文化观,中国元素之于其探索现代主义美学观念与艺术实践的启示,乃至这一团体与中国的关系在西方的中国观念与形象史、中西文学—文化交流史上的特殊意义等,无论中西学界均未有深入探讨。

作为一种美学运动与文艺思潮,发轫于19世纪中叶并在20世纪20年代臻于高潮的现代主义,在人类文化史上具有重要意义。但学界传统的观点基本上以西方为本位,认为现代主义是源自西方对文艺理念、艺术技巧等的自我突破与更新,而后影响及于亚洲及其他地域。中国学者也多将现代主义视为一种由西而东的单向移植,以至习用"西方现代主义"这一表述,很少关注东方文化对现代主义的影响,以及东方世界内部原发的现代主义因素。中西文学—文化交流的史实证明,以中国元素为代表的东方文化在助推现代主义生成的过程中发挥了重要作用。中国文学艺术与美学风格通过典籍外译,博物馆、画廊及私人的中国艺术藏品的展出,商贸往来及传教等多种渠道,潜移默化地启迪了西方的文艺革新。而从更大范围来看,18世纪与20世纪是东西方文化碰撞、交融最为集中的时期,学界对文艺复兴、地理大发现与启蒙时代以降西方文化所受中国文化的影响,以及自威尼斯商人马可·波罗《马可·波罗游记》问世7个多世纪以来西方的中国形象变迁已有丰厚的史料积累与研究成果,但对20世纪以来西方知识精英如何阐释与想象中国,以及中国文化在西方文艺由传统向现代转型过程中的独特作用尚未展开深入挖掘。此外,我们即便可以看到部分梳理英、美现代主义与中国文化关联的成果,但其研究侧重主要是在文学领域,如美国东方学家费诺洛萨、意象派诗人庞德等与中国诗歌艺术的关联,而忽视了现代主义艺术美学与实验技巧对东方美学元素的借鉴。其实,从现代主义运动在西方崛起的路径来看,其实验性探索更早是体现在绘画、音乐、雕塑、建筑、芭蕾舞等艺术领域,而后再延伸到文学领域的。因此,将现代主义艺术美学的生成与发展纳入东西方文化交流的视野中进行审视,不仅能够更加准确地勾勒其生成图谱,对其中不少重要概念术语的来源与变迁,及其在文学领域中的移植与化用等,亦可以获得更加完整的观照,由此对现代主义的发展全貌有更加科学的认识。

爱德华·萨义德写道:"欧洲美学现代主义的历史论述,多数略而不谈本世纪(即20世纪)初非欧洲文化向宗主国核心的大规模渗透,尽管它们对毕加索、斯特拉文斯基和马蒂斯等现代主义艺术家发生了显然很重要的影响,对基本上自认为是由白人/西方人组成的单一社会机体本身也发生了明显的影响。"[1]所以,"要了解非殖民地化、抵抗文化和反帝文学对现代主义的贡献,就需要在视角和理解方面做出显著的调整"[2]。本书就是"在视角和理解方面"做出"调整"的尝试与努力。我们认为,现有的英国现代主义美学运动生成的历史地理学观念是过于狭窄以及欧洲中心

---

[1] [美]爱德华·W.萨义德:《文化与帝国主义》,李琨译,北京:生活·读书·新知三联书店,2003年,第345页。
[2] 同上书,第346页。

主义的。事实上,英国的现代主义运动大大得益于帝国时代的英国知识分子对帝国主义、殖民主义的反思,以及对非西方艺术产生兴趣的背景。在 1900—1940 年间,英国知识分子对早期中国艺术的发现与对历史原始主义,以及部落原始主义的兴趣交融到了一起。其中的突出代表,即"布鲁姆斯伯里团体"众多成员对中国哲学思想、伦理价值与文学艺术的共同兴趣。如美国学者帕特丽卡·劳伦斯所言:"英国的现代主义艺术家把目光投向了东方,与此同时,大量新的文化、哲学、审美体验与感受在 20 世纪初纷纷崭露头角。丽莉那双'中国眼睛'富含象征意义,是伍尔夫触及文化、政治、美学的成功写作手法,不仅暗示着英国画家融合了中国的审美观,而且暗示着欧洲现代主义甚至包括当代的对我们自己的文化和美学之'地方'(即普遍性)的质疑。于是,中国的空间被置于英国的现代主义视野内,使得围绕着这场文化运动所进行的以欧洲为中心的对话得以延伸开去。"①通过揭示中国文化的影响,我们得以重新定义英国现代主义,将之视为在包括中国思想观念与文学艺术在内的多民族文化遗产与精神资源的共同助力下,突破西方传统的一系列美学、文学与艺术运动。如此,我们才有可能实现如美国东方学家 J.J. 克拉克所期盼的,"在一个破碎的世界中寻找共同点,在充满差异与敌对的民族与教义中追寻某种真知与精神交融,探寻北川三夫所说的'统一的人性'"②的价值诉求。

有鉴于此,本书拟将现代主义视为具有跨国特征与多元文化渊源的美学运动,以英国"布鲁姆斯伯里团体"成员与中国文化的关联及对中国道德价值、美学思想的汲取为个案,深入考察中国文学—文化如何经由转换与变形而助推了英国现代主义的生成;同时,拟在西方的中国观念与中国形象演变的大背景下,在中英文学—文化交流史的框架中,认真辨析19 世纪末到 20 世纪上半叶这一特定时段,尤其是第一次世界大战前后

---

① [美]帕特丽卡·劳伦斯:《丽莉·布瑞斯珂的中国眼睛》,万江波、韦晓保、陈荣枝译,上海:上海书店出版社,2008 年,第 15 页。

② [美]J.J. 克拉克:《东方启蒙:东西方思想的遭遇》,于闽梅、曾祥波译,上海:上海人民出版社,2011 年,第 159 页。

英国知识分子对中国态度转变的内外部原因,从一个独特的角度揭示中国文学—文化参与世界文明现代性构建的重要贡献,弥补中西文学—文化关系研究中的薄弱环节。

在具体方法上,本书将综合运用比较文学形象学、译介学、影响与平行研究的基本方法,吸收中外汉学的丰富史料与成果,借鉴后殖民文化研究观念,在跨哲学、伦理学、美学、文学与视觉艺术等的宽广视域中,展开20世纪中西文学—文化研究领域这一重要但尚未有效展开的个案研究。

就与本课题相关的前期成果而言,在西方,随着"汉学"在18世纪末、19世纪初的兴起,有关中国文明进程与典章制度,17、18世纪以来欧洲的"中国热",以及中国作为文化"他者"在西方视域中的镜像变迁等方面的成果已洋洋大观,要者如 H. A. 翟理斯《中国文明》(1911)、W. 爱泼顿《华夏的周期:17—18世纪英国的中国时尚》(1951)、唐纳德·F. 拉赫《欧洲形成中的亚洲》(1971)、拉娜·卡巴尼《欧洲的东方神话》(1986)、D. E. 曼格罗《中西之间的巨大冲撞:1500—1800》(1999)、大卫·琼斯《西方社会与政治思想中的中国形象》(2001)等。然而,与本课题直接相关的成果仅见下列数种:中国台湾学者林秀玲提交芝加哥大学的博士学位论文《重审英国现代主义:与中国艺术的遭遇》(1999)追踪了英法联军和八国联军劫掠、火烧圆明园及颐和园的清室皇家收藏所造成的中国艺术的西传,及其在19世纪下半叶和20世纪对西方现代艺术发展产生的巨大影响;美国学者帕特丽卡·劳伦斯的《丽莉·布瑞斯珂的中国眼睛:布鲁姆斯伯里、现代主义与中国》(2004)考察了"布鲁姆斯伯里团体"作家伍尔夫、朱利安·贝尔、E. M. 福斯特等与中国作家凌叔华、徐志摩、萧乾等的交往或联系,讨论了"布鲁姆斯伯里人"与"新月派"作家群落间的文化因缘;埃里克·哈约特的论文《伯特兰·罗素的中国之眼》(2006)分析了罗素的中国文化观对"布鲁姆斯伯里团体"思想的影响。

在中国,改革开放以来亦有多种有关中国文化外传的著作出版,如王漪《明清之际中学之西渐》(1979)、朱谦之《中国哲学对于欧洲的影响》(1985)、马祖毅、任荣珍《汉籍外译史》(1997)、张国刚、吴莉苇《中西文化关系史》(2006)等。范存忠先生早在20世纪30年代即于哈佛大学完成以18世纪中学西渐为主题的博士学位论文,中文本后以《中国文化在启蒙时期的英国》(1991)为题出版。张弘《中国文学在英国》(1992)、卫茂平《中国对德国文学影响史述》(1996)、葛桂录《中英文学关系编年史》(2004)、钱林森《光自东方来——法国作家与中国文化》(2004)、姜智芹《傅满洲与陈查理——美国大众文化中的中国形象》(2007)等,考察了中国文学对英、德、法、美文学—文化的影响。任继愈、张西平先后主编的《国际汉学》,阎纯德主编的《汉学研究》,葛兆光主编的《清华汉学研究》和中国台湾汉学研究中心主编的《汉学研究通讯》等,以及阎纯德、吴志良主编的"列国汉学史书系"之《英国汉学史》(2007)、《英国19世纪的汉学史研究》(2009)和《唐诗西传史论——以唐诗在英美的传播为中心》(2009)等,也提供了中英文学—文化关系的丰富史料。进入21世纪,国内还推出了不少研究西方中国形象的著作,如姜智芹的《文学想象与文化利用:英国文学中的中国形象》(2005)对迪金森与罗素的中国文化观进行了分析;周宁的《天朝遥远:西方的中国形象研究》(2006)在西方现代性精神结构中梳理了7个世纪以来西方的中国形象,考察了其生成演变的意义及参与构建西方现代性经验的过程与方式;赵毅衡的《对岸的诱惑:中西文化交流记》(2007)提供了有关20世纪中英文学关系的鲜活资料;黄丽娟的《构建中国:跨文化视野下的现当代英国旅行文学研究》(2013)探讨了现当代英国旅行文学中的中国形象。在论文方面,程章灿的《魏理与布卢姆斯伯里文化圈交游考》(2005)、《东方古典与西方经典——魏理英译汉诗在欧美的传播及其经典化》(2007)、《魏理与中国文学的西传》(2013)、《与活的中国面对面——魏理与中国文化人的交往及其意义》(2015),以及包华石的《中国体为西方用:罗杰·弗莱与现代主义的文化政治》(2007)等,均以具体个案为本课题研究提供了参考。

本书总体篇章结构如下:

"引言"提出深入考察"布鲁姆斯伯里团体"现代主义运动与中国文化元素的关系这一课题的学术意义;简略回顾与课题相关的前期研究现状

与本课题的主要研究方法;说明本书的基本结构与各章主要内容。

第一章"西方的中国形象与20世纪初的中英文化碰撞"将主要回溯与梳理西方的中国形象与中国观念形成、发展与演变的脉络,努力在中西文化—文学交流的框架中,为本书的研究主旨提供一个历史的框架与背景。作为一种知识与想象体系,西方的中国形象折射出西方人反观自身的"镜像"。中国形象在启蒙时代前的数世纪中曾在西方社会的现代性期盼中被乌托邦化。随着启蒙运动以来欧洲社会的现代转型,中国逐渐作为停滞、专制、野蛮或半野蛮的否定性形象,成为西方实现自我认同、巩固现存观念秩序并为殖民主义提供意识形态支持的"他者"。19世纪中叶之后,伴随着对西方现代性话语的核心价值科学、理性与进步的质疑,人们再度将目光转向了东方,世界大战的惨烈后果更是摧毁了资本主义意识形态的过度自信。知识分子在自我反思与批判中开始了对中国文化价值的重新"发现"。

第二章"'布鲁姆斯伯里团体'的形成及与中国文化的亲缘关系"拟在回溯"布鲁姆斯伯里团体"形成与发展历史的基础上,说明以 G. L. 迪金森、伯特兰·罗素、阿瑟·韦利、罗杰·弗莱、克莱夫·贝尔、弗吉尼亚·伍尔夫、利顿·斯特拉齐等为代表的布鲁姆斯伯里知识精英所秉持的价值立场,以及他们与中国文化的亲缘关系,同时梳理20世纪初年中国文化艺术品进入英国的背景与基本渠道。作为第一次世界大战前后伦敦最特立独行的人文知识分子,"布鲁姆斯伯里人"对以哲学家 G. E. 穆尔的《伦理学大纲》为基础的现代剑桥人文主义思想精华兼容并包,尊重智性,崇尚真善美,呼唤宽容、诚实的伦理价值。他们坚守反战立场,对物质主义和殖民主义高度警觉,向往古老中国代表的人性;中国古典文学与视觉艺术所体现出来的美学原则与形式特征,亦与其形式美学追求高度契合。

第三章"汉学家笔下的诗性中国:韦利与中国文化的传播"将聚焦于20世纪初年英国最伟大的汉学家阿瑟·韦利,探讨他的汉学译介与研究造诣作为英国传统汉学向现代汉学转型的路标与转折点的重要意义,梳理他与中国文化的亲缘关系,其汉学成果与中国文化观念以多种交游网络对英、美现代主义文艺运动产生的影响。作为东方学家,韦利将一生奉献给了中日文学—文化的译介和研究,成为中国文化元素进入"布鲁姆斯伯里团体"现代主义文艺群落的重要桥梁。

第四章"哲学家眼里的道德中国:迪金森与罗素的东方乐园"拟在梳理先后于1913年和1920年来华访问的历史学家、哲学家迪金森和罗素与中国的情缘的基础上,分析其各自著作《"中国佬"信札》中理想的中国文明观和《中国问题》中的现代性反思。义和团运动使中国成为西方的新闻热点后,迪金森出版了《"中国佬"信札》,将中国描绘成智慧、宁静、淳朴的人间乐园,批判了贪婪掠夺的"没落"西方;罗素游学中国后写下《中国问题》,亦通过中西文明的对比,赞美了中国人乐观旷达的人生态度、和平为本的淳朴观念,将中华文明视为拯救西方工业主义对人文主义的侵蚀、世界战争对人类文明的戕害的希望。两位哲人均强调了中国文化的道德价值对反思西方文明弊端的参照意义。

第五章"美学家心目中的审美中国:弗莱等的中国艺术渊源"将首先回顾17—18世纪西方的"中国热"中认知中国艺术的特点,比较其与19世纪末、20世纪初西方的"东方文艺复兴"的差异,在此基础上说明弗莱与他的美学同道的现代主义探索,及其在此过程中与中国艺术等的相遇。以罗杰·弗莱和克莱夫·贝尔等为代表的"布鲁姆斯伯里团体"现代主义者以开阔的世界主义眼光接纳了包括中国、拜占庭帝国、南美洲和非洲等国家和地区在内的非西方艺术。由于它们很难以文艺复兴以来的西方标准加以阐释,因此修正自身的艺术标准,以形式之美跨越文化鸿沟,成为弗莱和贝尔进入"他者"文化、理解世界艺术的便捷入口。

第六章"弗莱、贝尔对中国艺术美学的汲取与阐发(一)"与第七章"弗莱、贝尔对中国艺术美学的汲取与阐发(二)"将主要从六个方面,论述以弗莱、贝尔为代表的"布鲁姆斯伯里团体"美学家如何具体借鉴了中国古典艺术的美学原则,使之成为西方现代主义形式美学观念形成的重要资源。弗莱和贝尔从形式审美的视角观照中国艺术,同时又从西方文学艺术变革的需要出发,再度阐发了中国艺术。他们的借鉴与阐发,具体体现在对艺术作品主观表现、散点透视与平面构图的推重,对线性艺术的韵律之美的嘉许,对"留白"的重视,对设计的观念与结构的意识的强调,以及对艺术创造过程中有机平衡智性与情感关系的肯定等。伍尔夫、福斯特等则在一定程度上又将上述原则平移至小说理论与实践领域,成为中国文化元素助推现代主义文艺运动的重要案例。

第八章"作家想象中的神秘中国:伍尔夫、斯特拉齐等的中国因缘"则聚焦于"布鲁姆斯伯里团体"作家,梳理他们与中国文化,以及当时的中国知识分子群体的不解之缘。通过朱利安·贝尔,弗吉尼亚·伍尔夫不仅与中国现代女作家凌叔华锦书往还,亦以同处战时、惺惺相惜的女作家的身份激励与帮助了凌叔华自传体小说《古韵》的写作。《古韵》后来在伍尔夫夫妇创办的霍加斯出版社的出版,成为20世纪中英文学交流史上的一段佳话。传记大师利顿·斯特拉齐以中国晚清宫廷生活为题材的剧本《天子:一部悲情的情节剧》真实呈现了义和团运动与八国联军侵华时期中国社会的紧张氛围,其对东方文化景观的想象,亦体现了斯特拉齐作为西方作家对"他者"文化的矛盾立场;小说家、诗人与散文家哈罗德·阿克顿、W. H. 奥登和衣修伍德等均亲身到访中国,以不同的方式书写了遥远东方的神秘中国。

"结论:中国作为'他者之眼'"将进一步概括本课题的研究价值,指出其在研究观念、研究立场与具体方法方面或可为中外文化—文学关系研究带来的几点启示,补充说明与本课题相关的几个问题。"布鲁姆斯伯里团体"现代主义运动与中国文化元素的关系表明,中国文学—文化在参与反思西方社会现代性与建构审美现代性两方面均具有不可或缺的作用。中国不仅在漫长的人类文明史上做出过重大贡献,进入20世纪之后同样在道德与审美等不同维度上为西方文明对现代性的审视提供了不可或缺的参照。

第一章 西方的中国形象与20世纪初的中英文化碰撞

一般而言,一国有关他国形象的文学呈现,会随着双方各自的社会发展进程、力量对比与彼此需要等而发生动态的改变,受到多种因素的制约与影响。这既是一种真实的知识,同时也是一种想象与建构。如法国学者布吕奈尔所言:"形象是加入了文化的和情感的、客观的和主观的因素的个人的或集体的表现。任何一个外国人对一个国家永远也看不到像当地人希望他看到的那样。这就是说情感因素胜过客观因素。"①"形象是神话和海市蜃楼——后一个词充分表达着不可抗拒的诱惑力,它唤醒和激起我们不受冷静的理性控制的好感,因为这种诱惑力只不过是我们自己的梦幻和欲望的喷射。"②

具体到中西方关系,作为一种既是知识、亦为想象的体系,西方的中国形象映射的是西方人反观自身的"镜像"。在启蒙时代到来之前的数个世纪中,中国形象曾在西方社会对现代性的期盼中被乌托邦化了。恰如法国形象学家达尼埃尔-亨利·巴柔所言:"作为二律背反的西方,东方就是西方的反面:那里没有

---

① [法]布吕奈尔等:《形象与人民心理学》,张联奎译,见孟华主编:《比较文学形象学》,北京:北京大学出版社,2001年,第113页。
② 同上书,第114页。

理性,却有激情、神奇和残酷,没有进步或现代化,不是身边的日常生活,而是迷人的远方,是逝去的花园或重新发现的天堂……"①之后,随着启蒙运动以降欧洲社会的现代转型,中国逐渐变成停滞、专制、野蛮或半野蛮的否定性形象,成为西方映衬自我强大、强化民族认同、巩固现存秩序并为其海外扩张提供意识形态话语支撑的"他者"。然而,在19世纪中期,特别是在进入20世纪之后,人们开始对西方现代性话语的核心价值——科学、理性与进步等产生怀疑,于是再度将目光转向了遥远的东方,以探寻道德观念与美学层面的启示与滋养。两次世界大战的惨烈后果更是摧毁了西方资本主义意识形态的盲目自信,部分知识分子在自我反思中开始了对中国文化价值的重新"发现"。

第一节 西方的中国形象:启蒙时代之前

纵观中西文化交流的漫长旅程,我们发现,早于亚历山大时代,中国便以"赛里斯"之名被欧洲文献所记载,彼时西方有关中国的描述还多是缥缈虚幻的东方传说。但公元前4世纪亚历山大大帝的东征促成了一个横跨欧亚非三洲的帝国的产生,第一次将遥远的东方和西方连接了起来,自此拉开了中西文化交流的序幕。其间,中西方虽通过丝绸之路以及中亚、西亚等地区进行贸易来往,但现实交流却不多见。直到公元13世纪,中国才经由西方旅行者和探险家的游记进入西方人的视野。尽管他们有关中国的叙述中存在编造、夸张和不无荒诞的成分,但的确构成了西方话语体系中的中国形象之起点。

13世纪是中西方开始文学—文化交流的重要时期,这一点已得到国内外学者的公认。由成吉思汗率领的蒙古大军在1218年至1260年间接连发动3次西征,最终将蒙古帝国的疆域拓展到西亚,形成了横跨亚欧大

---

① [法]达尼埃尔-亨利·巴柔:《形象》,孟华译,见孟华主编:《比较文学形象学》,北京:北京大学出版社,2001年,第181页。

陆的庞大帝国。1271年,忽必烈建立元朝,开始其近百年的统治。元朝定都的大都(今北京),可谓当时世界上最雄伟的都城之一。随着元朝的建立,中国与欧洲的交往也进入新的纪元。就沟通渠道而言,元朝因征战所开辟的陆路交通畅通无阻,"驿站遍设势力所及地区,削除了中西交通道路上的此疆彼界,疏通了丝绸之路古道,增辟了新的驿道,开辟了'欧亚草原向世人敞开的唯一的一个世纪'"①;就民族迁徙而言,"蒙古三次西征以后,欧洲民族有过大规模的迁徙,蒙古统治者挟持军事上的胜利,曾将大批被征服者迁徙到东方"②。

大规模的迁徙使得"不仅堂堂使节东西往来如织,还有不计其数的不知名的商人、教士,以及随军的人,也络绎地往来"③,文明间的交流与融合因此一步步走向深入。在物质方面,中国华美的丝绸、精巧的瓷器等被源源不断地运往欧洲,西方的木棉、玻璃、香料等物品也传入中国;在生产技术方面,中国先进的汲水技术,以及蕴含着无穷智慧的指南针、印刷术和火药及其制造技术在欧洲传播,对西方乃至整个世界的发展产生深远的影响;在宗教文化方面,元朝的中西方使节来往甚为活跃。其时基督教分支之一的景教已传入中国数个世纪,并在元朝成为全国流行的宗教之一。1278年,以景教徒列班·扫马(Rabban Sauma)为团长的元朝使团踏上了前往西方的旅程,他们不仅受到法国国王的隆重接待,甚至还于1287年在法国西南部的加斯克尼(Gascony)拜见了英国国王爱德华一世,而"这或许能当作是中国和英国在外交上的第一次接触"④。归国后,扫马创作了《旅行记》,记载了自己在欧洲的所见所闻。与此同时,罗马教廷也出于阻止蒙古西进的目的,自1245年起数次派遣多个使团到访中国,其中,柏朗·嘉宾、阿西林、鲁布鲁克等使节最为著名,但他们最终并

---

① 李云泉:《蒙元时期驿站的设立与中西陆路交通的发展》,载《内蒙古社会科学(文史哲版)》,1995年第2期,第60页。
② 沈福伟:《中西文化交流史》(第2版),上海:上海人民出版社,2006年,第203页。
③ 转引自马肇椿:《中欧文化交流史略》,沈阳:辽宁教育出版社,1993年,第33页。
④ 葛桂录:《中英文学关系编年史》,上海:上海三联书店,2004年,第3页。

未达成自己出访的目的。不过,其记述东行的文字却成为欧洲人了解东方的重要资源,要者如柏朗·嘉宾的《蒙古行纪》(1247)和鲁布鲁克的《鲁布鲁克东行记》(1255)等。在元朝建立之后,罗马教廷又分别于1289年、1316年派遣两位方济各会士若望·孟高维诺(John of Montecorvino,1247—1328)和鄂多立克(Odoric of Pordenone,1286? —1331)前往中国。其中,鄂多立克在传教时遍游中国,亲身感受了中国的地理风貌和民俗风情。因此在归国之后,他撰写了著名的《鄂多立克东游录》(1330),以优美细腻的笔调描写了中国地域广袤而繁华美丽的景象,为欧洲人了解中国开了一扇明窗。

就西方而言,这一时期是欧洲在思想上挣脱中世纪基督教严苛律令的束缚,走向现代社会的重要的过渡时期,人文主义思想在此时悄然萌发,并最终于启蒙时期盛放;在经济上,欧洲则逐渐摆脱封建社会的传统经济观念与模式的束缚,向往并追求世俗社会的繁荣,商业贸易日渐昌盛,资本主义城市经济出现,并"瓦解着中世纪教会政教一统化的权威地位,欧洲孕育着现代思想和现代精神的萌芽"①。在此背景下,多种关于中国的游记,向西方社会勾画出一个遥远神秘、幅员辽阔、物产丰饶的传奇国家。这种对中国传奇式的描写说明两个问题,其一是侧面说明中国当时的强盛与富饶;其二则暗示着处于社会转型期的欧洲,出于摆脱宗教束缚与中世纪愚昧的目的,对一个社会稳定、秩序严明、商贸发达、物产丰富的世俗乌托邦的向往与艳羡。因此,当《马可·波罗游记》于1298年出版后便迅速风靡整个欧洲,甚至被称为"世界一大奇书";1357年,英国史上第一部想象性游记《曼德维尔游记》出版,亦在西方引发了轰动。其余由传教士、探险家和旅游者所写的书简、游记中也多对中国有所描写,但影响最大的莫过于上述两部。其中,《马可·波罗游记》系统介绍了中国的地理、物产、交通、技术、社会、民俗等内容,尤其用夸张的语言描绘了汗

---

① 黄丽娟:《构建中国:跨文化视野下的现当代英国旅行文学研究》,北京:中国社会科学出版社,2013年,第17页。

八里的奢华和大汗的威严。相较之下,《曼德维尔游记》则更具有传奇色彩,中国在作者的笔下是世界上最强大、最金碧辉煌的国家。这些早期的游记用掺杂着想象的笔触,构建起中国在欧洲人心中的早期形象。总之,"西方文化中最初的中国形象,是传奇化的、世俗乌托邦化的'大汗的大陆'"①,而欧洲人被带到亚洲深处,"此时欧洲关于亚洲的知识,已经在欧洲酝酿一场革命"②。

1368年明朝建立后,由于中亚地区的战乱与明朝偏于保守的外交政策,繁华的中西陆上交通在明朝中期日益沉寂下来。与之相应的是中西的海路联系也趋于闭塞,其原因亦是明初对海外贸易实施限制。明朝的"海禁"直到1567年才得以终止,这期间郑和于1405年开始七下西洋的征程,有力地促进了东西方的物质文化交流,但陆路、海路交流的双重限制还是严重阻遏了中西文化间的交流,也使中国缺席了世界航海大发展的重要机遇。

反观此时的西方,却是另一番景象:14世纪至16世纪是西方在政治、经济、宗教、哲学、文学、艺术、科学等领域发生剧烈变革的关键时期。首先,"频繁的战争不断撼动中世纪教会的权威,世俗人文精神如雨后春笋般涌出,文艺复兴的春风迅速地吹遍欧洲大地"③。欧洲文艺复兴的思潮从意大利发源,很快便在欧洲大陆的各个角落掀起思想观念和文学艺术上的革新热潮。在中西文化交流中则体现为对世俗中国的称颂,对其政治制度的褒扬。其次,自14世纪以来,西方进入地理大发现、航海大发展的时代。除了葡萄牙、西班牙这两个海上强国外,到了16世纪后期,欧洲各国也纷纷加入探索与开发海洋、开辟新航线与争夺殖民地的角力。1492年意大利航海家哥伦布在西班牙王室的资助下开始自己的探索之

---

① 周宁:《天朝遥远:西方的中国形象研究》,北京:北京大学出版社,2006年,第14页。
② 周宁:《总译序》,见[美]唐纳德·F.拉赫:《欧洲形成中的亚洲》(第一卷第一册[上]),周云龙译,北京:人民出版社,2013年,第7页。
③ 黄丽娟:《构建中国:跨文化视野下的现当代英国旅行文学研究》,北京:中国社会科学出版社,2013年,第24页。

旅,并发现新大陆;1488年葡萄牙航海家迪亚士又找到从大西洋进入印度洋的通道;1498年葡萄牙圣地亚哥骑士团首领瓦斯科·达·伽马及其舰队完成航行,抵达印度的卡利卡特;1513年葡萄牙人欧维士到达广东沿海,是可考据最早来到中国的葡萄牙人;1519年葡萄牙航海家麦哲伦在西班牙政府的支持下开始环球航行。西方进入"航海大发展"时代的原因众多,如西方经久不衰的远征传统、航海技术的进步、对贸易财富的渴望、人文主义思想及知识的影响等。其结果也显而易见,即西方开始了对外扩张和殖民主义的历史进程,中国被拉入现代世界体系的形成中,以文化"他者"的身份介入了欧洲自身现代性的形成历程。此时,"中西文化交流的内涵,也从前一时期伊斯兰等文明与中国文明的交流,转变为欧洲基督教文明与中国文明的交流"①。最后,16世纪开始于欧洲的宗教改革运动使得欧洲各国纷纷摆脱了对罗马教廷的依赖,一方面天主教的精神束缚被打破,为资本主义的发展扫除了障碍;另一方面在地理大发现、航海大发展的时代契机下,罗马教廷将目光投向遥远的东方,大批传教士怀着教化中国民众,传递上帝福音的目的来到中国,不但成为中西文化间最重要的使者,也构成西方殖民扩张势力的一个重要方面。

凡此种种,为17、18世纪中西文化—文学交流达到历史上的第一个高潮期奠定了基础。1637年6月,英国人约翰·威德尔船长率领的第一支船队抵达广州,标志着中英商贸关系正式揭幕。法国汉学家安田朴在其《中国文化西传欧洲史》中写道:"1700年标志着欧洲和中国文化交流关系史上的一个决定性时刻。在此之后,直至法国大革命,在欧洲有关中国人、中国的圣贤和中国最杰出的圣贤孔夫子的议论轰动一时。"②

进入17世纪,天主教修会之一耶稣会士的活动成为欧洲与中国文化发生接触的主要桥梁。耶稣会由西班牙贵族圣依纳爵·罗耀拉(Ignatius of Loyola,1491—1556)于1534年在巴黎大学创立,其中国传教区的建立

---

① 何芳川、万明:《古代中西文化交流史话》,北京:中国国际广播出版社,2010年,第105页。
② [法]安田朴:《中国文化西传欧洲史》(上册),耿昇译,北京:商务印书馆,2013年,第47页。

则可上溯至1583年意大利人罗明坚（Michele Ruggieri，1543—1607）以及利玛窦（Matteo Ricci，1552—1610）进入广东肇庆。而直到1800年，天主教传教士便不再入华。不同于前期令人眼花缭乱的东方传奇游记，以耶稣会士为代表的传教士大多在中国生活多年，所以他们的著作不仅以相对客观、翔实、细腻的笔触介绍了中国的辽阔与富足，还深入阐释了中国的哲学与文化典籍，代表人物有沙勿略、范利安、罗明坚、利玛窦等。其中，利玛窦在中国传教二十多年，以汉语出版多篇译述作品，在当时影响颇大。其在身后出版的著作《利玛窦的中国札记》向欧洲社会介绍了一个更为真实的中国。更难能可贵的是，他在对中国文化的书写中，已跨过对器物、财富的肤浅赞扬，而转向对中国的政治制度、道德体系、哲学思想的关注，标志着西方对中国认识的日益深入。1667年，被誉为"最后一位文艺复兴人物"的德国耶稣会士基歇尔（Athanasius Kircher，1602—1680）出版了拉丁文本的《中国图说》（China Illustrata）。虽然他从未到过中国，却通过与世界各地传教士的广泛书信往来，获得了关于中国的丰富信息，加之自身的想象，描摹出大约五十张图画作品，进一步激发了欧洲人对神秘中国的兴趣和感性认识。

1687年，比利时耶稣会士柏应理（Philippe Couplet，1623—1693）所编的《中国哲学家孔子》（Confucius Sinarum Philosophus）于巴黎出版，涵盖了耶稣会士来华后约一百年间对《四书》及中国哲学的研究成果。自1583年起，《四书》便一直是来华传教士学习中文的基本教材之一。1594年，利玛窦译出了《四书》的部分章节；后来，第一位来华的法籍耶稣会士金尼阁（Nicolas Trigault，1577—1628）提到，利玛窦的《四书》译本已成为当时来华的欧洲传教士学习中文的通用版本。1624年，耶稣会中国传教区副省会长李玛诺（Emmanuel Diaz Senior，1559—1639）在有关传教士来华的四年制"课程计划"中，再次明文规定传教士要学习《四书》和《尚书》。1662年，耶稣会士郭纳爵（Inacio da Costa，1603—1666）和他的学生殷铎泽（Prospero Intorcetta，1626—1696）又共同推出了译文选编《中国智慧》（Sapientia Sinica），包括两页的孔子生平介绍、十四页的《大学》和七十六页的《论语》部分章节，由五位耶稣会士对这些译文进行校对，成为第一本中文与拉丁文双语的译文选。后来殷铎泽又翻译了拉丁文本的《中庸》，以《中国政治伦理知识》(Sinarum Scientia Politico-Moralis, 1668—1669)为标题。

1666年，殷铎泽又在广州召集了三位耶稣会士，花了整整三年时间对其他的中国经典进行翻译，并开始在文中加上解释性的译文。因此，这些译文已不再仅仅是单纯的语言教材，而是具有更高学术研究价值的译本。最终，他们完成了《大学》《中庸》和《论语》的翻译，而篇幅较长的《孟子》被迫放弃了。1671年，译好的文稿被寄到罗马。1687年，柏应理主持推出的《中国哲学家孔子》除了上述《大学》《中庸》《论语》的拉丁语译文外，还包括柏应理本人撰写整理的《致路易十四世书信》和《中华帝国年代表》两种，以及殷铎泽所写的《孔子传》和殷铎泽、柏应理合著的《前言》。这部合集通过对儒家经典的翻译、介绍与阐释，向欧洲社会传递了中华民族是一个崇尚理性的民族的重要信息。在《孔子传》的前面，柏应理还附上了一幅传教士创作的孔子画像。作为出现在西方人面前的第一个孔子形象，这幅画像着力传递了一位学识渊博的东方智者与哲学家的信息。1688年，《中国哲学家孔子》的摘要被译成法文，标题为《中国哲学家孔子的伦理学》；1691年，这些摘要又从法文被转译为英文，影响力进一步扩大。

关于本时期中西文化交流的背景、特点与耶稣会士在其中所发挥的作用，中国学者张西平认为："耶稣会来华的欧洲正处在启蒙时代，那是一个渴望新思想、新文化的时代，那是一个已经开始厌倦神父们的祈祷的时代，那是一个必须为不断发现的新大陆和不断发现的大自然找出根据的时代。耶稣会传教士们给欧洲展示了一个清新、神奇、异质而又有着自己优良传统的中国，哲学家们在《耶稣会中国书简集》中获得灵感，思想家们在耶稣会传教士描述的中国这里看到榜样。作为'他者'的中国成为变化中的欧洲的'乌托邦'，正像当代法国学者所说的，这部书'部分地造就了18世纪的人类精神面貌。它们出乎了其作者和巴黎的审查官们的意料，为哲学家们提供武器,传播他们所喜欢的神话并为他们提供了楷模。正如我们后来所看到的那样,中国皇帝甚至变成了开明和宽容的专制君主的典型,中国的制度成了一种农业和宗法的君主政体,经过科举制而选拔的官吏是一批真正的出类拔萃者、千年智慧和哲学宗教的占有者。这样一来,入华耶稣会士们便从遥远的地方,甚至是从非常遥远的地方不自觉地参与了对法国社会的改造'。"①

而之所以17—18世纪的耶稣会士们愿意将中国塑造为一个"乌托邦",本质上缘于其为达传教终极目标而采取的文化适应政策。"为了让欧洲相信他们有可能将中国基督教化,他们宣扬一种正面的中国人形象,把他们塑造成一个生来就有礼有德、进步繁荣的民族,治国君主睿智通达,朝廷谏臣都是智者贤士。中华民族只缺少基督教的光辉指引他们去了解极乐世界。他们的作品一时间遍布了欧洲,一个关于中国的真正的神话由此产生。"②在欧洲新兴资产阶级反抗封建专制与神权统治、争取精神自由的斗争中,这一"神话"成为以法国启蒙运动的泰斗伏尔泰等为代表的一批欧洲文人学士反抗专制压迫的思想武器。

综上,耶稣会士为寻求罗马教廷支持和完成传教使命,对中国道德伦理、政治体制、哲学体系等均进行了美化,向西方社会传递了积极正面的中国文化观,对17—18世纪欧洲第一次"中国热"的生成产生了直接的影响,从本质上说反而削弱了欧洲基督教权对人民的精神控制。如英国汉学家雷蒙·道森所指出的,耶稣会士有关中国的记述不仅对欧洲的政治思想,而且对欧洲的宗教思想都产生了很大影响:"不仅从中国,而且从世界各个角落,都传来了有关为欧洲影响所不容的道德乃至卓越文明的消息。这些记述更激发了人们对当时社会和道德环境的普遍不满,造就了一种新的文学形式,即记述幻想中的旅行的文学,其中产生于作者心目中的习俗与制度被归之于遥远地区的居民。……这一新的证据表明,教会

---

① 张西平:《东西流水终相逢》,北京:生活·读书·新知三联书店,2010年,第267—268页。
② [法]米丽耶·德特利:《19世纪西方文学中的中国形象》,罗湉译,见孟华主编:《比较文学形象学》,北京:北京大学出版社,2001年,第242页。

并未能专擅美德,反而因人们对教会史上一直构成污点的宗教战争和教义之争的厌恶以及新的对基督教基本信条持敌对态度的邪说的出现而进一步受到冲击。它赋予自然神论者以力量,他们鼓吹自然宗教并辩称,既然不必有启示,因而基督教徒就不具有优越地位。因为现在在中国存在着一个他们正在理论上倡导的东西的活的例证。"①

在此背景下,欧洲文学中的中国及中国人形象不断丰富,自16世纪末起,英国文学中涉及中国的内容也逐渐变多。1576年,英国实施"契丹计划",但并未成功;1587年,英国著名的戏剧家克里斯托弗·马洛的《帖木儿大帝》公演,在伦敦引起轰动;1591年,英国终于取得东方航海权,有关中国的信息源源不断地从海上而来,为英国作家的创作提供了更为丰富的素材。散文家弗朗西斯·培根,戏剧家本·琼生和威廉·莎士比亚,以及诗人约翰·弥尔顿均曾在各自的创作中零星提到中国抑或是"契丹"。1621年,英国学者罗伯特·伯顿在其著作《忧郁的解剖》中甚至指出中国文明是治疗欧洲忧郁症的良方,这与启蒙时期和20世纪初期的部分西方学者对中国文明的正面评价已十分接近。此外,数本有关中国的汇编或专著在欧洲出版,其中最权威的当属由西班牙奥古斯丁会士门多萨编撰的《中华大帝国史》。该著"塑造了一个完美、优越的中华帝国形象,为此后两个世纪欧洲的'中国崇拜'提供了一个知识与想象、评价与批判的起点,一个逐步将大中华帝国形象理想化的起点"②。因此,在文艺复兴运动和宗教改革时期,中西文学—文化间的交往更为直接、密切与复杂,因为"古典时代的发现和东方的发现是彼此相关的事件,不仅仅因为它们同时传播,还因为它们既共同动摇了我们对于传统的态度,又促使知识向着我们所谓的'现代转向'"③。

---

① [英]雷蒙·道森:《中国变色龙:对于欧洲中国文明观的分析》,常绍民、明毅译,北京:时事出版社、海南出版社,1999年,第80页。
② 周宁:《天朝遥远:西方的中国形象研究》,北京:北京大学出版社,2006年,第55页。
③ [美]唐纳德·F.拉赫:《欧洲形成中的亚洲》(第一卷第一册[上]),周云龙译,北京:人民出版社,2013年,第105页。

当欧洲意识到有一个独立于自身之外的灿烂文明存在于远方,必定会在政治、思想与文化等多方面产生强有力的冲击。其时,法、英等国的启蒙运动正在逐渐展开。1688年,英国通过"光荣革命"确立了君主立宪政体;进入18世纪,法国封建贵族和资产阶级两大对立阵营的力量对比有了新变化,中和均衡状态被打破。自18世纪20年代开始,法国新兴资产阶级展开了继文艺复兴运动之后第二次反教会神权和封建专制的思想文化运动。这一运动追求政治和学术思想的自由,提倡科学技术,把理性推崇为思想和行为的基础,倡导以近代哲学、文学艺术和科学精神的光辉照亮被教会和贵族的迷信与欺骗所造成的愚昧落后的社会,恢复理性的权威,这就是反对贵族特权、门第观念、社会不平等、宗教狂热,倡导自由、人权、平等、博爱、共和国等理念的轰轰烈烈的启蒙运动。"由于儒家文化,从根本上来说是'治国理政'的道德文化、伦理文化、政治文化,加之它的理性精神,它便因此而成为18世纪欧洲作家批判神学、张扬理性的战旗,与资产阶级推翻中世纪封建神权统治,确立资产阶级秩序的政治需求相适应。于是,西渐的儒学便适逢其会,成为那时代的作家和思想家借用的精神力量。"[1]如法国汉学家安田朴所言,1700年是欧洲和中国文化交流关系史上决定性的一年。"在此之后,直至法国大革命,在欧洲有关中国人、中国的圣贤和中国最杰出的圣贤孔夫子的议论轰动一时。如果说在1800年左右这种崇拜热略有低落,那么这也可说是与革命热忱同时跌落。"[2]各国来华传教的耶稣会士对中国古代经籍,尤其是儒家经典不遗余力的译介,为启蒙思想家们批判欧洲的封建专制和宗教狂热,提供了宝贵的价值参照和有力的思想武器。

---

[1] 钱林森:《前言》,见卫茂平、马佳欣、郑霞:《异域的召唤——德国作家与中国文化》,银川:宁夏人民出版社,2002年,第9页。
[2] [法]安田朴:《中国文化西传欧洲史》(上册),耿昇译,北京:商务印书馆,2013年,第47页。

第二节　17—18 世纪欧洲的第一次"中国热"

欧洲的第一次"中国热"长达约一个半世纪之久，从物质到精神层面均给欧洲社会以深刻的启迪。尽管不同国家的具体特点有所不同，但中国文化对其的影响均有浅层和深层之分①。浅层的影响首先体现在广受欧洲民众欢迎的中国(式)物品如丝织品、茶叶、屏风、漆器、瓷器、壁纸、绘画等，部分地影响了欧洲人的生活方式、审美趣味和艺术风尚。华美精致的中国物品、神秘独特的中国风格为欧洲人所喜爱，大量的仿制品在西方出现。除此之外，中国的园林艺术与建筑风格亦受到欧洲人青睐，推广中国园林的文章不断涌现，中国式园林建筑也纷纷落成，尤以英国人威廉·坦普尔（William Temple，1628—1699）、威廉·钱伯斯（William Chambers，1723—1796）的推介以及由后者建造的丘园（Kew Garden）为主要代表。② 威廉·钱伯斯于 1757 年出版专著《中国建筑、家具、服饰、机械和器皿设计》（*Designs of Chinese Buildings, Furniture, Dresses, Machines, and Utensils*）。在收录其中的一篇小论文《中国人的园林艺术》（"Of the Art of Layingout Gardens among the Chinese"）中，他认为中国园林艺术设计者"考虑园林布局就像画家在构思绘画"③。因此他所设计的丘园在建成后迥异于以法国的凡尔赛宫为代表的、讲求几何般规

---

① 许明龙：《欧洲18世纪"中国热"》，太原：山西教育出版社，1999年，第119页。
② "在18世纪时，无论东方建筑术在欧洲取得了多大的成功，但中国之热潮仍是在中国园林艺术中大获全胜。"([法]安田朴：《中国文化西传欧洲史》(下册)，耿昇译，北京：商务印书馆，2013年，第574—575页。)有关这一时期的重要著作还有 Osvald Sirén. *China and Gardens of Europe of the Eighteenth Century*. New York: The Ronald Press Company, 1950; Eleanor von Erdberg. *Chinese Influence on European Garden Structures*. Cambridge, Mass.: Harvard University, 1936; Chen Shouyi. "The Chinese Garden in Eighteenth Century England". *T'ien Hsia Monthly*. Vol. 2, No. 4 (Apr., 1936)。
③ William Chambers. *Designs of Chinese Buildings, Furniture, Dresses, Machines, and Utensils*. London: Published for the author, and sold by him next door to Tom's Coffee-House; Russel Street, Covent-Garden, 1757, p. 18.

整的主流欧式园林。英国园林设计家兰斯洛·布朗(Lancelot Brown, 1715?—1783)亦放弃了在园林里"使用轴线对称的几何构图,也不再造笔直的林荫道。他干脆连花园四周的壕沟也取消了,把花园和林园连成一片。把水面从石头砌的几何形池塘里解放出来,而用自然式的池塘和小河。所有的道路都是回环萦曲的。主要建筑物规模比较小,成了花园里普通的组成部分,不再在构图上起统率园林的作用,因此,它身旁不要建筑性的花圃,林园的榛莽一直伸展到它的阶砌之下,而并不觉得有明显的不协调"①。对中国园林美学风格的模仿,使得布朗被誉为"英国最好的造园家"。关于18世纪英国流行的中国艺术风尚,英国诗人詹姆斯·考顿(James Cawthorn,1721—1761)在一首题为《论品位》(*Of Taste*, 1756)的诗歌中写道:

> 过去我们确曾为希腊罗马而疯狂,
> 现今却从智慧的中国人那儿获得典范:
> 欧洲的艺术家们太过冷酷和简单,
> 中国文人才是人类品位的表率;
> 他们不羁的天才让天真的野趣显现
> 中国式的园林和池塘,
> 打破成规——带来异想天开的设计,
> 除去了条条框框的羁绊。
>
> 从原野和座椅开始经营中国的方案,
> 方可与北京的别墅比肩。
> 为每一座山顶用佛塔加冕,
> 将蛇与铃铛装饰在塔檐……
>
> 每一只搁架上都有中国神像的凝视,

---

① 陈志华:《外国造园艺术》,郑州:河南科学技术出版社,2001年,第273页。

> 印花棉布上的仙女在座椅之中延展；
> 立在我们橱柜顶上的孔子点头，
> 杂处于瓷像和中国货物之间。①

而在深层即精神文化领域中，中国元素与中国影响也随处可见。欧洲的启蒙思想家"激烈反对基督神权在思想领域的无上权威，坚持把理性作为裁判一切的最高标准，他们设计、憧憬一个理性的社会和理性的国家，中华帝国这一没有基督教传统而又强大富庶的国家适逢其时地进入了他们的视野"②。作家与思想家如法国的孟德斯鸠、伏尔泰，德国的莱布尼茨，法国重农派学者魁奈、杜尔哥等都曾热情赞颂过中国的思想和政治。中国儒家思想因其丰富的"理性"蕴涵，成为启蒙思想家对抗基督神权的有力武器，中国文化典籍在此时得到欧洲的高度重视。1755 年 8 月 20 日，伏尔泰首次在法兰西喜剧院推出了自己根据中国元代杂剧家纪君祥的名剧《赵氏孤儿》新创的《中国孤儿》，借用中国春秋时代赵氏家族孤儿复仇传奇的名称和"搜孤救孤"的大致情节框架，通过宋朝遗民所代表的文明的儒家文化与元朝执政者的文化间的冲突，以及征服者反被受征服者的文化所征服的故事反转，显示理性的胜利。"其背景是伏尔泰对于一个非常古老的、信奉异教的、同时又是风俗纯洁的中国那种性情温良恭俭让的文明所深刻感受到的和经常表现出来的注意力，其次是对严格的人文主义伦理道德的赞扬：忠诚、牺牲精神和对一种严格的人类理想的经久不衰的热爱。"③剧本第四折第二场借人物成吉思汗之口，表达了对儒家伦理教化下的中华文化的倾心和对自身野蛮的自惭形秽：

> 我看到了一个历史悠久、手艺精巧和人数众多的民族。

---

① Robert Anderson. ed. *The Works of the British Poets*, Vol. 10. London: Printed for John & Arthur Arch, 1795, p.425.
② 姜智芹：《文学想象与文化利用：英国文学中的中国形象》，北京：中国社会科学出版社，2005 年，第 29 页。
③ [法]安田朴：《中国文化西传欧洲史》（下册），耿昇译，北京：商务印书馆，2013 年，第 674 页。

其国王以智慧为其势力的基础,
以其已归附邻居为幸运的立法者,
不用征服而统治和由风俗习惯行使政权。
上天只赐给我们天生的力量,
我们的艺术就是战争,摧毁是我们的专职。①

  该剧虽以《赵氏孤儿》为蓝本,却将故事发生的时代背景由春秋时期挪移到蒙古人攻克北京之后的成吉思汗时代;剧中着意颂扬的儒家伦理亦绝非赵氏家族的伦理,因为蒙冤受害的赵氏家族生活的晋灵公时期要远远早于孔子出生的春秋后期。因此,"伏尔泰是希望对那些敌视蒙古人和鞑靼人的偏见作出反应,他当然是用这些内容写成了其'哲学'著作。他为此目的而选择了他称之为成吉思汗的'伟大时代',以将剧情移置于其中。此外,他还希望赞扬中国人并传播他们的风俗习惯"②。伏尔泰自小即接触到耶稣会士如金尼阁、李明、杜赫德等人有关中国的著作及其他儒家文献、旅行著作等,无论是为《百科全书》所撰的词条、他的多篇哲理小说、《风俗志》《哲学辞典》,还是内容涉及中国的著述,如《中国人、印度人及鞑靼人的信札》《印度史片段》《世界通史片段》《〈罪行与惩罚〉一书评注》《中国人的谈话录》《论利用约翰·卡拉死亡的机会而采取的宽容措施》等,都"经常坚持亲华的中国热分子们和'哲学家'们的论点"③,对中国人的无神论、中国皇帝的宽容思想、儒家学说中的理性精神等不吝赞美之词,集中表现了18世纪伟大的启蒙思想家对中国伦理文化的深情与想象。

  我们还可由伏尔泰对《赵氏孤儿》故事的改编,进一步深入17—18世纪"中国热"时期的中西文学交流的基本情形去看一看。其中,有两方面的成就特别值得注意。首先是中国戏剧和小说在欧洲的流传与改编,尤

---

① [法]安田朴:《中国文化西传欧洲史》(下册),耿昇译,北京:商务印书馆,2013年,第679页。
② 同上书,第664页。
③ 同上书,第722页。

以元杂剧《赵氏孤儿》的西传最为引人注目。该剧1732年由马若瑟翻译；1741年英国作家哈切特出版改编本《中国孤儿》；1755年，由伏尔泰改编并公演的《中国孤儿》是同类题材的剧本中影响最大的一部；1759年英国剧作家阿瑟·墨菲（Arthur Murphy，1727—1805）根据伏尔泰的《中国孤儿》重写了同名戏剧《中国孤儿》。此外，中国小说《好逑传》等也被改编多次，受到西方读者的喜爱。其次，欧洲文学中大量涌现了"东方信札"体的作品。"东方信札"并非出自真正的东方人之手，而是指欧洲作者假托在西方旅行或居住的东方人（中国人、波斯人、土耳其人、亚美尼亚人等）的身份，给自己在故乡或异地的亲友写信，以第一人称的口吻报告旅居地见闻，品评西方习俗、制度、文化等而形成的书信类作品。这一文类大约在中西文化交流渐热的17世纪出现，盛行于"中国风"劲吹的18世纪，影响一直及于东西方交通尚不便捷的20世纪初。

"东方信札"有着悠久的传统。16世纪葡萄牙游历家平托即提出过利用中国以批评欧洲社会风习的理念。① 17世纪的欧洲，出现了假借异邦人形象以品评时事的"伪托信札"（pseudo-letters）。1684年，流亡法国的意大利人乔万尼·帕洛·马拉那（Giovanni Paolo Marana，1642—1693）在法国出版了一套题为《土耳其探子》的信札，品评欧洲时事，后于1687—1693年间译成英文，改名为《土耳其探子的信札》(*Letters Writ by a Turkish Spy*)，"探子文学"（Spy Literature）开始流行。1689年，法国耶稣会士李明的《中国现状新志》英文本在伦敦出版，同样以12封长信的形式组成。1733年，散文作家尤斯塔斯·巴杰尔（Eustace Budgell，1686—1737）创办了周刊《蜜蜂》(*Bee*，1733—1735)，在其总共118期里登载了大量与中国有关的文章，如第18期的"国外文献"栏目中即有"广州来信"，而且连载了六七期。但信中的消息来源并非广州，而是《有益而有趣的书信》（第19、20卷，1729—1731），或者更确切地说是其中皮埃尔·龚当信神父（Père Contacin，1670—1766）的一封信。巴杰尔对中国赞不

---

① 葛桂录：《雾外的远音：英国作家与中国文化》，银川：宁夏人民出版社，2002年，第307页。

绝口,对之进行了乌托邦化。①

　　进入18世纪后,这一假托东方作者的信札体作品与欧洲流行的书信体小说(epistolary novel)融合了起来,最终导致"东方信札"体作品的出现,其中最为著名的当然是法国作家孟德斯鸠的《波斯人信札》。该著借两位波斯青年游历欧洲,特别是游法期间与国内亲属,以及两人不在一起时相互间的160余封信,以游记与政论相结合的形式,讽刺了法国上流社会形形色色的人物,如荒淫无耻的教士、夸夸其谈的绅士、傲慢无知的权贵、插手政治的交际花等,轰动了欧洲,成为启蒙文学的一部力作。同类的法国作品还有伏尔泰的《中国人、印度人及鞑靼人的信札》、阿尔让斯的《中国信札》等。关于"东方信札"的流行在启蒙运动中的意义,安田朴指出:"大家并不要求他们做更多的事,仅仅要求这些'鞑靼人'对于受贪婪的宫廷劫掠和由非常强大的神职人员对世俗和宗教人士进行剥削表达不满。"②他认为孟德斯鸠和伏尔泰们"胆敢冒昧地借助中国人或完全如此使用波斯人和易洛魁人之口发泄自己的怨言苦衷,大家应该感谢他们使中国或其他民族的所有历史都被用于为法国和思想界服务,当时必须杜撰这样的历史以让人阅读。大家还应感激他们杜撰了一些假想的旅行和理想国,无论它们从汉学的观点来看是多么荒谬,但它们却做了许多事以使西方变得更聪明些"③。

　　在英国,"中国信札"(Chinese Letters)更是在18世纪集束出现。1711年3月1日,散文大师理查德·斯蒂尔(Richard Steele,1672—1729)和约瑟夫·艾迪生(Joseph Addison,1672—1719)合办了以刊登时政新闻评论而著称的《旁观者》(*The Spectator*)周刊,刊登了多篇介绍中国文化的文章。1712年11月25日,斯蒂尔在周刊的第545期发表了一

---

　　① 转引自 Adrian Hsia. ed. *The Vision of China in the English Literature of the Seventeenth and Eighteenth Centuries*. Hong Kong: The Chinese University Press, 1998, pp. 250—251.
　　② [法]安田朴:《中国文化西传欧洲史》(下册),耿昇译,北京:商务印书馆,2013年,第608页。
　　③ 同上。

篇短文,假托中国皇帝致罗马教皇克莱门特十一世的书信口吻,表达了皇帝对教皇的尊崇,以及与之结盟的诚意。原文用意大利文,后附耶稣会士的英译本。作品以汪洋恣肆的文笔,引用丰富的宗教典故,表达了在耶稣会士东方传教的鼎盛时期,欧洲人对基督教归化世界的一厢情愿的想象,并无中西文化比较的实质性内容。

1757年5月,乔治二世时代首相罗伯特·沃尔波尔的幼子、哥特小说家霍拉斯·沃尔波尔(Horace Walpole,1717—1797)的《叔和信札:一位旅居伦敦的中国哲学家致北京友人李安济书》(*A Letter from Xo Ho: a Chinese Philosopher at London, to His Friend Lien Chi at Peking*,以下简称《叔和信札》)[1]问世。沃尔波尔对中国瓷器兴趣浓厚,并对中国文化有所了解。他还创作过一篇题为《李弥,一则中国传奇》(*Mi Li: A Chinese Fairy Tale*)的中国故事,收录在《象形文字故事集》(*Hieroglyphic Tales*,1785)中。他正式开创了英国文学中以中国人作为观察者兼批评家,进行中西文化比较的传统。作为熟悉宫廷内幕的贵族,沃尔波尔借叔和之口嬉笑怒骂,描写了当时英国党派纷争、司法混乱的现实,嘲笑了国王和内阁之间的矛盾,暗示了英国人的追名逐利和社会的贫富分化。由于作品问世后风行一时,沃尔波尔在写给霍拉斯·曼宁(Horace Mann)的信中自矜道:这是对"我们现状的精确描摹——或许是任何党派的任何人都会由衷喜爱,或无法否认其中事实的唯一的政治文件"[2]。《叔和信札》提到了孔夫子(Cong-fou-tsee),泛泛赞美了中国气候和中国人性的优越,但同样未能对中国文化作较为具体深入的阐述。同类作品还有查尔斯·约翰斯顿(Charles Johnstone)的《一位中国哲学家写给他在广东的朋友的系列信札,有关朝圣或生活图景》(*The Pilgrim, or, A Picture of Life, in a Series of Letters Written by a Chinese Philosopher, to His Friend at Quang-Tong*,1775)等。

---

[1] Adrian Hsia. ed. *The Vision of China in the English Literature of the Seventeenth and Eighteenth Centuries*. Hong Kong: The Chinese University Press,1998,pp. 162—163.

[2] Horace Walpole. *Letters*, Vol. IV. Oxford: Clarendon Press,1903, p. 55.

18 世纪英国的"中国信札"中规模最为宏富、最具文化比较意味的是奥利佛·哥尔德斯密斯(Oliver Goldsmith,1728?—1774)结集出版的《世界公民》(*The Citizen of the World*,1760)①。其前身为作家假托一位名叫李安济的中国哲学家的身份发表的系列作品《中国信札》(*Chinese Letters*),假借中国哲学家李安济之口,表达了对英国政治、法律、道德等的不满,"成为18世纪利用中国材料的文学中最主要也是最有影响的作品"②。关于其文体特色,哥尔德斯密斯于1757年8月在《每月评论》发文写道:"《波斯人信札》的成功源自其讽刺的精妙。这种讽刺出于一个亚洲人之口可以切中要害,而若是出自一个欧洲人之口,则会丧失所有的力量。"③其共同特征,是作者藉外乡人之口拉开审视距离,在比较中以近乎"陌生化"的效果来凸显欧洲制度、习俗中的荒谬之处,阐发自身的政治文化主张。

和他的挚友、著名作家塞缪尔·约翰生一样,哥尔德斯密斯对东方文化的仰慕由来已久。如前所述,耶稣会士对中华典籍,尤其是儒家经典的推介对当时的英国知识界产生了重要影响。法国耶稣会士杜赫德(Jean-Baptiste Du Halde,1674—1743)的《中华帝国全志》(1736)由爱德华·凯夫(Edward Cave,1691—1754)译为英文,书名改为《中国通史》(*The General History of China*),于1741年全部出齐。④ 这部介绍孔子思想最通俗易懂的读物,不仅成为哥尔德斯密斯有关中国知识的权威来源,亦成为18世纪欧洲有关中国问题的百科全书。哥尔德斯密斯还研读过《论语》《大学》《中庸》等的拉丁文译本。伏尔泰大量有关中国文化的论述,阿尔让斯的《中国信札》,以及墨菲的英国版《中国孤儿》等,均对作家从思想

---

① Oliver Goldsmith. *The Miscellaneous Works of Oliver Goldsmith*, Vol. III. London: S. & R. Bentley, 1820.
② 葛桂录:《中英文学关系编年史》,上海:上海三联书店,2004年,第57页。
③ Oliver Goldsmith. *Works*, Vol. IV, Ed. J. W. Gibbs. London: George Bell and Sons, 1885—1886, p. 281.
④ 其中有关中国文学的翻译集中在第一卷,包括《诗经》《尚书》《小学》等经典,还有小说集《今古奇观》《古列女传》等选篇,以及杂剧《赵氏孤儿》的翻译。

观念、知识储备到艺术构思等方面产生了重要影响。墨菲的《中国孤儿》初演当晚，哥尔德斯密斯即观看了演出，并于当年5月在《每月评论》上刊文赞扬。1759年11月10日的《蜜蜂》杂志上，他又评论了伏尔泰的《中国人、印度人及鞑靼人的信札》。①

1760年1月24日，《公簿报》(Public Ledger)上刊登了一封寄自阿姆斯特丹、以小字注明"伦敦商人某某先生收"的信件，告知一位来自中国河南的哲学家已抵达伦敦。5天后，这位中国哲学家给其在阿姆斯特丹的朋友写了信，表达了对其慷慨帮助的感激，回顾了旅途的艰辛，陈述了自己初见伦敦乏味的街道和房屋后的失望，将之与美丽的南京进行了对比；3天后，哲学家又给其身在莫斯科的友人费普西希写了信，此信后被转给了他在北京的友人冯皇。在表达了对友人的思念之后，哲学家抒发了在伦敦充满"惊奇"与"诧异"的观感，包括对英国人"古怪"的服装与发式的评论，将中国女性的小脚与英国妇女的天足进行了对比，感慨欧洲人与中国人的审美观大不相同，还认为英国女性在人前人后以两种面貌示人，出门的服装反而比在家中的着装更为裸露等。

随着这些信件越来越受到读者瞩目，从第四封开始，报纸的编辑不仅增大了字体，为其加上了描述性的标题，最后还将其移至头版刊发。这即是著名的系列《中国信札》。1762年，哥尔德斯密斯将123封信件结集成册，以《世界公民》为题出版，副标题为"中国哲学家从伦敦写给他的东方朋友的信札"。如同沃尔波尔的《叔和信札》对《波斯人信札》有所借鉴，哥尔德斯密斯的《中国信札》则无论在主人公身份还是姓名上，均沿用了《叔和信札》②。作品虚构了一位名叫李安济·阿尔坦基的中国人与他的儿子兴波(Hingpo)，以及与北京友人冯皇(Fum Hoam)之间的书信，叙述了

---

① Oliver Goldsmith. *Works*, Vol. II. Ed. J. W. Gibbs. London: George Bell and Sons, 1885—1886, p. 416.

② 《中国信札》中的中国哲学家全名为李安济·阿尔坦基(Lien Chi Altangi)。李安济与沃尔波尔《叔和信札》中叔和通信的北京友人同名。李安济的通信对象——北京友人冯皇之名，则得自托马斯·格莱特(Thomas Gueullette)有关达官冯皇的幻想作品《达官冯皇的奇遇：中国故事集》。第二封信中西西福(Xixofou)和费普西希(Fipsihi)二名则得自伏尔泰的作品。

主人公一家辗转迁徙的冒险经历，但大都是酷爱游历的李安济给冯皇的书信，主要记录他对英国社会的观察与评论。

在《世界公民》中，主人公是对人类充满好奇心和有着敏锐洞察力的"哲学漫游者"（李安济于第二封信中的自称），一位知识渊博的理想旅行者的形象。他渴望了解不同国家的风土人情，发现由于环境、信仰、教育、人性弱点等造成的民族差异。在"编者前言"的开篇中，哥尔德斯密斯通过李安济刚到伦敦时英国人对他的印象，讥讽了英国人的傲慢、狭隘和民族主义偏见："他初到伦敦的时候，许多人见他并不无知，心里很是愤怒。此人出身于伦敦之外如此遥远之地，居然也精明睿智，而且还有些才能，他们感到非常诧异。他们对他的知识同样表示了惊奇，中国人居然和我们一样。（他们说）'中国与欧洲如此遥远，他们如何也能有和我们同样缜密的思想！他们又没有读过我们的书，连我们的文字也几乎不认得，却也能同我们一样讲话和推理。'事实是，中国人和我们原来是差不多的。人类的区别，不在距离的远近，而在受教化的深浅……"①

首先，在仰慕中国"教化"的基础上，作家发挥了孔子以道德伦理和政治良知为基础的国家学说，借用中国故事、寓言和圣人语录等，赞美了中国人的善行与修养，批评了英国的道德文化风习。第 18 封信中，哲学家通过一对夫妇"重昂"（Choang）和"汉希"（Hansi）关系发生改变的故事，强调了忠贞与诚信对建立稳固可靠的夫妇关系的意义。第 25 封信中，李安济由一位贪图物欲而鼓吹征战的英国政治家的观点引出，讲述了一个名叫"劳"（Lao）的穷兵黩武的王国由盛而衰、最终被中国皇帝所征服的故事，抨击了侵略与好战，赞美了爱好自由与和平的民族。第 67 封信中，李安济以写给儿子兴波的训子家书的口吻，借圣人之言论述了读圣贤书对于人格修养的关键作用。第 84 封信中，哲学家再度对儿子进行了谆谆教诲，激励他追求美德，以慷慨助人为乐，而以一味向他人索取为耻。

---

① Oliver Goldsmith. *The Miscellaneous Works of Oliver Goldsmith*, Vol. III. London: S. & R. Bentley, 1820, p. V.

其次,通过中西政治文化环境的比较,作家褒扬了以责任、孝道、秩序、理性等为核心的儒家社会与家庭伦理。第20封信中,李安济尖锐抨击了英国的文化生态:"人人都渴望奴役别人,而不愿意遵从;人人视他人为达成目标的竞争敌手,而不愿互助。人人彼此诽谤、恶语相向,相互伤害,相互蔑视。"①第42封信中,作家借冯皇之口说:"当我将中国与欧洲的历史进行对比时,我为自己能成为这样一个起源于太阳的王国的子民感到激动不已。翻开中国的历史,我看到的是一个扩展中的、按照自然和理智支配的律法运行的古代国家。子女对父母的责任——这一造物主植根在每个人心中的责任(孝道),构成了自太古时代便存在了的政府的力量源泉。孝道是一个国家首要的和最高的要求;这样我们便成了我们国王的好臣民,便能够对我们的上级表现出适当的服从,成为上苍的依附物而满怀感激;这样我们便会更加喜爱婚姻,为了我们也可以从他人那里要求顺从;这样我们便成为好长官;因为最初的屈从是一个人学会统治之道的最实在的课程。这样整个国家便可以说成是像一个大家庭,其中国王是保护人、是父亲、是朋友。"②"君君、臣臣、父父、子子"的儒家等级观念,成为哥尔德斯密斯心目中构建合乎理性的英国社会秩序的重要参照。

最后,作家还批评了英国僵化的司法制度,以及法律的不公造成的社会对立,认为"英国的法律只是惩治罪恶,中国的法律更进了一步,它还奖励善行"③(第71封),指出在英国,"贫苦人的啜泣无人理会,却受每一专横吏胥的迫害。每一条法律对别人来说是保障,对他们来说则是仇敌"④(第117封)。相反,中国人民则在开明君主的统治下享受着赏罚分明的幸福生活。作家对中国社会和政治制度的理解无疑是乌托邦化的,但理

---

① Oliver Goldsmith. *The Miscellaneous Works of Oliver Goldsmith*, Vol. III. London: S. & R. Rentley, 1820, pp. 102–103.
② Ibid., pp. 193–194.
③ Ibid., p. 286.
④ Ibid., p. 453.

想化了的中国再度发挥了其开启民智的镜鉴作用。

《世界公民》的标题,更是浓缩了儒家"大同"的政治文化理想。哥尔德斯密斯在第 85 封信中写道:"整个世界成为一个共和国;他们选举有才、有德和能干的人;他们谈论真诚的和睦,促进世界和平。因此,每个人都不仅视其父母为父母,视其子女为子女⋯⋯他们可以家门大开地安全地生活,深知不会有人来冒犯他们。"①这一段表达人类理想的文字,显然是以儒家价值观为基础的,强调明君、贤臣、仁政与美德在增进社会福祉和促进世界和平方面的作用,注重君子的个人修养和美德,隐含了 17—18 世纪的欧洲知识分子在贵族特权背景下对中国科举选拔人才制度的向往,几乎照搬了儒学经典《礼记》中的《礼运大同篇》:"大道之行也,天下为公,选贤与能,讲信修睦。故人不独亲其亲,不独子其子,使老有所终,壮有所用,幼有所长,矜、寡、孤、独、废、疾者皆有所养,男有分,女有归。货恶其弃于地也,不必藏于己;力恶其不出于身也,不必为己。是故谋闭而不兴,盗窃乱贼而不作,故外户而不闭。是谓大同。"②孟子"老吾老,以及人之老;幼吾幼,以及人之幼。天下可运于掌"③的人道主义精神,渗透于《世界公民》的多处表述之中。

英国以《世界公民》为代表的"中国信札",集中体现了 18 世纪欧洲启蒙学者汲取中国文化的特点,即一方面受到耶稣会士译介中华典籍尊儒排佛斥道导向的影响;另一方面出于反抗封建神权和宗教蒙昧主义,推翻暴虐、不公的君主专制制度的需要,而突出了儒家学说中的理性精神和伦理意识。"天下大同""世界公民"的理念,成为建构公平正义、理性秩序、平等友爱的启蒙共和国的价值参照。具有哲学家身份的中国游客形象及其议论,映射出 18 世纪欧洲启蒙知识分子改革社会积弊、推进启蒙现代

---

① Oliver Goldsmith. *The Miscellaneous Works of Oliver Goldsmith*, Vol. III. London: S. & R. Rentley, 1820, p.351.
② 《礼记》卷二十一,见孙希旦:《礼记集解》(中),北京:中华书局,1989 年,第 582 页。
③ 《孟子・梁惠王》(上),见朱熹注:《四书集注》,王华宝整理,南京:凤凰出版社,2005 年,第 225 页。

性进程的精神意识，为推进社会的进步起到了重要的作用。

因此，在启蒙时代的欧洲，"东方信札"成为思想家们以大众化的艺术手段批判专制主义和封建愚昧的重要工具，其中传达的儒家文化对理性的尊崇、对中庸之道的奉守、对人性善的张扬、对和平的赞美等，对启蒙学者构建以正义、秩序、理性与平等为核心的启蒙现代性理念，起到了重要的推动作用。20世纪初，英国历史学家G.L.迪金森的《"中国佬"信札》出版，体现了欧洲文学史上悠久的"东方信札"体书写传统在新的时代条件下的传承及其新特点。对此，本书将在第四章重点阐述。

第三节 20世纪初的中英文化碰撞

18世纪中叶之后，尤其到了18世纪末，随着浪漫主义文艺思潮的兴起，欧洲的"中国热"明显回落。如克拉克所言："如果说中国是启蒙时期思想家兴趣关注的最主要目标，那么印度则俘获了浪漫主义者的心灵与想象。整个19世纪，中国实际上已经几乎完全从重大的西方哲学影响中褪去了光彩，它在西方变成了被轻蔑的对象，种族主义者往往带着屈尊俯就的态度对待它。在欧洲人眼中，中国已经由政治、道德启蒙的范本变为腐化、堕落的文明。"[①] 中国形象转向钟摆的另一极的根本原因，是18、19世纪之后西欧各国伴随着资产阶级革命、工业革命与科技进步而在经济、政治、文化等领域取得了飞速发展。在启蒙理性、进步神话的影响和东西方力量对比发生了改变的背景下，中国逐渐成为反衬西方自由、文明、进步等特征的停滞、专制而野蛮的负面形象，故步自封的"鸦片国家"，伴随着一系列军事失败和割地赔款而沦为半殖民地半封建社会，遭受列强的掠夺与瓜分。其间，18世纪中期对中世纪庞贝古城遗址的发现所激发的欧洲古典文化热的再度兴起，1770年中国驱逐基督教传教士的政策所带

[①] [美]J.J.克拉克：《东方启蒙：东西方思想的遭遇》，于闽梅、曾祥波译，上海：上海人民出版社，2011年，第81页。

来的欧洲民族主义情绪的抬头,以及1773年罗马教廷宣布解散耶稣会的决定等因素,均对中国形象在欧洲的负面化产生了影响。如果说在17、18世纪的欧洲,耶稣会士是"孔夫子的卫道士和中国人的驻欧使节"①的话,在耶稣会被解散之后,始终受到耶稣会士赞扬和称颂的中国在18世纪末的欧洲逐渐失去威信,甚至遭到诋毁和诽谤。

1793年,英国外交家乔治·马嘎尔尼(George Macartney,1737—1806)率英王使团出使中国。安田朴写道:"英国帝国主义者非常清楚地了解已处于衰微破败之中的大清帝国所遭到的各种困难(如中国于1768年在缅甸遭受的失败、1781—1784年甘肃回民的起义和其他许多处起义暴动),于是便于1793年派遣马嘎尔尼出使中国,其使命是强行与中国签订奴役中国的苛刻条约。英国人却大失所望。于是便以其商船强行驶入越南以对这次失败进行报复,后来又威胁厦门,最后是等到鸦片战争才登上他们那殖民主义分子或基本上是殖民主义分子的地位,而他们的这种地位又被厚颜无耻地称为'治外法权'。"②使团于当年9月抵达热河,觐见了乾隆皇帝并受到冷遇,于1794年9月悻悻返国。这次在经济与外交诉求上全面失败的访问,成为中英关系史上的一个转折点。1797年,使团副使乔治·斯当东编辑的《英使谒见乾隆纪实》在伦敦出版,其中将中国形容为"靠棍棒进行恐怖统治的东方专制主义暴政的典型"。该书与使团随行人员对媒体发表的各种报告与谈话,打破了来华传教士们苦心营构的盛世中国幻象。自此之后,中国在西方人的心目中不复是马可·波罗游记中繁荣富庶的黄金国度,以及传教士们口中由明君贤臣和幸福人民组成的理想国,转而成为保守、停滞、专制、愚昧的东方野蛮国家。

曾经对中国多有赞扬的启蒙思想家开始批判中国的政治、道德、哲学,如孟德斯鸠、孔多塞、狄德罗等。孟德斯鸠在《论法的精神》中,出于偏见与误解,将中国视为一种典型的专制国家。"在孟德斯鸠之前占统治地

---

① [法]安田朴:《中国文化西传欧洲史》(下册),耿昇译,北京:商务印书馆,2013年,第870页。

② 同上书,第903页。

位的那种毫无保留的中国热潮流随着他而告结束了。如果说他尚未达到对中国不友好的地步,那么他却为此而初步打开了一条路。"①1793年,法国哲学家孔多塞写道:"如果大家希望了解这些制度甚至在没有迷信恐怖的帮助下会把对人类才能的破坏力推进到何等程度,那就需要在一段时间内将注意力落到中国身上,落到这个在科学和艺术方面除了眼睁睁地看着相继被其他所有人超过之外似乎再无举动的民族身上,这个民族的火炮知识从未防止被其他蒙昧民族所征服,那里的其他许多学派都向所有公民开放的科学却只会导向仕途,那里受偏见支配的所有科学注定要保持永久的平庸,最后甚至是那里的印刷术之发明本身也完全无益于人类思想的进步。"②卢梭在《论科学与艺术》《新爱洛依丝》中对中国均有负面评价。黑格尔同样将中国排斥在人类文明进化过程之外:"出现在我们面前的是一个最为古老但没有过去的国度,我们所了解的这个国家的现状在古时就已如此。中国甚至到了没有历史的地步。"③雷蒙·道森认为,19世纪之后,"工业、社会和政治革命给欧洲带来了引人瞩目的种种变化",这些变化"诱使人按照欧洲的范畴、类别对其他文明作粗鄙的分析,把它们与欧洲文明的早期各阶段相比较。这样一种假说潜存在欧洲有着重要影响的思想家的作品之中"④除此之外,这一时期重要的历史学家的重要作品,也都或多或少地体现出欧洲中心主义和白人优越意识。

在文学领域,得益于游记的大量出版,另外又因为这些游记同时转载及补充了过去有关中国的记述,因此,"欧洲大众在19世纪能够不断地接收并逐渐认识到各式各样有关中国的信息。欧洲大众一如既往如饥似渴地阅读这些文字,甚至较之以往有过之而无不及。……至于报章,……都

---

① [法]安田朴:《中国文化西传欧洲史》(下册),耿昇译,北京:商务印书馆,2013年,第562页。
② 同上书,第862—863页。
③ [英]雷蒙·道森:《中国变色龙:对于欧洲中国文明观的分析》,常绍民、明毅译,北京:时事出版社、海南出版社,1999年,第95页。
④ 同上书,第105页。

经常地报道到中国,为大众转载了当时不断发生的事件(中国与西方列强的战争,国家内部的叛乱,皇位的继承等等)并且让读者得以发现有关中国的新知及文明"①。虽然在包括戏剧、小说与诗歌等的狭义的文学范畴内,19世纪的欧洲并未产生特别拥有中国印记且产生重大的思想激荡的作品,但依然"有不少作家偶尔面对中国,以逃避时代的平庸与道德的束缚,让奇思异想自由驰骋,或以说教文饰纵乐,或在异域的幌子下发出警示之言"②。如诗人、散文家沃尔特·塞维奇·兰陀(Walter Savage Landor,1775—1864)在其最著名的作品、五卷本散文巨著《想象的对话》(*Imaginary Conversations*,1824—1829)中的《对话杂集》(*Miscellaneous Dialogues*)的部分,即以太子伴读庆蒂记录与中国皇帝八次对话的方式,将中国皇帝理想化为诗人与哲学家,通过对哲人王形象的塑造,讽喻了英国不学无术的君主和游手好闲的贵族,"整体效果让人想起哥尔德斯密斯的《世界公民》"③,但贬低之声也日渐高涨。如英国浪漫主义诗人拜伦、雪莱等均在诗作中表达过对中国的蔑视与嘲讽;瘾君子德·昆西支持英国发动侵华的鸦片战争,在1822年撰写了著作《一个英国鸦片瘾君子》,视中国人为野蛮人,充满了种族主义论调;桂冠诗人丁尼生认为欧洲的50年即胜过"华夏的一个轮回";1806年安德鲁·彻丽的剧本《旅行者》反转了《中国孤儿》和"中国信札"的主旨,核心情节说的是男主角、中国皇太子扎芬利赴英旅行,目的是"审视那些令人惊奇的各国暗暗羡慕的法律"④……

由此可见,中西文学—文化间的交流受到时代背景、传播渠道、传播主体、利用策略等的影响,呈现出鲜明的阶段特征,中国与中国人在欧洲

---

① [法]米丽耶·戴特丽:《18世纪到20世纪"中国之欧洲"的演进》,唐睿译,载乐黛云、[法]李比雄主编:《跨文化对话》(第28辑),北京:生活·读书·新知三联书店,2011年,第266页。戴特丽即德特利。

② 同上书,第278—279页。

③ [英]雷蒙·道森:《中国变色龙:对于欧洲中国文明观的分析》,常绍民、明毅译,北京:时事出版社、海南出版社,1999年,第292页。

④ 同上书,第187页。

心目中的形象也发生着阶段性的演变。直到1840年中英爆发鸦片战争,中国被迫打开国门,并被裹挟进世界现代化的进程,中西方的交流再一次发生转变,进而直接影响20世纪初的中西文学—文化交流。

19世纪中叶之前,亦即中英鸦片战争之前,中国的经济实力、科技水平在与西方的较量中尚具有较明显的优势,这使得中国在中西文化交流中基本能保持主导地位。但与此同时,中国又因长久形成的"天下"体系,数个世纪以来在对待异域文明时总不免显露出高傲和自信的态度。其后,随着地理大发现增进了不同文明间的相互了解与交往,西方世界便以商人、传教士为先锋,以商品和先进的科学技术为载体,猛烈地冲击着中国这一古老而庞大的东方国家。此时,虽然"中国在经济和科学领域已经逐渐落伍,但西方文明的东渐和中国文化的西传却保持一个互惠和平等的格局"①。然而,中西方力量的变化,使得"19世纪40年代的世界,是由欧洲的政治和经济列强,加上正在发展中的美国全权支配的。1840—1842年的鸦片战争,证明唯一尚存的非欧洲大国中华帝国,已无力招架西方的军事和经济侵略。看起来,自此没有任何东西能阻挡带着贸易和《圣经》随行的少数西方军队了"②。

当西方各国在海外进行疯狂的侵略和掠夺时,中国虽未像印度等其他东方国家一般沦为彻底的殖民地,但仍在坚船利炮的猛烈攻势下被迫打开国门。1839年,钦差大臣林则徐在广东虎门销毁了由英国走私来的大量鸦片;次年,英国以此为借口,实则抱着用武力强行打开中国市场的目的,发动入侵中国的鸦片战争。面对来势汹汹的英国舰队,腐败的清廷毫无招架之力,最终战败并签订了丧权辱国的《南京条约》。其后,1843年中英又签订《中英五口通商章程》;1844年签订中美《望厦条约》;同年,

---

① 张国刚、吴莉苇:《中西文化关系史》(前言),北京:高等教育出版社,2006年,第7页。该著在前言的第二部分"中西文化关系的阶段性及其特点"中梳理了中西文化交流的历程及其阶段性特点。

② [英]艾瑞克·霍布斯鲍姆:《革命的年代:1789~1848》,王章辉等译,南京:江苏人民出版社,1999年,第409页。

中法又签订《黄埔条约》。这一系列不平等条约的签订,使得中国逐渐沦为半殖民地半封建社会,被迫纳入世界现代化的进程中。因此,"英国的炮舰轰毁了虎门炮台,历史翻开了新的一页。那是欧洲人的世纪,是西方人扩张的世纪,是东方人充满苦难的世纪,是中国人失去家园、刻骨铭心地败落而又奋争的世纪"①。

然而,中国近代屈辱的历史才刚刚开始。1856年,英法联军为扩大既得利益,进一步打开中国市场,以"亚罗号"事件为借口又一次发动侵略中国的第二次鸦片战争。战争持续4年之久,结果依旧是清廷惨败,并在1858年、1860年分别与多个国家签订《天津条约》《北京条约》。其后40多年,俄国、法国、日本、英国等多次出兵侵犯中国边境。1894年,日本发动侵略朝鲜和中国的甲午战争,次年中日签订《马关条约》。除此之外,国内发生的多起农民起义与暴动也严重动摇了清政府执政的根基。如在1851—1864年间爆发的太平天国运动,以及1898年以"扶清灭洋"为号召的义和团运动的兴起,更是成为1900年八国联军侵华战争的导火索。在八国联军侵华战争中,清廷再次战败,并于1901年签订《辛丑条约》。清政府的执政就在这内忧外患中风雨飘摇、难以为继。最终,1911年10月10日,辛亥革命爆发。次年1月1日,中华民国成立,标志着在中国延续两千多年的封建帝制寿终正寝,中国步入在思想、文化上极为活跃,中外文学—文化间的交流甚是复杂,世界局势云谲波诡的特殊时期。

法国汉学家米丽耶·德特利在《19世纪西方文学中的中国形象》中,将19世纪欧洲人对中国人的集体描述分为两个阶段:从18世纪末期中国闭关锁国到第一次鸦片战争为第一阶段,从1840年到20世纪头十年为第二阶段。② 作者认为,第一阶段主要是过渡期,对中国的判断尚未最后成形。事实上,在第一阶段,人们仍记得耶稣会士们对中国的溢美之

---

① 张西平:《欧洲早期汉学史——中西文化交流与西方汉学的兴起》(导言),北京:中华书局,2009年,第4页。
② [法]米丽耶·德特利:《19世纪西方文学中的中国形象》,罗湉译,见孟华主编:《比较文学形象学》,北京:北京大学出版社,2001年,第242—243页。

词,但他们也读过耶稣会的对手们不怀好意的作品。"由于缺乏直接见证,巴尔扎克的同时代人通常没什么办法充实想象,为了解决这个问题,他们惟有去看一直在欧洲流行的屏风、漆器、扇子、瓷器和其它中国风格的货物上的绘画。他们认为或假装认为这些通常质量平平的出口货上的惯用题材真实再现了中国。"①进入第二阶段,负面的评价进一步增强。"1840年以来描写中国的文学大量涌现,这些作品给人的印象是无休止地和过去的文学作品进行清算:因为它们不断地有意无意地对照耶稣会士和启蒙哲学家塑造的理想的中国人形象,建立一个完全相反的新形象。对中国事物的态度由喜好到厌恶,由崇敬到诋毁,由好奇到蔑视。"②1858年4月10日,英国老牌讽刺漫画杂志《笨拙》刊登的一首诗和一幅漫画堪为代表。漫画上是两个未开化的中国人,背景是柳树图案。它们直观地反映了当时流行的对中国、对约翰·查纳曼(John Chinaman)的认识。诗歌叫作"一首为广州写的歌":

  约翰·查纳曼天生是流氓,
  他把真理、法律统统抛九霄;
  约翰·查纳曼简直是混蛋,
  他要把全世界来拖累。
  唱呀,"嗨——"我那残酷的约翰·查纳曼,
  唱呀,"唷——"我那顽固的约翰·查纳曼;
  为了人类,把枷锁套住约翰·查纳曼,
  即使科布登亲自来,也难为他解开。
  他们长着小猪眼,拖着大猪尾,
  一日三餐:鼠、狗、蜗牛与蚰蜒,
  炒锅里面玩把戏,

---

① [法]米丽耶·德特利:《19世纪西方文学中的中国形象》,罗湉译,见孟华主编:《比较文学形象学》,北京:北京大学出版社,2001年,第244页。
② 同上书,第248页。

就怪那令人作呕的给养员约翰·查纳曼。
唱呀,撒谎者,我那狡猾的约翰·查纳曼,
没有打架,我那胆小鬼约翰·查纳曼;
约翰牛来了机会——随他去,只要他行,
让他给约翰·查纳曼开开眼。①

在此背景下,英国历史学家查尔斯·亨利·皮尔逊在欧洲中心论和达尔文主义的影响下,在著作《民族生活与民族性:一个预测》中提出了"黄祸论"。自1913年起,英国通俗小说家萨克斯·洛莫尔更是创作了"傅满洲"系列小说。②眉毛倒竖、肩膀高耸、面容阴险、行踪诡异,集阴谋与危险于一身的傅满洲,成为20世纪西方大众文化想象中"黄祸"的象征。洛莫尔在回忆自己创作动机时写道:"我常想为什么在此之前,我没有这个灵感。1912年,似乎一切时间都成熟了,可以为大众文化市场创造一个中国恶棍的形象。义和团暴乱引起的黄祸传言,依旧在坊间流行,不久前伦敦贫民区发生的谋杀事件,也使公众的注意力转向东方。"③在作者笔下,傅满洲们"梦想建立全世界的黄色帝国","黄色的威胁笼罩在伦敦的上空,笼罩在大英帝国的上空,笼罩在文明世界的上空"④。作品的字里行间充斥着种族歧视以及对亚洲与中国的敌意、恐惧和焦虑。关于作者的心态,有分析指出:"在沃德(Arthur Ward,洛莫尔的原名)的笔下,猛然觉醒的中国对英方的亚洲统治构成了主要威胁。当时普遍性的

---

① 转引自[英]雷蒙·道森:《中国变色龙:对于欧洲中国文明观的分析》,常绍民、明毅译,北京:时事出版社、海南出版社,1999年,第189页。

② 洛莫尔以傅满洲博士为主要反派人物,共写过13部长篇小说,3篇短篇小说和一部中篇小说。小说销售了上千万册,被翻译成10多种语言。好莱坞拍摄了14部傅满洲题材的电影,使其传播更加广泛。

③ Cay Van Ash and Elizabeth Rohmer. *Master of Villainy*: *A Biography of Sax Rohmer*. Bowling Green, Ohio: Bowling Green University Popular Press, 1972, p. 75. 转引自周宁:《天朝遥远:西方的中国形象研究》,北京:北京大学出版社,2006年,第360页。

④ Sax Rohmer. *The Hand of Fu Manchu*. In A. Dulles ed. *The Hand of Fu Manchu*, *the Return of Dr*. *Fu Manchu*, *the Yellow Claw*, *Dope*: *4 Complete Classics by Sax Rohmer*. Secaucus, NJ: Castle, 1969, pp. 9, 40.

对于鸦片贸易与鸦片战争后可能的中国复仇的焦虑使得这种论调更为可信。同时帝国网络的双向流动,对科技知识向有色种族传播的恐惧以及英国随时会被卷入冷战或热战的状态,都强化了此类焦虑。"①至此,西方世界排华、恐华的声浪达到了最高潮。

然而,作为与中国文化交流十分密切的西方大国,英国社会对中国文化—文学的态度又是相当复杂而矛盾的。除了上述例证中对中国和中国人形象的妖魔化、刻板化之外,"鸦片战争后,英国知识界涌现出一批对中国文化有一种新的觉醒的汉学家,他们对中国的介绍和研究日趋广泛和深入,蔚然成风"②,表现出有识之士对中国文化—文学的积极正面的态度。其中,最具影响力的,是著名汉学家理雅各(James Legge,1815—1897)与翟理斯(Herbert Allen Giles,1845—1935)。

1871年,理雅各翻译了第一部英文全译本《诗经》,在伦敦出版,成为《诗经》在西方传播的第一个里程碑。1876年至1897年,牛津大学聘请回国的理雅各为首任汉学教授,从此开创了牛津大学的汉学研究传统。"在牛津期间,理雅各笔耕不辍。主要译作有收入英国比较宗教学家马克斯·穆勒(Max Muller)主编的《东方圣书》里的六卷本《中国圣书》(*The Sacred Books of China*),包括《尚书》、《诗经之宗教部分》(1879)、《易经》(1882)、《礼记》、《孝经》(1885)以及道家经典《道德经》《庄子》和《太上感应篇》(1891)。此外,理雅各还出版了韵译《诗经》(1876),翻译了《离骚》(1895)和佛教文献《佛国记》(1886),以及《孔子——中国的圣贤》《孟子——中国的哲学家》《中国文学中的爱情故事》《中国编年史》《中国的诗》《中国古代文明》等多种译著。直到1897年12月辞世前他还在翻译《楚辞》。"③

1880年,翟理斯选译了《聊斋志异选》(*Strange Stories from a Chinese Studio*)2卷,在伦敦德·拉鲁出版公司刊行,以后一再重版,陆

---

① 李陀、陈燕谷主编:《视界》(第1辑),石家庄:河北教育出版社,2000年,第106页。
② 萨本仁、潘兴明:《20世纪的中英关系》,上海:上海人民出版社,1996年,第39页。
③ 葛桂录:《中英文学关系编年史》,上海:上海三联书店,2004年,第104页。

续增加篇目,总数多达 160 多篇故事,成为《聊斋志异》在英国最详备的译本。1884 年,翟理斯译著《古文选珍》(Gems of Chinese Literature)由伦敦伯纳德·夸里奇出版公司出版,1898 年重版。后经修订增补,改为上、下卷。上卷为中国古典散文的选译与评介,下卷为中国古典诗词之选译与评介。1885 年,翟理斯翻译《红楼梦》(The Hung Lou Meng, commonly called The Dream of the Red Chamber),载《皇家亚洲学会中国北方支会会报》(Journal of the North China Branch of the Royal Asiatic Society)新卷 20 第 1 期,在上海出版。1888 年,剑桥大学首次设立中文教授,首任教授为威妥玛,接任者为翟理斯。1898 年,翟理斯所著《华人传记辞典》(A Chinese Biographical Dictionary)由上海别发洋行刊行。同年,翟理斯还编撰了《古今诗选》《剑桥大学所藏汉文、满文书籍目录》等著述。1901 年,翟理斯著《中国文学史》,由伦敦威廉·海因曼出版社出版单行本。

1909 年,克莱默-宾(L. Cranmer-Byng,1872—1945)的译著《玉琵琶:中国古代诗文选》(A Lute of Jade)由伦敦约翰·默里公司出版。1924 年,该公司推出其另一部译著《灯宴》(A Feast of Lanterns),在"导论"中,译者对中国诗歌的发展、唐宋诗词源流等均有概述。1912 年,翟林奈(Lionel Giles)编译了《道家义旨:〈列子〉译注》,由约翰·默里公司出版。蒂莫西·理查德(Timothy Richard,李提摩太)翻译了英译本《西游记》,书名为《圣僧天国之行》(One of the World's Literary Masterpieces, A Mission to Heaven),书的内封题为"一部伟大的中国讽喻史诗"。前七回为全译本,第八回至一百回为选译本,由上海基督教文学会出版。

上述诸多著译,不仅成为英国汉学中的重要成就,也为"布鲁姆斯伯里团体"成员接触、了解中国文化提供了重要的资源。

在英国历史学家霍布斯鲍姆眼里,"到了 19 世纪 70 年代,资产世界的进步已到了可以听到比较富有怀疑、甚至比较悲观意见的阶段。而且这些意见又因 19 世纪 70 年代种种未曾预见的发展而得到加强。文明进步的经济基础已经开始动摇。在将近 30 年史无前例的扩张之后,世界经济出现了危机"①。跨入20世纪的门槛,接踵而至的两次世界大战更使西方进入了"全面战争的时代",摧毁了西方人对于现代化成就的盲目乐观。

1914年7月28日,第一次世界大战爆发。这场发生在帝国主义国家间的世界大战持续4年时间,给人类带来了空前的浩劫,并最终以同盟国的失败而告终。紧接着,1929年至1933年间资本主义国家又爆发了世界性的经济危机。这场极为严重的经济危机带来的后果包括工业生产的急剧萎缩、工人的大量失业、世界货币秩序的毁灭性打击等,使得世界经济一蹶不振,并极大地削弱了资本主义世界的力量,同时也加速了法西斯主义在欧洲的影响和发展。随后,1937年日本通过制造"卢沟桥事变"发动全面侵华战争,第二次世界大战首先在亚洲打响。与第一次世界大战相比,几乎席卷整个世界的第二次世界大战更为血腥、暴力,是目前世界上规模最大的战争。第二次世界大战中,日本在华惨绝人寰的烧杀抢掠与德国纳粹在欧洲对犹太人实行的种族大屠杀,令人不寒而栗,也让人性的阴暗与丑陋暴露无遗。直到1945年第二次世界大战结束,这用数千万人的鲜血染红的第二次世界大战史才落下一个句点。因此,1914年至第二次世界大战结束这段惨痛的时期被霍布斯鲍姆称为"大灾难的时期"(Age of Catastrophe),吉登斯也认为:"二十世纪是战争的世纪,实际上可以说,大量严重的军事冲突所夺去的生命,比过去的两个世纪中的任一个世纪都要多得多。"②时代的剧变深刻影响了欧洲人的内心。因为,此时期"最明显而直接的改变是,世界史如今似乎已变成一连串的震荡动乱和人类剧变。有些人在短短的一生经历过两次世界大战、两次战后的全球革命、一段全球殖民地的革命解放时期、两回大规模的驱逐异族乃至集体大屠杀,以及至少一次严重的经济危机,严重到使人怀疑资本主义那些尚未被革命推翻的部分的前途。这些动乱不但影响到战争地带,更波及距欧洲政治动乱相当遥远的大陆和国家。再没有比走过这段历史之人更

---

① [英]艾瑞克·霍布斯鲍姆:《帝国的年代:1875～1914》,贾士蘅译,南京:江苏人民出版社,1999年,第28页。
② [英]安东尼·吉登斯:《现代性的后果》,田禾译,南京:译林出版社,2000年,第8页。

不相信所谓的进步或持续提升"①。

在此背景下,如霍克海默所言:"这个彻底启蒙了的世界笼罩在一片因胜利而招致的灾难之中。"②"一种深深的怀疑和焦虑感已经在整个现代世界产生,我们可以用'反常'、异化、漂泊心灵等术语来概括,其后果就是传统的信仰和价值遭到怀疑,对各种世界观持相对主义态度。"③于是,人们开始对启蒙现代性话语的核心价值——科学至上、工具理性与线性进步观,以及随之而来的物质主义、实用主义、功利主义等进行批判,再度将目光转向东方以探寻道德与美学上的启示,由此开启了对中国文化价值的重新"发现"。出生于中国的英国哲学家珍·库柏写道:现代西方文明是"多动症的、过于理性化的、与自然疏离的",因此"必须重建其在行动与反应之间的平衡"。而东方方式"是一条可行的道路,它可以缓解当下生活的紧张与压力,进而治愈它们。它可以使'猴子的心灵'从无目的无休止的跳跃中安静下来"。④

于是,从对启蒙现代性的反思、质疑与否定中裂变而出的美学现代性,以反叛科技文明和工具理性的冲动、拒绝平庸的高蹈姿态、崇尚直觉与本能的热情和无政府主义的颓废立场等为标志,通过美学现代主义运动集中爆发了出来。作为"文化上对广泛的社会现代化所做出的美学反映"⑤,"现代主义意味着对一种崭新而纯粹的意识的诉求,这种新意识可以代替维多利亚时代以来那已经不被信仰的传统和体验,它意味着一种新的精神净化和前进的姿态"⑥。而"东方有助于揭示一种深沉的文化危机感,一种信仰——曾被科学理性支撑的进步观念——的失落,以及对新

---

① [英]艾瑞克·霍布斯鲍姆:《帝国的年代:1875～1914》,贾士蘅译,南京:江苏人民出版社,1999年,第426页。
② [德]霍克海默:《霍克海默集》,曹卫东编选,上海:上海远东出版社,1997年,第43页。
③ [美]J. J. 克拉克:《东方启蒙:东西方思想的遭遇》,于闽梅、曾祥波译,上海:上海人民出版社,2011年,第142—143页。
④ Jean C. Cooper. *Taoism: The Way of the Mystic*. London: Mandala, 1990, p.129.
⑤ 周宪:《审美现代性批判》,北京:商务印书馆,2005年,第56页。
⑥ [美]J. J. 克拉克:《东方启蒙:东西方思想的遭遇》,于闽梅、曾祥波译,上海:上海人民出版社,2011年,第149页。

范式的需要"①。在此条件下,非理性色彩浓厚的东方哲学如佛教禅宗、印度教,以及道家思想等,成为矫正理性至上之积弊的新的精神资源。"从20世纪之交开始,我们已经看到,东西方文化与学术交流的范围日渐增大,由世俗的宗教层面转向全面研究。"②

  此时的中国热亦与19世纪末、20世纪初的现实环境有着直接的关联,并体现出新的特点。伴随着西方殖民势力的全球扩张,东西方文化接触的范围也日渐拓展、性质发生了改变、渠道日益多元化。20世纪初英国汉学家阿瑟·韦利指出:"至今为止,所有到中国的英国人都是为政治原因,他们不是传教士、军人、商人就是官吏;但约在这时候,另有一班人开始访问中国——是有余闲而渴望多认识世界的人,他们是诗人、教授、思想家……(他们)到中国的目的并非传教、贸易、做官或打仗,而是老老实实的交友和学习,他们跟中国人来往接触,使中国人对我们有面目一新之感。"③基于帝国扩张工程而带来的日益增多的碰撞不仅激发了欧洲人对非欧洲文化的信仰及其实践系统的越来越浓厚的兴趣,而且还推进了学者和知识分子的研究。"一方面,它有助于产生一种对东方作为他者的感知,认知到它有着与西方不同的文化差异。这种文化差异激发的是两种截然不同的或轻蔑或尊敬的态度,既确定了西方文明一些固有的优越性,又确定了到东方性的古代传统中寻找那些西方显然缺乏的东西的必要性。另一方面,殖民地因素也让西方人对于东方产生了一种跟罪恶感并生的焦虑感,这激发了各种各样的智识的思考,包括关于一种宇宙哲学或一个全球宗教的大思考,鼓励一些更谨慎的阐释学意义上的对话。"④概言之,与中国社会现实的直接接触,对中国历史文化的仰慕,对西方侵略暴行的洞察,使得一批具有批判意识的人文知识分子在东方面前产生

---

  ① [美]J.J.克拉克:《东方启蒙:东西方思想的遭遇》,于闽梅、曾祥波译,上海:上海人民出版社,2011年,第149页。
  ② 同上书,第143页。
  ③ 程新编:《港台·国外 谈中国现代文学作家》,成都:四川文艺出版社,1986年,第232页。
  ④ [美]J.J.克拉克:《东方启蒙:东西方思想的遭遇》,于闽梅、曾祥波译,上海:上海人民出版社,2011年,第143—144页。

了与文化焦虑感并生的强烈负罪感,由此使东方传统哲学与文学艺术经由他们之手被引入了西方文化学术传统。

在此背景下,中国再一次进入了西方世界的道德与美学期待之中。爱尔兰小说家弗兰克·哈里斯将中国文化之于20世纪西方现代主义的意义再度与文艺复兴时期的希腊文化进行了类比,认为"这种现代文艺复兴(modern renaissance)是由对中国的绘画和陶器,以及日本的版画和图画的发现,所形成的抑或是加快的"①。英国艺术批评家罗杰·弗莱则将这场"卷土重来"的"中国热"誉为"东方文艺复兴"(Oriental Renaissance):"想到西方是如何为了革新与获得灵感而频繁地转向东方,真是令人好奇。东方文艺复兴在我们的艺术史上几乎就像古典文艺复兴一样经常出现。"②法国当代汉学家雷蒙·施瓦布将这场"东方文艺复兴"称为"第二次文艺复兴"③。

随着20世纪学术机构的几何级增长,随着对专业化的强调以及由自然科学和社会科学中引入的方法论的广泛运用,东方学研究在所有方面都日益发展,呈现出百花齐放的景象。通过对历史上的"中国热"加以研究,人们发现,欧洲特定时代自身的知识与文化氛围,决定了东方文化的不同方面为欧洲所吸收。与17—18世纪欧洲的"中国热"中将中国作为儒学指导下物质繁荣、政治清明、道德高尚的理性国度不同的是,19世纪末、20世纪初西方的"东方文艺复兴"更多体现为对道家思想以及中国古典艺术美学的尊崇。这两个方面的特点,在这一时期英、美众多现代主义作家与学者的身上体现了出来。本书主要论述的对象,即英国著名的现代主义文学艺术群体"布鲁姆斯伯里团体"成员与中国文化元素的关系,所受中国道德伦理意识与艺术审美观念的影响,以及这些影响对其自觉倡扬并身体力行的美学现代主义的重要助推作用。

---

① Frank Harris. *Contemporary Portraits*, 3rd Ser. New York: Frank Harris, 1920, pp. 149—150.
② Roger Fry. "Oriental art". Editorial. *The Burlington Magazine for Connoisseurs*. Vol. 17, No. 85(Apr., 1910):3.
③ Raymond Schwab. *The Oriental Renaissance: Europe's Rediscovery of India and the East 1680—1880*. New York:Columbia University Press, 1984, p. 11.

第二章 "布鲁姆斯伯里团体"的形成及与中国文化的亲缘关系

1904年,在父亲莱斯利·斯蒂芬爵士去世之后,英国未来的先锋派画家、年轻的文尼莎·贝尔①带着妹妹、未来的意识流小说大师弗吉尼亚·伍尔夫②和弟弟们从伦敦海德公园门22号(22 Hyde Park Gate)的旧寓搬出,在伦敦东部毗邻英国国家博物馆的布鲁姆斯伯里区戈登广场46号(46 Gordon Square)安顿了下来。文尼莎和弗吉尼亚将很快成为以这一街区而得名、在英国现代主义文学艺术史上闻名遐迩的"布鲁姆斯伯里团体"(又称"布鲁姆斯伯里文化圈")的灵魂人物。

第一节 "布鲁姆斯伯里团体"的形成与发展

布鲁姆斯伯里是典型的伦敦中产阶级街区,著名的英国国

---

① 文尼莎·贝尔婚前的闺名为文尼莎·斯蒂芬,为莱斯利·斯蒂芬和朱莉亚·普林塞普·斯蒂芬的长女。后与艺术史家与艺术评论家克莱夫·贝尔结婚。本书在提及文尼莎·贝尔婚前的生活与艺术活动时,同时为与克莱夫·贝尔相区别,将酌情运用"文尼莎"的称呼。国内另有译名"范尼莎""瓦奈萨"等。"尼莎"为她的昵称。

② 弗吉尼亚·伍尔夫婚前的闺名为艾德琳·弗吉尼亚·斯蒂芬,为莱斯利·斯蒂芬和朱莉亚·普林塞普·斯蒂芬的第二个女儿。因此,本书在提及伍尔夫婚前的生活与写作时,将酌情运用"弗吉尼亚"或"斯蒂芬小姐"的称呼。

家博物馆、伦敦大学以及斯莱德艺术学校等都坐落于此。它们的存在,以及周边廉价的房租,吸引了大批大学生、作家和艺术家聚居此处,这使得该区域充溢着浓郁的文化气息,成为自由艺术的中心,而正是这种自由的精神氛围,吸引着斯蒂芬家的四个孩子毅然弃绝上流阶级的老宅而选择于此定居。布鲁姆斯伯里是由罗素广场、戈登广场、塔维斯托克广场、菲兹罗伊广场等众多花园广场构成的。从地理位置和环境的优越性来看,斯蒂芬姐弟四人选择的戈登广场并不是布鲁姆斯伯里所有广场中气派最恢宏的一个,相反较为僻静,但却令他们尤其是两姐妹雀跃不已,因为这次的搬迁对他们来说意义重大,它标志着他们得以逃离海德公园门所代表的那种极端压抑、令人窒息的维多利亚式生活氛围,摆脱母亲朱莉亚·斯蒂芬、同母异父的姐姐斯特拉·达克沃斯和父亲三位亲人先后故去的阴郁记忆,拒绝同母异父的哥哥达克沃斯两兄弟以兄长之名实施的骚扰与压制,以及扮演上流社会茶桌边的天使等种种尴尬,而进入一个没有年长女性的监护和繁文缛节的种种约束的环境,可以更加自由地聆听音乐会,观赏芭蕾舞,参观心仪的画廊,不受打扰地绘画与写作,结识新的朋友,拥抱精神生活,畅谈艺术、哲学与人生直至深夜。

　　在海德公园门22号老宅那泛着猩红天鹅绒色调的黯淡背景的映衬下,戈登广场所有的一切都使弗吉尼亚感到新鲜和振奋。她曾兴高采烈地写信给密友维奥莱特·迪金森:"现在我们是自由的女人了!"①然而,更令她心花怒放的是这里充裕而明亮的空间。相较于海德公园门集卧室、书房和会客厅于一体的拥挤,戈登广场46号为两姐妹各提供了一间起居室,并且还在一楼配有一间书房,客厅也是原来的两倍之大。弗吉尼亚终于拥有了自己独立的工作室,她在房间中放置了一张高高的书桌,以便每天上午可以以站姿写作两个半小时,而文尼莎则在自己的画室中作画。就像弗吉尼亚·伍尔夫后来在《一间自己的房间》中所做的感慨:"女

---

① 伍厚恺:《弗吉尼亚·伍尔夫:存在的瞬间》,成都:四川人民出版社,1999年,第68页。

人要想写小说,必须有钱,再加一间自己的房间。"①伍尔夫坚持认为,女性想要获得思想与创作的自由,一笔属于自己的存款和一间属于自己的房间是首要条件。可见,布鲁姆斯伯里的新生活为弗吉尼亚和文尼莎各自的艺术创作创造了基本的物质与精神条件。

安顿下来之后,她们的兄弟、剑桥才子托比·斯蒂芬②开始将他在剑桥大学的好友们带回家中,并宣布每周四晚上10点到12点之间都会在家中待客,戈登广场"星期四之夜"聚会、畅谈的格局由此逐渐形成。在戈登广场的新居以及后来在布鲁姆斯伯里的其他寓所,以文尼莎、弗吉尼亚和托比为中心,逐渐汇聚起一批才华卓越、崇尚智性与美、追求真理、具有自由思想的青年知识分子。这些"布鲁姆斯伯里人"中包含一系列日后将在英国现代文学、艺术、思想与经济史上熠熠生辉的人物,如最先将法国后印象派绘画引入英国的艺术鉴赏与评论家罗杰·弗莱,艺术史家与艺术批评家克莱夫·贝尔,画家文尼莎·贝尔,经济学家约翰·梅纳德·凯恩斯,小说家弗吉尼亚·伍尔夫、E. M. 福斯特,传记大师利顿·斯特拉齐,小说家与社会活动家伦纳德·伍尔夫,作家德斯蒙德·麦卡锡(Desmond MacCarthy,1877—1952),画家邓肯·格兰特(Duncan Grant,1885—1978)等。作为推进英国现代主义文学艺术发展的中坚力量,"布鲁姆斯伯里团体"为20世纪英国文化的发展做出了重大贡献。

如有学者所指出的,"布鲁姆斯伯里团体"标志着一个文化时代的结束:"这是在英国史上的最后一个时期,一个如此杰出的知识分子群体能够聚集在大学体系之外的伦敦。"③这一论断,其实也暗示了"布鲁姆斯伯里团体"与剑桥大学人文主义精神传统之间的紧密联系。"布鲁姆斯伯里团体"与剑桥大学,尤其是它最著名的两所学院——三一学院和国王学院

---

① [英]弗吉尼亚·吴尔夫:《一间自己的房间及其他》,贾辉丰译,北京:人民文学出版社,2003年,第2页。
② 国内另有译名"索比"。现依正确发音改译。
③ Robert Skidelsky. *John Maynard Keynes: Hopes Betrayed, 1883—1920*. New York: Viking, 1983, p.248.

有着不解之缘。关于这个团体的渊源、成员构成与发展过程,伍尔夫夫妇、贝尔夫妇及其长子朱利安·贝尔(Julian Bell)与次子昆汀·贝尔(Quentin Bell)、E. M. 福斯特、罗杰·弗莱、德斯蒙德·麦卡锡、戴维·加尼特(David Garnett)等核心成员都以文字形式做过情深意切的回忆。贝尔夫妇的次子、"布鲁姆斯伯里团体"的年轻一代、英国艺术史家昆汀·贝尔在《伍尔夫传》(*Virginia Woolf*)、《布鲁姆斯伯里》(*Bloomsbury*)和《回忆布鲁姆斯伯里》(*Bloomsbury Recalled*),英国学者林德尔·戈登(Lyndall Gordon)在《弗吉尼亚·伍尔夫——一个作家的生命历程》(*Virginia Woolf:A Writer's Life*),美国学者莱昂·艾德尔(Leon Edel)在《布鲁姆斯伯里:群狮之家》(*Bloomsbury :A House of Lions*),美国女性文学专家赫麦尔妮·李(Hermione Lee)在《弗吉尼亚·伍尔夫》(*Virginia Woolf*)等著名传记中都有详细阐释,除此之外,我们还可见到更多的以之为专门研究与回忆对象的专著、编著、回忆录与画册等①,如加拿大学者 S. P. 罗森鲍姆的相关著作即有《维多利亚时代的布鲁姆斯伯里:布鲁姆斯伯里的早期文学史》(*Victorian Bloomsbury:The Early Literary History of the Bloomsbury Group*,1987)、《爱德华时代的布鲁姆斯伯里:布鲁姆斯伯里的早期文学史》(*Edwardian Bloomsbury:The Early Literary History of the Bloomsbury Group*,1994)和《布鲁姆斯伯里读本》(*Bloomsbury Group Reader*,1993)等。可以说,对它的研究已经成为一门专门的学问。

  昆汀·贝尔写道:"布鲁姆斯伯里文化圈最早开始于 20 世纪初的剑桥,更确切地说,是 1899 年秋天在三一学院开始形成的"②,其雏形分别是"使徒团"(the Society of Apostles)和"午夜社"(Midnight Society)。

---

  ① 可参见加拿大学者 S. P. 罗森鲍姆编著的《岁月与海浪:布鲁姆斯伯里文化圈人物群像》或《回荡的沉默:布鲁姆斯伯里文化圈侧影》中《参考书目》所列关于"布鲁姆斯伯里文化圈"的研究书目等。上述两本书均于 2006 年在江苏教育出版社出版。
  ② [英]昆汀·贝尔:《隐秘的火焰:布鲁姆斯伯里文化圈》,季进译,南京:江苏教育出版社,2006 年,第 19 页。

在剑桥诸社团中以神秘、高深而著称的学生社团"使徒团",由乔治·汤姆林森及其朋友创建于1820年,只有出类拔萃的本科生才有可能成为其中一员。由于其人数始终控制在12人,与耶稣基督最初挑选并赋予传教使命的使徒数目一致,有严肃的社规、入会仪式并自诩为共济会式的神秘组织,因此被称为"使徒团"。在成员选择上,该社团多偏向国王学院、三一学院的学生,尤其是三一学院,更被视作"布卢姆斯伯里俱乐部的胚细胞,使徒们的故乡,高级间谍的摇篮"①。在19世纪后期、20世纪初期入会的重要成员包括:G. L. 迪金森(1885年入会)、罗杰·弗莱(1887年入会)、伯特兰·罗素(1892年入会)、E. M. 福斯特(1901年入会)、利顿·斯特拉齐(1902年入会)、伦纳德·伍尔夫(1902年入会)、梅纳德·凯恩斯(1903年入会)、维特根斯坦(1912年入会)、朱利安·贝尔(1928年入会)②等。在活动形式上,"使徒团"每周六傍晚组织严肃的辩论会,成员可在宣读论文之后就某个论题展开激烈的论争。这里没有等级和盲从,有的只是对真理价值的执着追寻和对社会现实的直率探问,剑桥的人文主义精神和智性传统在此得到了集中体现。当时,哲学家怀特海、罗素和G. E. 穆尔(G. E. Moore,1873—1958)等都是三一学院的研究员,其思想尤其对他们产生了深刻的影响。难怪伦纳德·伍尔夫后来饱含深情地回忆道:"使徒团精神就是一群亲密无间的朋友一同义无反顾、不遗余力地去追求真理的精神。这群朋友相互之间真诚坦率,喜欢以幽默的语言彼此讽刺,以开玩笑的方式彼此嘲弄,而同时又彼此尊重……使徒团的一个突出特点就是从戏谑之言中体悟出启发意义和教育意义——即使在处理极为严肃的事情时也不例外。"③可见,"使徒团"以相同的志趣和友情的纽带为基础聚集起知识精英,一方面营造出浓厚的学术氛围,为他们的激昂辩论和

---

① [德]彼得·扎格尔:《剑桥——历史和文化》,朱刘华译,北京:中信出版社,2005年,第86页。
② W. C. Lubenow. *The Cambridge Apostles*,*1820—1914*. New York:Cambridge University Press,2007,pp.413—432.
③ 转引自[英]G. R. 埃文斯:《剑桥大学新史》,丁振琴、米春霞译,北京:商务印书馆,2017年,第28页。

第二章 "布鲁姆斯伯里团体"的形成及与中国文化的亲缘关系　43

独立见解提供舞台；另一方面又形成了特殊的文化场域，使每一位成员都能受到自由、理性、批判、质疑精神的熏陶与启迪。

托比·斯蒂芬在剑桥大学三一学院读书，也是"使徒团"和"午夜社"的成员。1904 年在戈登广场开始的"星期四之夜"聚谈，后来成为青年才子们在剑桥大学的智识辩论活动于伦敦布鲁姆斯伯里区的延伸，唯一的不同，是他们多了两位才貌兼具的斯蒂芬小姐为伴。

布鲁姆斯伯里最早的一批固定访客包括克莱夫·贝尔、利顿·斯特拉齐、梅纳德·凯恩斯、德斯蒙德·麦卡锡、邓肯·格兰特和 E. M. 福斯特等人，他们逐渐形成了一个因相似的价值观念、生活态度和美学旨趣而凝聚到一起，组织松散、来去自由，并无明确的章程或宣言，但却保持了终生友情的小圈子。如伍尔夫后来的密友、女作家薇塔·萨克维尔-韦斯特与其外交官丈夫哈罗德·尼克尔森的次子、伍尔夫书信集的编者之一奈杰尔·尼克尔森（Nigel Nicolson）在回忆中所言："在所有有关布鲁姆斯伯里的遗产当中，最为出众的是其成员有关友情的观念。没有任何东西——无论是年龄、成功、在艺术和爱情方面的竞争关系，还是战争、旅行或职业造成的长时间的分离——能够将这些自年轻时代就聚到一起的人分开。"①林德尔·戈登在《存在的瞬间：一个作家的创作历程》中亦强调了"它凭借情感而存在。这也是布鲁姆斯伯里团体和其他现代主义者团体、如海明威的或萨特的团体之间的区别"②的特点。

弗吉尼亚·伍尔夫在 1921 年年末与 1922 年年初为德斯蒙德·麦卡锡的妻子、作家莫莉·麦卡锡于 1920 年发起成立的"传记俱乐部"（The Memoir Club）撰写并朗读的回忆性文字《老布鲁姆斯伯里》（Old Bloomsbury）和 1936 年 12 月 1 日在俱乐部朗读的《我是势利之徒吗？》（Am I a Snob?），以及在 1939 年 4—7 月间和 1940 年 6—11 月间断续写

---

① Tony Bradshaw. ed. *A Bloomsbury Canvas: Reflections on the Bloomsbury Group*. London: Lund Humphries, 2001, p.57.
② ［英］林德尔·戈登：《弗吉尼亚·伍尔夫——一个作家的生命历程》，伍厚恺译，成都：四川人民出版社，2000 年，第 179 页。

成的长文《往事素描》(Sketch of the Past)等中,均对布鲁姆斯伯里圈中人和事作了栩栩如生的追溯。尤其在《老布鲁姆斯伯里》中,伍尔夫对所谓的"老布鲁姆斯伯里"的成型时间做了界定,即1904—1914年间。文中深情回忆了父亲去世后姐姐文尼莎带领姐弟兄妹四人从海德公园门22号阴郁、沉闷的生活中解放出来,迁往布鲁姆斯伯里区戈登广场46号的快乐过程。作家开心地写道:"我可以向你们保证:1904年10月,它(指戈登广场46号)是世界上最漂亮、最激动人心和最罗曼蒂克的地方。"①在那里,"在红色长毛绒上用黑色涂料的瓦特-威尼斯传统被推翻了;我们进入了萨金特-福尔斯的时代;白色和绿色的印花棉布到处都是;我们弃用了莫里斯的那种有着繁复图案的墙纸,而用朴素的水粉颜料涂抹的淡水彩画装饰墙面。我们充满了试验性与革新性"②。1905年10月份,文尼莎又在戈登广场46号创设了一个"星期五俱乐部"(Friday Club),关注中心更加倾向文尼莎热爱的视觉艺术,成员有克莱夫·贝尔、文尼莎·斯蒂芬、亨利·兰姆、奈维尔·利顿、萨克逊·锡德尼-特纳等。他们举办画展,每周五碰头进行艺术讨论,同时又不仅仅限于艺术主题。该俱乐部一直延续到大约1912年或1913年,成员构成和伍尔夫所谓的"老布鲁姆斯伯里"互有交错。

  1906年,斯蒂芬姐妹挚爱的兄弟托比自希腊旅行归来后因伤寒症英年早逝。1907年,为了寻求精神支持与安慰,文尼莎与托比的好友克莱夫·贝尔结婚。弗吉尼亚和弟弟阿德里安则迁居不远处的菲兹罗伊广场29号(29 Fitzroy Square)。随着文尼莎的结婚,布鲁姆斯伯里的聚会以两姐妹的住所为据点,形成了两个中心,而讨论的内容也由抽象的哲学问题转而更加直面现实生活。维多利亚时代以来虚伪的性禁忌被打破,这些大都未婚的青年男女们甚至公开地讨论了有关性与鸡奸等方面的问

---

  ① Virginia Woolf. *Moments of Being*: *Autobiographical Writings*. Edited by Jeanne Schulkind and with a new introduction by Hermione Lee. Pimlico edition. New York: Random House, 2002, p. 46.
  ② Ibid.

题。陈规旧俗与正统信仰在这里受到挑战,而"布鲁姆斯伯里人"也因自己的惊世骇俗变得"臭名昭著"起来。因此,托比的离世并没有使聚会中断,相反使斯蒂芬两姐妹和他的剑桥友人们的联系变得更加紧密。

  伍尔夫曾生动忆及"星期四之夜"的年轻人不倦探讨何为真善美的情景。他们蔑视维多利亚时代严苛的道德观念和价值标准,对传统权威之于真实情感的禁锢十分反感,因此以反叛、张扬的人生态度成为当时英国保守的上流社会侧目的对象。其反叛的具体表现,一方面在于这些学识渊博、自信张扬、意气风发的骄子们通常谈论的话题十分广泛、百无禁忌,大家由此坦率且真诚地追寻真理、质疑陈规,"相信和平而理性的讨论"①;另一方面,"布鲁姆斯伯里团体"成员间的关系也甚为开放包容,复杂的异性恋、同性恋与双性恋关系并未影响成员之间的友谊。这种特立独行的价值取向和行为处事招致了外界的冷眼与议论,但"掩盖在这种新的时髦下面的,不仅是对使人厌倦的世界的一种健康的反动,而且是对精神自由的一种真正的向往"②。从思想资源上说,"布鲁姆斯伯里团体"尤其深受英国哲学家G.E.穆尔的影响。穆尔于1892—1896年间入读剑桥大学三一学院,毕业后留校任教,他的哲学与伦理学思想影响了包括"布鲁姆斯伯里团体"成员在内的当时许多年轻学人,因此,他和罗素被誉为"这个团体的福音传道士"③,成为团体成员永远的精神导师。作为"布鲁姆斯伯里团体"青年时代的"圣经"④,穆尔的《伦理学大纲》(*Principia Ethica*)不仅决定了"布鲁姆斯伯里人"的生活态度,而且对其行为产生了重要影响。穆尔对真理与理性的尊崇、对自由与审美的奉守,启示其远离物质主义与市侩哲学,而更多地趋向于质疑主流话语与官方立场,表现出

---

 ① [英]昆汀·贝尔:《隐秘的火焰:布鲁姆斯伯里文化圈》,季进译,南京:江苏教育出版社,2006年,第118页。
 ② [法]莫尼克·纳唐:《布卢姆斯伯里》,见瞿世镜编选:《伍尔夫研究》,上海:上海文艺出版社,1988年,第194页。
 ③ 同上书,第198页。
 ④ J. K. Johnstone. *The Bloomsbury Group: A Study of E. M. Forster, Lytton Strachey, Virginia Woolf, and Their Circle*. London: Secker and Warburg, 1954, p. 20.

开阔的文化视野和对"他者"文化的尊重态度。1938年9月,凯恩斯在"传记俱乐部"聚会时,阅读分享了关于自己早年生活与信仰的回忆录《我早年的信仰》,其中特别谈及穆尔的《伦理学大纲》对自己,对团体崇尚爱、美与真理,摆脱功利主义的深刻影响。"摩尔的影响不仅是压倒性的,而且还和斯特雷奇过去常说的'致命影响'截然相反;它激动人心、令人振奋,就像一种复兴的开始,一个新天地的出现,而我们是新秩序的先驱,无畏无惧。也许正因为这种智识成长经历,我们即使在最沮丧和最糟糕的时刻,也从来没有失去一种韧性,而这种韧性是年轻一代似乎从来没有过的。"①"我们是最后一批乌托邦主义者——这些人有时也被称为社会向善论者——当中的一部分,我们这些人相信持续的道德进步,而且凭借这一点,人类已经成为由可靠、理性、正派的人们组成的群体,他们遵从真理和客观标准,可以从外在的习俗规约、传统标准和僵化的行为准则的限制中安全地解脱出来,并且从现在开始,尽可由他们发挥自己的智慧,跟随内心纯粹的动机和对于美善的可靠直觉。"②

1910—1914年间,新人不断加入,团体进一步扩大,其中最有标志性意义的事件是罗杰·弗莱的加盟。此时的弗莱刚刚辞去纽约大都会博物馆油画厅主任一职,返回英国,并出任《伯灵顿杂志》(The Burlington Magazine)的编辑。他以沉稳敦厚的人品、深厚的艺术史造诣、独到的艺术品鉴赏眼光和高雅的审美趣味迅速成为深受戈登广场和菲兹罗伊广场欢迎和爱戴的人物。在《老布鲁姆斯伯里》一文中,弗吉尼亚曾浓墨重彩地写到自己与弗莱的结识和弗莱来到家中时的情景:"我想,一定是在1910年,克莱夫某晚奔上楼来,无比激动的样子。他刚刚经历了有生以来最最有趣的交谈之一。他是和罗杰·弗莱谈的话。他们一连好几个小时讨论了艺术。他觉得罗杰·弗莱是自己在离开剑桥之后遇见过的最有趣的人物。后来罗杰就出现了。我好像觉得,他来的时候穿的是一件大

---

① 转引自张楠:《"文明的个体":弗吉尼亚·伍尔夫和布鲁姆斯伯里文化团体研究》,上海:复旦大学出版社,2018年,第180页。摩尔即穆尔,斯特雷奇即斯特拉齐。
② 同上书,第190页。

大的乌尔斯特大衣,每一只口袋里都塞着一本书、一只画盒或别的什么搞不清楚的东西;还有那些他从后街某个小个子男人那里买来的特别的插图;他胳膊底下夹着油画布;他的头发翘了起来;双眼闪闪发光。他的知识和经验比我们所有人加起来的还要多。"①

由于弗莱经常在"星期五俱乐部"发表有关艺术的演说,他对艺术的不倦热情对团体成员产生了巨大的感染力量。1910年11月—1911年1月间,弗莱在克莱夫·贝尔和德斯蒙德·麦卡锡的帮助下,在伦敦格拉夫顿画廊(Grafton Gallery)组织了在现代英国艺术史上具有划时代意义的第一次"后印象派画展"。昆汀·贝尔在《布鲁姆斯伯里》中认为在"布鲁姆斯伯里团体"的发展史上有四个关键的年份,即1899年、1904年、1906年和1910年。1910年正是第一次后印象派画展举办并在英国激起了轩然大波的年份:"布鲁姆斯伯里起源于1899年的剑桥;莱斯利·斯蒂芬爵士1904年去世后,剑桥因素和伦敦因素结合融成了一体;1906年索比·斯蒂芬去世,瓦奈萨·斯蒂芬和克莱夫·贝尔订婚;1910年,第一次后印象派画展在格莱夫顿美术馆举行。"②

自此以后,以绘画为中心的视觉艺术不仅成为整个"布鲁姆斯伯里团体"的兴趣中心,亦成为英国先锋派艺术的大本营。J.K.约翰斯顿写道:"在这个圈子里,几乎没有人对视觉艺术没有浓厚的兴趣;而这一兴趣的领袖人物是罗杰·弗莱。"③伍尔夫在日后为弗莱所作的传记中尊弗莱为"现代英国绘画之父"④,称他为"一位伟大的批评家,一个拥有深刻的情感,同时又极度真诚的人"⑤,指出"他通过自己的写作改变了身处的那个

---

① Virginia Woolf. *Moments of Being*: *Autobiographical Writings*. Edited by Jeanne Schulkind and with a new introduction by Hermione Lee. Pimlico edition. New York: Random House, 2002, p.57.
② [英]昆汀·贝尔:《隐秘的火焰:布鲁姆斯伯里文化圈》,季进译,南京:江苏教育出版社,2006年,第45—46页。
③ J.K. Johnstone. *The Bloomsbury Group*: *A Study of E.M. Forster*, *Lytton Strachey*, *Virginia Woolf*, *and Their Circle*. London: Secker and Warburg, 1954, p.11.
④ Virginia Woolf. *Roger Fry*: *A Biography*. London: Hogarth Press, 1940, p.182.
⑤ Ibid., p.263.

时代的趣味,以他在后印象派人物当中的领袖地位改变了当下英国的绘画,并用自己一系列的讲座无与伦比地提升了人们对艺术的热爱"①。伍尔夫本人的现代小说观念与意识流创作实践,也受到以弗莱为代表的现代形式美学观念的深刻影响。②

克莱夫·贝尔于1913年制作了一份布鲁姆斯伯里草图。按他的说法,"布鲁姆斯伯里团体"由两代人所组成,主要成员及其身份如下:

第一代:
G.L.迪金森(1862—1932):政治哲学家、剑桥大学导师
伯特兰·罗素(1872—1970):哲学家
罗杰·弗莱(1866—1934):艺术评论家
E.M.福斯特(1879—1970):小说家
弗吉尼亚·伍尔夫(1882—1941):作家
约翰·梅纳德·凯恩斯(1883—1946):经济学家
文尼莎·贝尔(1879—1961):画家
邓肯·格兰特(1885—1978):画家
克莱夫·贝尔(1881—1964):艺术评论家
伦纳德·伍尔夫(1880—1969):政治理论家、作家
利顿·斯特拉齐(1880—1932):传记作家
阿瑟·韦利(1889—1966):翻译家、东方学家
戴蒂·瑞兰兹(1902—1999):诗人、演员、剑桥大学导师
第二代:
朱利安·贝尔(1908—1937):诗人、政治活动家
昆汀·贝尔(1910—1996):作家、艺术家、艺术历史学家
安吉莉卡·贝尔·加尼特(1918—2012):作家

其子昆汀·贝尔在所撰的《布鲁姆斯伯里》中,亦用一张表格描绘了

---

① Virginia Woolf. *Roger Fry：A Biography*. London：Hogarth Press,1940,p.294.
② 参见杨莉馨:《伍尔夫小说美学与视觉艺术》,北京:中国社会科学出版社,2015年。

1913年时"布鲁姆斯伯里团体"成员的构成,包括 E. M. 福斯特、戴维·加尼特、德斯蒙德·麦卡锡和莫莉·麦卡锡夫妇、罗杰·弗莱、文尼莎·贝尔、克莱夫·贝尔、邓肯·格兰特、弗吉尼亚·伍尔夫夫妇、利顿·斯特拉齐、凯恩斯、萨克逊·西德尼-特纳等人。贝尔父子所共同强调的时间节点1913年,正是"布鲁姆斯伯里团体"的影响力走向鼎盛的时间,也是第一次世界大战爆发前一年。此时,由"布鲁姆斯伯里人"策划并主持的两次后印象派画展刚刚结束,在英国艺术界掀起的余波未平;克莱夫·贝尔和文尼莎·斯蒂芬结婚并生下了长子朱利安·贝尔;弗吉尼亚·斯蒂芬和伦纳德·伍尔夫结婚并分别完成了小说处女作《远航》和《丛林里的村庄》;凯恩斯出版了经济学著作《印度通货与金融》;福斯特从印度返回并开始创作著名小说《印度之行》;由罗杰·弗莱倡议成立、旨在对年轻艺术家提供帮助的"欧米茄工作室"开始运转……而按照伍尔夫在《老布鲁姆斯伯里》一文及其他传记类文章中的表述,"布鲁姆斯伯里团体"成员还有核心与外围之分,核心成员就是最早参加家庭聚会,由同学、朋友和姻亲组成的固定的数位,而受邀来访的朋友,或朋友的朋友则数量庞大,作家亨利·詹姆斯、诗人 T. S. 艾略特等都在其列。如果根据1987年出版的《布鲁姆斯伯里名人录》(Who's Who in Bloomsbury)中收录的条目来看,则人名可达上百。① 至于年轻一代成员,除了克莱夫·贝尔所列的自己三个子女②之外,与这个小圈子关系亲密,或从中受益良多的其实还有死于第一次世界大战战场的青年诗人鲁珀特·布鲁克、诗人斯蒂芬·斯彭德、诗人兼出版家约翰·莱曼、一起访问过抗战时期的中国并进行采访的散文家克里斯托夫·衣修伍德和诗人 W. H. 奥登等人。伍尔夫的密友薇塔·萨克维尔-韦斯特亦在这一团体中扮演着重要而特殊的角色。此外,

---

① 赵毅衡:《伦敦浪了起来》,北京:人民文学出版社,2002年,第178页。
② 1907年,文尼莎和克莱夫·贝尔结婚,后育有二子。长子为剑桥才子、诗人、曾在国立武汉大学任教,后在支援西班牙反法西斯战争的前线牺牲的朱利安·贝尔;次子为艺术批评家、画家、作家,曾任萨塞克斯大学历史与艺术理论教授,著有《伍尔夫传》等作的昆汀·贝尔;舞蹈家安吉莉卡·贝尔(Angelica Bell)则是文尼莎与后来的情人、画家邓肯·格兰特所生的女儿,后嫁给布鲁姆斯伯里作家戴维·加尼特。

中国现代作家与翻译家徐志摩、林徽因、凌叔华、萧乾与叶君健等人,也与这一团体的重要成员有着或长或短的复杂关联,由此创造了20世纪上半叶中英文学艺术史上一段段复杂而独特的交流因缘,推动了各自国家现代主义文学艺术的发展。①

1914年,第一次世界大战爆发后,"布鲁姆斯伯里团体"成员拒绝参与帝国主义战争,大多选择成为服从良心的反战者,公开持与政府不合作的态度,为躲避兵役而宁愿到菲利普·莫瑞尔夫妇在牛津附近的嘉辛顿农场做工。

战争使得"布鲁姆斯伯里团体"的固定聚会不复存在,大家转向了各自的工作,分散到了全国各地。战后这一小圈子虽重新聚集起来,但聚会地点更加分散多元,除了伦敦之外,很大程度上随"布鲁姆斯伯里团体"的女王文尼莎·贝尔和情人邓肯·格兰特寓所的迁移而变动,他们在查尔斯顿的农庄和在法国南部的度假寓所卡西,以及伍尔夫夫妇的住宅"僧侣屋"等,都是家庭与朋友聚会的重要地点。进入20世纪30年代之后,随着利顿·斯特拉齐、罗杰·弗莱、朱利安·贝尔等的先后谢世,以及1942年弗吉尼亚·伍尔夫的自溺身亡,"布鲁姆斯伯里团体"的发展进入了一个新的阶段。

第二节 "布鲁姆斯伯里团体"的价值立场及与中国文化的亲缘关系

关于"布鲁姆斯伯里团体"的价值立场与美学追求,团体中人、其同时代友人,以及后代研究者均有着不约而同的相近表述。

克莱夫·贝尔在自己的著作《文明》中,曾对"甜美和光明"有一个著名的阐释:"喜欢真和美,宽容,求实态度,严格要求,富于幽默感,彬彬有

---

① 可参见 Patricia Laurence. *Lily Briscoe's Chinese Eyes: Bloomsbury, Modernism, and China*. Columbia: The University of South Carolina Press, 2003, 其中译本为[美]帕特丽卡·劳伦斯:《丽莉·布瑞斯珂的中国眼睛》, 万江波、韦晓保、陈荣枝译, 上海:上海书店出版社, 2008年。

礼,好奇求知,鄙视庸俗、野蛮、过火,等等,不迷信,不假正经,大胆接受生活中美好事物,彻底自我表达的愿望,要求受到全面教育的愿望,蔑视功利主义市侩习气等等等等。"①这一阐释,其实也可以用来概括"布鲁姆斯伯里团体"的文化品格。

罗杰·弗莱和 E. M. 福斯特的挚友、法国心理批评家夏尔·莫隆(Charles Mauron)是这样评价"布鲁姆斯伯里团体"的内部关系的:

……生活的和谐与节奏在布鲁姆斯伯里处处流淌,而这就是它的精髓所在,似乎与逻辑没有多大关系,但这并不意指话语的连贯。或许读者会提出异议,因为我们这里所讨论的只不过是一个群体,而并不是一个有机的组织。但实际上,我相信,他们想要区分的群体或许有着共同的思想观念与生活兴趣,或许更倾向于共同享受生活,体验生活的和谐。夫妇的结合则应该属于第二种情况——共同的思想观念与兴趣爱好固然重要,但比起他们之间的爱情以及爱情的结晶,便要渺小得多。而对于像布鲁姆斯伯里这样的文化群体而言,友谊重于爱情,审美创造重于爱情的结晶;它的和谐性不仅在于相似,更在于相互间的互补性与创造性。这个群体的成员,寥寥可数,他们对于权力不屑一顾;他们忠于自己的信仰,但并不强加于人;他们聚集在一起,不为力量,只为找寻属于自己的快乐。或许这就是他们能够在这样一个恃强凌弱的世界里形成一方文明天地的原因吧。②

伍尔夫的传记作者约翰·梅彭则写道:

这一团体实际上是上层中产阶级的一个特殊部分,它所攻击的是自己父辈的那些不堪忍受的陈旧观念。……他们因拒斥父辈的文化而统一起来,那是一种压抑人的礼教文化,服务于自负自满的帝国秩序。这个团体没有共同纲领。他们也没有宣言。不过他们共享着

---

① [英]克莱夫·贝尔:《文明》,张静清、姚晓玲译,北京:商务印书馆,1990年,第102页。
② [加]S. P. 罗森鲍姆编著:《回荡的沉默:布鲁姆斯伯里文化圈侧影》,杜争鸣、王杨译,南京:江苏教育出版社,2006年,第202页。

一种意识，觉得必须在整个家庭、知识、文化和政治生活中进行革新。他们中许多人至少在早期认为，社会进步的动因和英雄不再是隶属维多利亚意识形态的高贵、尽职守责和道德狂热的父权制家长，而是富于敏锐审美力的"文明的个人"，具有训练有素的纯正品位，享有建立在不拘礼节基础上的一种现世性、在性方面不落俗套的优雅友谊。他们压倒一切的冲动是要突破陈规惯例，开辟出通往一个更宽松的、较少市侩化和残酷性的社会秩序的道路。……他们试图粉碎维多利亚式家庭和维多利亚时代强有力的、傲慢自信和充满迷信的文化。……他们尤其要抵制艺术和文学中的道德化。①

不惧流俗的人生态度和崇尚真知的自由氛围，使得团体中每位重要成员都有独特的个性与不凡的成就。尤其是在文学、艺术、哲学、社会学、经济学与心理学等领域，"布鲁姆斯伯里人"在欧美现代主义运动中均有着突出的地位。除了本书将重点论及的汉学家与东方学家阿瑟·韦利，剑桥大学导师、历史学家G. L. 迪金森，哲学家与散文家伯特兰·罗素，画家与艺术史家罗杰·弗莱，美学家与艺术批评家克莱夫·贝尔，意识流小说大师弗吉尼亚·伍尔夫和传记大师利顿·斯特拉齐等之外，众所周知，经济学大师凯恩斯在英国经济思想史上拥有举足轻重的地位，并对20世纪上半叶的国际经济与贸易体系的形成做出了重要贡献；福斯特是现代小说史上著名的小说家与评论家，著有《霍华兹别墅》(1910)、《印度之行》(1924)和《小说面面观》(1927)等多部重要作品；画家邓肯·格兰特和文尼莎·贝尔则是"布鲁姆斯伯里团体"视觉艺术创作实践的杰出代表。他们的身上，集中了英国美学现代主义运动的主要成就。而他们在哲学、伦理层面和文学、艺术、美学层面的贡献，一方面是19、20世纪之交欧美社会文化发生裂变、文学艺术除旧布新、由启蒙现代性内部裂变出美学现代主义倾向的内在要求所决定的，另一方面也离不开他们对以中国为代表

---

① John Mepham. *Virginia Woolf: A Literary Life*. London: Macmillan Press Ltd., 1996, pp. 38—39.

的东方文化，以及其他民族与地区文化、文学与艺术元素的汲取与阐发。可以这样说，中国、印度、日本等亚洲国家，非洲、大洋洲与南美洲等地区的文化与艺术、哲学与思想，都对欧美现代主义文学艺术运动的生成做出了自己的贡献，成为"布鲁姆斯伯里团体"现代主义运动发展进程中不可或缺的推进力量。我们也可以这样说，从东西方文化—文学交流漫长的历史阶段来看，"布鲁姆斯伯里团体"继承与发扬了启蒙时代欧洲汉学家、思想家与文学艺术家们自觉借鉴、学习中国文化的传统，以他们与中国文化、文学之间丰富而多元的联系纽带，参与并推动了19世纪后期到20世纪上半叶欧美第二次"中国热"的生成，使得欧美现代主义运动与第二次"中国热"产生了不解之缘，因而在20世纪中西文化艺术交流史上有着值得大书特书的地位。

那么，"布鲁姆斯伯里团体"与中国文化之间究竟有着怎样的因缘？团体成员对中国文化的"发现"又是在怎样的语境下发生的？

如前所述，在19世纪中后期，中国历史上发生了一系列重大事件。第一次鸦片战争、第二次鸦片战争的失败，义和团运动，以及接踵而来的八国联军侵华事件等，使中国沦为风雨飘摇的半殖民地半封建社会。正是在帝国主义列强竞相欺凌、瓜分中国的狂潮中，秉承着热爱和平、反对强权的信念，能够洞视殖民主义与帝国主义本质的"布鲁姆斯伯里人"选择背弃自身所属的上层阶级立场，而与被殖民、被压迫和被边缘化的族群坚定地站到了一起。正是这种对受压迫者的同情，以及自觉抵制偏见的世界主义态度，成为"布鲁姆斯伯里人"拥抱中国文化的基础。

作为"布鲁姆斯伯里团体"老一辈的成员，迪金森和罗素均在年少时便通过阅读书籍，发现了自己对中国文化的亲近；剑桥大学的学习和任教经历，又令他们对中国文化的了解不断加深；而与"布鲁姆斯伯里团体"其他成员的密切交往，更让中国文化成为联结他们之间友情的坚韧纽带。迪金森和罗素分别于1913年、1920年先后来华访问，不仅为中国民众带来有关西方的先进知识和讯息，也在当时的中国大众社会和知识界引发了激烈的论争，对中国社会的现代性思考亦产生了深远的影响。他们的中国文化观集中体现在两部著作中,即迪金森在访华前出版的《"中国佬"信札》(Letters from John Chinaman,1901)与罗素在访华归国之后出版的《中国问题》(The Problem of China,1922)。虽然两本书所采用的体裁有所不同,但作者均在西方文明陷入危机之时,出于反思西方启蒙现代性的需要,而将中国视作未受西方现代化浸淫的"道德乌托邦",通过极力赞扬中国文明中爱好和平、崇尚天性、尊重道德伦理的部分,来尖锐批判被机械的物质文明和启蒙现代性所束缚的西方文明。"布鲁姆斯伯里团体"的朋友、诗人 T.S.艾略特曾在长诗《荒原》中将 20 世纪 20 年代的伦敦描写得恰如中世纪意大利诗人但丁笔下的地狱,将欧洲表现为一片物质与精神的荒原:只有石块,没有水;只有干旱,没有植物生长;是一片不毛之地,大地已经死亡。在描摹苦难的同时,诗人渴望能够找到一副灵丹妙药,来拯救这片古老的大地,医治欧洲人精神上的创伤。迪金森与罗素同样强烈谴责了英帝国主义的对华侵略与经济压迫,抨击了西方穷兵黩武的殖民主义和片面追求物质进步的工业主义,对中国人淡泊宁静、尊重自然的民族气质进行了田园牧歌式的浪漫描绘。他们持有的中国观与中国国内的"东方文化派""学衡派"的主张彼此契合,这使得其反思启蒙现代性的理念在中国找到了同路人;这一历史遇合同时亦表明,中国思想界内部早在 20 世纪初亦已萌发了审美现代性范畴之内的诸种观念,它们与激进派的文化变革主张形成了动态制衡,推进了中国思想与文学的多样态发展。

迪金森和罗素的国际主义胸怀、和平理念与人道精神又深刻影响了阿瑟·韦利、罗杰·弗莱、贝尔夫妇、伍尔夫夫妇、E.M.福斯特等"布鲁姆斯伯里团体"中相对年轻的一代。"布鲁姆斯伯里团体"中另一位推介中国文化的重要人物是汉学大师阿瑟·韦利,他甚至因对中国文学艺术的执着译介而被凯恩斯的妻子、俄罗斯芭蕾舞蹈家洛帕科娃称为"中国的布鲁姆斯伯里人"。

作为东方学家,韦利将一生都奉献给了中日文学—文化的译介和研究事业,获得了极高的赞誉和深远的影响。作为"布鲁姆斯伯里团体"的外围成员与亲密朋友,韦利成为中国文化元素进入英国现代主义文学艺术圈的关键人物。1916年,韦利将自己最早的汉诗英译小册子赠送朋友的范围,即包括G.L.迪金森、埃兹拉·庞德、克莱夫·贝尔、劳伦斯·宾扬、罗杰·弗莱、多拉·卡灵顿、伯特兰·罗素、T.S.艾略特、伦纳德·伍尔夫和W.B.叶芝。1918年,他的第一部重要译著《170首中国诗》面世。作为作家,韦利对中国文化自觉内化和运用,在后期还创作了多篇中国体诗文,在题材、意象、风格、韵律等方面颇具中国神韵。如克拉克所说:"中国的思想及文化,一向被忽略甚至被蔑视,在西方浪漫主义时代衰落之后,再次重现光彩,这是由于阿瑟·魏理着手翻译的系列中国古诗被介绍进来。这些诗不仅深刻地影响着西方现代诗人,如叶芝和庞德,而且也赢得了西方学者和哲学家的再次青睐。"① 概而言之,韦利出色的汉学译介和研究是19、20世纪之交中国文化在英国"复兴"的关键中介与重要桥梁;而他在"布鲁姆斯伯里团体"中的特殊地位,又使得中国文学—文化在英、美现代主义运动中扮演着重要的角色,成为后者不可忽视的精神资源。

除了在精神价值、哲学观念和伦理关怀等层面对西方社会的反思批判所产生的影响之外,19世纪末到20世纪初,中国艺术与拜占庭艺术、黑人艺术等一道,成为"布鲁姆斯伯里团体"的人文知识分子在文学艺术领域除旧布新的重要参照。而在伦敦现代主义美学和中国艺术之间搭建桥梁的最重要的人物是罗杰·弗莱。他和美学家克莱夫·贝尔等的推崇与评介,为中国艺术进入西方主流艺术圈的审美视野,成为世界艺术大家庭中的重要成员,起到了关键的作用。

弗莱出生于1866年,先后在布里斯托克利夫顿学院和剑桥大学国王学院接受教育,曾于1888年荣获剑桥大学自然科学专业的一等荣誉毕业证书。但毕业后的弗莱并未继续从事自然科学研究,反而投身于心仪的

---

① [美]J.J.克拉克:《东方启蒙:东西方思想的遭遇》,于闽梅、曾祥波译,上海:上海人民出版社,2011年,第144页。**魏理即韦利。**

绘画创作,并进一步赴巴黎学习绘画。虽然作为画家的他成就并不突出,但艺术实践和深厚的艺术史素养却赋予他出众的艺术感悟力与独到的审美鉴赏水准。

1910年,在克莱夫·贝尔、德斯蒙德·麦卡锡等人的帮助下,弗莱在欧洲大陆挑选出21幅塞尚、37幅高更、20幅梵高,还有德兰、毕加索、马蒂斯、马奈等的画作,以"马奈与后印象画派"(Manet and the Post-Impressionists)①为题,于1910年11月8日—1911年1月15日间在格拉夫顿画廊举办了震惊伦敦艺术界的第一次后印象派画展。画展在英国社会激起了巨大波澜,弗莱由此遭到习惯于传统绘画的英国公众的唾骂,但也获得了一大批急于突破陈规、呼应欧陆现代新风的追随者的支持,成为"现代艺术史上向英国公众全面引进当代大陆艺术的里程碑"②。"后印象主义"(Post-Impressionism)一词由此进入现代艺术与艺术批评史,弗莱也一跃而为年轻一代英国艺术家的旗帜与精神领袖。1912年10月到1913年1月间,弗莱于格拉夫顿画廊举行了第二次后印象派画展,只不过内容上除了欧陆画家的先锋派画作外,又加入了文尼莎·贝尔、邓肯·格兰特等一批年轻英国画家及俄罗斯画家如米凯尔·拉里翁诺夫(Mikhai Larionov)和娜塔丽娅·贡恰洛娃(Natalya Goncharova)夫妇的作品。这次画展亦可称为一次专属布鲁姆斯伯里的展览,因为除伦纳德担任秘书外,弗莱为画展目录撰写了"前言",邓肯·格兰特和文尼莎设计了海报。

1913年,弗莱又在菲兹罗伊广场创办了"欧米茄工作室",雇用年轻艺术家们从事室内装饰、现代家具设计、毛毯与瓷器上的图案设计以及住宅的壁画装饰等,体现出将现代主义美学风格引入日常生活的努力。

---

① 1910年10月,弗莱和德斯蒙德·麦卡锡前往巴黎和克莱夫·贝尔会合,打算搜集最好的现代法国艺术品介绍至英国。当所有被选中的画作运到伦敦之后,弗莱起初为它们的创作者确定的术语是 impressionists(印象主义者),但遭到当时与之讨论的一位年轻记者的反对。于是,弗莱决定用 post-impressionists 这一术语:"噢,让我们就叫他们后印象主义者吧,无论如何,他们出现在印象主义之后。"所以,展览冠名为"Manet and the Post-Impressionists"。

② 沈语冰:《20世纪艺术批评》,杭州:中国美术学院出版社,2003年,第60页。

作为20世纪初英国杰出的艺术鉴赏与批评家,弗莱早年即与中国艺术结下了不解之缘。他在担任伦敦著名的艺术评论杂志《雅典娜神殿》(The Athenaeum)的常任批评家期间,即开始关注中国艺术品展览。1905—1910年在纽约大都会博物馆担任油画部主任期间,弗莱更是利用了甄选、购买馆藏珍品的机缘,赴巴黎、伦敦、纽约、布鲁塞尔等世界艺术品集散地参观旅行,进一步接触远东的文化。迪金森的《"中国佬"信札》引发了英国上层知识界的轰动,弗莱专门写信给好友,表达了喜爱之情。1908年,在阅读了好友、汉学家劳伦斯·宾扬(Laurence Binyon,1869—1943)的著作《远东的绘画:亚洲,尤其是中国和日本的绘画艺术史导论》①(以下简称《远东的绘画》)后,弗莱深感东方艺术的魅力,在应牛津大学哲学学会之邀所作的演讲中,特别指出早期的中国绘画拥有再现与表现的双重品质②。

深受弗莱形式主义美学的影响,克莱夫·贝尔提出了"有意味的形式"(significant form)这一重要的美学概念。克莱夫·贝尔于1881年出生于一个煤矿主的家庭,毕业于剑桥大学三一学院,为托比·斯蒂芬的好友。曾先后研究过历史与法律,后于巴黎专攻绘画,具有精深的文学素养,热爱法国文学。1907年与文尼莎·斯蒂芬结婚。如前所述,作为罗杰·弗莱的学生与助手,克莱夫在两次后印象派画展中,均起到了重要的作用。1914年,贝尔在弗莱美学思想启发和自身对东西方艺术理解的基础上,推出了《艺术》一书,提出了以"有意味的形式"为核心的现代形式美学观。通过追踪和梳理东西方艺术的内在普遍性,即艺术外部形式的相通性,贝尔从审美形式的角度去阐释世界各民族的艺术,为打破欧洲中心主义的艺术壁垒,接受中国艺术奠定了基础。在第一章《审美假说》中,贝尔即郑重其事地提出了"有意味的形式"这一概念,随后通过设问方式,对

---

① Laurence Binyon. *Painting in the Far East: An Introduction to the History of Pictorial Art in Asia, Especially China and Japan*. London: Edward Arnold, 1908.
② [英]罗杰·弗莱:《造型艺术中的表现与再现》,见《弗莱艺术批评文选》,沈语冰译,南京:江苏美术出版社,2010年,第81页。

其下了一个著名的定义:"唤起我们审美情感的所有对象的共同属性是什么呢?……可能的答案只有一个——有意味的形式。在每件作品中,以某种独特的方式组合起来的线条和色彩、特定的形式和形式关系激发了我们的审美情感。"①因此,是以独特方式相组合的线条与色彩,也即形式与形式之间的关系激发了读者与观众的审美情感,文化差异造成的理解障碍获得了被跨越的可能性。在《艺术批评中的艺术》("Art in Art Criticism")中,贝尔写道:"由于与历史有关的艺术作品存在永久性和普遍性,所以这些作品得以被保存了下来,换句话说就是,如果它们的创作者离开了,这些作品纯粹的美感和特质还是一样的动人、容易理解。"②在贝尔看来,正因为艺术的本质在于"有意味的形式",所以艺术的成就高下与所谓文明开化程度并非一一对应。在《艺术和政治的关系》一文中,他列举了历史学家们梳理出来的四个伟大的文明时期:希腊时期、罗马帝国第一个和第二个世纪、15世纪和16世纪初的意大利、从投石党运动结束到大革命,自己却倾向于去掉罗马时代,而换上中国的宋朝,因为希腊、中国和意大利在视觉艺术方面都非常发达。③

在《艺术》中,由于克莱夫调动了自己早年在巴黎卢浮宫等地研究绘画、在意大利和小亚细亚地区研究艺术的丰富体验,历数多种艺术作品以作例证,对艺术本质做出了才情横溢的新界定,遂使艺术乃"有意味的形式"的观念深入人心,附着于传统绘画的叙事性与故事性成分被剥离,艺术的情感性与主体性得以凸显。莱昂·艾德尔写道:"参观美术馆的人认识到,正是由于有了克莱夫,以某种方式获得和谐的色彩未必看起来必须先像鲜花那般逼真;它们可以让人联想到花儿,并唤起类似于看见插满了鲜花的真正花瓶时的种种情感。"④英国著名画家沃尔特·西克特赞其为"绘画

---

① [英]克莱夫·贝尔:《艺术》,薛华译,南京:江苏教育出版社,2005年,第3—4页。
② [英]克莱夫·贝尔:《塞尚之后:20世纪初的艺术运动理论与实践》,张恒译,北京:新星出版社,2010年,第63页。
③ 同上书,第128页。
④ Leon Edel. *Bloomsbury: A House of Lions*. New York: Harper Collins Publishers, 1980, p.194.

思想的光源",包含某些"最为深刻、最为真实和最富于勇气的思想"①;弗莱称之为"一股新鲜气息";伍尔夫的印象是此书尽管有一点点"太过时髦",却"清晰而又生气勃勃"②。艺术品的本质在于以"有意味的形式"激发读者、听众或观众的审美情感的观点的大胆提出,确立了克莱夫作为艺术批评家的地位。

1933—1943年间,克莱夫任《新政治家》(*New Statesman*)和《民族》(*Nation*)杂志的艺术评论家。他的重要著作还有《立即和平》(*Peace at Once*,1915)、《诗歌》(*Poems*,1921)、《塞尚之后》(*Since Cézanne*,1922)③、《关于不列颠的自由》(*On British Freedom*,1923)、《19世纪绘画的里程碑》(*Landmarks in Nineteenth Century Painting*,1927)、《文明》(*Civilization：An Essay*,1928)、《普鲁斯特》(*Proust*,1928)、《关于法国绘画》(*An Account of French Painting*,1931)、《欣赏绘画：在国家美术馆以及其他地方的沉思》(*Enjoying Pictures：Meditations in the National Gallery and Elsewhere*,1934)、《老朋友：个人回忆》(*Old Friends：Personal Recollections*,1956)等。

弗莱和贝尔以形式审美作为进入中国艺术的门径,同时从自身艺术变革的需要出发,再度阐释、发挥了中国艺术,使之成为西方现代主义形式美学观念形成的重要资源。

伍尔夫夫妇亦与中国文化与文学有着奇妙的因缘。弗吉尼亚·伍尔夫的小说《远航》《达洛卫夫人》《岁月》和《奥兰多》等,均从女性的视角出发,表现了对父权社会中两性关系和妇女地位问题的思考、对权势阶层操纵话语的不满、对殖民主义和帝国主义扩张的担忧以及对战争破坏力量的强烈控诉。她反对权力话语对草根阶层的奴役与操纵,不满于英帝国

---

① Leon Edel. *Bloomsbury：A House of Lions*. New York：Harper Collins Publishers,1980,p.193.
② Ibid.
③ 中译本题名为《塞尚之后：20世纪初的艺术运动理论与实践》,张恒译,北京:新星出版社,2010年。后文以中译本题名指代本书。

强权政治对弱小民族的压迫,抗议帝国主义战争与男性霸权之间的合谋,对女性与弱势群体的深厚同情与理解等,成为她欢迎与接纳中国文化的思想基础。她经由外甥朱利安·贝尔建立起来的与中国女作家凌叔华的女性创作同盟与翰墨情谊,成为20世纪中英文学关系史上不可多得的一段佳话。她的丈夫伦纳德·伍尔夫则更是一位不折不扣的政治家与社会活动家,曾在锡兰(今斯里兰卡)的英殖民机构任职,著有《经济帝国主义》(1920)、《在非洲的帝国和商业》(1920)及《帝国主义与文明》(1928)等多种政治、经济、史学著作,对帝国主义的经济侵略、政治压迫和文化殖民有着切身的感受。E. M. 福斯特同样在三次印度旅行的亲身经历基础上创作了《印度之行》等小说,深刻批判了英国殖民者对印度人民的残酷压榨。这些都成为他们接纳异民族文化的精神基础。

如上所述,20世纪初年,以"布鲁姆斯伯里团体"重要成员为代表的英国现代主义者们将目光投向了东方,由此获得了大量新的哲学与美学体验与感受。伍尔夫在《到灯塔去》中塑造的中年女画家丽莉·布瑞斯珂有着一双标志性的"中国眼睛"。在美国学者帕特丽卡·劳伦斯看来,这双"中国眼睛"富含象征意义,"不仅暗示着英国画家融合了中国的审美观,而且暗示着欧洲现代主义甚至包括当代的对我们自己的文化和美学之'地方'(即非普遍性)的质疑。于是,中国的空间被置于英国的现代主义视野内,使得围绕着这场文化运动所进行的以欧洲为中心的对话得以延伸开去"[1]。

所以,本书的主体部分,将尝试进一步展开这种"质疑"与"延伸"工作,首先梳理与呈现汉学大师阿瑟·韦利对中国文学艺术的翻译、研究、介绍与传播,其次,分别讨论迪金森、罗素在精神价值层面对中国文化的汲取,弗莱、贝尔等在艺术美学层面对中国文化的吸纳,伍尔夫、斯特拉齐等作家在创作层面对中国文化的反应,等等,由此全方位地呈现20世纪上半叶以"布鲁姆斯伯里团体"为核心的英国现代主义文学艺术运动与中

---

[1] [美]帕特丽卡·劳伦斯:《丽莉·布瑞斯珂的中国眼睛》,万江波、韦晓保、陈荣枝译,上海:上海书店出版社,2008年,第15页。

国文化元素的深刻关联,反思与矫正现代主义发展谱系中的西方中心主义立场。

第三节　20世纪初期中国文化进入英国的基本渠道

如前所述,中国古代文化—文学典籍和艺术品的西传,使得"布鲁姆斯伯里团体"中人开始接触中国文化中不为人知的更为高雅、隽永和经典的成分,并使之成为助推英国现代主义美学运动的重要资源。1916年,美国意象派诗歌的领军人物埃兹拉·庞德在关于法国印象派画家兼雕塑家亨利·戈蒂耶·布尔泽斯卡的《戈蒂耶·布尔泽斯卡回忆录》中写道:"中国的激励作用并不输于希腊。"①将中国文化的影响力置于与西方文明之源的古希腊相并举的崇高地位。1920年,爱尔兰作家弗兰克·哈里斯(Frank Harris)同样将东方艺术对西方的启迪类比于希腊文明之于欧洲的文艺复兴运动,指出:"正如第一次文艺复兴是由于君士坦丁堡的陷落和有学问的希腊人不断流入意大利,带来了希腊的著作,以及希腊雕塑的样本所致,这一次现代的文艺复兴是由,或至少是由于对中国的陶瓷与绘画、日本的版画与绘画、印度与波斯的微型画,以及不同时代世界各地的雕塑等的发现所加剧的。"②但比较起来,历史上西方兴起的两次中国艺术热是具有不同的特点的。

在17、18世纪欧洲以对中国丝绸、瓷器、漆器、园林艺术、科举制度、儒家伦理等的狂热追捧为标志的第一次"中国热"中,华美富丽的东方风尚对于哥特艺术和洛可可艺术风格在欧洲的兴起和发展发挥了无可忽视的重要作用,如德国汉学家阿道夫·利奇温在其著作《十八世纪中国与欧

---

① Ezra Pound. *Gaudier-Brzeska: A Memoir*. New York: New Directions Publishing Corporation, 1970, p.140.
② Frank Harris. *Contemporary Portraits*, 3rd Ser. New York: Frank Harris, 1920, pp.149—150.

洲文化的接触》中，即提及了"中国风尚"与洛可可风格在瓷器、漆器、刺绣、壁纸、绘画、建筑、室内装潢、戏剧等诸多方面的相互融合与影响①，然而这一时段的欧洲社会对中国艺术的接受仍主要停留于器物层面，未及深入对其背后中国美学观念与本质的探究与理解，甚至还在一定程度上产生了误解与偏见，为18世纪中后期逐渐强化的对中国形象的负面认知奠定了基础。这主要体现在两个方面：其一是受限于当时东西方艺术交流的规模、途径与层次基本依赖商贸往来和传教士活动的特点，欧洲社会接触的中国艺术品大都为明清时代的日用型、世俗性生活物品，或实用型、装饰性的工艺美术品，比如说茶具即与茶叶一道改变了英国人的日常饮食习惯，英国在中国园林热后出现了中西合璧的"英中式园林"（Anglo-Chinese Garden）等。但欧洲人对属于中国高级文化（high culture）层面，尤其是体现在传统文人士大夫身上的美学追求、美学境界却知之甚少。正如英国东方学家迈克尔·苏立文所言："这股席卷欧洲的中国风尚，或拟中国风尚，只限发生在次要的、装饰性的艺术范围内，或者是在像于埃和皮耶芒的阿拉伯式图案及拙劣的仿制品上，还有主要采用洛可可风格的具有异国情调的家具、纺织品和墙纸上。"②虽然在园林设计方面，中国艺术风尚对欧洲的"影响是立竿见影且具有革命性的"③，但总体而言，"中国对18世纪的欧洲艺术影响甚微"④。

其二是来华耶稣会士作为拥有较高文化艺术修养的知识分子群体，虽然有机会直接接触中国绘画，但在欧洲自文艺复兴运动以来的现实主义艺术传统的影响下，坚持依据固定焦点透视、三维立体营造和明暗对比原则等传统技法来衡量与评价中国艺术，因而常常给出很低的评价。比如意大利耶稣会士利玛窦就认为："中国人广泛地使用图画，甚至在工艺

---

① ［德］利奇温：《十八世纪中国与欧洲文化的接触》，朱杰勤译，北京：商务印书馆，1962年。
② ［英］迈克尔·苏立文：《东西方艺术的交会》，赵潇译，上海：上海人民出版社，2014年，第116页。
③ 同上书，第120页。
④ 同上。

品上;但是在制造这些东西时,特别是制造塑像和铸像时,他们一点也没有掌握欧洲人的技巧……他们对油画艺术以及在画上利用透视的原理一无所知,结果他们的作品更像是死的,而不像是活的。"①法国耶稣会士李明也提出,尽管中国人勤于学习绘画,"但他们并不擅长这种艺术,因为他们不讲究透视法"②。他们的评价对形成欧洲社会关于中国绘画艺术的负面认知,产生了很大的影响。1675年,德国艺术史家约阿希姆·冯·桑德拉特出版的《德意志学院》(Teutshe Asademie)一书作为西方第一部评价中国绘画的艺术著作,即认为中国艺术缺乏影子的轮廓、空间的深度、浮雕的效果、再现的真实以及对自然的效仿,因此是与西方绘画迥异的艺术。③ 意大利美学家维柯也认为:"尽管由于天气温和,中国人具有最精妙的才能,创造出许多精细惊人的事物,可是到现在在绘画中还不会用阴影。绘画只有用阴影才可以突出高度强光。中国人的绘画就没有明暗深浅之分,所以最粗拙。"④所以,苏立文感慨道:"只要人们还保持只有对三维空间的物体以相应准确的立体空间的形式表现出来才算是好的艺术这一概念,只要人们还相信只有像洛林和普桑那样艺术表现的画面构成的完美是神圣不可侵犯的,中国山水画的意图和方法就不会被人们理解。"⑤迟至20世纪,才有英国的汉学家劳伦斯·宾扬在著作《英国收藏的中国绘画》(Chinese Paintings in English Collections)中不平地感慨道:"当瓷器、漆器、纺织品和中国风中的所有其他东西在欧洲长期受到如此狂热的青睐时,18世纪和19世纪的大部分时间里,却没有欧洲人有好

---

① [意]利玛窦、[比]金尼阁:《利玛窦中国札记》,何高济、王遵仲、李申译,北京:中华书局,1983年,第22页。
② 转引自[英]G.F.赫德逊:《欧洲与中国》,王遵仲、李申、张毅译,北京:中华书局,1995年,第255页。
③ [瑞士]维克多·I.斯托伊奇塔:《影子简史》,邢莉、傅丽莉、常宁生译,北京:商务印书馆,2013年,第138页。
④ [意]维柯:《新科学》,朱光潜译,北京:人民文学出版社,1986年,第70页。"高度强光"应为"高光"。
⑤ [英]迈克尔·苏立文:《东西方艺术的交会》,赵潇译,上海:上海人民出版社,2014年,第118—119页。

奇心去研究一下，除了所有这些精美的装饰品之外，中国是否存在堪与欧洲的伟大流派相媲美的创造性艺术。"①

因此，在 20 世纪之前，"欧洲人对中国美术的兴趣基本上只限于工艺品和装饰性绘画"②，而对中国的高级艺术则知之甚少或存在偏见，如赫德逊在《欧洲与中国》中所批评的："他们对于中国艺术天才所擅长的宏伟和庄严，无动于衷，他们仅只寻求他那离奇和典雅的风格的精华。他们创造了一个自己幻想中的中国，一个全属臆造的出产丝、瓷和漆的仙境，既精致而又虚无缥缈，赋给中国艺术的主题以一种新颖的幻想的价值，这正是因为他们对此一无所知。"③

而在 19 世纪后期到 20 世纪初年西方殖民主义与帝国主义的时代背景之下，中国文化在西方的传播及"复兴"体现出新的特点。和 17—18 世纪的欧洲基于东西方之间的商贸往来和传教士活动这些通道而获得明清时代世俗社会中的中国产品大不一样的是，19、20 世纪之交中国艺术品的向西传播建立在西方帝国主义列强明抢暗夺的侵略行径，以及中国珍品的海外流失基础之上。这些珍品年代更为久远，艺术价值也更高，如古朴雄浑的青铜器、温润蕴藉的玉器、色彩淡雅的汉代粗陶和唐宋瓷器，历代墓室、石窟中的木雕、石雕与壁画，文人雅士的书法、绘画等作品，由于作者、时代、类别和美学风格的不同，在西方人面前打开了有关中国古代高雅艺术的全新世界。劳伦斯·宾扬曾如此评价德国探险家阿尔伯特·冯·勒柯克的发现："多数人几乎没有意识到有多少有关古代艺术的第一手资料呈现在我们面前，这是我们的曾祖父甚至祖父都一无所知的……它揭示了被忽略的文明古迹的存在，帮助我们更好地理解印度艺术，以及

---

① Laurence Binyon. *Chinese Paintings in English Collections*. Paris and Brussels: G. Vanoest, 1927, p.9.
② [英]迈克尔·苏立文:《东西方艺术的交会》，赵潇译，上海：上海人民出版社，第 101 页。
③ [英]G. F. 赫德逊:《欧洲与中国》，王遵仲、李申、张毅译，北京：中华书局，1995 年，第 249—250 页。

世界上富有创造力的时期之一——中国唐朝的艺术。"①

于是,"欧美对东亚艺术品的收藏,便于19世纪中叶至20世纪初叶进入了最繁荣的时期"②,伦敦、巴黎、布鲁塞尔、纽约等成为20世纪初西方进行东方古玩与艺术品贸易的大型集散中心,各大博物馆、艺术画廊、拍卖行、古玩商店等有关中国艺术的收藏、展览、捐赠与交易此起彼伏,有关中亚、东亚等地区艺术的考古发现与鉴定研究,亦成为主流艺术批评刊物如《伯灵顿杂志》《雅典娜神殿》等乐于刊登的文章。

因此,厘清20世纪初年中国文化进入英国的具体渠道,将有助于我们审视这一文化交流现象发生的具体形式、主要载体及其相关的诸多信息。

首先,19、20世纪之交中国艺术品的大量外流,无疑发生在漫天的硝烟与战火中。自1840年鸦片战争开始,随着中国逐渐沦为半殖民地半封建社会,羸弱不堪的中国便再也无法阻止西方对难以计数的中国珍品的疯狂抢掠。其中的两次非正义的侵略战争,堪称中国艺术品遭受抢掠的两次滔天浩劫,即爆发于1856年的第二次鸦片战争对圆明园的毁灭,以及1900年八国联军因义和团运动发动的侵华战争。圆明园的毁灭发生在1860年10月。随着英法联军闯入北京,标志着皇家的辉煌与荣耀、凝聚着中国人民无穷智慧和心血的圆明园,最终毁于野蛮的抢掠和无情的战火中。圆明园始建于1707年(康熙四十六年),经过清朝六代皇帝150余年的倾心建造,在19世纪中期已成为富丽堂皇、名副其实的"万园之园""无与伦比之园"③。其广受赞誉的原因有两个:一是其匠心独运、中西合璧的园林建筑风格,二是园里琳琅满目、价值连城的稀世文物。然而,随着联军的入侵,这些旷世美景不复存焉。法国历史学家贝尔纳·布

---

① Laurence Binyon. "Chotscho". *The Burlington Magazine for Connoisseurs*. Vol. 24, No. 127 (Oct., 1913): 10.
② 缪哲:《我来自东:东亚艺术收藏在西方的建立:1842—1930》(前言),王珅、[法]约瑟夫·克博兹、缪哲、[美]大卫·斯唐编著,杭州:浙江大学出版社,2016年,第1页。
③ 法国传教士王致诚在1743年11月1日写回法国的长信中如此赞美圆明园。

里赛在其著作《1860:圆明园大劫难》中对圆明园毁灭的全过程进行了详细追溯,如其所言:"1860 年'远征'的整个过程中,各种抢劫行为层出不穷。"①尽管英法两国对于谁先发动抢劫以及谁掠夺了更多的财富争执不下,但事实上两国的军队均为圆明园的毁灭出了一份力。英国的额尔金勋爵在其 10 月 7 日的日记中写道:"我所进的每个房间,都最起码有一半的东西被掠走或者已被砸得粉碎……洗劫这样一个胜地已是罪过,但最糟的是其中的浪费和破坏。假说有一百万磅的珍品,我敢说其中五万磅已经被损坏了。"②英国领事兼格兰特将军的翻译郇和也回忆当时的场景道:"那个地方已经放开任人糟蹋。何其可怕的破坏场面!昔日搁架上摆放着艺术品的宁静的殿堂,如今被搞得一片狼藉!军官和士兵,英国人和法国人,个个都毫不顾脸面地奔过去,贪婪地抢夺最珍贵的物品。大多数法国人都带着短粗木棍,凡是拿不走的就敲碎砸烂。"③疯狂而混乱的抢掠与破坏持续多日,直到 19 日傍晚,饱受摧残的圆明园在冲天的火焰中终成焦土。

然而,这并非中国艺术品最后的劫难。短短 40 年后,由英、美、法、俄、日、德、意、奥组成的八国联军便以围剿义和团运动为借口,于 1900 年再次入侵中国。8 月 14 日,八国联军攻占北京,这是自 1860 年以来,西方列强又一次侵占古都北京。与上次的掠夺相同,"当各国侵略联军打进北京城后,就像一群强盗在被他们打开了的宝库前面一样。整个北京城,包括城市中心的皇宫和城外的颐和园,遭到了洗劫"④。普特南·威尔⑤在其著作《庚子使馆被围记》中记录了义和团对西方教士的侵扰和八国联

---

① [法]贝尔纳·布里赛:《1860:圆明园大劫难》(修订版),高发明、丽泉、李鸿飞译,上海:上海远东出版社,2015 年,第 331 页。
② [英]额尔金、沃尔龙德:《额尔金书信和日记选》,汪洪章、陈以侃译,上海:中西书局,2011 年,第 215 页。
③ 转引自[法]贝尔纳·布里赛:《1860:圆明园大劫难》(修订版),高发明、丽泉、李鸿飞译,上海:上海远东出版社,2015 年,第 343 页。
④ 胡绳:《从鸦片战争到五四运动》(简本),北京:红旗出版社,1982 年,第 440 页。
⑤ 即英国作家伯特伦·伦诺克斯·辛普森,普特南·威尔为其笔名,他在义和团运动和八国联军侵华期间创作的日记、文章等,是这段历史的重要见证。

军在中国的侵略恶行。他写道:"予在端王府见有美瓷数千件,皆为先入之兵所击碎,成为无数之碎片,彼等所要者金、银而已,五彩美丽之瓷器,其颜色之鲜明、绘画之精细,令人爱玩不置,在欧洲市场价值巨万者,彼等何能知之?"①而"当予骑马游行时,见军队之辎重往天津者,其车上满堆箱笼,皆抢劫之物也。予思劫掠如此之多,北京精华想已尽净,所余者不过皮与骨而已"②。联军对中国艺术珍品的抢掠与破坏之严重可见一斑。最终,"1900年义和团运动及八国联军对以北京为中心的北方的摧残,皆造成了中国大批工艺品、艺术品流入西方"③。

两次战争带来的掠夺诚然是中国艺术品的巨大浩劫,但同时也在中英文化交流史上意义深远。无数珍宝被联军士兵或商人用军舰运到西方世界,包括瓷器、玉器、漆器、金器、珠宝、雕塑、书画等,数目之大、品种之多举世震惊。运回的文物在抵达欧洲后迅速流散到各个角落。具体到英国,一部分珍稀藏品由英军敬献给女王,后被送到维多利亚和阿尔伯特博物馆(Victoria and Albert Museum)和英国国家博物馆(British Museum)陈列收藏,两座博物馆也以私人捐赠和洽购的形式收藏了不少中国文物;更多的中国艺术品则通过文物拍卖的形式被收藏家和艺术馆收入囊中。1860年后,英国大型的拍卖公司如菲利普和佳士得等,举办了数十次拍卖活动,使得收藏中国艺术品的行为在20世纪初蔚然成风。很多卖家通过谎称艺术品出自这两次对东方的掠夺,以此抬高价格。④ 可见这一时期中国艺术品在英国的流行。

其次,20世纪初西方在中国的数次探险与考古活动,是造成中国艺术品外流的第二个重要渠道。自19世纪后期,西方各国纷纷派遣探险科

---

① [英]普特南·威尔:《庚子使馆被围记》,冷汰、陈诒先译,上海:上海书店出版社,2000年,第166页。
② 同上书,第181页。
③ 缪哲:《我来自东:东亚艺术收藏在西方的建立:1842—1930》(前言),王珅、[法]约瑟夫·克博兹、缪哲、[美]大卫·斯唐编著,杭州:浙江大学出版社,2016年,第7页。
④ 有关流散文物的详细资料,可参见曹宇明、徐忠良主编:《圆明园流散文物考录·英国卷Ⅰ》,上海:上海远东出版社,2015年,第8—17页。

考队,深入中国西北地域开展探险考古活动。正是通过他们的发现,"原本在中国文化史上并无显要地位的石窟艺术及久埋地下无人知晓的竹木简牍和无数遗物,因此得以重现天日,从文化史和美术考古领域,展现中国和亚洲西部昔日交往的历史,这翻开的正是人类文明史上十分重要的一页"①。

  19、20世纪之交,向中亚挺近的西方著名探险家有法国的沙畹和保罗·伯希和、英国的斯坦因、瑞典的赫定、美国的华尔纳、俄国的谢尔盖·奥登堡、日本的橘瑞超等,他们是中国早期艺术,尤其是石窟艺术、墓葬艺术等得以在西方传播的重要中介。在众多探险家和考古家中,英国探险家斯坦因最值得关注。他分别于1900—1901年、1906—1908年、1913—1915年、1930年先后4次前往中国西域边陲进行探险。其间他一边出于军事目的沿途测绘地图,为英国搜集情报;一边挖掘古遗址与遗迹,并将盗掘的珍稀文物悉数偷运回印度和英国。1907年,在敦煌莫高窟进行第二次中亚探险的斯坦因,将大量敦煌文化的精华部分劫运回英国,其中包括24箱共7000卷的写卷,以及5箱包含绘画、绣品等的艺术珍品。当满载敦煌文物的货船到达英国后,斯坦因便与英国国家博物馆的专家宾扬等一同展开对其中500幅美术遗物的修理和研究,并由韦利整理及刊行书册。② 斯坦因对敦煌艺术的发现,在欧洲引起了巨大的轰动,"令人大开眼界的敦煌藏品,激励了英国人在佛教艺术和文学上的兴趣的爆发"③。然而,接踵而来的却是西方对敦煌文物更多的、更彻底的、更明目张胆的掠夺。1908年,法国人伯希和抵达敦煌,他对莫高窟进行了编号、测量、拍照,最后将掠夺的经卷、绘画等运回法国;1911年日本探险家橘瑞超等人亦将众多写卷、塑像等运回日本;1923年,美国人华尔纳甚至以

---

  ① 沈福伟:《中西文化交流史》(第2版),上海:上海人民出版社,2006年,第545页。
  ② [英]奥里尔·斯坦因:《斯坦因西域考古记》,向达译,乌鲁木齐:新疆人民出版社,2010年,第150页。
  ③ Lin Hsiu-ling. *Reconceptualizing British Modernism*: *The Modernist Encounter with Chinese Art*. The University of Chicago. Ph. D. 1999, p. 42.

特殊的化学技术和手段,用胶布将莫高窟中26方珍贵的唐代壁画盗走,还偷运了几尊塑像,其恶劣的行径给敦煌珍贵的壁画造成了难以弥补的破坏。西方对敦煌莫高窟等文化遗迹的抢掠和破坏当然应该被予以谴责,当时的中国政府在文物被洗劫和偷运时的立法滞后与不作为也同样令人失望,但同时,敦煌珍宝在西方的流转、传播亦深刻改变了西方社会对中国文化的旧有观念,使得中国古代艺术,尤其是佛教艺术风格风靡了整个欧洲。

再次,西方对中国交通运输业的垄断经营和地质勘测,亦是中国文物进入英国的原因之一,并对中国艺术在西方的评介转向有所影响。20世纪初,随着多项不平等条约的签订,中国沦为半殖民地半封建社会,而西方列强则操纵着中国的经济命脉。其中,中国的铁路、公路、航运等主要的线路均长期被西方各国牢牢把控,构成其在交通运输上的帝国主义。截至1911年,外国控制了超过九成的中国铁路。当时的主要线路,如京汉铁路、津浦铁路、陇海铁路等无一例外都由德国、英国、法国、比利时、荷兰等国家参与建设。西方修建铁路的原因仍是攫取原材料和矿藏,如霍布斯鲍姆所言:"矿业是将帝国主义引入世界各地的主要先锋,也是最有效的先锋,因为它们的利润令人万分心动,就算专为它修筑铁路支线也是值得的。"① 同时,沿路的挖掘和建设使得大批年代久远、不为人知的珍宝重现天日。英国学者索沃尔比在其著作《中国艺术中的自然》中正描绘了这一史实。他说:"19世纪末以来,由于欧洲工程师在中国修建铁路,沿途的坟墓被无情地挖开,这样世代以来与死者一同掩埋的艺术珍宝,始大批重见天日,进而展现出这个国家当其不同文化盛世时的前所未料的荣光。中国及海外,很快便产生了对此类出土文物的需求;这转而又引起更多的、收获惊人的挖掘;中国的古玩商人,则大为获利。"② 如果说20世纪

---

① [英]艾瑞克·霍布斯鲍姆:《帝国的年代:1875~1914》,贾士蘅译,南京:江苏人民出版社,1999年,第69页。
② 转引自缪哲:《我来自东:东亚艺术收藏在西方的建立:1842—1930》(前言),王珅、[法]约瑟夫·克博兹、缪哲、[美]大卫·斯唐编著,杭州:浙江大学出版社,2016年,第7页。

之前西方的艺术家还较偏爱晚近时期的中国艺术品,那么 19、20 世纪之交古旧的中国艺术品,如青铜器、墓葬壁画、塑像、玉器、绘画等则成为西方收藏家和艺术家追捧的对象,拓展了西方社会对中国艺术的狭隘认知。

当中国艺术品被源源不断地运回欧洲大陆,便带动了欧洲大陆,尤其是英国的博物馆、拍卖行、公共艺术馆、私人画廊有关中国艺术品的贸易、捐赠、租借等交流热潮,到了 20 世纪初,伦敦已成为西方买卖中国艺术品的中心。自 1826 年"中国门"在巴黎开业,以中国艺术珍品为主题或中心的艺术展览也层出不穷。1851 年,中国艺术首次在国际展览上公开展出;1862 年,德瓦尔夫妇在巴黎建成"中国帆船",专门经营东方艺术品和各种工艺品。这些地方成为包括马奈、惠斯勒、波德莱尔、龚古尔兄弟等在内的艺术家与文学家,以及收藏家和时尚界人士流连忘返之地。苏立文写道:"惠斯勒于 1855—1859 年间在巴黎学习,是第一位为东方艺术魅力倾倒的画家。他不仅收藏版画,还热情收集中国和日本的青花瓷器,把它们都带回伦敦。"①马奈从 1862 年起即经常光顾"中国门"。1875 年,亚瑟·拉森比·利伯蒂在伦敦创立了自由百货公司。其中,设在总部的东印度之家(East Indian House)和设在其他街区的切山姆之家(Chesham House),均收藏并专门出售东方艺术品和用品。

1891—1896 年,费诺洛萨在美国举办中国绘画展览;1901 年,白教堂画廊(Whitechapel Gallery)在伦敦落成,其后不久便举办了有关中国艺术的展览。1922 年 11 月至 12 月白教堂画廊又举办了古代中国艺术品展览,受到包括弗莱在内的现代主义者的关注,"将现代艺术家及评论家与中国艺术相联结,揭示了世界主义经验(cosmopolitan experience)复杂的重叠"②。弗莱在 1913 年写给迪金森的信中,亦谈到了中国艺术所遭受的洗劫:"东方遭到了艺术品经销商的彻底洗劫……在巴黎,你可以比

---

① [英]迈克尔·苏立文:《东西方艺术的交会》,赵潇译,上海:上海人民出版社,2014 年,第 229 页。
② Lin Hsiu-ling. *Reconceptualizing British Modernism: The Modernist Encounter with Chinese Art*. The University of Chicago. Ph. D. 1999, p. 62.

在北京更深地了解到中国的精华艺术品。我刚刚参观过巴黎的一个展览,展品全是极不可思议的东西。其中有几件是魏朝的精湛雕像,来自中国的西部,其精美程度堪称一绝。相形之下,鲍勃得到的中国画真算不了什么(尽管它们的确赏心悦目),但是很明显,真正了不起的东西谁也没有得到过。中国人对这一点最清楚。"①

1914年,中国艺术展在斯德哥尔摩的皇家艺术学院举办。1925年和1929年,中国艺术展览又相继在阿姆斯特丹和柏林举办。1935年11月,规模空前的"中国艺术国际展览会"(Great Exhibition of Chinese Art)在伦敦皇家艺术学院(Royal Academy)隆重开幕,展览持续三个多月,于1936年3月才闭幕,前往观看的人数更是超过了42万人。对中国艺术的爱好者或好奇者而言,这场展览无疑是饕餮盛宴。一是参展的艺术品无论其数量、种类、质量均属空前,除大量流散珍稀文物外,中国政府也从国内运送文物参展;二是弗莱、贝尔、宾扬、韦利等现代主义者大多观看了这次展览,克莱夫·贝尔还专门写了一篇评论《关于中国展览的札记》("Notes on the Chinese Exhibition"),于1936年1月11日同时发表于《新政治家》和《民族》杂志,高度赞扬了周代的青铜器与宋代的瓷器。②贝尔夫妇的长子朱利安·贝尔其时已在中国国立武汉大学任教。文尼莎·贝尔在参观展览后兴致勃勃地给儿子写了信,论及对中国青铜器的感受:"它像是用另一个音阶谱成的乐曲,我们对于他们所使用的和弦和调性关系不太习惯(你不得不走到他们的世界里去,虽然从某种意义上来看它显得有些模糊和遥远)。可以说,在它自己的音阶里,它跟表象之间存在着很大的联系,同欧洲艺术一样。我认为其中的诗意在某种程度上得到了升华,如同他们的诗歌一样。"③关于这次展览,英国汉学家贝希

---

① Denys Sutton. ed. *Letters of Roger Fry*, Vol. 2. London:Chatto & Windus, 1972, p.368.

② Clive Bell. "Notes on the Chinese Exhibition". *The New Statesman and Nation*. Vol.11, No.1 (1936):47—49.

③ 转引自[美]帕特丽卡·劳伦斯:《丽莉·布瑞斯珂的中国眼睛》,万江波、韦晓保、陈荣枝译,上海:上海书店出版社,2008年,第516页。

尔·格雷(Basil Gray)指出,这是门类最为广泛的中国艺术品首度集束在西方出现,伦敦由此成为中国艺术爱好者的圣地;同时,展览拓展与深化了英国人对于中国艺术的理解,成为英国人接受中国艺术的一个转折点。整整一代欧洲现代主义与先锋派艺术家,可说都受益于这一时期在西方展出的中国艺术。

总体而言,西方各大都市在20世纪初频繁举办的中国艺术展览,使得前期被抢掠、走私、偷盗、买卖的中国艺术品真实地呈现在大众面前,极大丰富和拓展了西方知识精英与普通民众对中国文化的新的认知,"打破了古代中国收藏传统的狭窄视野,造成了中国收藏于全球范围内的现代性转变"[1]。

最后,中国古代文化经典也在19、20世纪之交被大量译介到西方,中西学者间的实质交流亦日趋增多,这也成为中国文化西传的第四个渠道。

20世纪初,西方汉学家在中国文化的西传方面承担了日趋重要的角色。尤其在英国,尽管其汉学的发展仍缺乏较多突破与更新,但"大英博物馆的汉学收藏逐步增加,特别是斯坦因从敦煌带回的大量手稿,经翟理斯的儿子翟林奈整理后,出版了这批文献的目录,推动了英国汉学的专业化进程"[2]。与17、18世纪欧洲传教士在中西文学—文化交流方面所起的作用有所不同,此时的汉学家已具有一定专业性和现代性,汉学的发展也已从传教士汉学向专业汉学发展。西方汉学家通过大量译介和研究,将中国文学、艺术、宗教、哲学等介绍给西方,对热爱中国文化的西方现代主义文学家、批评家、艺术家影响尤其巨大,这些汉学翻译和研究成为他们汲取和转化中国文化元素的重要资源。

在英国,汉学家劳伦斯·宾扬和阿瑟·韦利的重要价值尤其值得重视。宾扬毕业于牛津大学三一学院,于1893年进入英国国家博物馆印本

---

[1] 缪哲:《我来自东:东亚艺术收藏在西方的建立:1842—1930》(前言),王珅、[法]约瑟夫·克博兹、缪哲、[美]大卫·斯唐编著,杭州:浙江大学出版社,2016年,第8页。
[2] 李真编著:《20世纪中国古代文化经典在英国的传播编年》(导言),郑州:大象出版社,2017年,第19页。大英博物馆即英国国家博物馆。

书籍部(British Museum of Printed Books)工作。1913年,宾扬成为新成立的东方图片与绘画分部的主任。他对中国、日本的文化、艺术抱有极大热情,出版了多部有关中国艺术的著作,并于1924年到访中国和日本。1909年,宾扬和庞德相识,宾扬对中国传统绘画的线条、空间、笔触的精辟讲解让庞德收益颇丰,并为庞德从意象主义向漩涡主义的转化提供了借鉴和帮助。其后,经由韦利的介绍,宾扬又结识了弗莱。二人共同参与编写了有关中国青铜器、丝织品、瓷器等艺术品的手册,宾扬的中国绘画研究亦深刻影响了弗莱对中国艺术风格的阐释,有助于弗莱在中国艺术与形式主义美学之间找到契合之处。韦利则于1913年进入英国国家博物馆工作,并因工作需要开始自学日文和中文。随着对中国文化的了解日益加深,韦利对中国文化的热爱与日俱增,终成20世纪上半叶英国最杰出的汉学家,以及向"布鲁姆斯伯里团体"传播中国文学艺术最重要的桥梁。在美国,通过费诺洛萨的中国文学研究,庞德得以寻找到自己意象主义诗歌运动发展的方向。由此可见,"以厄内斯特·费诺罗萨、赫·艾·翟理斯、阿瑟·韦利的作品为媒介,庞德、威廉斯等现代主义诗人得以实现了与这些伟大的中国诗人的对话"[1]。

除了汉学家的桥梁作用,这一时期中西方学者间的实质性交流亦对中国文化的西传有所助益。诸多中国文人学者,如萧乾、徐志摩、胡适、林徽因、叶君健等前往英国读书或访学,与剑桥知识精英有较多交流。尤其是徐志摩及其所属的"新月派",更是被称作"中国的布鲁姆斯伯里团体",在价值观念、文学趣味乃至生活方式上均与"布鲁姆斯伯里团体"颇多相似。同时,亦有英国文人学者怀着好奇和热情踏上中国的土地,如理查兹、燕卜荪、迪金森、罗素、朱利安·贝尔等,他们成了中英文学——文化交流的重要使者。

---

[1] 钱兆明:《"东方主义"与现代主义:庞德和威廉斯诗歌中的华夏遗产》(前言),徐长生、王凤元译,杭州:浙江大学出版社,2016年,第1页。

第三章 汉学家笔下的诗性中国:韦利与中国文化的传播

在20世纪初期,阿瑟·韦利无疑是英国汉学界最为璀璨的一颗明星。作为汉学家,他将一生都奉献给了中日文学—文化的译介和研究事业,获得了极高的赞誉和深远的影响。其汉学翻译与研究数量之多、范围之广、质量之高,让他成为20世纪英国最著名的东方学家。与此同时,他在翻译策略、文本选择、研究视角等方面的革新,又令其成为英国传统汉学向现代汉学发展嬗变的路标和转折点,体现出反叛传统的现代力量。作为"布鲁姆斯伯里团体"的成员之一,韦利亦是中国文化元素进入英国现代主义的关键人物。其一,他的汉学译介和研究在英国乃至西方社会广泛流播,是广大学者和普通民众了解中国文化的重要渠道。其二,他一方面与迪金森、罗素、弗莱、克莱夫·贝尔等剑桥知识分子同属"布鲁姆斯伯里团体",交往密切频繁;另一方面又和庞德、T.S.艾略特等学者结识已久,而庞德在后期创建的漩涡派正是英国现代主义的另一支重要力量。这两个在思想理念、文艺趣味上存在较大分歧的团体,对待中国文化的态度却趋于一致,韦利的汉学译介和研究在其中起到了重要的作用。作为作家,韦利在后期还创作了多篇中国体诗文。这些在题材、意象、风格、韵律等方面颇具中国特色的文学作品,是其对中国文化自觉内化和运用的结果,由此可见其对中国文化元素从接受、学习开始,经过推介、发扬,再到借用、化用的基本过程。总体而言,作为中英文学—文化交流的中介和桥梁,韦利出色的汉学译介和研究是19、20世纪之交中国文化在英国"复兴"的重要桥梁;而他与"布鲁姆斯伯里团体"及漩涡派成员的密切交往,也使得中国文学—文化在英、美现代主义运动中扮演着重要的角色,并成为后者不可忽视的精神资源。

第一节 韦利作为传统汉学与现代汉学的桥梁

长久以来,国内外有关欧洲汉学(Sinology)的研究成果已汗牛充栋。作为欧洲了解和探究中国文学—文化的重要渠道与成果,"汉学的历史是中国文化与异质文化交流的历史,是外国学者阅读、认识、理解、研究、诠释中国文明的结晶。汉学作为外国人认识中国及其文化的桥梁,是中国文化和外国文化撞击后派生出来的学问,实际上也是中国文化另一种形式的自然延伸"①。尽管学界至今仍就何为汉学②,"汉学研究"与"汉学学科"之区分,"汉学"与"中国学"(Chinese Studies)抑或"传统汉学"与"现代汉学"之区分③,"汉学"与"汉学主义"的论争④,西方汉学史的分期等问

---

① 吴伏生:《汉诗英译研究:理雅各、翟理斯、韦利、庞德》(序二),北京:学苑出版社,2012年,第5页。
② 学界对"Sinology"(汉学)这一概念的讨论主要集中于词源的演变、概念的提出、囊括的内涵、涉及的范围、研究者的素养等层面,较全面的研究成果可参见严绍璗:《我对Sinology的理解和思考》,载《世界汉学》,2006年第4期,第6—13页;严绍璗:《我对"国际Sinology"学术性质的再思考——关于跨文化学术视野中这一领域的基本特征的研讨》,载《中国比较文学》,2011年第1期,第18—27页;阎纯德:《汉学历史和学术形态》(序二),见熊文华:《英国汉学史》,北京:学苑出版社,2007年,第3—7页;冀爱莲:《阿瑟·韦利汉学研究策略考辨》,北京:人民出版社,2018年,第67—75页。
③ 阎纯德在《从"传统"到"现代"——汉学形态的嬗变》一文中对此有所论述,载《国际汉学》,2005年第2期,第1—6页。
④ 这是汉学研究颇具争议性的重要问题,愈来愈引起学术界的思考和论辩。国内知名学者对此问题的集中阐释和论析,可参见顾明栋、周宪主编:《"汉学主义"论争集萃》,北京:中国社会科学出版社,2017年。

题有诸多论争和分歧,但毋庸置疑,随着中西方交流的日益深入与密切,欧洲汉学史的发展历程也随之呈现出鲜明的阶段特征。我们在此简要梳理西方汉学史、英国汉学史的发展历程,即要将韦利的汉学译介和研究置于更为广阔的学术背景中,从而在西方汉学史的坐标轴上定位其在19、20世纪之交的重要地位和学术价值,探讨他对传统汉学的反叛及由此表现出的现代理念。

关于欧洲汉学的发展阶段,国内外学者早已有激烈讨论。其中,张西平认为欧洲汉学的发展大致经过了三个阶段:从《马可·波罗游记》到耶稣会入华这一段时期称为"游记汉学";1601年利玛窦进京掀开了"传教士汉学"的序幕;1814年12月11日法国法兰西学院正式任命雷慕沙为"汉、鞑靼、满语言与文学教授"则是西方专业汉学诞生的标志。① 由此分期可以窥见西方汉学家主体身份的清晰嬗变。而阎纯德则依据西方汉学发展的规模与程度,将西方汉学史较为细致地分为汉学的萌芽时期(公元前后至15世纪)、汉学的初创时期(16世纪至18世纪)、汉学的繁荣拓展时期(18世纪末至20世纪中叶)三个阶段。② 此外,德国学者傅海波界定"汉学"为一个始于19世纪的专门学科或课题,从而认为:"直到1860—1880年间,希腊文和拉丁文杂交的'汉学'一词才转化为通常意义上的词汇"③,欧洲汉学的历史也应从此开始。尽管汉学的分期尚未明确和统一,但学界基本认为,当"汉学被用来指称学科时,它的起始时间是19世纪初,当它被用为学术术语指代中国研究时,它的历史古老而久远,可以上溯至古希腊时期,至少13、14世纪欧洲的中国'游记'系列,可视为汉学早期的重要著述"④。诚然,若将西方对中国的初期认知作为汉学的开端,早期行走于中西方之间的旅行家、探险家、商人、外交使节等正是会通

---

① 张西平:《应重视对西方早期汉学的研究》,见任继愈主编:《国际汉学》(第七辑),郑州:大象出版社,2002年,第1—2页。
② 阎纯德:《汉学和西方汉学世界》,载《中国文化研究》,1993年第1期,第153—160页。
③ [德]傅海波:《欧洲汉学史简评》,胡志宏译,见张西平编:《欧洲汉学研究的历史与现状》,郑州:大象出版社,2006年,第107页。
④ 冀爱莲:《阿瑟·韦利汉学研究策略考辨》,北京:人民出版社,2018年,第75页。

东西的桥梁。此时,西方汉学的载体是他们所写的游记、信札、日记、报告等,重要的作品如成书于13世纪的《马可·波罗游记》,"它奠定了西方早期的'游记汉学'"①。早期的这些著作大多混合着异域想象与真实知识,为西方人构建出一个充满异域风情的、神秘的东方。背后的原因有两个,一是此时东西方距离遥远、交通不便,导致西方缺乏有关中国的真实知识;二是西方旅行家、探险家仅在中国短期游览,其对中国社会的了解不够深入。其影响亦有两个方面,首先,这些文本构建了西方社会关于中国充满神秘的异域想象;其次,文献中有关中国物质文化、地貌特征、风俗人情、社会制度等的内容,为其后汉学的发展奠定了基础。

步入17世纪,随着葡萄牙、西班牙、法国等国的传教士来华,欧洲汉学翻开了崭新、灿烂的一页。遍布中国的西方传教士,一方面对中国文化的认知和阐释不再流于表面,其对中国文化典籍的译介更具有重要的学术价值;另一方面,他们也将西方技术、理念输入中国,造成西学东渐的高潮。传教士如罗明坚、利玛窦、卫匡国、柏应理、汤若望、南怀仁、龙华民、白晋、马若瑟等,均在欧洲汉学的历史长卷中熠熠生辉。因此,"在伟大的中国文明面前,耶稣会士们开启了以往传教中从未有过的一种传教的路线,由此,引出了中国文明和欧洲文明的伟大相遇,开始了人类历史上少有的文明之间的较为平等的对话与学习"②。

当西方的第一个汉学讲座("汉、鞑靼、满语言与文学讲座"[La Chaire de langues et littératures chinoises et tartares-mandchoues])于1814年在法国设立,这便标志着欧洲汉学步入了专业汉学的新时期。正如傅海波所言:"19世纪和20世纪汉学的特点是专业化。与此平行或紧跟的是学术中心的激增及培养了越来越多的汉学家。"③由于这一时期从

---

① 张西平:《欧洲早期汉学史——中西文化交流与西方汉学的兴起》,北京:中华书局,2009年,第1页。
② 同上书,第684页。
③ [德]傅海波:《欧洲汉学史简评》,胡志宏译,见张西平编:《欧美汉学研究的历史与现状》,郑州:大象出版社,2006年,第116页。

事汉学研究的多是有学院教育背景的专业学者,且德、英、俄等国也随之纷纷在各个大学设立汉学教席,形成自己的汉学研究传统和特征,因此又被称作"学院式汉学"。其代表人物有法国的雷慕沙、儒莲、沙畹、马伯乐、伯希和、考狄,英国的理雅各、威妥玛、翟理斯、李约瑟、韦利,德国的福兰阁、阿尔弗雷德·福克等。他们在欧洲汉学前期研究的基础上,"使汉学由教会传教士的盲目性,转向社会化学院化的目的性"①。由此可见,欧洲汉学史的发展源于一代代汉学家的不懈努力和辛勤耕耘,其主体身份也从探险家、旅行家、商人,转变为传教士、外交官,最后则是学院派的专业汉学家。其对中国文化的译介和研究也由浅入深,使西方得以逐渐掀开中国神秘莫测的面纱,拨开想象的浓雾窥探到真实的中国。

  回顾西方汉学的发展历程,葡萄牙、西班牙、法国、荷兰等国家起步较早,也收获了丰硕的成果。同欧洲其他国家相比,英国汉学兴起的时间虽较晚,但仍是欧洲汉学的一个重要分支。与欧洲汉学相似,学界针对英国汉学的分期问题也并无统一答案。熊文华在著作《英国汉学史》中将英国汉学史划分为四个时期:前汉学时期(17世纪至18世纪),传教时期(19世纪初至19世纪70年代),后传教时期(19世纪70年代至20世纪上半叶)和当代(20世纪下半叶至现在)。② 也有学者认为英国汉学的发展经过了四个特征鲜明的时代:游记汉学时代(14世纪至17世纪),传教士、外交官汉学时代(17世纪末至19世纪初),学院式汉学时代(19世纪上半叶至20世纪中叶),专业汉学时代(第二次世界大战后至今)。③ 尽管学者赖以划分时期的依据有所不同,但仍能看出英国汉学日趋丰富、完善、专业化的发展趋势。

  英国汉学的发展与中英文学—文化交流史密切相关,二者彼此依存、相互影响。总体而言,与欧洲汉学史类似,英国文学中对中国形象的阐释

---

① 阎纯德:《汉学和西方汉学世界》,载《中国文化研究》,1993年第1期,第158页。
② 熊文华:《英国汉学史》(前言),北京:学苑出版社,2007年,第1页。
③ 葛桂录主编:《20世纪中国古代文学在英国的传播与影响》(总论),郑州:大象出版社,2017年,第13页。

也可追溯到早期的游记。如成书于14世纪的英国游记《曼德维尔游记》即表现了英国社会对中国的文学想象,因此一经出版便同《马可·波罗游记》一样风靡西方,成为英国游记汉学的重要成果。其后出现的以传教士汉学为主的汉学研究,在英国汉学的发展历程中占据极为重要的地位,是推动其朝向学院派汉学和专业汉学发展的关键时期。就传教士汉学而言,一方面,诸多欧洲传教士汉学家的著作被译介到英国,对英国的汉学研究产生了巨大的影响。如1622年利玛窦的《基督教远征中国史》英文本出版;1662年柏应理主持编译的拉丁文本《中国箴言》出版,其改写的英文本于1691年出版;1689年法国耶稣会传教士李明的《中国现状新志》英文本出版;1741年杜赫德的《中华帝国全志》英文译本在伦敦出版。① 这些欧洲汉学经典为起步较迟的英国汉学研究提供了丰富、庞杂的研究资料,描绘出中国那广阔、瑰丽的历史图景,并成为英国知识精英和普通民众获取中国知识,在文学创作中塑造中国形象的重要资源。另一方面,英国在19世纪初开始向中国派遣传教士。马礼逊是第一位踏上中国领土的英国新教传教士,在他之后著名的英国传教士汉学家还包括艾约瑟、伟烈亚力、毕尔、理雅各等人。虽然这些英国传教士起初怀着传播基督教的目的来到中国,其对中国文化典籍的推崇、发扬和译介策略也皆受限于自身的宗教使命,但他们颇为高产的汉学翻译和研究成果的确将英国汉学研究推上了一个新的高度。一是有关汉语的研究成果斐然。如马礼逊编撰的《通用汉言之法》和《华英字典》已成欧洲汉学家学习汉语的必备工具书;艾约瑟的《上海方言语法》《中国在语言学上的地位》均在19世纪汉语研究史上意义重大。二是研究领域不断拓展,重要的研究成果不断涌现。如艾约瑟出版《中国宗教》《中国佛教》等著作,其中后者是"19世纪汉学对中国佛教进行广泛深入研究的首部作品"②;伟烈亚力的汉学研究涉及数学、天文学、地理学、宗教学、考古学等学科,尤其在文献

---

① 具体内容可参见葛桂录:《中英文学关系编年史》,上海:上海三联书店,2004年,第22—47页。
② 胡优静:《英国19世纪的汉学史研究》,北京:学苑出版社,2009年,第27页。

目录学、历史学、考古学上造诣颇深;理雅各则对中国文化典籍进行系统的译介,其代表译作《中国经典》一经出版便轰动西方,他本人更于1876年荣膺法兰西学院"儒莲奖"的首奖,还是英国牛津大学的第一位汉学教授。总体而言,传教士汉学对英国汉学的发展做出了不可磨灭的贡献。

此外,外交官身份的汉学家及其汉学译介也在此时大发异彩。如外交官德庇时在19世纪早期翻译出版了《老生儿:中国戏剧》《中国小说选》等译著,向英国读者介绍了中国的古典戏剧、诗歌、小说,其对中国的语言和整体研究也具有开创之功①;威妥玛的拼音系统和他在1867年出版的《语言自迩集》,对西方人学习、研究汉语具有极高的指导意义和学术价值;翟理斯则是19世纪后期、20世纪初英国最著名的汉学家之一,他在中国文化典籍的译介、汉语研究、文学史研究、整体研究等诸多方面均取得了辉煌成就,亦对世纪之交的英国知识精英产生了无可比拟的影响。综上所述,传教士、外交官身份的汉学家及其相关研究,对英国汉学的发展做出了卓越的贡献。因此,这一时期既是英国汉学朝向专业化、学院化发展的关键阶段,亦是名家辈出的时代,"理雅各、翟理斯和德庇时这三位汉学家被后世并称为'19世纪英国汉学的三大星座',也是推动中国古代文化经典走向英国的重要功臣"②。

综上,20世纪之前的英国汉学已颇具规模,也形成了自身独特的学术传统。1832年,"大不列颠及爱尔兰皇家亚洲学会"(Royal Asiatic Society of Great Britain and Ireland,即英国皇家亚洲学会)成立,标志着英国汉学学科的起步。③ 随着伦敦大学和剑桥大学在19世纪后期相继设立汉学教授讲席,汉学作为一门专业学科开始在英国获得应有的地位。随着英国汉学进入了新的发展阶段,其对传统汉学既有继承又有革新。

---

① 具体内容可参见胡优静:《英国19世纪的汉学史研究》,北京:学苑出版社,2009年,第13—17页。
② 李真编著:《20世纪中国古代文化经典在英国的传播编年》(导言),郑州:大象出版社,2017年,第14页。
③ 冀爱莲:《阿瑟·韦利汉学研究策略考辨》,北京:人民出版社,2018年,第76页。

革新首先表现在汉学家的主体身份由传教士、外交官转变为具有高等教育背景的知识精英,其中受过汉学专业教育的学者不在少数;其次,受到英国学院派学术传统的影响,"汉学研究所做出的结论变得更为严谨、客观与理性"①;最后,传统汉学强烈的功利主义色彩逐渐减弱,汉学家对翻译文本的选择,及其译介策略、研究视角等均更符合新时代的需要。

因此,"英国汉学研究的学院化虽然出现在20世纪50年代,但汉学转型的萌芽早在20世纪初就出现了"②。英国的第二代汉学家阿瑟·韦利的汉学译介和研究既标志着这一转变,又反过来推动了英国现代汉学的发展。"随着西方汉学研究中心由欧洲转到美国,英国汉学实现了从欧洲古典模式向现代模式的转型。"③而"作为传统汉学向现代汉学过渡的代表,阿瑟·韦利是以传统汉学的边缘者和颠覆者形象出现在英国汉学界的"④。用"颠覆者"一词来形容韦利很是恰当,因为他一方面的确承继了英国汉学的研究传统,通过汉学翻译和研究,将中国古代文化典籍、古典诗歌、古典小说等介绍给英语世界的读者;另一方面,他也在主体身份、翻译文本的选择、翻译策略等诸多方面表现出与传统汉学家迥然不同的特征。

首先,就主体身份而言,与传统汉学家理雅各、翟理斯的传教士、外交官身份相比,韦利可谓是学者型汉学家。他于1910年从剑桥大学国王学院毕业,在读期间受过扎实且系统的古典文学研究的训练,为他日后的汉学研究打下坚实的基础。1913年起他又开始了在英国国家博物馆东方图片与绘画分部的工作,也因此正式踏上自己的汉学之旅。尽管他终身并未在高校正式担任职务,但他在1948年被聘为伦敦大学亚非学院中国诗歌的名誉讲师,次年应邀在剑桥大学做演讲,对当时的青年汉学家如白

---

① 葛桂录主编:《20世纪中国古代文学在英国的传播与影响》(总论),郑州:大象出版社,2017年,第16页。
② 同上书,第20页。
③ 熊文华:《英国汉学史》(前言),北京:学苑出版社,2007年,第2页。
④ 冀爱莲:《阿瑟·韦利汉学研究策略考辨》(绪论),北京:人民出版社,2018年,第61页。

之、霍克思等产生了重要影响。

其次,就对中国文学—文化的整体认知而言,传统汉学家受主体身份和时代氛围的双重限制,"他们谨遵欧洲的叙述传统,努力用英帝国主流的文化美学观译介中国文学,旨在传播基督的福音或为大英帝国的殖民政策服务,带有较强的实用性,功利性色彩较为严重"①。相较之下,即便不如理雅各、翟理斯那样有多年生活在中国的宝贵经验,从未到访中国的韦利却始终满怀对中国文学—文化的热爱,他对中国文化的译介和研究已不单单只是为了将其引入西方,而是更希冀以此来革新英国诗歌的旧貌。所以,如果说理雅各、翟理斯的中国文化观形成于帝国主义的社会背景和政治氛围中,韦利对中国文化的译介和颂扬则与西方反思启蒙现代性的潮流相互依存,他显然视中国文学—文化为英国学习的榜样,其目的是改变英国文学中僵化的部分。这与传统汉学家的观点甚为不同,但与其他"布鲁姆斯伯里团体"成员的中国文化观则十分契合。

再次,就翻译的策略而言,两代汉学家的观念也发生了剧烈碰撞。1918年,韦利和翟理斯曾就诗歌翻译爆发的激烈论战,即是这一差异的具体表现与激烈交锋。翟理斯等传统汉学家长期受到英国文学传统的熏陶,在译介中国诗歌时格外注重整饬的格律、严格的韵体和典雅的用词;而韦利则偏向散文化的翻译策略,并不拘泥于诗歌的韵脚,并主张运用无韵诗和弹簧式的跳跃节奏(sprung rhythm)来翻译诗歌。这场论争以《新中国评论》等刊物为阵地,双方唇枪舌剑长达五年之久。二人的分歧表面上主要围绕汉诗英译的准则和策略等问题,但从深层来看,这也可以被视作英国传统诗学与现代诗学观念的一次正面较量。如前所述,韦利和英、美现代主义学者都有密切交往,他们秉持的现代主义理念和中国文化观势必相互影响。其中,庞德及其主导的意象派诗歌运动起到的作用不容忽视,"意象派诗歌运动虽然存在的时间不长,但它的意义在于开启了英

---

① 葛桂录主编:《20世纪中国古代文学在英国的传播与影响》(总论),郑州:大象出版社,2017年,第18页。

美新诗运动,它在利用意象创作自由体诗方面所做的试验改变了西方读者的欣赏趣味,影响了英美乃至世界现代诗歌走向"①。即便韦利并不承认自己受到庞德的影响,但二者都通过引入中国诗歌来革新英、美诗歌传统的取向与做法却甚为相似。不管是庞德的《神州集》还是韦利的《170首中国诗》《英译中国诗》,都在20世纪成为英、美现代诗人获取创作养分的资源。而中国古典诗歌也经由他们之手,漂洋过海融入英、美新诗的理念之中,成为其中不可或缺的部分。虽然韦利在与翟理斯的论辩中最终并未胜出,但他的诗歌翻译理论依旧受到了学界和读者的广泛关注。同时,作为一位诗人,他的诗学理念也深刻影响了其诗文创作,他在1953年获得的女王诗歌奖(Queen's Medal for Poetry)正是对其译作和诗作的充分褒扬。

最后,就翻译文本的选择而言,韦利亦做出了大胆的尝试和改变。他对原文本的选择也与上文论及的诗学观念有关,在其翻译成就中占据最重要地位的当属对中国古典诗歌的译介。风格上,韦利喜欢通俗易懂、风格简约、清新自然、题材日常化、意象具体化的诗歌,不喜欢诗歌中典故的堆砌和佶屈聱牙的句式。因此,他认为在唐代诗人中白居易的诗歌最佳,清代诗人袁枚亦是他所偏爱的对象,同时他更注重对唐前诗歌的译介。当然,这也可能与"袁、白自由闲散的生活状态比较容易引起当时英国知识分子的共鸣有关"②。此外,对诗人寒山的译介也是韦利的贡献之一。"英美最早译寒山诗的依然是韦利。所谓'早',也到了50年代初,1954年他在著名的文学刊物《文汇》上发表《寒山诗27首》,迅速在英美诗人中引起注意。"③寒山及其诗歌在英、美新诗界中流行,甚至成为美国垮掉派文学的代言人,是中国诗歌"墙内开花墙外香"的典型例证。究其原因,可

---

① 李冰梅:《韦利与翟理斯在英国诗学转型期的一场争论》,载《外国文学评论》,2012年第3期,第208页。
② 程章灿:《魏理与中国文学的西传》,载《清华大学学报(哲学社会科学版)》,2013年第6期,第47页。
③ 赵毅衡:《诗神远游:中国如何改变了美国现代诗》,成都:四川文艺出版社,2013年,第156页。

能与其风格的简约、意境的质朴、用词的通俗直白相关,但更重要的是诗歌中蕴含的禅宗哲学带给英、美现代主义者以深刻的启迪。相较于韦利,传统汉学家则受限于意识形态,译介的多是中国文化经典,推崇的也多是正统的儒家学说,二者的差别由此看来颇为明显。

综上所述,通过对欧洲汉学史和英国汉学史的纵向勾勒,我们可以清晰地发现汉学家韦利正处于英国从传统汉学向现代汉学的转折点上。与传统汉学家相比,他的主体身份、中国文化观、翻译策略、翻译文本的选择无不体现出鲜明的革新色彩和现代特征。而从横向来看,韦利的诗学观念和汉学译介离不开英、美现代主义学者之间的相互影响。通过他们之间复杂而庞大的交际网络,中国古典文化得以进入西方世界,并在文学、艺术领域成为英、美现代主义发展过程中的重要助力。

第二节 韦利与中国文化的亲缘关系

傅海波认为:"汉学史上每个个案里个人经历的因素多不能忽视,应该进一步地追踪研究。所有这些最终导致一个问题,即为什么有人要致力于研究中国这么艰难的课题。可以推测,对每一位学者说来,原因是多样而复杂的,且多半会令人感到惊讶。"①作为英国乃至英语世界在20世纪初最著名的汉学家之一,韦利和中国文化的亲缘关系值得关注。通过挖掘其从事汉学相关工作的个人际遇,介绍他的性格特征、重要经历和交际网络,我们得以厘清他亲近中国文化,获取中国文学—文化知识的个人因素和外界影响。韦利出色的汉学译介和研究,主要得益于其惊人的语言天赋、扎实的学术培养、重要的工作经历和复杂的交际网络,而这也是他从侪辈汉学家中脱颖而出的原因。因此,韦利研究专家、东方学家伊文·莫里斯(Ivan Morris)感叹道:"阿瑟·韦利理解远东文化,及令

---

① [德]傅海波:《欧洲汉学史简评》,胡志宏译,见张西平编:《欧美汉学研究的历史与现状》,郑州:大象出版社,2006年,第113页。

其对西方读者变得重要的能力,是基于一种对天赋的罕见串联(a rare concatenation of talents)。"①

首先,韦利从小便展现出优秀的语言天赋。他于 1903—1906 年间就读于英国拉格比公学,而这所名校正是以精英的教育模式、严格的教学管理和扎实的教学传统闻名于全英国的。每天早晨 5 点 45 分开始,在洗澡之后学生们便开始长达 11 个小时的学习,课程包括拉丁语、希腊语、英语、法语、圣经、历史、地理和数学。② 课程中的一半是语言学习,其余则包括对语法、哲学和翻译的严格训练。可见外语翻译在英国与法、德、美等争夺新的海外市场和领地的大背景下,变得越来越关键了。③ 而韦利也因此受到系统的训练,并熟练地掌握了多国语言。随后,韦利进入剑桥大学国王学院学习,受到了学院派严格而系统的古典文学教育,也从未丧失和荒废自己学习语言的兴趣与能力。直到从剑桥大学毕业,他已通晓 11 种语言,甚至包括颇为复杂难懂的希伯来文和梵文。因此,当韦利在 1912 年申请英国国家博物馆的工作时,他的三位推荐人均在信中对他大加赞赏。如谢泼德(Sheppard)教授夸奖道:"他对学术满怀罕见的热情……他的兴趣甚为广泛且有独立工作的能力。他拥有吸收新知识的能力和对新鲜学科感兴趣的能力。"④而韦利也颇为骄傲地在申请表格中详细介绍了自己的语言天赋,指出自己已可轻松地阅读意大利语、荷兰语、葡萄牙语、法语、德语和梵语,并能流利说出后三种语言。⑤ 他在 1962 年

---

① Ivan Morris. "The Genius of Arthur Waley". In *Madly Singing in the Mountains*, *An Appreciation and Anthology of Arthur Waley*. Ed. Ivan Morris. London: George Allen & Unwin Ltd., 1970, p. 68.

② Nigel Jones. *Rupert Brooke: Life, Death and Myth*. London: Richard Cohen, 1990, p. 16.

③ John Walter de Gruchy. *Orienting Arthur Waley: Japanism, Orientalism, and the Creation of Japanese Literature in English*. Honolulu: University of Hawai'i Press, 2003, pp. 36—37.

④ Basil Gray. "Arthur Waley at the British Museum". In *Madly Singing in the Mountains, An Appreciation and Anthology of Arthur Waley*. Ed. Ivan Morris. London: George Allen & Unwin Ltd., 1970, p. 39.

⑤ Ibid.

版本的《170首中国诗》的前言中讲述从事中国研究的机缘时,亦颇感自豪地回忆起自己如何顺利通过入职前严苛的考试。① 因此,赵毅衡形象地形容他是"书蛀虫式的语言天才"②。当韦利成为英国国家博物馆的助理馆员后,面对着数量庞大的中日画卷,出于工作需要,他开始同时自学两种复杂的东方语言——中文和日文。到了1916年,他已经熟练掌握汉语,并自费刊印了自己的首部中国古典诗歌译作《中国诗选》(*Chinese Poems*)分送给友人,其后便译著不断。在短期内获得如此高的成就,足以证明韦利的语言天赋和研究能力。因为,"就算依靠如今浩如烟海的词典、语法、教具和语言记录(language records),自学中文和日文也绝非易事。在半个世纪之前这是一项巨大的成就"③。

虽然韦利只能自如阅读中文文献却不能用汉语交流,但对中文的熟练掌握之于他开展汉学译介和研究的确意义非凡。直接阅读、翻译和品评文献原本,令他最大限度地减少了因二手文献造成的误读和错译,从而增强了译本的准确性;无需过分依赖于前人的译本,又使他可以遵循自身的阅读喜好和标准,译本原著和参考文献的选择范围也随之扩大。除了对寒山诗的最早译介外,韦利也是完全基于中文和日文资源,用西方语言对禅宗进行最早阐释的学者之一④;大量地阅读与中国相关的研究文献和史料,更增强了他对中国文化的精神内涵及其历史语境的理解,不但有助于在充分把握原文内容后进行"再创作"(recreation),也为西方读者提

---

① Arthur Waley. "Introduction to A Hundred and Seventy Chinese Poems (1962 edition)". In *Madly Singing in the Mountains*, *An Appreciation and Anthology of Arthur Waley*. Ed. Ivan Morris. London: George Allen & Unwin Ltd., 1970, p. 132.

② 赵毅衡:《伦敦浪子起来》,北京:人民文学出版社,2002年,第91页。

③ Ivan Morris. "The Genius of Arthur Waley". In *Madly Singing in the Mountains*, *An Appreciation and Anthology of Arthur Waley*. Ed. Ivan Morris. London: George Allen & Unwin Ltd., 1970, pp. 69—70.

④ Ibid., p. 68.

供了诗歌原文创作的历史的、传记的背景框架①。与之相较,出色的汉诗翻译家、现代主义诗人庞德虽以译著《神州集》闻名西方世界,但因不能熟练运用中文,只能借助费诺洛萨的笔记来翻译中国诗歌,因此时常出现误译和错译,令其译文的准确性大打折扣。韦利研究的著名学者格鲁希甚至认为,西方学界缺乏有关韦利的学术批评成果的原因之一,在于学者没有掌握原文语言的知识,因此在评价其成就时就显得力不从心。② 毋庸置疑,惊人的语言天赋为韦利亲近中国文化打开了便捷的通道,对中文的热爱和熟练运用,成为其与中国文化结缘的必要基础。

其次,在英国国家博物馆工作的经历,是韦利与中国文化发生实质碰撞的开始。诞生于启蒙运动时期的英国国家博物馆,"是收藏中国流失海外文物最多的博物馆,达到了23万件,其中长期陈列的只有2000件,所藏中国文物囊括了中国各个历史时期的文物"③。随着馆内中国艺术珍品在19世纪中期至20世纪初的激增,英国国家博物馆开始加大对中国文化的研究力度。具体到中国绘画方面,斯坦因从中国掠夺的敦煌绢本、壁画、刺绣和画卷,以及由于战争、考古活动等流入的难以胜数的精美扇面、卷轴、绘画作品,极大地充实了博物馆的东方馆藏,促成了英国国家博物馆东方图片与绘画分部在1913年的单独设立。事实上,1913年是一个颇值得纪念的年份。其一,韦利在这一年入职博物馆,他与中国的亲缘关系也由此加深;其二,英国国家博物馆的中国文化研究也据此独立发展,形成独特的学术传统,并成为英、美现代主义者接受中国文化的重要阵地;其三,美国现代主义诗人庞德与汉学家费诺洛萨的遗孀同年也在伦敦见面,这对庞德开展汉诗英译的工作同样具有重要的意义。庞德与韦

---

① David Hawkes. "From the Chinese". In *Madly Singing in the Mountains*, *An Appreciation and Anthology of Arthur Waley*. Ed. Ivan Morris. London: George Allen & Unwin Ltd., 1970, p. 48.

② John Walter de Gruchy. *Orienting Arthur Waley: Japanism, Orientalism, and the Creation of Japanese Literature in English*. Honolulu: University of Hawai'i Press, 2003, p. 5.

③ 穆瑞凤:《大英博物馆概览》,载《中国美术馆》,2017年第5期,第111页。

利在同一时期表现出对中国文化的共同热爱和借鉴,亦从侧面证明现代主义者对中国文化的向往并非孤立个案,英、美现代主义诗歌的兴起离不开中国文化元素的滋养。

英国国家博物馆的工作经历对韦利从事汉学译介和研究的积极意义毋庸置疑。正如其继任者贝希尔·格雷(Basil Gray)所言:"韦利的遗产对我部门而言,已经对其发展有了基本的影响。我同样相信学术独立的博物馆及其传统,也对韦利卸任之后的工作产生了形成性的影响(formative influence)。"①从汉学研究的成果来看,自1913年入职至1929年12月31日因健康因素辞职,在博物馆工作16年的韦利既攻克了中日语言的难关,还相当高产地出版了一系列有关中国文学——文化的翻译和研究成果。其中,有关中国艺术的论文大多发表在《伯灵顿杂志》上,要者如1920—1921年间连载的《中国艺术哲学》共9篇,系统细致地介绍了中国艺术的主要内容和发展嬗变;其汉诗英译及研究成果则多被《小评论》《新政治家》《皇家亚洲学会会刊》《新中国评论》《伦敦大学东方学院学报》等刊物登载,结集出版的译诗也有《170首中国诗》《中国诗文续集》等;而他与翟理斯的论争也正发生在这一时期。显然,韦利对中国文学——文化的探索在此起航,亦在此成长。正如学者所言:"博物馆被证明对韦利而言是最好的地方。它是学术的枢纽,是严肃研究的绿洲,还有身为领导的亲密好友。"②

韦利对中国文化的浓厚兴趣和深入研究也离不开博物馆前辈学者的指导和帮助。其中,诗人、东方学家劳伦斯·宾扬的作用不容忽视。在职务上,宾扬参与了东方图片与绘画分部的设立,亦是部门的首位负责人。而向宾扬推荐韦利的《大英百科全书》编委奥斯瓦尔德·西科特正是宾扬

---

① Basil Gray. "Arthur Waley at the British Museum". In *Madly Singing in the Mountains, An Appreciation and Anthology of Arthur Waley*. Ed. Ivan Morris. London: George Allen & Unwin Ltd., 1970, p. 37.

② Ruth Perlmutter. *Arthur Waley and His Place in the Modern Movement Between the Two Wars*. University Microfilms, Michigan: A XEROX Company, 1971, p. 13.

的朋友。① 当韦利1913年6月入职英国国家博物馆时,最初却被分到博物馆图片部(Print Room)工作,其后才转到新成立的东方图片与绘画分部。与清点、整理德国藏书票的机械工作相比,韦利显然更适应和喜欢与东方文化相伴的生活,而他与宾扬的深厚友谊也在此展开。韦利的亲人曾回忆说:"阿瑟在英国博物馆工作期间,从头到尾,宾扬都是最佳的上司。他本身是个诗人,又对东方艺术知之甚多,理解甚深,在阿瑟学习中文和日文的过程中,他不断给予鼓励,阿瑟一直受到他的赏识。"② 的确,作为西方研究中国美术史的开拓者之一,宾扬毕生致力于远东绘画,尤其是中国绘画的研究。他的中国美术研究论著《远东的绘画》《飞龙在天:论中国与日本的艺术理论与实践,基于原始资料》(以下简称《飞龙在天》)、《亚洲艺术中人的精神》等,不但为西方社会描绘出中国绘画的发展脉络、艺术特色和精神内核,而且引导了20世纪初西方学者对中国艺术的兴趣及评介的转变。作为朝夕相处的同事,韦利对中国艺术的接受和品评,势必受到了宾扬的影响。因此,当其处女译著《中国诗选》在1916年自费出版时,宾扬的名字也在韦利赠书的名单之上。而在宾扬的帮助下,韦利对英国国家博物馆的中国艺术藏品进行了系统整理,并编写了书目和索引。其在1922年出版的《英国国家博物馆东方图片与绘画分部藏品之中国艺术家人名索引》、1931年出版的《斯坦因爵士敦煌绘画目录》均由宾扬作序,后者在序言中对韦利的工作做了高度评价。1923年出版的《中国绘画研究概论》更被韦利题献给宾扬。甚至宾扬1929年继任图片社主任时,还举荐韦利担任东方图片与绘画分部的负责人。③ 于韦利

---

① Arthur Waley. "Introduction to A Hundred and Seventy Chinese Poems (1962 edition)". In *Madly Singing in the Mountains, An Appreciation and Anthology of Arthur Waley*. Ed. Ivan Morris. London: George Allen & Unwin Ltd., 1970, p.132.
② [英]玛格丽特·H.魏理:《家里人看魏理》,程章灿译,载《古典文献研究》,2007年第1期,第431页。魏理即韦利。
③ 关于宾扬与韦利的交往,冀爱莲在《阿瑟·韦利(1889—1966)汉学年谱》中有较详细的梳理。以上史实可分别参见:葛桂录主编:《中国古典文学的英国之旅——英国三大汉学家年谱:翟理斯、韦利、霍克思》,郑州:大象出版社,2017年,第160、183、203、187、201页。

而言,"宾扬是一个精神高尚的自由主义者和文化使徒(noble-spirited liberal and apostle of culture)。就像迪金森一样,他将东方视作真善美的德行仍可被践行的地方。这种温和的禁欲主义、学术信条和对现代庸俗的恐惧(gentle asceticism, social discipline, and horror of modern vulgarity),正符合韦利自己的性情"①。因此,在回忆起宾扬时,生性沉默的韦利会发自肺腑地感慨:"18年来,宾扬是一个理想的朋友和领导。"②

关于韦利与英国国家博物馆的关系,格雷曾做出过十分准确的概括:

> 那么阿瑟·韦利欠英国国家博物馆的又有什么呢?我或许可以指出,博物馆为其提供了一个可以追求研究的理想环境,并拥有伟大图书馆的所有资源,以及世界各地的学者都会自然前来的学术中心;因此,这里他必将发现那些隐秘而又激励人心的联系。此外,他还有宾扬这位可以和睦工作的领导和同事,虽然他们并非完全协调一致。他们接近东方艺术的方法诚然非常不同,但彼此都尊重对方的正直(integrity),并相信对方对自己的目的抱有同情性理解。没有人可以比宾扬更能意识到韦利的天赋,以及其通过翻译,对欣赏中日文化所做的贡献的价值。因此,在韦利退休后,他从未搬离英国国家博物馆太远,这当然就使他的生活可以处于布鲁姆斯伯里的中心,可以让他在不到五分钟的时间里,骑着自行车去查一本书或看望一位同事。似乎确实是英国国家博物馆最早将他引向了东方研究,许多外国人甚至都没有意识到,其实他早就离开那里了。③

在宾扬、韦利等东方学家的努力下,英国国家博物馆成为20世纪初

---

① Ruth Perlmutter. *Arthur Waley and His Place in the Modern Movement Between the Two Wars*. University Microfilms, Michigan: A XEROX Company, 1971, p.13.

② Arthur Waley. "Introduction to A Hundred and Seventy Chinese Poems (1962 edition)". In *Madly Singing in the Mountains, An Appreciation and Anthology of Arthur Waley*. Ed. Ivan Morris. London: George Allen & Unwin Ltd., 1970, p.133.

③ Basil Gray. "Arthur Waley at the British Museum". In *Madly Singing in the Mountains, An Appreciation and Anthology of Arthur Waley*. Ed. Ivan Morris. London: George Allen & Unwin Ltd., 1970, pp.43—44.

西方研究中国文化的重要阵地,并经由东方部主任西德尼·考文(Sidney Colvin)、宾扬、韦利、贝希尔·格雷的继承和发展,形成独特的学术传统,积极促进了中国文化在西方的传播和影响,对英、美现代主义的兴起提供了重要帮助。

最后,韦利同中国文化的结缘亦离不开其错综复杂的交游圈。尽管生性沉默寡言、腼腆木讷,但韦利从不缺少志同道合的朋友。其好友奥斯伯特·西特韦尔回忆道:"韦利是我知道的人中朋友圈子最广泛的一个人了,从导师和学者到灵媒(spiritualists)与议员,从他的同类人、诗人、画家、音乐家,到那些冬天在最高的山坡上练习他们已过时的爱斯基摩把戏的人。"① 作为联结中西方文学—文化的重要桥梁,韦利之所以能顺利开始汉学研究与译介,离不开两大群体的帮助。英、美现代主义者对其的鼓励是因素之一,尤其是以迪金森、罗素、弗莱等为代表的"布鲁姆斯伯里团体",以及身为意象派诗歌运动和漩涡派主要成员的诗人庞德。他们既是韦利的至交好友,又是促使他亲近中国的同路人。此外,20世纪初韦利与数位中国文人也有密切的交往,其中包括徐志摩、胡适、萧乾、丁文江等知名学者。他们无疑为韦利了解中国文化开了一扇明窗。

在20世纪初的英国,最受瞩目的现代主义文学艺术团体莫过于"布鲁姆斯伯里团体"了。韦利虽在团体中处于微妙且边缘的地位,但他推动中国文学—文化在团体中传播的中介角色及其重要性不容被忽视。事实上,在接受、探究及运用中国文化元素方面,团体成员与韦利彼此间相互影响、学习和借鉴,共同促成了英、美现代主义理念与中国文化的自觉融合。

最早引导韦利与中国结缘的应是迪金森和G.E.穆尔。韦利于1907年入读剑桥大学国王学院,彼时迪金森正担任国王学院历史学讲师,穆尔的哲学也在学生中广为流传。即便韦利极少留下与私生活相关的文字,

---

① Osbert Sitwell. "Extract from *Noble Essences*". In *Madly Singing in the Mountains, An Appreciation and Anthology of Arthur Waley*. Ed. Ivan Morris. London: George Allen & Unwin Ltd., 1970, p.101.

但迪金森、穆尔之于他的影响仍被诸多学者察觉。如其弟媳玛格丽特回忆说:"他接受了由剑桥大学 G. E. 摩尔和高尔斯华绥·刘易斯·狄金森讲授的那些哲学思想,他们后来都成了阿瑟长期的朋友,并把阿瑟介绍给罗杰·弗莱。"①鲁思·帕尔马特(Ruth Perlmutter)也认为韦利一经入校,"便被一代耀眼而卓越的青年人所包围,他们注定会成为英国的知识精英。所有的人都臣服于那些深受喜爱的教授们,如迪金森和穆尔。在他们的指导下,韦利学会了受用终生的价值观念——对虚伪和社交伪善言辞的厌恶,及对精确言语与清晰思维的偏爱"②。作为颇具威望的人文主义者,迪金森出于对西方物质文明的厌弃,将中国视作对抗启蒙现代性价值的"道德乌托邦",他出版于 20 世纪初的著作《"中国佬"信札》正是其中国文明观的集中呈现。可以想见,于初入大学的韦利而言,"迪金森大胆的政治观念对韦利和所有的'布鲁姆斯伯里团体'成员均有巨大的影响"③。因此,L. P. 威尔金森(L. P. Wilkinson)认为,正是迪金森在 1907 年引起了韦利对中国的注意。④ 尽管韦利从未过多介入政治,但是身为其良师益友的迪金森对韦利的政治信念和事业的选择有着难以磨灭的重要影响⑤,这当然也包括韦利对中国文学—文化的译介和研究。

另一位促使韦利与中国结缘的"布鲁姆斯伯里团体"成员当数弗莱。早在剑桥读书时弗莱即与韦利相识,是其在"布鲁姆斯伯里团体"中交往最密切的人之一。因此,在同罗伊·福勒的访谈中,韦利称弗莱为"最伟

---

① [英]玛格丽特·H. 魏理:《家里人看魏理》,程章灿译,载《古典文献研究》,2007 年第 1 期,第 427 页。狄金森即迪金森。

② Ruth Perlmutter. *Arthur Waley and His Place in the Modern Movement Between the Two Wars*. University Microfilms, Michigan: A XEROX Company, 1971, p. 5.

③ John Walter de Gruchy. *Orienting Arthur Waley: Japanism, Orientalism, and the Creation of Japanese Literature in English*. Honolulu: University of Hawai'i Press, 2003, p. 38.

④ L. P. Wilkinson. "Obituary". *King's College Annual Report*. Vol. 19 (Dec., 1966): 52.

⑤ John Walter de Gruchy. *Orienting Arthur Waley: Japanism, Orientalism, and the Creation of Japanese Literature in English*. Honolulu: University of Hawai'i Press, 2003, p. 38.

大的朋友之一"①。作为"布鲁姆斯伯里团体"的核心成员,弗莱与韦利均表现出对中国艺术的强烈兴趣,并贡献了20世纪初西方有关中国艺术最重要的研究成果。弗莱性格随和且热心,因此当韦利在1916年向他征求自己的处女译作《中国诗选》的出版意见时,他对此表现出了极大的兴趣。尽管此书最终只作为私人印刷品被馈赠给亲友,但多年后,韦利还能清晰地回忆道:"这本书原来并没打算出版,只是我想要同朋友们分享自己阅读中国诗歌的乐趣。对译作感兴趣的人有弗莱、迪金森和L.G.史密斯。弗莱当时对印刷颇有兴趣。他认为诗歌应该被印在波动的线条上,以此来增强节奏感。"②弗莱、迪金森当时对其译作的肯定及热情,让韦利备受鼓舞。

除了"布鲁姆斯伯里团体"成员,美国诗人庞德对韦利的汉诗英译及研究也有所帮助。1910年,年仅21岁的韦利加入"诗人俱乐部",就此结识了庞德、艾略特、叶芝等人。③ 1913—1921年,韦利与庞德、艾略特等人开始每周定期聚会,他们在聚会中经常会讨论很多关于诗歌及其技巧的话题。④ 1915年,庞德在出版《神州集》时与韦利就诗歌问题有诸多讨论,并在次年出版的《能剧:日本古典舞台剧研究》一书的序言中,表达了对韦利的感谢。⑤ 相较韦利,庞德出版译诗的时间较早,这使得韦利在聚会和

---

① Roy Fuller. "Arthur Waley in Conversation". In *Madly Singing in the Mountains*, *An Appreciation and Anthology of Arthur Waley*. Ed. Ivan Morris. London: George Allen & Unwin Ltd., 1970, p.144.

② Arthur Waley. "Introduction to A Hundred and Seventy Chinese Poems (1962 edition)". In *Madly Singing in the Mountains*, *An Appreciation and Anthology of Arthur Waley*. Ed. Ivan Morris. London: George Allen & Unwin Ltd., 1970, p.134.

③ 关于韦利与庞德结识的具体时间,学者尚无定论。程章灿在《魏理的汉诗英译及其与庞德的关系》一文中认为,二者初识的时间应该不早于1913年,不迟于1916年;冀爱莲在其编写的《阿瑟·韦利(1889—1966)汉学年谱》中指出,早在1910年二者或已结识。

④ Roy Fuller. "Arthur Waley in Conversation". In *Madly Singing in the Mountains*, *An Appreciation and Anthology of Arthur Waley*. Ed. Ivan Morris. London: George Allen & Unwin Ltd., 1970, p.140.

⑤ 具体参见冀爱莲编写的《阿瑟·韦利(1889—1966)汉学年谱》,葛桂录主编:《中国古典文学的英国之旅——英国三大汉学家年谱:翟理斯、韦利、霍克思》,郑州:大象出版社,2017年,第154—158页。

交谈中收获颇丰。正如玛格丽特所言:"在这些朋友中,埃兹拉·庞德因其对中国诗歌的兴趣及其翻译而显得特别重要。虽然庞德一点不懂中文,他从法文转译过来的译本在 1915 年就出版了,这极大地鼓舞了阿瑟。阿瑟觉得,有必要将他在汉语和日语文学中发现的新鲜的美传达给别人。"①而在访谈中,韦利亦直率地谈论庞德说:"他所说的诗歌和创作诗歌的事情,是我一生中听过的最美好的话语。"②由此可见,庞德对韦利开始汉诗译介影响巨大,以至于不少学者甚至认为韦利就是庞德的追随者,是其汉诗英译的继承者。③

除了上述西方学者,韦利的汉学译介与研究也同样得益于数位中国学者的帮助。其中,与其交往最为密切的有丁文江、徐志摩、胡适和萧乾。④ 20 世纪初,随着西方知识的大量涌入,大批中国知识分子远渡重洋求学问道。与此相反,西方知识界却刮起了中国风,这些到访的中国学子因而成为西方知识精英探寻中国文化的老师。总体而言,中国学者对韦利汉学译介和研究的帮助主要有以下三点。其一,韦利可向其请教汉语知识。如 20 世纪初,丁文江在伦敦停留时曾指点过韦利学习汉语,为韦利之后的研究打下了基础。⑤ 其二,韦利可与之交流中国文学—文化的

---

① [英]玛格丽特·H. 魏理:《家里人看魏理》,程章灿译,载《古典文献研究》,2007 年第 1 期,第 432 页。

② Roy Fuller. "Arthur Waley in Conversation". In *Madly Singing in the Mountains*, *An Appreciation and Anthology of Arthur Waley*. Ed. Ivan Morris. London: George Allen & Unwin Ltd., 1970, p. 140.

③ 可参见 Hugh Kenner. *The Pound Era*. Berkeley: University of California Press, 1971, p. 192; Ruth Perlmutter. *Arthur Waley and His Place in the Modern Movement Between the Two Wars*. University Microfilms, Michigan: A XEROX Company, 1971, pp. 130—131; Xie Ming. *The Age of Chinese Translation*. New York: Garland, 1999, p. 4.

④ 有关韦利和中国学者的交流考可参见以下资料:程章灿:《与活的中国面对面——魏理与中国文化人的交往及其意义》,载《江苏行政学院学报》,2015 年第 4 期,第 18—26 页;冀爱莲:《翻译、传记、交游:阿瑟·韦利汉学研究策略考辨》,福建师范大学博士学位论文,2010 年;冀爱莲:《阿瑟·韦利与丁文江交游考》,载《新文学史料》,2010 年第 1 期,第 159—164 页。本文此部分的史实也参考和综合了上述研究成果。

⑤ 至于丁文江何时教韦利学习汉语,程章灿和冀爱莲观点不一,程文认为应是 1911 年,正是在丁文江回国之前;冀文则认为应是 1919 年。

译介和研究等问题。1921年,韦利在与徐志摩相识后便向其咨询中国诗文的常识;1926年,韦利与胡适进行了非常频繁且尽兴的交流,双方就中国诗歌、小说、思想等表达了各自的看法,令韦利受益颇多;1928年,韦利还在给胡适的信中,请教其有关《参同契》的年代问题;1940年,萧乾在拜访韦利时,又与其讨论《醒世恒言》。可以想见,与中国学者的多次交流必定给予韦利诸多启发。其三,韦利可由此获取中文书籍和研究材料。1923年,韦利在写给徐志摩的信中感谢了胡适的赠书;1924年,徐志摩在给韦利的回信中一并寄送《温飞卿诗集》和鲁迅的《中国小说史略》;1926年,胡适在拜访韦利时赠送《胡适文存》《儒林外史》《老残游记》等;1928年,徐志摩寄送《白话文学史》给韦利。基于此,"购读影印出版的中国典籍或新近出版的学术著作,是魏理直接了解当时中国学术文化最重要的渠道之一,虽然这不如置身中国现场那么直接,但毕竟也是获取中国最新学术文献资源的切实途径"①。由此可见,中国学者对韦利从事汉学译介和研究提供了相当多的帮助,也使他得以了解更多中国社会的现实境况。通过与他们的交往,中国文化成为更为鲜活的存在,难怪不善言辞的韦利会为缅怀好友徐志摩而创作出《我的朋友徐志摩——欠中国的一笔债》这样令人感动的文章。

总之,惊人的语言天赋让韦利迅速掌握汉语,得以与中国文化亲密接触;英国国家博物馆的工作经历和宾扬的悉心帮助,又令其享有得天独厚的研究资源,同时也与热爱中国文化的西方学者在此相遇,彼此结下深厚的友谊;而与中西方学者的密切交往,更令韦利收获丰富的知识、经验、善意与鼓励。凡此种种,使得韦利与中国文化结缘。而这一缘分之花经过辛勤的浇灌,必将愈来愈美丽。

---

① 程章灿:《与活的中国面对面——魏理与中国文化人的交往及其意义》,载《江苏行政学院学报》,2015年第4期,第24页。

第三节 韦利的汉译成就与中国文化观

作为学者型的汉学家,韦利对中国文化"一生涉猎广泛,诗歌、小说、戏剧绘画、佛教著述、敦煌变文、蒙古史、神话、习俗乃至现代文学都有翻译"①。总体而言,或可将其主要的译著、研究分为以下几类。其一,有关中国艺术的研究。重要的专著如《禅宗及其与艺术之关联》(Zen Buddhism and Its Relation to Art,1922)、《中国绘画研究概论》(An Introduction to the Study of Chinese Painting,1923);论文有《一幅中国画》("A Chinese Picture",1917)、《中国艺术哲学》("Chinese Philosophy of Art",1920—1921)等。此外,他还整理出版了英国国家博物馆中国艺术家人名索引和斯坦因的敦煌绘画书目等著作。其二,有关中国文学的翻译,其中又可按照原文体裁划分为两类。首先,对中国诗歌的出色译介是韦利最大的成就之一。重要的译著有《中国诗选》(Chinese Poems,1916)、《170 首中国诗》(A Hundred and Seventy Chinese Poems,1918)、《中国诗文续集》(More Translations from The Chinese,1919)、《诗经》(The Book of Songs,1937)等。其次,韦利也对数部中国古典小说进行了节译。如《西游记》的节译本《猴子》(Monkey,1942),还有对《红楼梦》《金瓶梅》《老残游记》等作品部分章节的译介。其三,有关中国文学—文化的研究,按照研究内容可大致分为三类。首先,中国文人的传记研究占据重要地位,代表论著有三大诗人的传记《白居易生平及时代》(The Life and Time of Po Chü-I 772－846 A.D.,1949)、《李白诗作及生平》(The Poetry and Career of Li Po 701－762 A.D.,1950)、《18 世纪中国诗人袁枚》(Yuan Mei:Eighteenth Century Chinese Poet,1956)。其次,韦利对中国古代思想的论析,描绘出了西方学者对中国文化的认知图景。他在《道及其力量——〈道德经〉及其在中国思想史上的

---

① 冀爱莲:《阿瑟·韦利汉学研究策略考辨》,北京:人民出版社,2018 年,第 156 页。

地位研究》(The Way and Its Power: A Study of the Tao Te Ching and Its Place in Chinese Thought, 1934)、《论语》(The Analects of Confucius, 1938)、《古代中国的三种思维方式》(Three Ways of Thought in Ancient China, 1939)中，既翻译了儒家、道家、法家、墨家等中国古代文化典籍中的经典篇目，也较为系统、全面地阐释了中国古代思想的概况、特征和发展。最后，其他研究成果也颇为丰富。要者如韦利以玄奘法师西行取经为主题写作的《真实的唐三藏及其他》(The Real Tripitaka and Other Pieces, 1952)，蕴含着其人文主义思想和反帝国主义倾向的著作《中国人眼中的鸦片战争》(The Opium War Through Chinese Eyes, 1958)，从人类学、宗教学、社会学视角阐释中国文化典籍的《九歌：萨满教在古代中国的研究》(The Nine Songs: A Study of Shamanism, 1955)等。如此数量庞大、包罗万象的汉学译介和研究，既满足了西方人对中国的好奇窥探，也充实了韦利有关中国文化的知识体系。回顾其有关中国文学—文化研究的累累硕果，无可否认博学广识、刻苦治学的韦利的确为中国文学—文化在西方的传播做出了不可磨灭的重要贡献，因此西里尔·康诺利评价道："(韦利)将一整个文明带入了英国诗歌。"①

综观韦利的汉学译介和研究，其对中国文学、艺术的总体评价便清晰地浮出水面。总体而言，虽然国内外学界对韦利中国文学观的研究已颇具规模，但对其中国艺术观及其重要价值的论述仍未获得充分展开。因此，本节将论述的重点放在韦利对中国艺术的评介上，意在对这一论题的研究有所补充和拓展。

首先，在文学方面，如前所述，韦利意欲借助中国诗歌来革新英国的诗歌传统，其中国文学观也就此形成。1918年，韦利出版译著《170首中国诗》，并在其中收录数篇介绍中国文学的文章作为序言，以此表达自己

---

① Ruth Perlmutter. *Arthur Waley and His Place in the Modern Movement Between the Two Wars*. University Microfilms, Michigan: A XEROX Company, 1971, p. XXXVII.

对中国文学的整体看法。在《中国文学的局限》一文中,韦利首先驳斥了西方人对中国文学的忽视,即西方认为中国没有重要的史诗、戏剧,小说也从未成为文学的主流,因此忽视它也没有什么损失。加之西方人受到西方中心主义的束缚,常将中国视作于心于身都迟钝的大陆民族,所以更加轻视它。但是,韦利却认为中国人数千年来保留了西方人缺少的理性和耐心,因此其文学精于反省而非推测,也是十分自然的。例如,白居易的诗歌中就看不到西方文学中的逻辑推理,而是中国式的静思和内省。① 由此可见韦利鲜明的人文主义立场和反帝国主义倾向,这与其他"布鲁姆斯伯里团体"成员的观念也十分契合。在论及诗歌的题材时,韦利认为西方人擅长写爱情诗,中国人则以创作友情诗为主,这与二者不同的性格特征和文化背景有关。欧洲诗人将爱情置于最高地位,用热烈奔放的语言讴歌它的美妙;反观中国诗人则将爱情视作日常生活中平凡的一部分,推崇友情甚过爱情,因而通常在诗歌中塑造对弈、练字的隐士形象,描写平静、祥和的田园生活。当论及诗歌的修辞手法时,韦利又对比了中西诗歌在用喻(figures of speech)、用典上的不同。他指出中国诗歌用喻较西方而言更为克制,避免使用荷马式的冗长明喻,因而语言更加通俗质朴。但过分用典却是中国诗人的恶习,这也是中国诗歌在后期流于矫揉造作的原因。② 总体而言,这篇序言写于韦利汉学研究的初期阶段,对中国文学存在一定误读。因此,当 1962 年再版《170 首中国诗》时,韦利撰写了新的序言,并认为 40 多年前撰写的《中国文学的局限》实际上应是自己的局限,而非是中国文学的。③ 无论如何,这篇序言对了解韦利的中国文学观意义重大,并成为其汉学译介和研究的指导性纲领。尽管韦利绝非英国社会接触中国文化元素的唯一渠道,但翻译作为异域文学传播的最主要

---

① Arthur Waley. *A Hundred and Seventy Chinese Poems*. New York:Alfred A. Knopf, 1919, p. 17.

② Ibid., p. 21.

③ Arthur Waley. "Introduction to A Hundred and Seventy Chinese Poems (1962 edition)". In *Madly Singing in the Mountains, An Appreciation and Anthology of Arthur Waley*. Ed. Ivan Morris. London:George Allen & Unwin Ltd., 1970, p. 131.

的手段之一,的确将中国文化那浓郁的诗意和美好的意境呈现在读者及研究者的面前。而中国文学—文化也得以远渡重洋,不但进入英语世界,并且对英、美诗歌理念的现代转变产生了难以磨灭的重要影响。因此,"有人认为中国诗是现代'英美人的发现'(Anglo-American Discovery),包括英国,是因为阿瑟·韦利影响巨大的汉诗翻译"①。而"他将东方文学译介到西方,若干年后,这些已然成为经典的译作,甚至从西方返回东方,出口转内销,成为中国读者阅读和学习的文本"②。

除此之外,韦利的"中国体"诗文创作亦是其中国文学观的一个重要体现。程章灿就曾撰文《魏理文学创作中的"中国体"问题——中国文学在异文化语境中传播接受的一个案例》,通过赏析韦利的原创诗文,详细论述了他对中国文学元素的接受、内化和运用。1940年,韦利在杂志《地平线》(Horizon)上发表诗作《审查员:一首中国风格的诗》("Censorship: a Poem in the Chinese Style")③。这首自由体诗歌,以韦利第二次世界大战期间在英国情报部担任新闻报告审查官的经历为蓝本,用朴素冲淡的语言描述了审查官的日常生活,在题材选择、语言风格、主旨情趣、结构安排上都颇见白居易的诗风。而白居易正是韦利最为赞赏的中国诗人,因此其重写实、尚通俗的诗歌题材,淡泊平和、质朴直率的语言风格,也成为韦利"中国体"诗歌的共同倾向。

除了自创诗歌,韦利还创作了数篇"中国体"小说。这些短篇小说大多取材自中国文学典籍,例如其在1945年发表的《美猴王》(Monkey)就取材自古典小说《西游记》;小说《龙杯》(The Dragon Cup,1946)、《阎罗王》(The King of Death,1950)也与中国的传奇作品、志怪小说如《柳毅

---

① 赵毅衡:《诗神远游:中国诗如何改变了美国现代诗》,成都:四川文艺出版社,2013年,第77页。
② 程章灿:《魏理与中国文学的西传》,载《清华大学学报(哲学社会科学版)》,2013年第6期,第49页。
③ 程章灿在其论文的脚注中用古文翻译了这首诗,具体内容可参见程章灿:《魏理文学创作中的"中国体"问题——中国文学在异文化语境中传播接受的一个案例》,见吴俊编:《南京大学文学院百年院庆论文选集》(下),南京:南京大学出版社,2014年,第240页脚注1。

传书》《续弦怪录》等彼此呼应。韦利对中国志怪小说向来抱有浓厚的兴趣,他不仅翻译了多篇该题材的小说,而且将其风格特色融入自己的"中国体"小说创作,使之具有曲折离奇的情节和神秘灵异的元素。虽然韦利的"中国体"诗文数量并不多,但仍具有重要的价值。一方面,它们为了解韦利的中国文学观开辟了一个新的通道,是其从接受、阐释到内化、发挥中国文化元素的鲜明例证;另一方面,这些诗文大多发表在西方的主流文学杂志上,从而对中国文化的远播具有积极的促进作用。由此而言,"他的'中国体'创作也不能只看作一个汉学学者自娱自乐闲情逸致之作,而应该看作在英国文坛上'掷地有声'的重要作品"①。

其次,在艺术方面,韦利对中国艺术的发展进行了细致、系统的梳理和阐释,是较早做此工作的学者之一。其与宾扬的中国艺术研究对弗莱、贝尔之于中国艺术的认识,乃至他们的现代主义美学理念都发挥了重要的作用。同时,这也促成英国社会对中国"高雅艺术"的发现,标志着西方研究中国艺术的历史性转变。

如前所述,博物馆的工作经历为韦利接触中国艺术创造了便利条件,使其专心于中国艺术的研究。1917年,韦利即在《伯灵顿杂志》上公开发表了第一篇论文《一幅中国画》,评论了英国国家博物馆收藏的张择端《清明上河图》的摹本。1920—1921年,韦利在《伯灵顿杂志》上推出了《中国艺术哲学》系列文章,囊括了谢赫、王维、张彦远、郭熙、董其昌等艺术家、艺术理论家的观点和成就,细致梳理并介绍了重要的中国古代艺术理论。1922年,韦利又接连出版了中国艺术研究著作《英国国家博物馆东方图片与绘画分部藏品之中国艺术家人名索引》(*An Index of Chinese Artists Represented in the British Museum*)、《禅宗及其与艺术之关联》。其中,前者是对英国国家博物馆中国绘画的一次全面记录,也是欧洲首部

---

① 程章灿:《魏理文学创作中的"中国体"问题——中国文学在异文化语境中传播接受的一个案例》,见吴俊编:《南京大学文学院百年院庆论文选集》(下),南京:南京大学出版社,2014年,第247页。

有关中国艺术家的传记式百科全书①;后者则面向普通读者,详细梳理了禅宗的历史发展和哲学思想,特别关注禅宗和艺术的联系,并指出禅宗在生命体悟、主观视野方面与西方思想的相似性。1923年,在总结和修订前期研究成果的基础上,韦利出版了代表论著《中国绘画研究概论》。迈克尔·苏立文认为,这本书的写作正值西方对中国绘画的了解处于"襁褓时期"。因此,即便它未能完整地描绘出中国艺术的发展历程,也被认为介绍的都是轶事趣闻,甚至配图也不甚精美,但它在很多方面仍称得上一部伟大的著作。②作为韦利中国艺术研究的总结之作,这部论著集中呈现了其对中国古典艺术的独特理解和精彩论析,在中西艺术交流,乃至西方现代主义美学理论发展史上都具有重要意义。

总体而言,韦利的中国艺术观有以下几个重要内容:

其一,就中国艺术的研究方法而言,韦利和弗莱的观念有较大差异。简要言之,弗莱注重艺术的情感因素和审美形式,而韦利则偏好从社会、历史、文化角度切入,探讨艺术生成的时代氛围和社会背景。因此,他在《中国绘画研究概论》伊始便清楚指出,要撰写中国艺术的研究论著,首先必须掌握足够的中国文化知识,并且切勿超过自己的学术积累和研究能力。所以,这本书实际上是一本中国画家的传记词典,其中有相当多的内容涉及中国艺术的传统、审美和品位的历史,旨在大致勾勒出早期中国文明最宽广的轮廓。③基于对中国艺术的这种认识,韦利接着发表了关于艺术鉴赏的看法。他认为艺术鉴赏并非对一件艺术作品美学品质的欣赏,而是判断出它由谁创造出来的能力。因此,所谓艺术鉴赏的能力,更多地取决于知识而非感性;它是科学的成果而非灵感的结晶。西方对中

---

① Ruth Perlmutter. *Arthur Waley and His Place in the Modern Movement Between the Two Wars*. University Microfilms, Michigan: A XEROX Company, 1971, p.186.

② Michael Sullivan. "Reaching Out". In *Madly Singing in the Mountains*, *An Appreciation and Anthology of Arthur Waley*. Ed. Ivan Morris. London: George Allen & Unwin Ltd., 1970, p.108.

③ Arthur Waley. *An Introduction to the Study of Chinese Painting*. New York: Grove Press, Inc., 1958, p.3.

国艺术的鉴赏能力,亦与其获得的相关知识密切联系。① 由此看来,韦利对中国艺术的理解大多出自其史学家的研究立场,主张秉持严谨的治学态度,以西方的艺术标准来解读中国艺术的发展。因此,在体例的安排上,此书按照年代顺序共分为18章,梳理了中国艺术自周朝到元朝之后的发展演变,囊括了各个朝代最重要的艺术家、理论家的作品和成就。

在具体评述中,韦利亦注重把中国艺术史纳入其文明史的进程中予以考察,故在介绍绘画作品时结合了大量的社会、历史、文化背景的相关资料。韦利还自觉将中国文学的研究融入对艺术的分析中,通过引用大量的诗歌来揭示中国文学与艺术相互依存、彼此影响的本质规律。例如,第二章虽意在介绍周朝至汉朝的艺术,但着墨更多的则是这一时期中国文明的大致面貌,例如老子、孔子、庄子的哲学思想,以及楚地、秦朝的文化背景。韦利引用《诗经》中描写战争、爱情的诗句,认为这些优雅、轻盈的诗句对自然的描写蕴含着人类真挚的情感。而这种把人和自然紧密相连的倾向,作为中国艺术和诗歌最鲜明的特征得以留存。② 在谈论王维及其水墨山水画时,韦利同样引用了他的多首诗,并将其视作山水文人画的鼻祖。韦利写道:"正如我们所知,中国山水画无疑是最富有诗意的。将读诗生发的情感融入图画中——这也是那些视王维为始祖的宋代山水画家的志向。"③从而准确地抓住了文人山水画情景交融的基本特征。

其二,韦利极为重视对中国绘画理论的介绍和评论,为西方学者理解和赏析中国艺术奠定了重要的基础。1920年10月,韦利发表了《中国艺术哲学》系列文章中的第一篇,重点介绍南齐谢赫的"六法"论。这一极其重要的艺术理论,由谢赫在其著作《古画品录》中明确提出,具体内容为:"一气韵生动是也,二骨法用笔是也,三应物象形是也,四随类赋彩是也,

---

① Arthur Waley. *An Introduction to the Study of Chinese Painting*. New York: Grove Press, Inc., 1958, p. 4.
② Ibid., pp. 13—16.
③ Ibid., p. 145.

五经营位置是也,六传移模写是也。"① 其中居于首位的便是"气韵生动",即艺术创作应以传递神韵、表达情感、状写情致为首要任务,而讲求最大限度再现自然的"传移模写"只能居于末位,可见中国艺术重"抽象表达"而轻"具象模仿"的总体倾向。因此,在文章中,韦利也强调了"精神"(spirit)在绘画中的重要地位。他认为这种精神使世界物象发生变化,就如竖琴演奏者撩拨琴弦一样。除了"和谐"(harmony)一词,另外可被运用的词语还有"革命"(revolutions)、"影响"(influences)。因此,韦利将之翻译为"精神的运作"(The operations of the spirit)。而且这种"运作"(operation)产生的是"生命的运动规律"(Life's Motion),这是画家必须要阐释的过程。②

除此之外,韦利还注意到谢赫"六法"与印度佛教之关联。在文章中,他便指出"法"(method)与佛教中的"法"(Dharma)释义相同。因此,或许将"六法"称为"六种组成部分"(Six Component-Parts)更为准确。③ 韦利的这一观点并非毫无道理。事实上,谢赫的"六法"论与印度佛教艺术的渊源已受到中外学者的关注。例如中国香港学者范瑞华即认为:"'六法论'并不是谢赫的发明,在谢赫的'六法论'当中不仅可以看到佛教艺术的影响,还可以看出他吸收了前人(顾恺之)的理论精髓。"④ 由此可见韦利开阔的研究视野,以及对中国艺术理论的准确评析。

其三,中国山水画的艺术风格和哲学理念是韦利关注的焦点。1921年,韦利再次刊发文章《中国艺术哲学Ⅱ——王维与张彦远》,指出王维在其山水画论中所确切阐述的整体原则并不多,使其自身只满足于自然主义者的恰当观察,而非一个美学家。至于张彦远,韦利则直言他是一个艺术史学家甚于一个哲学家。他的艺术理论只有在其作品中才能偶然地显

---

① 谢赫:《古画品录》,见俞剑华编著:《中国古代画论类编(修订本)》(上),北京:人民美术出版社,2004年,第355页。

② Arthur Waley. "Chinese Philosophy of Art Ⅰ. Note on the Six 'Methods'". *The Burlington Magazine for Connoisseurs*. Vol. 37. No. 213 (Dec. ,1920):309.

③ Ibid.

④ 转引自贾涛:《中国画论论纲》,北京:文化艺术出版社,2005年,第83页。

现出来,且局限在对回忆和轶事的介绍中。① 相较而言,韦利显然更喜欢北宋画家、绘画理论家郭熙,接连发表了两篇有关其画论的文章,之后又经修改收入其论著《中国绘画研究概论》之中。在文章中,韦利用较多篇幅翻译了郭熙《林泉高致》中的主要观点,尤其赞赏他对山水画的创作宗旨、画家的修为境界、空间的巧妙建构等发表的真知灼见。在介绍山水画的意境时,郭熙有一段著名的论述:"世之笃论,谓山水有可行者,有可望者,有可游者,有可居者。画凡至此,皆入妙品。但可行、可望,不如可居、可游之为得,何者? 观今山川,地占数百里,可游、可居之处十无三四,而必取可居、可游之品。君子之所以渴慕林泉者,正谓此佳处故也。故画者当以此意造,而鉴者又当以此意穷之,此之谓不失其本意。"②这段话旨在说明创作山水画应精心选取绘画的对象,并要与自然物象达到"天人合一"的境地,如此才是"妙品"。基于此,韦利从中发现了中国山水画与西方社会的关联,接着评论道:"山水画的理论虽然于我们而言很是荒谬,但却完全契合现今大多数欧洲人的理念。一般人欣赏一幅山水画是因为这让他想起了自己曾愉快闲逛或栖居的一些地方。从某种意义而言,忽略这一点的画家也'忽略了本质'(lost sight of the essential)。"③因此,韦利认为郭熙的画论并不是一名普通大众的言辞,而是出自一位罕见而独特的艺术家之口。④

其四,韦利对于中国绘画中的动物、花鸟风格及其演变亦有独到见解。首先,在谈到动物画时,韦利认为促成其形成和发展的因素主要有以下两点:一是对"人"之重要性的不同看法。他认为在小孩子的宇宙观中,

---

① Arthur Waley. "Chinese Philosophy of Art Ⅱ. Wang Wei and Chang Yen-Yüan". *The Burlington Magazine for Connoisseurs*. Vol. 38. No. 214 (Jan.,1921):32. 亦有论文译为"六个要素"。曹顺庆、任鑫:《阿瑟·韦利的中国绘画研究与汉学转折》,载《北京第二外国语学院学报》,2018 年第 5 期,第 10 页。

② 郭熙:《林泉高致》,周远斌点校、纂注,济南:山东画报出版社,2010 年,第 16 页。

③ Arthur Waley. "Chinese Philosophy of Art Ⅳ. Kuo Hsi (Part Ⅰ)". *The Burlington Magazine for Connoisseurs*. Vol. 38. No. 218 (May,1921):247.

④ Ibid.

动物和人一样重要。这与原始人同山间野兽分享清泉和丛林的观念相似。因此在他们眼里,动物和人一样具有灵性,并将其理想化。韦利接着对比了中西方的不同观念,认为独特的宇宙观和佛教理念使得中国保留着与野兽的原始接触,而基督教则给西方人戴上了自负的皇冠,使其认为只有自己才拥有不朽的灵魂。二是中国文化中存在神奇的动物(Magic Animals)。例如,"龙"(dragon)在中国绘画艺术中占据重要地位,具有极强的象征意义。在《禅宗与中国艺术之关联》一文中,韦利较详细地介绍了中国艺术对"龙"的刻画及其意义。他以英国国家博物馆的一幅龙的绘画为例,认为其与道教文化关系密切,在形式上则展现了波希米亚主义和行政效率的非凡结合(extraordinary combination of Bohemianiam and administrative efficiency),这使西方人在阅读相关传记时感到震惊。① 还有公牛(The Bull)。韦利认为,在世俗方面,牛是田园生活的象征。牧童在牛背上悠然吹笛,一派恬静冲淡的美好景象;在禅宗寓言中,牛又代表着对超验真理的追求,具有深刻的宗教意蕴。② 其次,韦利接着介绍了中国的花鸟画,认为它出现于唐朝中期,起源于佛教绘画的花卉装饰(floral accessories of Buddhist painting),其发展演变亦受到佛教艺术的影响。实际上,在宗教绘画和浮雕的周围加上花卉图案的边缘是一种风俗,图案则来自萨珊艺术(Sassanian art)③。

其五,韦利有关禅宗与艺术之关联的论述也值得关注。事实上,韦利是最早向西方展现禅宗及其哲学思想的学者之一,其相关论著因而也具有开拓性。在《禅宗与中国艺术之关联》一文中,韦利从多个方面详细介绍了禅宗在中国的历史发展及其包蕴的哲学思想。文章伊始,他以苏格拉底式对话的形式,在皇帝和菩提达摩的对话中,生动地交代了禅宗的

---

① Arthur Waley. *An Introduction to the Study of Chinese Painting*. New York: Grove Press, Inc., 1958, p.233.
② Ibid., p.155.
③ Ibid., p.157. 萨珊王朝是公元3—7世纪波斯(今伊朗)的一个王朝,以金银器、丝织艺术闻名世界。萨珊艺术具有柔美华丽、精致典雅的特征,对唐代工艺品如长杯、银盒、唐三彩、浮雕等,均产生了重要的影响。

思想理念,并指出"冥想""沉思""坐禅"对探索人性本源、实现内在超越的重要意义。在讨论禅宗与艺术的关系时,韦利如是说:"禅宗与艺术之间的联系是非常重要的。这不仅是因为禅宗给予了艺术家灵感,而且通过禅宗,人们也对艺术创作的心理状态相较其他文明而言有了更好的理解。"①具体而言,艺术可被视作另一种禅,每个人都不自知地透过它来观看世界。韦利接着诗意地写道,通过禅宗,我们得以湮灭时间,看到的宇宙不是分裂成无数块的碎片,而是其最原始的统一。于韦利而言,禅宗旨在意识的磨灭,而艺术是由意识和无意识的相互作用而创造的。因此,这种相互作用能在多大程度上被禅宗的精神戒律(psychic discipline)所促进还无法判断;此外,艺术家的心理状态亦是有争议且模糊的。② 在文章的后面部分,韦利又指出禅宗绘画按照题材大致可分为两种:一是对动物、花鸟的描绘,艺术家试图通过所画的对象来定义自我,并将其内在的佛陀形象化;二是描绘伟大禅师们的生活场景,力图表现人物的性格特征,巧妙地揭示隐藏于粗俗或愚笨之后的伟大。其后,他又详细介绍了重要的禅宗画家,线索清晰地梳理出中国禅宗绘画的发展脉络。总体而言,韦利通过禅宗的哲学理念来阐释艺术家的创作心理有其重要价值。因而,有学者评论道:"这些陈述展现了韦利对现代心理技术、艺术的角色和其他升华的文化力量的先锋理念,稳定和创新之间的相互作用,以及有意识的创造性张力和释放这种张力并使之成为某种令人震惊的意识消解之间的相互作用。"③

综上所述,虽然受限于接触的中国艺术藏品的品质,韦利对中国艺术的评论存在误读和偏见,但是他的中国艺术研究仍然在20世纪初的西方艺术学界享有一席之地,并深刻地影响了其他的"布鲁姆斯伯里人"。例

---

① Arthur Waley. *An Introduction to the Study of Chinese Painting*. New York: Grove Press, Inc., 1958, p.226.
② Ibid.
③ Ruth Perlmutter. *Arthur Waley and His Place in the Modern Movement Between the Two Wars*. University Microfilms, Michigan: A XEROX Company, 1971, p.189.

如,谢赫的"六法"论经由他的翻译和阐释,随即被更多的西方艺术家、理论家所接受,弗莱就曾在论析中国艺术时多次提及"六法"论,并将"韵律""气韵生动"等概念融入其形式主义美学中。又如,韦利从中国绘画对动物、花草等物象的处理入手,将其与西方的绘画作品相对比,强调了"天人合一"的中国哲学观。而这种对比和论析同样也能在弗莱的论著中找到。同时,他将中国艺术对自然的描摹上溯至原始时期的哲学理念,这与弗莱及其他欧美现代主义者推崇的"原始主义"又有所关联。特别是中国的山水画和禅宗绘画在20世纪的欧洲大放异彩,成为西方现代艺术家赖以学习的榜样,韦利的论著从中发挥了重要作用。"存在主义画家如波洛克、克兰、苏拉热的自由姿态的画风,与禅宗水墨画的相似性不大可能仅归结于某种偶然的契合"①;康定斯基关于艺术的外在形式和内在内容的观念,亦与中国文人画的特征甚为相似;宋代文人画视"写意"为最重要的目的,这又是象征主义艺术的中心理论,而"中国文人画家的审美理想将绘画的象征主义提高到高更和奥里尔无法想象的精妙程度"②。由此可见,韦利的中国艺术观一方面体现了西方现代主义学者在20世纪初对中国艺术的重新阐释;另一方面,中国艺术也经由其错综复杂的交际网络,对西方现代艺术的发展产生了深远的影响。

第四节 韦利的中国文化观与英、美现代主义

英、美现代主义在20世纪初对中国文学—文化的自觉借鉴和融合已被学者广泛关注。如钱兆明通过分析庞德和威廉斯诗歌中的中国文化遗产,指出"东方文化中那些吸引英美诗人的因素——历久弥新、丰富多彩的东方文化中的细致、准确、客观、倾心,与自然和谐融洽——这些特点无

---

① [英]迈克尔·苏立文:《东西方艺术的交会》,赵潇译,上海:上海人民出版社,2014年,第264页。
② 同上书,第268页。

一不是现代主义运动的核心要素"①。而林秀玲则聚焦弗莱、贝尔、庞德等英、美现代主义者与中国艺术的复杂关联,整体观照其从现代主义艺术的角度对中国文化的重新阐释,从而认为中国艺术对西方现代主义艺术的发展影响巨大,并已然成为其中不可分割的一部分。② 在这两本论著中,汉学家宾扬、韦利的名字被时时提及。作者虽未据此展开详细论述,但 19、20 世纪之交的汉学家的中国译介、研究之于西方现代主义的助推作用,显然值得关注与讨论。那么,中国文学—文化具体是如何经由韦利进入西方社会,尤其助推了英、美现代主义运动的生成的呢？通过梳理韦利与英、美现代主义者的交游网络,我们或许可以部分地回答这个问题。

钱兆明在论及韦利译诗与美国现代诗之关联时说道:"19 世纪末和 20 世纪初的英美学者也注意到这些中国诗人并开始翻译他们的作品。以厄内斯特·费诺洛萨、赫·艾·翟理斯、阿瑟·韦利的作品为媒介,庞德、威廉斯等现代主义诗人得以实现了与这些伟大的中国诗人的对话。"③相较于"布鲁姆斯伯里团体"中其他重要成员与中国文化关系的研究,韦利这个团体中真正懂汉语,又是当时最有影响力的译者对中国文化的阐释及其影响,却未得到应有的关注。④ 因此,通过钩沉韦利与英、美现代主义者的交际网络,或可有助于窥探中国文化元素在其中的流播与运用。

首先,虽然学界对韦利与"布鲁姆斯伯里团体"的关系尚未定论,但他的确与"布鲁姆斯伯里团体"的诸多成员维持着终身的友谊,也频频出现

---

① 钱兆明:《"东方主义"与现代主义:庞德和威廉斯诗歌中的华夏遗产》(前言),徐长生、王凤元译,杭州:浙江大学出版社,2016 年,第 3 页。

② Lin Hsiu-ling. *Reconceptualizing British Modernism: The Modernist Encounter with Chinese Art*. The University of Chicago. Ph. D. 1999.

③ 钱兆明:《"东方主义"与现代主义:庞德和威廉斯诗歌中的华夏遗产》(前言),徐长生、王凤元译,杭州:浙江大学出版社,2016 年,第 1 页。

④ John de Gruchy. "Towards a Study of Arthur Waley and China". *Bulletin of Kagoshima Junshin Junior College*. Vol. 38 (2008):250. 格鲁希在谈及帕特丽卡·劳伦斯的著作《丽莉·布瑞斯珂的中国眼睛》时,认为作者未能给予韦利、迪金森、罗素、福斯特、朱利安·贝尔以及其他布圈成员同样的关注,忽视了韦利在团体中的重要角色。

第三章　汉学家笔下的诗性中国：韦利与中国文化的传播　　109

在团体的聚会和其他成员的书信及回忆录中。在亲朋好友的笔下,韦利与团体成员的关系既亲密又疏离,既志趣趋同又性格迥异。其妻子艾莉森曾在给伊文·莫里斯的书信中写道:"韦利最不喜欢的就是被崇拜、被甄选出来,或者被任何团体所包含。虽然他的确在'布鲁姆斯伯里团体'中,但又有一种他不在其中的某种真实感觉。"①友人彼得·昆内尔亦评价说:"他与所谓的'布鲁姆斯伯里团体'保持一定距离;但是他对他们的不和、爱情与婚姻却绝对了如指掌……"②这一点与其沉默寡言、木讷内向的性格,以及自由独立的人生态度相关,正如学者所言:"尽管韦利生活在布鲁姆斯伯里之中,但他只是一个'布鲁姆斯伯里团体'的边缘成员。他自己更不愿成为一个封闭社会的一部分。除此之外,他的吝啬、学者式的疏远(scholarly remoteness),以及对待东方文物令人乏味的小毛病(tedious lapses)都使他在私人圈子内有些不受欢迎。"③但即便如此,多数学者、文人如庞德、西特韦尔、莫里斯、史景迁、克里斯托夫·衣修伍德、格罗西等依旧视韦利为"布鲁姆斯伯里团体"中较年轻的成员④,而他身体上和精神上的家则永远在布鲁姆斯伯里⑤。

韦利与数位"布鲁姆斯伯里人"早于学生时代便已相识,如前文中反

---

①　Alison Waley. "Letter from Alison Waley to Ivan Morris". In *Madly Singing in the Mountains, An Appreciation and Anthology of Arthur Waley*. Ed. Ivan Morris. London: George Allen & Unwin Ltd., 1970, p. 121.

②　Peter Quennell. "A Note on Arthur Waley". In *Madly Singing in the Mountains, An Appreciation and Anthology of Arthur Waley*. Ed. Ivan Morris. London: George Allen & Unwin Ltd., 1970, p. 91.

③　Ruth Perlmutter. *Arthur Waley and His Place in the Modern Movement Between the Two Wars*. University Microfilms, Michigan: A XEROX Company, 1971, p. 31.

④　Ivan Morris. "The Genius of Arthur Waley". In *Madly Singing in the Mountains, An Appreciation and Anthology of Arthur Waley*. Ed. Ivan Morris. London: George Allen & Unwin Ltd., 1970, p. 85; John Walter de Gruchy. *Orienting Arthur Waley: Japanism, Orientalism, and the Creation of Japanese Literature in English*. Honolulu: University of Hawai'i Press, 2003, p. 61.

⑤　John Walter de Gruchy. *Orienting Arthur Waley: Japanism, Orientalism, and the Creation of Japanese Literature in English*. Honolulu: University of Hawai'i Press, 2003, p. 61.

复提到他在剑桥与迪金森、穆尔、弗莱等的交往。在为数不多的自传文章中,韦利也曾满怀深情地回忆起他与凯恩斯、吉拉德·舍夫、弗莱、罗素在剑桥时的活跃、自由的学术探讨,颇为遗憾地讲到自离开剑桥后,自己便错过了很多这样的交流。如其朋友所言,韦利看到弗莱就仿佛回到了剑桥,因为他随时准备好讨论那些"当时的学术话题"(the intellectual topics of the day)①。而他与友人在剑桥结下的友谊,史景迁的描述或许可作为最好的注解之一:

> 他生活于一个美妙的时代:1889—1960,我时常会不自觉地把他与福斯特和伦纳德·沃尔夫联系在一起,因为他们受教育的时期刚好都是在第一次世界大战前那个特定的年代里,又都在剑桥,而且这三人都很健康地活到20世纪60年代,都以敏锐的目光观察着这个巨变的时代。三个人都是天才式的人物,而且都不善于交际。或许,他们曾在利顿·斯特雷奇的家中偶然会面,品茗交谈,或者也可能偶尔相遇在戈登广场,但是他们都坚决地捍卫自由主宰个人生活的权力。同时这三人都对亚洲感兴趣,也许有些人会以此为怪事。福斯特沉迷于印度;沃尔夫对锡兰情有独钟,而韦利则对中国和日本都有着浓厚的兴趣。②

从剑桥毕业之后,韦利便长期生活在伦敦布鲁姆斯伯里街区戈登广场,并与斯特拉齐、贝尔、伍尔夫、凯恩斯、格兰特及其家人比邻而居。作家帕特里奇在其回忆文章《布鲁姆斯伯里文化圈和他们的房子》中,认为这些学者的居所、装饰与其主人的性格"在岁月的记忆中形成了一种独特而和谐的关系"③。而他们在剑桥的友情也延续到了"布鲁姆斯伯里团体"之中。

---

① Arthur Waley. "Intellectual Conversation". *Abinger Chronicle* (Dorking, Sussex). Vol. 4, No. 4 (Aug.—Sept., 1943).
② [美]史景迁:《中国纵横:一个汉学家的学术探索之旅》,夏俊霞等译,上海:上海远东出版社,2005年,第381—382页。沃尔夫即伍尔夫,斯特雷奇即斯特拉齐。
③ [加]S. P. 罗森鲍姆编著:《回荡的沉默:布鲁姆斯伯里文化圈侧影》,杜争鸣、王杨译,南京:江苏教育出版社,2006年,第175页。

作为当时最特立独行的文学艺术团体,"布鲁姆斯伯里团体"成员通常在每周四晚上举行聚会,成员可就文学、艺术、政治、哲学等话题展开讨论。彼时,中国文化在西方社会是颇为时髦的话题,亦引起成员的共同兴趣,这使得韦利的汉学译介和研究受到了其他成员的关注。虽然韦利不善言辞的个性与能说会道的其他成员显得格格不入,其略显土气的衣着甚至被伍尔夫在一本私人笔记中戏谑地讽刺过①,伍尔夫和斯特拉齐及其家人也甚少邀请他共进晚餐②,但他在聚会中谈起中国文化时的博学与风采仍然令友人印象深刻。韦利无疑喜爱这种知识精英间的聚会,因为"对他自身所处的知识分子群体来说,有关文学艺术是知识精英之间交流的方式的观点被视为理所当然,而这也正是他们和中国绅士的交往之道"③。1916 年,韦利的首部译作《中国诗选》即是在弗莱主持的"欧米茄工作室"(Omega Workshops)的会议上由成员讨论是否应该出版的。④虽然这部译作最终未能由"欧米茄工作室"出版,但其自费出版的大约 50 本诗集却被韦利作为圣诞礼物赠送给友人。在罗格斯大学保存的拟赠送的名单上共有 61 人,其中就包括迪金森、庞德、西特尔克、R. C. 特里维廉、弗莱、艾略特、罗素、伦纳德·伍尔夫、叶芝、科克雷尔、贝尔等人⑤,大

---

① Peter Quennell. "A Note on Arthur Waley". In *Madly Singing in the Mountains*, *An Appreciation and Anthology of Arthur Waley*. Ed. Ivan Morris. London: George Allen & Unwin Ltd., 1970, p. 89.

② 赵毅衡在其文章《韦利,书呆子艺术家》中写道:"他被邀请参加布鲁姆斯伯里的聚会,大半原因也是当时中国诗是个时髦题目。但是韦利却是一个拘谨的人,与布鲁姆斯伯里那些意气飞扬的才子才女谈不到一起。那对姐妹花很快就不再邀请韦利。"赵毅衡:《对岸的诱惑:中西文化交流记》,成都:四川文艺出版社,2013 年,第 192 页。

③ Michael Sullivan. "Reaching Out". In *Madly Singing in the Mountains*, *An Appreciation and Anthology of Arthur Waley*. Ed. Ivan Morris. London: George Allen & Unwin Ltd., 1970, p. 111.

④ Arthur Waley. "Introduction to A Hundred and Seventy Chinese Poems (1962 edition)". In *Madly Singing in the Mountains*, *An Appreciation and Anthology of Arthur Waley*. Ed. Ivan Morris. London: George Allen & Unwin Ltd., 1970, p. 134.

⑤ Francis A. Johns. *A Bibliography of Arthur Waley*. London: The Athlone Press, 1988, p. 5.

多是"布鲁姆斯伯里团体"的核心成员或与之关系密切的人。之后,韦利经常出现在"布鲁姆斯伯里团体"举办的大多数较大的社交聚会中,特别是在其《170首中国诗》和翻译的《源氏物语》出版之后。他也受到诸多成员如邓肯·格兰特、戴维·加尼特等的钦佩。罗素、R.C.特里维廉和弗莱都喜欢他的陪伴与理念。① 由此可见,韦利的确与其他成员长期维持着良好的私交,也经常出席成员间的聚会,就中国的话题发表自己的见解。

具体而言,"布鲁姆斯伯里团体"的成员通过韦利对中国文学—文化的接受主要体现在两个方面:一是在文学层面上,韦利对中国文学尤其是中国古典诗歌的译介和研究,为友人提供了诗意中国的图景,也影响了英国现代诗歌的发展;二是在艺术层面上,韦利对中国艺术的研究,及对英国国家博物馆中国艺术珍品的整理,与弗莱、贝尔现代主义艺术理念的生成相互影响、彼此呼应,不仅影响了西方社会对中国艺术欣赏和品评的转向,也使其形式主义美学烙上了鲜明的中国印记。然而,可惜的是,韦利相关的自传性材料甚少,数次搬家又造成了资料的遗失。因此,想要窥探到他与其他成员交往的具体史实,也只能参照他人的零星记述,做出可能的推测了。②

在汉学译介方面,可以确定的是,韦利经常会给"布鲁姆斯伯里团体"的好友们赠送自己的汉学译作,罗素、迪金森、弗莱等都曾在各自的自传、书信、文章中提到他的译诗和研究。因此,"尽管早有那些视觉艺术作品开路,但是战前,英国大部分的布卢姆斯伯里圈中人还是通过大英博物馆东方书画部的管理人韦利,才开始对'诗性'和'朦胧'的中国有了一个文

---

① Ruth Perlmutter. *Arthur Waley and His Place in the Modern Movement Between the Two Wars*. University Microfilms, Michigan: A XEROX Company, 1971, pp. 31—32.
② 探究韦利与"布鲁姆斯伯里团体"之交游的研究成果并不多。其中,程章灿于2005年发表在《中国比较文学》第1期上的论文《魏理与布卢姆斯伯里文化圈交游考》,是目前有关此论题最全面、最集中的论述了。作者通过相关史实的爬梳整理,较全面地呈现了韦利与弗莱、迪金森、罗素等友人的交际脉络。若论文能增加更多交往的细节,韦利与布圈成员的交游将会更加清晰地浮出表面。此外,吴云在2015年提交给中国美术学院的硕士学位论文《他山之石:阿瑟·韦利对中国艺术的研究》中,也以一章的篇幅对韦利的交游进行简短概述。

学意义上的概念"①。韦利时常会在朋友聚集时朗读自己的译诗,其中一次这样的聚会便发生在 R.C. 特里维廉家中,罗素当时也在场。1917 年 10 月,罗素收到韦利的赠书之后,在给韦利的一封回信中夸奖了他的译作,认为"这些诗歌都是让人愉悦的"。正是韦利的翻译让他触摸到"远比西方更令人耳目一新、更精致的中国文化的精髓了"②。1918 年 7 月 7 日,斯特拉齐在写给韦利的信中,提了韦利对中国诗歌韵律的论述引起了自己极大的兴趣,认为由其打开的愚蠢和无知的景象③令人心惊,因此建议他出版一本关于中国文学的著作。④ 1928 年,弗吉尼亚·伍尔夫在其小说《奥兰多》的致谢中感谢了韦利给予自己的帮助。然而,在西莉亚·古德曼(Celia Goodman)写的关于韦利的回忆文章中,却提到韦利并不关注伍尔夫的小说,除了《达洛卫夫人》之外;而且还用"可怕"(horrible)一词来形容伍尔夫,认为她比任何人都不知道别人心里在想什么,而只知道自己在想什么。⑤ 古德曼的回忆并未留下更多的细节,我们只能猜测,韦利做如此评价,或许与自己和伍尔夫等人迥然相异的性格和作派有关,加之韦利还曾批评过伍尔夫给弗莱写的传记很失败⑥,可见二人并无过多交往,但这并不影响伍尔夫对他的汉诗译介和研究表示赞赏。E.M. 福斯特也曾在书信中提到韦利不但是"布鲁姆斯伯里团体"的成员,而且还是非常伟大的日本研究学者和翻译家,与弗吉尼亚·伍尔夫、弗

---

① [美]帕特丽卡·劳伦斯:《丽莉·布瑞斯珂的中国眼睛》,万江波、韦晓保、陈荣枝译,上海:上海书店出版社,2008 年,第 466 页。

② Ruth Perlmutter. *Arthur Waley and His Place in the Modern Movement Between the Two Wars*. University Microfilms, Michigan: A XEROX Company, 1971, p.52.

③ 应是说之前西方社会对中国诗歌的误解和无知的境况。

④ Ivan Morris. "The Genius of Arthur Waley". In *Madly Singing in the Mountains*, *An Appreciation and Anthology of Arthur Waley*. Ed. Ivan Morris. London: George Allen & Unwin Ltd., 1970, pp.67—68.

⑤ Celia Goodman. "Some Reminiscences of Arthur Waley". *The Contemporary Review*. Vol. 228, No. 1320 (1976): 34—35.

⑥ Michael Sullivan. "Reaching Out". In *Madly Singing in the Mountains*, *An Appreciation and Anthology of Arthur Waley*. Ed. Ivan Morris. London: George Allen & Unwin Ltd., 1970, p.113.

莱、凯恩斯等一道是"布鲁姆斯伯里团体"的知识精英代表。① 韦利也曾称他为"我的朋友"②,其好友、同时亦与"布鲁姆斯伯里团体"成员关系密切的诗人T.S.艾略特③在1949年出版的著作中则赞扬韦利的译作说:"东方文学对诗人的影响通常是通过翻译实现的。东方诗歌在过去一个半世纪的影响不可否认;仅以英语诗歌为例,在我们这个时代,由庞德和韦利翻译的诗歌可能被每一位诗歌创作者阅读过。很明显,通过单个译者,特别是有欣赏遥远文化的天赋的译者,每一种文学都可能影响到所有其他人;我强调的正是这一点。"④

在中国艺术方面,韦利与弗莱之间的交往最能说明问题。前文中已提及两人在剑桥经由迪金森、穆尔的介绍而相识,韦利能够顺利开展汉学译介和研究的相关工作也得益于弗莱的帮助和鼓励。此外,熟识"布鲁姆斯伯里团体"成员的作家杰拉尔德·布雷南,也曾忆及自己经常在弗莱的家中遇到伯特兰·罗素、阿瑟·韦利、奥尔德斯·赫胥黎、肯尼思·克拉克以及弗莱的剑桥老友迪金森。⑤ 而从1917年至1929年,韦利撰写的约10篇有关中国艺术的文章都发表在《伯灵顿杂志》上看,这些有关中国艺术研究的重要代表作的面世,均与弗莱有着深厚的渊源,因为自弗莱1909年担任杂志联合主编后,《伯灵顿杂志》的关注范围便逐渐延展到现代主义绘画、非传统主题的儿童艺术,以及中国艺术等非欧洲艺

---

① Mary Lago. ed. *Selected Letters of E. M. Forster*. Cambridge, Mass.: The Belknap Press of Harvard University Press, 1985, p.106.

② Arthur Waley. "Introduction to A Hundred and Seventy Chinese Poems (1962 edition)". In *Madly Singing in the Mountains, An Appreciation and Anthology of Arthur Waley*. Ed. Ivan Morris. London: George Allen & Unwin Ltd., 1970, p.136.

③ 部分研究也将艾略特归入"布鲁姆斯伯里团体",或将其视作团体的外围成员。可以肯定的是,艾略特与布圈和漩涡派均有密切交游,他与韦利很早便已结识,韦利在访谈上也曾提到其与艾略特、庞德的固定聚会。

④ T. S. Eliot. *Notes Towards the Definition of Culture*. New York: Harcourt, Brace and Company, 1949, p.117.

⑤ Gerald Brenan. *Personal Record: 1920—1972*. London: Jonathan Cape, 1974, p.254.

术研究了。① 在他的大力推介下,"《伯灵顿杂志》成为密集刊发中国艺术评论的最知名的西方艺术刊物"②。

弗莱也与韦利一样对中国艺术十分推重。苏立文指出:"那时弗莱正着迷于贝尔的'有意味的形式'这一信条,韦利给他展示了一些中国的绘画作品——我想他说那是禅宗的——并且建议他不能仅仅从纯粹的形式方面来理解它们。弗莱说这是不可能的。但是当弗莱下次看到韦利时,他承认其中的确有一些东西。"③苏立文相信弗莱对中国艺术态度的转变,某种程度上正源于韦利的影响。然而,韦利和弗莱针对中国艺术研究的不同方法、态度和主张也的确存在。1920年,韦利基于自己"科学研究"的立场,在文章中表达了对艺术研究中的形式美学阐释的不认同,其中即包括贝尔"有意味的形式"④。1923年,为赞扬弗莱给《中国艺术中的动物》一书撰写的形式主义导论,韦利又在文章中写道:"谈论考古学总比谈论艺术更容易。在其前言中,弗莱先生选择了更难的过程。"⑤1924年,弗莱则批判性地回顾了韦利自己对《中国绘画研究概论》的介绍,认为其"效果的平淡"(flatness of effect)主要源于韦利未能与读者分享任何自己的审美体验。⑥ 由此可见二者在研究侧重上有所差异,即韦利擅长从考

---

① Ralph Parfect. "Roger Fly, Chinese Art and *The Burlington Magazine*". In *British Modernism and Chinoiserie*. Ed. Anne Witchard. Edinburgh: Edinburgh University Press Ltd., p. 53.

② 杨莉馨、白薇臻:《以形式之美跨越文化鸿沟——论伦敦现代主义运动对中国艺术的借鉴》,载《南京师大学报(社会科学版)》,2018年第4期,第147页。

③ Michael Sullivan. "Reaching Out". In *Madly Singing in the Mountains*, *An Appreciation and Anthology of Arthur Waley*. Ed. Ivan Morris. London: George Allen & Unwin Ltd., 1970, p. 109.

④ Arthur Waley. "Chinese Philosophy of Art I. Note on the Six 'Methods'". *The Burlington Magazine for Connoisseurs*. Vol. 37, No. 213 (Dec., 1920):310.

⑤ Ralph Parfect. "Roger Fly, Chinese Art and *The Burlington Magazine*". In *British Modernism and Chinoiserie*. Ed. Anne Witchard. Edinburgh: Edinburgh University Press Ltd., p. 67.

⑥ Roger Fry. "*An Introduction to the Study of Chinese Painting* by Arthur Waley". *The Burlington Magazine for Connoisseurs*. Vol. 44, No. 250 (1924):47-48.

古学、民族志的角度切入，对中国艺术的分类、特征、缘起、归属、历史背景做科学性的追溯与论析；而弗莱则偏重从艺术审美的层面捕捉中国艺术与其形式主义美学间的契合之处。实际上，这也是《伯灵顿杂志》刊登的文章针对中国艺术研究采用的两种主要方法。总体看来，韦利仅在研究初期聚焦于对中国艺术魅力的探究，其研究成果无论在数量、范围或是深度上都与弗莱相差甚远。究其原因或是中国艺术仅作为其汉学研究的一部分而存在，韦利的研究重心仍是对中日文学的译介。但他以"科学研究"(scientific study)的立场对中国艺术发展做出的梳理和阐释，仍对包括弗莱在内的现代主义美学家及其美学理念产生了重要启示。

其次，尽管本书研究的重点是中国文化元素与英国现代主义之关联，但仍有必要适当论及韦利和庞德等美国现代主义者间的交游。其原因有二：一是因为现代主义的流动性。在20世纪上半叶，西方现代主义者大多活跃在伦敦、纽约、巴黎等世界大都会中，"他们的影响源头很难归说是英国或法国或美国"。与此同时，"中国艺术的影响是相当错综复杂的，而且是建立在这些现代主义者之间的交往上，而且影响是跨三地的"①。庞德虽是美国诗人，但他与英国现代主义者的联系十分紧密，他主导的意象派和漩涡派在英美两国均产生了深远影响。二是韦利的汉诗英译是美国现代诗歌生成和发展的重要借力，大多数研究美国新诗运动的著作都绕不开韦利的名字。因此，谈到西方现代主义却忽略美国现代诗中的中国文化元素，亦即忽略了韦利汉诗英译对美国现代主义诗歌运动的影响，这显然也不够完整，故在此做简短概述。

在美国现代主义者中，韦利和庞德的交往已引起学者的注意，程章灿就曾撰文《魏理的汉诗英译及其与庞德的关系》②对此进行了集中论述。

---

① 林秀玲：《西方现代主义与中国艺术的接触初探》，载《中外文学》，2000年第7期，第67—68页。
② 程章灿：《魏理的汉诗英译及其与庞德的关系》，载《南京大学学报（哲学·人文科学·社会科学版）》，2003年第3期，第131—140页。

赵毅衡亦在著作中评价说:"为把中国诗影响传到现代英语文学中做出最大最持久贡献的阿瑟·韦利是英国人,而且是当时著名的高雅文人集团'布鲁姆斯伯利'中的人物。但此集团中人对韦利并不敬重,韦利似乎是个边缘人物。相反,韦利当时与庞德、艾略特等美国诗人却过从甚密。"① 中国古典诗歌诚然是联结韦利和庞德的共同纽带,但究竟是谁影响了谁,则很难被厘清。不少学者都认为韦利更多受到了庞德诗歌的启发,例如叶维廉(Wai-lim Yip)在著作《埃兹拉·庞德的〈华夏集〉》中曾谈到,韦利将自己的措辞、一首诗的内在思维过程、用词和句子结构都归功于庞德。② 但在访谈中,韦利却否认庞德对自己的影响,并且认为两人关于译诗的理念相差甚远,而且庞德反对自己保留原文句子的长度,总让他把它们分开。③ 同时,韦利还认为当时艾略特诗歌中的中国风尚全部都源于庞德,而非自己的影响。④ 无论如何,韦利和庞德的译诗的确对英、美现代诗歌的发展共同产生了巨大的影响。而且,相较于庞德,韦利之于其他美国现代主义诗人的影响亦要明晰得多。从1917年起,韦利的大多数译作便在美国的《小评论》和英国的《新政治家》两种杂志上轮流发表,给热爱中国诗歌的美国诗人带来新的资源和启发。赵毅衡认为:"阿瑟·韦利杰出的工作是新诗运动接受中国影响的主要途径之一,但是,应当指出,他的读者,他对诗人的影响,主要在美国。"⑤ 知名诗人弗莱彻、门罗等也曾刊文对其译著予以赞扬和肯定。⑥ 而韦利对白居易诗歌的译介,亦成

---

① 赵毅衡:《诗神远游:中国诗如何改变了美国现代诗》,成都:四川文艺出版社,2013年,第184页。
② Wai-lim Yip. *Ezra Pound's* Cathay. Princeton: Princeton University Press, 1969, pp. 88—90.
③ Roy Fuller. "Arthur Waley in Conversation". In *Madly Singing in the Mountains, An Appreciation and Anthology of Arthur Waley.* Ed. Ivan Morris. London: George Allen & Unwin Ltd., 1970, p. 145.
④ Ibid., p. 141.
⑤ 赵毅衡:《诗神远游:中国诗如何改变了美国现代诗》,成都:四川文艺出版社,2013年,第77—78页。
⑥ 具体论述可参见钱兆明:《"东方主义"与现代主义:庞德和威廉斯诗歌中的华夏遗产》,徐长生、王凤元译,杭州:浙江大学出版社,2016年,第121页。

为美国现代主义诗人威廉·卡洛斯·威廉斯（William Carlos Williams）创作现代诗歌的典范，并直接影响了其代表作《春天及万物》的遣词造句、思想理念和风格特征。韦利对美国现代诗歌的影响如此巨大，甚至使得美国的一些诗人"受中国诗影响，但仍使用正常英语，可以把他们称作韦利派，而把进行句法实验的称作庞德派"①。如此，中国文学—文化悄然渗入了美国现代主义诗歌的创作和发展之中。

综上所述，以韦利的汉学译介和研究为中心，来观照中国文学—文化与英国现代主义之关联，有助于厘清20世纪初中国文化元素在英国乃至整个英语世界可能发生的流播脉络，并窥探其在英、美现代主义运动中的助推作用。这一异域文化间融合的发生，首先得益于韦利在中国文学、艺术、哲学等诸多领域的广泛涉猎、出色译介和深入研究，从而将不同形态、不同特征的中国文化元素带入了英语世界。恰如帕特丽卡·劳伦斯所言："这些画卷和韦利翻译的中国诗歌——实际上是继 I. A. 理查兹翻译了孔孟思想之后最早被翻译的中国文学，在英国拥有众多读者——成为英国文化中的和谐音符，昭示了人们对现代的认识。文学翻译加上视觉艺术的共同作用，为英国大众铺平了接受中国艺术的道路。"②其次，韦利与英、美现代主义者错综复杂的交际网络，使得中国文学—文化成为西方现代主义对抗其文学、艺术、哲学传统中的僵硬观念的重要凭借。最为重要的是，他对中国文化的态度，与英、美现代主义者，尤其是"布鲁姆斯伯里团体"中人保有相同的价值取向，"他以东方的风格为受到严重威胁的生活祈祷祝福，这样的做法非但一点儿也不过时，相反它们是强大的能量和渊博的学识的产物，它们也是某种信念的产物，这种信念相信有一种价值理念是长久存在的，有一种思想是永远都不会落伍的，因为这理念、这

---

① 赵毅衡：《诗神远游：中国诗如何改变了美国现代诗》，成都：四川文艺出版社，2013年，第224页。
② ［美］帕特丽卡·劳伦斯：《丽莉·布瑞斯珂的中国眼睛》，万江波、韦晓保、陈荣枝译，上海：上海书店出版社，2008年，第467页。

思想一直是(而且将永远是)真实的"①。"布鲁姆斯伯里团体"对中国文化的接受与借鉴,尽力摒弃了西方中心主义的话语,使得"在这个时期,中国被记录在了英国的知识分子、作家和艺术家的感知世界里,而帝国主义话语之外的另一种话语出现了"②。

---

① [美]史景迁:《中国纵横:一个汉学家的学术探索之旅》,夏俊霞等译,上海:上海远东出版社,2005年,第390页。
② [美]帕特丽卡·劳伦斯:《丽莉·布瑞斯珂的中国眼睛》,万江波、韦晓保、陈荣枝译,上海:上海书店出版社,2008年,第470页。

第四章　哲学家眼里的道德中国：迪金森与罗素的东方乐园

20世纪上半叶，G.L.迪金森和伯特兰·罗素分别于1913年、1920年先后来华访问，不仅为中国民众带来有关西方的知识和讯息，也在当时的中国社会，尤其是知识界掀起了激烈的论争，深化了有关中国社会发展方向的思考。一方面，迪金森和罗素对中国传统文化的推崇与中国当时的思想主流有所冲突，其笔下的"道德中国"的形象也并不符合当时中国的社会现实，这说明他们乌托邦化了的中国文明观受限于西方学者的主体身份和客观需要，是其反思与批判功利主义、物质主义与帝国主义强权话语的异域参照物；另一方面，他们持有的中国观与中国国内的"东方文化派""学衡派"的主张却有所契合，显示其反思启蒙现代性的理念在中国亦不乏同路人。这一现象反过来说明，中国思想界内部在20世纪初亦已萌发了审美现代性的观念，它们与激进派的文化主张形成动态制衡，共同推进了中国文学的发展。

第一节　迪金森与罗素的中国情缘

如林秀玲所言："在'布鲁姆斯伯里团体'成员中，G.L.迪金森和罗素是有关中国问题的两个主要的发言人,并且我相信弗莱和贝尔有关中国艺术的开明态度正是在他们的影响下发展的。"①作为"布鲁姆斯伯里团体"早一辈的重要成员,迪金森和罗素与中国文化的渊源颇深。迪金森终其一生保持着对中国文明的无限向往,甚至被赵毅衡称作"顶戴花翎的剑桥院长";罗素亦在中国寻到西方失落的精神宝藏,始终珍视与中国及中国人的深厚情谊。更为难能可贵的是,即便亲历中国动荡不安的现实境况,他们也未曾湮灭对中国文化的美好印象,反而在国际上不断为中国的前途尽力奔走,提供声援。中国的古典文学、艺术作品,为其勾勒出一个蕴含着古典韵律、无穷诗意和道德伦理的东方国家的形象;对中国的深切关怀与同情,又令他们同中国的现实命运紧紧相连。从此意义而言,迪金森和罗素的中国情缘远比大多数推崇中国文化的书斋学者更为独特,蕴含着鲜明的人文主义色彩和反帝国主义倾向,而这也正是大多数"布鲁姆斯伯里人"在20世纪初对待多元文明的普遍态度。

在英国,迪金森无疑是20世纪初最为著名的知识精英之一。早年于剑桥大学国王学院求学时,他便潜心研究希腊罗马史,并视柏拉图、歌德和雪莱为自己终身敬仰的榜样。通过欧洲古典文化的熏陶及严格、系统的学术训练,迪金森在政治、历史、文学等诸多领域取得巨大成就,最著名的作品有:探索希腊文化精神与西方现实关系的《希腊人生观》(1896)、展现了他的中国情结的《"中国佬"信札》(1901),以及表达他对世界政治体系的绝望的《国际无政府状态》(1926)等。他始终致力于和平事业,在第一次世界大战后参与了推进国际联盟建立的事业。他的和平主义立场与世界主义精神,成为他与中国文化结缘的基础。E. M. 福斯特在为其写的传记中记载,迪金森曾研读过英国著名汉学家翟理斯的《古文选珍》(*Gems of Chinese Literature*, 1884)和法国外交官欧仁·西蒙(G. Eugène Simon, 1829—1896)的《中国城》(*La cité chinoise*, 1st ed. 1878, 2nd

---

① Lin Hsiu-ling. *Reconceptualizing British Modernism: The Modernist Encounter with Chinese Art*. The University of Chicago. Ph. D. 1999,p. 174.

ed. 1891)①,二者均"塑造了基于古老、和平的儒教传统而运行的以农业为主的中国"②,迪金森由此感知中国文明并汲取到创作所需的相关知识。除此之外,他的私人图书馆中也有其他关于中国的书籍。其后,随着对中国文化的了解愈来愈深,他开始将中国视作另一个希腊,探究西方可从中汲取到的东方智慧。

迪金森的中国因缘也离不开"布鲁姆斯伯里团体"成员间的相互影响。实际上,"布鲁姆斯伯里团体"的形成更多地受益于迪金森思想理念的熏陶——"他的周围团聚了一批知识分子,被称为剑桥人文主义者。而受他影响形成的几个学生俱乐部,发展出'布鲁姆斯伯里集团',成为20世纪上半期英国自由主义文化的核心"③。因此,相较而言,迪金森在中国文化方面对"布鲁姆斯伯里团体"其他成员的影响或许更大,如弗莱、韦利对中国文化的兴趣皆由他的引导而萌发;贾森·哈丁亦撰文论述迪金森的中国研究如何影响到其后三代的剑桥学人——弗莱、韦利和朱利安·贝尔对中国文学—文化的接收与阐释。④ 但大多数时候,这种学术思想间的影响如春风化雨,彼此滋养,难以全然分割。在"布鲁姆斯伯里团体"中,迪金森与弗莱保持着十分友好的关系,二者都曾在剑桥大学求学,且均为"使徒团"的成员,其后一直保持着亲密联系,以至于迪金森会在自传中称弗莱为"我的初恋"(my first love)⑤。他们经常会就中国文学、艺术问题展开讨论。在阅读《"中国佬"信札》之后,弗莱指出该著颂扬了中国传统的"尊严和美丽",他对艺术的理解亦受到迪金森观点的影响,

---

① E. M. Forster. *Goldsworthy Lowes Dickinson*. New York: Harcourt, Brace and Company, 1934, p. 142.
② Jason Harding. "Goldsworthy Lowes Dickinson and the King's College Mandarins". *Cambridge Quarterly*. Vol. 41, No. 1 (Mar., 2012): 29.
③ 赵毅衡:《对岸的诱惑:中西文化交流记》,上海:上海人民出版社,2007年,第199页。
④ Jason Harding. "Goldsworthy Lowes Dickinson and the King's College Mandarins". *Cambridge Quarterly*. Vol. 41, No. 1 (Mar., 2012): 26—42.
⑤ G. L. Dickinson. *The Autobiography of G. Lowes Dickinson and Other Unpublished Writings*. Ed. Dennis Proctor. London: Gerald Duckworth & Co. Ltd., 1973, p. 85.

认为中国人可通过明辨自然中美丽和秩序的能力而获得救赎。① 1913年3月31日,弗莱在给迪金森的一封信中感叹东方已经彻底被艺术品交易商洗劫一空了,彼时后者正从中国游历回国。韦利也曾在纪念徐志摩的文章《我的朋友徐志摩——欠中国的一笔债》中多次写到迪金森,称赞其与罗素、R.C.特里维廉(R. C. Trevelyan,1872—1951)同中国人的交游和接触,"使中国人对我们有面目一新之感"②。文中亦提及徐志摩正是通过迪金森的帮助才得以在剑桥大学国王学院旁听的。迪金森对中国文化的热爱同样体现在同中国学者的亲密交往上,尤其与徐志摩的交往,成为中英文化交流的重要篇章。③ "迪金森、恩厚之和阿瑟·韦利等人对中国的这位重要诗人鼎力相助,形成了一个富有同情心的圈子……恩厚之和迪金森共同创造的条件使得像徐志摩这样才气过人的作家……得以接触其他文化,并且有时间从事写作,进一步拓展艺术之路。不仅如此,他们还促进了重要的美学交流,并影响了20年代中国和英国的现代主义发展。"④ 而正是由于迪金森对中国文化的大力推介,他吸引了诸多来英访学的东方学者,特别是学生的关注。在他的支持下,"英华社"(Anglo-Chinese Society)在剑桥大学建立了。⑤ 帕特丽卡·劳伦斯写道:"伦纳德·伍尔夫可能最好地概括了他的个性,描述了他的'温和而崇高的单薄

---

① Jason Harding. "Goldsworthy Lowes Dickinson and the King's College Mandarins". *Cambridge Quarterly*. Vol.41, No.1 (Mar., 2012): 32.
② [英]魏雷:《我的朋友徐志摩——欠中国的一笔债》,梁锡华译,见程新编:《港台·国外谈中国现代文学作家》,成都:四川文艺出版社,1986年,第232页。
③ 有关徐志摩与"布鲁姆斯伯里团体"交游史实的研究成果众多,具体可参见刘洪涛:《徐志摩与剑桥大学》,北京:商务印书馆,2011年;[美]帕特丽卡·劳伦斯:《丽莉·布瑞斯珂的中国眼睛》,万江波、韦晓保、陈荣枝译,上海:上海书店出版社,2008年;梁锡华:《徐志摩新传》,台北:联经出版事业公司,1982年;俞晓霞:《徐志摩的布鲁姆斯伯里交游》,载《文艺争鸣》,2014年第3期,第80—87页。
④ [美]帕特丽卡·劳伦斯:《丽莉·布瑞斯珂的中国眼睛》,万江波、韦晓保、陈荣枝译,上海:上海书店出版社,2008年,第226页。
⑤ E. M. Forster. *Goldsworthy Lowes Dickinson*. New York: Harcourt, Brace and Company, 1934, pp. 144-145.

幻想':英国文化和政治的观察者、中国文明的投契者。"①

　　作为其中国文明观的具体呈现,迪金森的著作《"中国佬"信札》1901年在英国出版。这部假托中国人的口吻对比中西文明、针砭欧洲时弊的信札集,一经面世便在英国社会引起了巨大轰动。E. M. 福斯特曾在为迪金森撰写的传记中提及这本书的选材及写作过程。据其记载,迪金森早在20世纪初首次访问美国之前,就想"对西方文明进行根本地批判,(作品)应该能够为普通大众所阅读,且应具有某种艺术形式"②。他经过多次尝试,甚至打算仿照乔纳森·斯威夫特小说《格列佛游记》的讽刺艺术风格,创作"来自慧骃的信札"("Letters from a Houyhnhnm"),以此表达自己对时政的不满,但终因风格的差异作罢。其后,好友弗莱建议他可以尝试以中国为创作的背景,因为彼时中国正因义和团运动及其后八国联军出兵镇压义和团的事件,再次成为英国社会街谈巷议的焦点。

　　最终,迪金森发觉"中国信札"与自己的构想甚为契合,于是陆续创作四封信,并在《周末评论》(Saturday Review)上相继刊出。其后,作者在此基础上又增加了四封信,并在他出访美国时结集出版。1903年,此书的美国版在纽约匿名出版了,书名也变为《一位中国官员的来信:西方文明的东方观》(Letters from a Chinese Official: Being an Eastern View of Western Civilization),同样引发了读者的强烈反响和针对作者身份的广泛猜测。迪金森在信札中塑造的"中国佬"形象打破了西方套话里中国人的负面形象,显得机智聪慧、才华横溢、彬彬有礼。由于作品逻辑清晰地批判了西方文明的弊端,表达了对中国文明的深切热爱,深受读者欢迎,因此,不少评论家和读者都以为信札的作者一定是中国人。在其自传中,作者讲述了一件与之相关的趣事:随着信札的出版与畅销,"我的哥哥说他早已读过这本书,真是精彩极了!但是他并不知道作者就是我,并且

---

① 转引自[美]帕特丽卡·劳伦斯:《丽莉·布瑞斯珂的中国眼睛》,万江波、韦晓保、陈荣枝译,上海:上海书店出版社,2008年,第209页。

② E. M. Forster. *Goldsworthy Lowes Dickinson*. New York: Harcourt, Brace and Company, 1934, p.142.

当我揭示这个事实时,他自然还有些失望……如果乔治·特里维廉(George Trevelyan)没有在《19世纪》的一篇文章中提到它,激发了一些关注,我猜这本书将会和我其他的书一样无人问津。人们开始猜测它是否真的出自一个中国佬之手,很多副本开始销售。稍后又进入美国,那里的所有人似乎都天真地接受了它的中国来源。之后它又被认为是出自中国大使之手"①。由此可见,迪金森笔下理想化的"中国佬"和乌托邦式的"中国文明"在20世纪初的西方是多么奇特的存在。因为如前文所述,自18世纪末马嘎尔尼使团出访中国之后,中国便逐渐成为落后和停滞的代名词。即便西方文明亦遭遇着危机,但"20世纪开始的时候,从传教士、军人、政客的报道到小说诗歌,西方文化表述的中国形象,基本是贫困、肮脏、混乱、邪恶、残暴、危险的地狱,集中在有关'黄祸'、义和团与唐人街的恐怖传说中"②。因此,"在这种时候,能以中国思想的智慧,针砭西方的野蛮,不得不说狄金森有了现代文化批判精神,而且对非西方民族,有一种眼光长远的尊敬"③。值得注意的是,迪金森在撰写《"中国佬"信札》时并未到访中国。直到1913年,在游历过美国、印度之后,他才真正亲身感受了这个陌生而又熟悉的国度。旅行结束后,他于1914年提交给资助方艾伯特·卡恩旅行基金会一份名为《论印度、中国与日本文明》的报告,并在同年出版旅行札记《面貌:东西方游记》,全面回顾了自己远东之行的所见所思。

由此可见,迪金森同中国文明间有着亲密、独特的联系。一次,他在暑期班上对学生幽默地说道:"我现在给你们讲述关于中国的事情,不是因为我知道很多关于它的话题,也并非我曾经访问过这个国家,只是因为我前世的确是一个中国人!"④

另一位知识精英罗素亦与中国文化-文学渊源颇深。出生在英国一

---

① E. M. Forster. *Goldsworthy Lowes Dickinson*. New York: Harcourt, Brace and Company, 1934, p.143.
② 周宁:《天朝遥远:西方的中国形象研究》,北京:北京大学出版社,2006年,第353页。
③ 赵毅衡:《对岸的诱惑:中西文化交流记》,上海:上海人民出版社,2007年,第200页。
④ E. M. Forster. *Goldsworthy Lowes Dickinson*. New York: Harcourt, Brace and Company, 1934, p.142.

个显赫的新贵族家庭的罗素,童年时便从父亲的藏书中培养了对中国文化的认知。他在自传中写道:"父亲是一个自由思想者,写过一本大书,去世后才出版,书名是《宗教信仰的分析》。他有一间大图书室,藏有教父著述、佛教著作、儒家论述等等。"① 父亲的这些中国传统文化典籍可能是罗素接触中国文化的最初资源,并在他的内心播种下对这个神秘、古老、富饶的东方国度的向往。后来,在他自己的藏书中,涉及中国的还有18世纪出版的4卷本《中国通史》(*The General History of China*,1741)、《中国起义史》(*History of the Insurrection in China*,1853)、《中国笔记》(*My Chinese Notebook*,1904)、《中国文明》(*The Civilization of China*,1911),以及《中国和"满洲"》(*China and the Manchus*,1912)等。② 值得一提的是,罗素家族与中国的接触肇始于19世纪,那又是一段截然不同于伯特兰·罗素的中西"对话"。哲学家罗素的祖父是政治家约翰·罗素(John Russell,1792—1878),在英国政坛上颇有威望。1840年鸦片战争爆发之前,约翰·罗素曾在英国议会上为英国出兵中国而辩护,声称要通过战争维护国家尊严,并要为英国商人在华所受的经济损失、身体虐待、精神折磨寻求赔偿及讨回公道,这实则回避了英国在华贩卖鸦片的事实,掩盖了鸦片贸易的非法性与罪恶性。另外,据史料记载,约翰·罗素在镇压太平天国的过程中也起到过相当的作用,曾有过控制中国军事力量的企图。③ 与祖父截然不同,哲学家罗素对战争深恶痛绝。作为一位纯粹的和平主义者,罗素痛斥一切不义的战争,其中就包括两次鸦片战争。他曾在不同的著作与文章中多次谴责这种毫无道德高尚性、践踏人类文明的

---

① [英]伯特兰·罗素:《罗素自传》(第一卷),胡作玄、赵慧琪译,北京:商务印书馆,2002年,第5页。
② 冯崇义:《罗素与中国:西方思想在中国的一次经历》,北京:生活·读书·新知三联书店,1994年,第103页。《中国通史》即杜赫德《中华帝国全志》的英文译本。
③ 关于约翰·罗素与中国的渊源,丁子江在其著作《罗素与中华文化——东西方思想的一场直接对话》中通过罗列大量史料予以阐释,揭示了约翰·罗素正是两次鸦片战争的重要决策者。丁子江不仅探寻到罗素家族与中国接触之源头,还对比了罗素祖孙与中国截然不同的两次对话。具体内容可参见丁子江:《罗素与中华文化——东西方思想的一场直接对话》,北京:北京大学出版社,2015年,第285—304页。

第四章 哲学家眼里的道德中国：迪金森与罗素的东方乐园

丑恶行径。"忠诚与叛逆是罗素家族血脉中两种不同的混合要素，他继承更多的是父亲而非祖父的价值观"①，因此贵族家庭的环境没有将罗素培养成一个国家利益至上的政治家，而造就了一个站在世界的高度，心怀正义与和平的伟大智者。

对罗素的中国文化观较早系统地产生影响的著作，当数英国外交家兼汉学家 E. T. C. 维尔内（E. T. C. Werner，1864—1954）的《中国人的中国》(*China of the Chinese*, 1919)②。此书甫一问世，罗素即于当年撰文《一个英国人的中国》("An Englishman's China")对此书进行评价，并阐释自己对以儒、释、道为内核的中华文化的理解，其中也涉及对当时中国时局的思考。罗素在这篇书评中甚为推崇道家文化崇拜自然、清静无为、自由发展的特征，批判儒家文化注重礼仪、孝道、顺从的伦理体系对人的感情、自然本性的压迫，这一中国文化观贯穿其思想始终，并深刻地体现在他的著作《中国问题》中。在书评的末尾，罗素还联系了当下西方社会的现实，通过对"在那些文明的国家里，寻求美的强烈愿望何在？"③的质问，表达了对西方文明向何处去的忧虑之情。

第一次世界大战将整个欧洲拉入熊熊战火之中，同时也在罗素心中投下浓重的阴影。在这一时期，罗素一些要好的朋友如怀特海夫妇"都持异常激烈的好战态度"④。他们沉溺于战争带来的畸形享受中，并被极端民族主义情绪裹挟着为屠杀摇旗呐喊，而这一切都让罗素愤恨不已。幸运的是他仍不乏志同道合的朋友，其中帮助他与中国结缘的同路人莫过于阿瑟·韦利。罗素在剑桥大学读书时结识韦利，其后二者便成为一生的挚友。韦利1916年的赠书名单上就有罗素，而他之后出版的《170首中国诗》等译著罗素也曾先睹为快。1918年5月，罗素因散发反战的宣

---

① 丁子江：《罗素与中华文化——东西方思想的一场直接对话》，北京：北京大学出版社，2015年，第304页。
② 同上书，第203页。
③ 同上书，第57页。
④ [英]伯特兰·罗素：《罗素自传》（第一卷），胡作玄、赵慧琪译，北京：商务印书馆，2002年，第3页。

传单被捕入狱。罗素在在狱中时,韦利曾寄给他一首尚未发表的译诗——白居易的七言绝句《红鹦鹉 商山路逢》①,这也许是"罗素后来与中国不解之缘的一个'暗结'"②。在其著作《伯特兰·罗素基本著作》(The Basic Writings of Bertrand Russell)中,罗素认为中国人爱好和平的天性在阿瑟·韦利所译的《新丰折臂翁》中展露无遗。这首由白居易所作的诗歌,以一位折断手臂逃兵役的老人之口谴责不义战争给国家与民族带来的深重灾难,并呼唤和平的重要性。在《中国问题》中,罗素还提到了另一首中国诗《商人》,并认为韦利翻译的这首诗"所描述的生活侧面中,中国人都比我们高明"③。由此可见,阿瑟·韦利的中国诗歌翻译为罗素了解中国文化开了一扇明窗,促使他踏上前往中国的旅途。

1920年,当罗素终于踏上中国的土地,眼前的一切都让他既惊奇又兴奋。"杭州西湖那梦境般的湖光山色,北京古城那具有传奇色彩的楼宇亭台"都让他陶醉其中,但最让他印象深刻的是"那些彬彬有礼、温文尔雅、谦虚好学的中国主人"。④ 罗素与中国文人的交往极广,他与文人精英、政治精英、哲学精英⑤都有过深入接触。其中最值得一提的还是他与新月派代表作家徐志摩的交往。1920年9月,徐志摩获得哥伦比亚大学经济学硕士学位后,就计划前往剑桥大学师从罗素。然而罗素因倡导和

---

① [英]伯特兰·罗素:《罗素自传》(第二卷),陈启伟译,北京:商务印书馆,2003年,第28—29页。
② 丁子江:《罗素与中华文化——东西方思想的一场直接对话》,北京:北京大学出版社,2015年,第56页。
③ [英]罗素:《中国问题》,秦悦译,上海:学林出版社,1996年,第65页。
④ 冯崇义:《罗素与中国:西方思想在中国的一次经历》,北京:生活·读书·新知三联书店,1994年,第25页。
⑤ 丁子江认为"罗素与当时中国三类精英(存)在某种意义上的对话:一是文人精英,如梁启超、蔡元培、章太炎、胡适、丁文江、鲁迅、郭沫若、林语堂、徐志摩、梁实秋、赵元任、杨瑞六等;二是政治精英,如孙中山、谭延闿、毛泽东、陈独秀、李大钊、张太雷、瞿秋白、周恩来、张国焘、张申府等;三是哲学精英,如梁漱溟、张东荪、金岳霖、冯友兰、李石岑、傅铜、张岱年、贺麟、洪谦、任华、沈有鼎、王浩、牟宗三、唐君毅、张君劢、徐复观、方东美、殷海光等"。具体内容参见丁子江:《罗素与中华文化——东西方思想的一场直接对话》,北京:北京大学出版社,2015年,第74—186页。

平已被三一学院除名,此后便一直在旅途中。于是,这一愿望便夭折了。虽然徐志摩最终进入伦敦大学政治经济学院学习,但罗素的哲学思想和人格魅力却影响了他的一生。① "徐志摩与罗素的交往始于罗素 1921 年 10 月从中国返回英国后。徐志摩写给罗素的七封信成为考察两人交往的基本材料。"②他将罗素奉为自己的人生导师,尤其赞同罗素对工业主义的批判,认为残酷的生存竞争使人性堕落,扼杀了人的"神性"和"诗性"。因此在阅读了《中国问题》后,徐志摩感叹罗素所"厌恶的,却并非欧化的全体——那变成了意气作用——而是工业文明资本制度所产生的恶现象;他崇拜中国,也并非因为中国刚巧是欧化的反面,而的确是由惯刺的理智和真挚的情感,交互而产生的一种真纯信仰,对于种种文明文化背后的生命自身更真确的觉悟与认识"③。罗素与徐志摩等的交往,成为中英文化交流史上灿烂的一页。

  迪金森和罗素分别于 1913 年、1920 年访问了中国。而且,二者的中国文明观有诸多相似之处,其理想化阐释中国文化的立场也趋于一致,即赞扬中国人民爱好和平、淳朴可爱、平和冲淡的性格特征,更称颂中国文明注重伦理道德、师法自然、民主平等的倾向,以此批判西方片面强调经济增长、科学理性的文明病症。然而,迪金森和罗素在访华期间所受到的关注却大相径庭。稍早访问中国的迪金森,怀着敬仰的心情先后游览了北京、广州、上海等城市,会晤了孙中山先生,拜访了孔子第 76 代衍圣公,但他并未引起当时中国社会和知识界的注意。因此,中国学者对迪金森及其著作的介绍和评论都相当有限,只局限在辜鸿铭、梅光迪等人对其人

---

① 对此学界也有一些争论,如刘洪涛在其论文《徐志摩与罗素的交游及其所受影响》中认为徐志摩 1920 年赴英求学并非想要师从罗素,而是为了追随政治学家拉斯基。具体参见刘洪涛:《徐志摩与罗素的交游及其所受影响》,载《浙江大学学报(人文社会科学版)》,2006 年第 6 期,第 154 页。
② 刘洪涛:《徐志摩与罗素的交游及其所受影响》,载《浙江大学学报(人文社会科学版)》,2006 年第 6 期,第 156 页。
③ 徐志摩:《罗素与中国——读罗素著〈中国问题〉》,见[英]罗素:《中国问题》,秦悦译,北京:经济科学出版社,2012 年,第 8 页。

其作所做的引介和评价。与其相反,罗素访华伊始便受到中国知识界的高度重视,甚至"当时风华正茂的青年毛泽东也曾前往聆听,不过据称他对罗素有关中国文明文化的论述不甚服膺"①。罗素有关中国文明的演讲和论述,及他对中国社会改造提出的建议在中国社会引起了巨大反响,支持和反对他的人据此掀起一场场论争,直到罗素回国还未能停息。两位中国观颇为相似的学者,境遇却如此不同的原因大致有三:其一是罗素早在英国时便已是享誉世界的大哲学家,他的访华亦是受到中国学界的再三邀请,中国社会和知识界对此早已翘首以盼,因此其受到的热烈欢迎便不难理解;而迪金森早年致力于古希腊文明研究,访华的时间也较短,因此获得的关注较小。其二是罗素在中国时的巡回演讲长达9个月,他的世界文明观、哲学思想、社会理念由此传播并为民众了解,无形中扩大了他在中国的影响力;而迪金森的访问为游览考察性质,未安排公开演讲,也未能与中国的知识精英深入接触,影响自然较小。其三是罗素访华时,中国正踟蹰于现代化的十字路口;而罗素在演讲和评论中针对中国的社会改造提出了切实具体的意见,他的观念对渴望摆脱贫穷落后的中国民众而言,具有宝贵价值和现实意义。反观迪金森访华时中国还未爆发五四运动,学界对现代性、现代化的思考也尚未成型,因此对这位来华访问的明哲自然也少了一些关注。

总体而言,迪金森和罗素与中国文化的关系十分深厚,他们对中国文化始终怀有深切而真挚的情感。长久以来,对大多数西方人而言,他们对中国的喜爱颇有些"叶公好龙"的意味。中国在他们的脑海中总是幻化出不同的形象,是真实知识与文学想象混杂的产物。因此,韦利至死都不愿探访中国,惧怕现实中国的"破败"将他心目中的大唐盛世击得粉碎;朱利安·贝尔在到达中国短暂的兴奋期过后,也会写信抱怨中国人"几乎都是

---

① 童庆生:《为了我们共同的文明:狄金森的中国观及其国际人文主义》,王冬青、高一波译,载《深圳大学学报(人文社会科学版)》,2014年第1期,第17页。

落后的,他们会被多愁善感、浪漫主义和荒谬的念头所损害"①。然而,迪金森和罗素却始终保持着对中国的热忱和向往,越是靠近中国便越被它的魅力所吸引。他们对中国现实选择性的忽视及理想化的阐释固然有其政治和文化上的考量,从中亦不难看出他们力图摆脱"西方中心主义"的束缚,但仍受限于文化隔阂与西方话语体系那不可避免的矛盾与悖论。总之,怀着对中国文化的向往,他们向东而行,"不同于书斋里的学者,他们是带有强烈使命意识的知识分子,关注现实的社会问题和需求,试图通过与现实的对话验证和改进社会变革的方案,以期最终实现人类大同的理想"②。

第二节 《"中国佬"信札》中理想的中国文明观

福斯特在迪金森的传记中写道:"如果说迪金森在访问美国时抱着自我发展的愿望,访问印度基于好奇的原因,那么他接近中国则怀着全然不同的精神。他如一个在远方爱慕多年的恋人一样,走向了她。"③迪金森对中国文明的热爱是真挚而感人的,他对"乌托邦中国"的描写,是以尖锐对比东西方文明,促使人们思考西方文明中的种种弊病为出发点的。因此,中国无疑扮演了西方揽镜自照的文化"他者"的角色,诚如赵毅衡所言:"20世纪西方思想的主题,是现代性:先是推进深化现代性,后有反思批判现代性,最后试图代之以后现代性。奇怪的是,每一步都有人'借鉴中国文化'。"④从迪金森理想化的中国文明观,亦可窥探中国在西方构建现代性的历程中所具有的重要的参照价值。

---

① Peter Stansky and William Abrahams. *Journey to the Frontier: Two Roads to the Spanish Civil War*. London:Constable, 1966, pp. 261—262.
② 童庆生:《为了我们共同的文明:狄金森的中国观及其国际人文主义》,王冬青、高一波译,载《深圳大学学报(人文社会科学版)》,2014年第1期,第18页。
③ E. M. Forster. *Goldsworthy Lowes Dickinson*. New York: Harcourt, Brace and Company, 1934, p.141.
④ 赵毅衡:《伦敦浪了起来》,北京:人民文学出版社,2002年,第54页。

在迪金森的心中,希腊和中国占据了同样重要的地位,因为"远古的希腊让他明白了英国政治和社会混乱的事实,而异教的东方中国则使他体会到了正义、秩序、谦恭、非暴力的理想境界"①。并不厚重的《"中国佬"信札》是迪金森唯一专写中国文明的著作,亦是其中国文明观的集中呈现。在体裁上,《"中国佬"信札》沿袭了英国历史悠久的"中国信札",抑或"东方信札"之传统,可谓其在20世纪最出色的余响。② 在内容上,这本书则借一位旅居伦敦的中国人之口,一方面表达了自己对西方帝国主义、侵略主义的坚决反对,对中国饱受西方侵略和蹂躏的历史及现状的同情;另一方面极力规避西方中心视角,通过对中西方文明的尖锐比较,提出中国文明在道德、制度、哲学、宗教、人性等诸多方面远优于西方文明的观点。通过对信札体的出色运用,迪金森得以阐释对中国文明的迷恋与赞扬,进而酣畅淋漓地批判西方文明的弊端和缺陷,表达了自己的世界文明观和国际人文主义立场。关于写作动机,迪金森在"美国版简介"中做了清晰的说明,表达了对欧洲文明堕落的忧虑:"我觉得人类正处于分界点上,而且或许正面临着自罗马帝国衰落以来无与伦比的严肃、重要的问题。……我们要成为精灵还是要成为聪明的野兽?我们要成为人还是只想成为机器?……举目四望,越过大洋,把目光投向欧洲与远东,我感到焦虑,根本不是去模仿形式,而是挪用那个旧世界的灵感——它创造了礼貌、法律、宗教、艺术,其历史不仅仅是身体的记录,而且也是人们灵魂的记录;其精神已经越出它部分体现于其中的形式,现在正盘旋在你的门前,要求一种新的、更加完美的化身。"③书中共收录8封信,从不同角度对比了中西文明间的差异,显示了作者鲜明的反思启蒙现代性倾向和人文主义理念。

---

① 葛桂录:《雾外的远音:英国作家与中国文化》,银川:宁夏人民出版社,2002年,第307页。
② 王华宝、杨莉馨:《论英国文学中的"中国信札"传统》,载《江海学刊》,2018年第1期,第214页。国内学界对"中国信札"的论述并不多,重要的成果还可参见叶向阳:《从〈约翰中国佬信札〉看"东方信札"体裁作品与中国主题之关系》,载《跨文化对话》,2012年第1期。
③ [英]G.L.狄更生:《"中国佬"信札——西方文明之东方观》,卢彦明、王玉括译,南京:南京出版社,2008年,第5—6页。

在西方话语体系中重塑儒家文明主导的"乌托邦中国",倡导道德价值和伦理是迪金森中国文明观的主要内容。第一封信伊始,迪金森便从义和团运动及八国联军侵华的时局入手,指出中西文明尖锐对立的现实。在他看来,中国文明的核心是以儒家文明为基础构建起的"道德秩序",这体现在中国人对家庭责任而非个体自由的强调,对社会而非个人的关注,对伦理道德而非物质积累的重视。因此,中国人"既有这种本能,也有这种机会欣赏自然,培养良好的风度,与同胞们保持一种人道的、无利害冲突的关系"①。相比之下,西方则因片面追求物质、金钱和生活资料,陷入动荡不安的泥淖之中。缺乏家庭观念和伦理价值的规范,孤立的西方人只能罗织金钱至上、"无限进步"的谎言,为了金钱、物质、经济疲于奔命,丧失在道德和美学方面的追求。因此,"中国佬"说:"而对我们东方人来说,这恰恰是野蛮社会的标志。我们衡量文明程度不是根据其积累的生活资料,而是根据其生活的价值与伦理。"②

其后,迪金森又指出西方通过"分析"和"试验"窥探到自然界运行的奥秘,虽然推动了西方社会飞速进步,但容易获得更多的伤害和恶果。一方面,工业化的发展、机械技术的完善、经济财富的积累在带给西方便利的同时,也制造了无尽的混乱。主要表现为金钱关系取代伦理道德,成为维系人际关系的主要力量;人民脱离自然,成为工业和机械的奴隶;精神的萎缩和信仰的崩溃,滋生了西方普遍的孤独感、失落感与异化感。因此,"中国佬"控诉道:"财富的增加——即舒适手段的增加——本身并不一定就是好事;所有这一切都取决于财富的分配,及其对于这个民族道德特征的影响。正是从这个角度出发,我对把西方的方法引入中国的发展前景持比较沮丧的态度。"③另一方面,对启蒙现代性的片面强调,使得西方早已在机器巨大的轰鸣声中丧失了对文学的创作灵感和对美的敏锐感

---

① [英]G.L.狄更生:《"中国佬"信札——西方文明之东方观》,卢彦明、王玉括译,南京:南京出版社,2008年,第9页。
② 同上。
③ 同上书,第21页。

知。迪金森用诗情画意的语言描绘着中国人对自然之美的反应:"月光映照之下的花园里的玫瑰、草地上婆娑的树影、杏花、松树的芬芳、葡萄美酒夜光杯以及吉他。以上所及以及生死哀愁、长久的拥抱、徒劳无望地伸出来的手、悄悄地永久消逝的瞬间,承载着音乐与光明,驶入过去的阴影与静谧之中——我们所拥有的过去,以及所有那些躲避我们的东西,鸟的振翅,香味在微风中弥散——我们所受的教育就是对以上所有这些方面做出反应,而我们称这种反应为文学。我们所拥有的这些东西,你们是没有办法给我们的,但是你们可以很容易地拿走。"① 迪金森在此强调了文学艺术的救赎功能,以及美学现代性价值对于反思启蒙现代性的功利主义倾向的形而上意义。审美现代性之所以从现代性中分裂出来,作为对抗启蒙现代性不可或缺的力量而存在,其原因是它本身即蕴含深刻的人道主义内涵,"承担了为生活提供意义的重要功能"②,且"广泛地呈现在人与自然的审美理解,对自我的感性解释和发现,对日常生活惯例化和刻板化的颠覆,对生存所导致的种种审美策略等等"之中③。但遗憾的是,这些感性体验和情感欲望"不可能在织布机的轰鸣中听到,不可能在烟雾缭绕的工厂中看到,却可以在快速运转的西方社会中被破坏掉"④。迪金森在此表达了自己鲜明的审美现代性倾向。

在第六封信中,作者还对中国的政治制度和权力机构大加赞美。他认为中国文明的优越性体现在其公正廉明的政府机构、行之有效的规章制度以及根深蒂固的理性权威。秉持着这样的看法,他称颂中国的阶级观念,指责在西方世界,"财产与婚姻、宗教、道德、上下尊卑与阶级差别,所有这些人类关系中非常重要、非常有意义的东西,都被你们连根拔除,

---

① [英]G.L.狄更生:《"中国佬"信札——西方文明之东方观》,卢彦明、王玉括译,南京:南京出版社,2008年,第24页。
② 周宪:《审美现代性批判》,北京:商务印书馆,2005年,第65页。
③ 同上书,第71页。
④ [英]G.L.狄更生:《"中国佬"信札——西方文明之东方观》,卢彦明、王玉括译,南京:南京出版社,2008年,第24页。

漂浮在时间之流上"①。他也向往中国古代凭借科举制度选拔人才的机制，认为它为民众提供了公平进入政府的机会，且能为国家选拔出人才。此外，集权特征和严明律法更令国家凝结为一个和睦的大家庭，由此保障了民众的幸福生活。由上述观点来看，迪金森对儒家文明理想化的阐述，同18世纪伏尔泰、哥尔德斯密斯等欧洲启蒙作家的观点几无差异。哥尔德斯密斯在其"中国信札体"作品《世界公民》中塑造的一个"孔教理想国"②的形象，"映射出18世纪欧洲启蒙知识分子改革社会积弊、推进启蒙现代性进程的精神意识，为推进社会的进步起到了重要的作用"③。而在20世纪初特定的时代语境中，《"中国佬"信札》再度以浪漫主义的精神理想化了中国儒家文明，使之成为疗治启蒙现代性弊端的重要助力。

强烈谴责西方的侵略扩张与帝国主义是《"中国佬"信札》的另一个重点。在19、20世纪之交，中西方力量对比已发生巨大转变，晚清的衰颓和战败、西方的进步和强大形成了鲜明对照；西方向外扩张的势头愈来愈强，殖民主义和帝国主义成为彼时西方世界的中心词。而随着第一次世界大战的临近，西方文明内部的自我批判成为众多知识精英的共识，具体表现为对理性科学的反思，普遍弥漫的怀旧情绪以及对受害一方的同情。其中，"帝国主义"在世界范围之内的影响最值得关注，因为"一个由已开发或发展中的资本主义核心地带决定其步调的世界经济，非常容易变成一个由'先进地区'支配'落后地区'的世界，简言之，就是变成一个帝国的世界"④。因此，作为坚定的反帝国主义者，迪金森在本书中反转了西方认知中的"强者"和"弱者"。他在第二封信中便对西方对中国的侵略行径

---

① [英]G.L.狄更生：《"中国佬"信札——西方文明之东方观》，卢彦明、王玉括译，南京：南京出版社，2008年，第27页。
② 周宁在《天朝遥远：西方的中国形象研究》一书中如此称呼西方视野中受到儒家文化传统浸淫的中国。
③ 王华宝、杨莉馨：《论英国文学中的"中国信札"传统》，载《江海学刊》，2018年第1期，第213页。
④ [英]艾瑞克·霍布斯鲍姆：《帝国的年代：1875～1914》，贾士蘅译，钱进校，南京：江苏人民出版社，1999年，第59—60页。

予以尖锐批判。"中国佬"首先指出,义和团运动让中国似乎成为冲突的发起方,成为百口莫辩的"侵略者"。但中国从未主动寻求和西方的交往,反倒是西方既想强行输入自己的宗教信仰,又想以暴力掠夺中国的资源财富,从而引发中国人的激烈反抗。正如阿瑟·韦利在纪念徐志摩的文章中所言,20世纪之前,"所有到中国的英国人都是为政治原因,他们不是传教士、军人、商人就是官吏"①。迪金森亦认为西方侵略的目的,其一是为"获取食物"和"原材料的市场",这也是殖民主义、帝国主义最主要的特征;其二则是为了灌输西方的宗教信仰和价值观,改变中国的社会价值体系,进而控制中国并攫取最大的利益。迪金森对此有颇多见解,他一针见血地指出:"你们相信,不仅你们的宗教是唯一正确的,而且你们以为有责任把它强制地推行给其他民族,如果觉得需要,你们甚至不惜诉诸武力。这种侵略动机被另外一种更加有力的动机所强化。"②

至于中西方宗教观孰优孰劣的问题,迪金森则在第七封信中进行了充分阐释。他指出在中国盛行的儒、释、道的思想理念,并不能被西方妖魔化为荒谬的迷信。因为作为主体的儒家学说其"总体目标与主旨是指引并鼓舞别人的正义行为"③,其对祖先崇拜、世俗工作、农耕劳作、社会系统的倡导和坚持,可以巩固和维系这个庞大而古老的国家。因此,"中国佬"颇感自豪地说道:"我们大多数人的生活都秩序井然,安排得有条不紊,符合我们信条中的基本原理,即便人们没有宣称,但也在默默实践着我们圣贤的原则——任何社会都应该视之为立身之本的两大重要理念:兄弟友爱与劳动光荣。"④反观西方的基督教,它似乎与世俗生活和自己的信徒之间隔着不可逾越的鸿沟,既不能解决世俗生活中的实际问题,也无法阻止西方不断制造对抗、暴力和骚乱。西方人对待基督教的态度是

---

① [英]魏雷:《我的朋友徐志摩——欠中国的一笔债》,梁锡华译,见程新编:《港台·国外谈中国现代文学作家》,成都:四川文艺出版社,1986年,第232页。
② [英]G.L.狄更生:《"中国佬"信札——西方文明之东方观》,卢彦明、王玉括译,南京:南京出版社,2008年,第11页。
③ 同上书,第29页。
④ 同上书,第31页。

矛盾的,表面上将之奉为圭臬,实际上却在追求物质利益时将它抛于脑后。更别提基督"天真的自我牺牲精神"虽被西方各国奉为福音,但他反对暴力、主张仁慈宽容的呼声却湮灭在战火的硝烟中。迪金森辛辣地讥讽西方举着宗教信仰的旗帜,却大肆入侵、掠夺他国的丑恶行径,揭露了西方文明的虚伪假面,通过"中国佬"之口在信札中讥讽道:"你们的目的是把旧秩序的所有残余都一扫而空,把宗教与国家分离,把仪式和信仰与行动分离。"①因此,中国不必接受这样的宗教理念,因为"或许正如你们所断言的,儒家学说根本不是什么宗教,或许它只是一种下等的伦理规则,但是它却使中国在世界历史上成为这么一个国家:真正地憎恶暴力,崇尚理性与正义"②,由此认为西方文明及其所支持的帝国主义远远落后于中国文明。

迪金森指出:"帝国主义的历史逻辑是弱肉强食,然而,帝国主义的文明论却为西方发动的战争和掠夺辩护,认为西方工业文明是放之四海而皆准的发展模式,应在全球推广。"③因此,在第八封信中,"中国佬"进一步戳穿了西方文明的伪善。他回顾了给中国造成深重灾难的鸦片战争,认为其本质还是西方为"索取更多优惠",为了"商业利益,不惜一切代价地用武力侵入我们的国家,并在输入商品的同时,输入你们文化与观念的酵母"④的非正义战争。而当欧洲各国妄图分割中国时,中国的奋起反抗却招致西方更大的报复。因此,"中国佬"愤慨地说道:"我们对你们要求的任何抗拒都引起你们新的勒索与侵略。但是,你们总是摆出文明人对付野蛮人的姿态。你们强迫我们接受你们的传教士,而一旦他们由于无知且热情高涨,引起我们民众奋起反抗时,你们再次以此为借口进行新的

---

① [英]G.L.狄更生:《"中国佬"信札——西方文明之东方观》,卢彦明、王玉括译,南京:南京出版社,2008年,第32页。
② 同上书,第35页。
③ 童庆生:《为了我们共同的文明:狄金森的中国观及其国际人文主义》,王冬青、高一波译,载《深圳大学学报(人文社会科学版)》,2014年第1期,第19页。
④ [英]G.L.狄更生:《"中国佬"信札——西方文明之东方观》,卢彦明、王玉括译,南京:南京出版社,2008年,第38—39页。

掠夺,直到我们非常顺理成章地相信,你们的十字架是剑的前奏,宗教对你们的唯一用处是作为战争的武器。"①迪金森的这席话是为义和团运动做辩解,认为它只是中国人为从外来入侵者手中拯救自己国家而进行的绝望反抗,反倒是西方"粗暴地侮辱了公正与正义",才是真正的"强盗、海盗",由此颠覆了西方对中国人的固有偏见,控诉了西方文明的侵略本质。正是基于此,当中国饱受西方的暴力和摧残时,他才会如此愤怒地感叹道,只有中国得到拯救,才能说服他相信人性坚不可摧。②的确,"第一次世界大战爆发,颠覆了文明与野蛮、东方与西方的二元对立的现代性世界秩序话语,西方人发现了自身的野蛮。文明与野蛮的断裂与对立,出现在西方内部"③。迪金森在第一次世界大战爆发前对帝国主义和殖民主义的这番控诉,体现出卓越的历史洞见与人文情怀。

中西方迥然相异的价值取向、人生态度及其与自然的关系,是《"中国佬"信札》阐述的第三个重点。迪金森认为不同的生活环境将会塑造不同的行为举止和价值倾向,在第三封信中,他用优美的文字描画出他心目中的理想国度。作者用屋舍、宝塔、小桥、瀑布、峭壁、劳作的农人、晨钟暮鼓、琳琅满目的花草植被等众多意象,勾勒出传统中国一派自然素朴却又生机勃勃的美妙图景,并感叹道:"感官与其对象相一致;自然物生长得如此优美精致,你在北方的气候中简直难以想象;外界的自然美景润物无声,陶冶人的性情,使其不知不觉中与自然和谐无间。"④在这天人合一的田园牧歌式美景中,最值得颂扬的还是深受其熏陶的中国人。因此,迪金森借"中国佬"之口夸耀说:"在这样的民族中,没有非常粗野的竞争。没有主人,也没有仆人,只有具体而实实在在的平等,调节、维持人们之间的

---

① [英]G. L. 狄更生:《"中国佬"信札——西方文明之东方观》,卢彦明、王玉括译,南京:南京出版社,2008年,第39页。
② E. M. Forster. *Goldsworthy Lowes Dickinson*. New York: Harcourt, Brace and Company, 1934, p.142.
③ 周宁:《天朝遥远:西方的中国形象研究》,北京:北京大学出版社,2006年,第806页。
④ [英]G. L. 狄更生:《"中国佬"信札——西方文明之东方观》,卢彦明、王玉括译,南京:南京出版社,2008年,第16页。

交往。健康的劳作,充裕的闲暇,率真的慷慨好客,满意的、不受空洞的雄心壮志侵扰的生活习性,被最可爱的自然所培育的美感,这一切在优雅、高贵的举止而非精致的艺术作品中体现出来——我所出生于其中的这个民族具有以上特性。"①可见迪金森出于批判西方文明的需要,对中国进行了浪漫化、理想化的想象与阐释。他笔下的中国及中国人形象,与陶渊明对桃花源的描写有异曲同工之妙:"土地平旷,屋舍俨然。有良田、美池、桑竹之属。阡陌交通,鸡犬相闻。其中往来种作,男女衣着,悉如外人。黄发垂髫,并怡然自乐。"②此时尚未到过中国的迪金森,视中国为"乌托邦"在现实生活中的真实显现。

紧接着,迪金森又指出中西方文明的另一个显著差别:西方的核心是城市,中国的核心则是农村。在这里,这一对比实际是指"工业"与"自然"的搏斗。西方工业化大发展带动了城市的兴起,引发人口向城市流动的迁移潮,改变了传统的社会结构和民众的思想观念。然而,富余的物质财富却以隔断人与自然的天然联结、丧失精神文明为代价。美国学者艾恺给"现代化"冠以两个关键性概念——"擅理智"(rationalization)和"役自然"(world mastery)(即对环境的控制),并精辟地总结道:"可以说'进步'是一个大家都有的预设;而'科学'显然被视为累积的和进步的,是为一个重要因素。一个存在于人心而被道德戒律束缚的个人物质私利的恶魔至此得以解放,加上17世纪以来科学发现的实际应用,引发了资本主义和现代工业;这些个现象回过头来加速了控制自然的各种力量的进一步扩充。"③迪金森正是在此意义上谴责了受困于"工具理性"的西方人:"他们沉溺于自己的本能,满足于像其他人一样的做事,醉心于追求物质目标,而忽视了精神的东西。他们变成了一种纯粹的工具,成为组成你们

---

① [英]G.L.狄更生:《"中国佬"信札——西方文明之东方观》,卢彦明、王玉括译,南京:南京出版社,2008年,第17页。
② 陶渊明:《陶渊明集》,陈庆元、曹丽萍、邵长满编选,南京:凤凰出版社,2014年,第275页。
③ [美]艾恺:《世界范围内的反现代化思潮——论文化守成主义》,贵阳:贵州人民出版社,1991年,第10—11页。

社会的纯粹工具。你们以自己生产的产品闻名于世,但你们在机械技术方面的成功也恰恰导致你们无力倡导精神方面的洞见。"①与之相反,中国人注重人与自然的和谐共处,"没有粗野的竞争",也不受工业化的侵蚀;性格上保持平和冲淡、勤劳踏实、可爱率真的特征;注重对"精神家园"的构建,而不汲汲于物质财富。迪金森借"中国佬"之口,认为这一切都归功于自然的熏陶:"如果说我们在中国有礼仪,如果说我们有艺术,如果说我们有道德,那么不言而喻,其理由并不难找寻。大自然已经教会我们这些,因此,我们比你们要更幸运些。"②

总体而言,迪金森笔下的"乌托邦中国",既展示出对儒家思想的赞扬,又体现着道家思想对其的影响。一方面,它延续了西方长久以来主要由耶稣会士、启蒙思想家等建构的"孔教理想国"的传统,以儒家文化所尊崇的道德哲学、自然理性和开明政体为西方学习的对象,寄托着西方社会的政治期待,并由此批判西方自身存在的问题。另一方面,不同于讲求等级、仁孝的儒家思想,道家则因崇尚道法自然、天人合一、无为而治的哲学思想,平和冲淡、致虚守静、自由发展的精神境界,成为20世纪初西方抨击物质主义,推敲"进步"话语的重要借力。如克拉克所言:

> 东方宗教已经逐渐从西方流行起来,正在对越来越多的人施加着强有力的影响。许多人从中寻找一种补充或替代品——基督教和犹太信仰对他们已不再有吸引力了。对这些人来说,西方已经经历了一场精神危机,这场危机比维多利亚时代的信仰危机更加严重,涉及面也更广。在这场危机中,失去基督教信仰之后,留下来的不再是无神论,也不再是不可知论,而是一个精神信仰的真空。东方宗教及其他精神运动因此能够迅速地填补这个真空。旧的世纪已经凋谢,而新世纪给我们的替代物——科学及物质幸福——也不让人满意。

---

① [英]G. L. 狄更生:《"中国佬"信札——西方文明之东方观》,卢彦明、王玉括译,南京:南京出版社,2008年,第19页。

② 同上书,第16页。

在这样的背景下,那么多人到东方思想中寻找新生,寻求更深刻的精神生活也就不为怪了。荣格把这种寻找看成是一种当代普遍的不适感,它表现为对精神生活越来越关注,反对物质生活。①

当西方面临宗教式微、信仰崩塌、精神真空的黯淡现实时,对和平稳定、朴素自然的生活的渴望,使得中国的道家思想及其精神内涵成为"西方人所共有的心灵指向"。迪金森对中国文明的阐述正说明了这一文化趋向。关于迪金森的中国情感,福斯特在传记中写道:"他的生命充满了许多的理想破灭,但是中国从未使他失望。她作为一个道德正直而又高雅的文明,形象坚定,而当他为她哀伤之时不是因为她使他感到失望,而是因为他不得不看着她被欧洲列强的暴力所损毁。在他的晚年之时,她的命运成了人类的缩影。只有中国得到拯救,才能说服他相信人性坚不可摧。"②由于他的影响,在他之后不久,罗素也于1920—1921年间踏上了中国的土地,"去寻找新的希望"③。

第三节 《中国问题》与现代性反思

与迪金森有所不同,当罗素在1920年应邀前往中国访问时,中西方的历史文化语境又发生了一些改变。就中国而言,它正处于军阀割据、社会动荡、思想变动的复杂历史时期,但同时也是思想文化极为活跃的一个特殊时期。始于1915年的新文化运动正在如火如荼地进行。尤其是五四运动在1919年的爆发,极大地激发了中国知识分子以政治、文化活动改变中国落后面貌的热情,他们"再一次认为是时候由自己塑造中国未来

---

① [美]J.J.克拉克:《东方启蒙:东西方思想的遭遇》,于闽梅、曾祥波译,上海:上海人民出版社,2011年,第192页。
② E. M. Forster. *Goldsworthy Lowes Dickinson*. New York: Harcourt, Brace and Company,1934, p.142.
③ [英]罗素:《中国问题》,秦悦译,上海:学林出版社,1996年,第10页。

的核心角色"了①。于是,整个社会充溢着亟待变革的紧张气氛。冯崇义在著作《罗素与中国:西方思想在中国的一次经历》中写道:"现代中国那黄金般的'五四时期',既相当于十五世纪意大利的'文艺复兴',也相当于十八世纪法国的'启蒙运动'。那一时期在漫长的历史长河中只算得一瞬间,但就在那千载难逢的一瞬间,古今中外各种思潮如百川归海般奔腾咆哮,人们的思想文化像风驰电掣般突飞猛进。"②这一时期"中国和别国文化、知识的交流发展惊人,中国学生如潮水般出国学习先进的文化知识,中国也通过重构教育系统以更好地为现代化目标服务"③。中国大开国门,期待接受来自西方的先进知识,以改变本国落后的面貌。因此,邀请罗素访中符合中国知识界当时的期待,多数知识分子对此甚至寄予厚望,希望这位享誉世界的智者能为中国提供一些切实可行的建议,尤其是在社会改革的实践方面。

就西方而言,如果说迪金森是在第一次世界大战爆发前风雨欲来的前夜到访中国,那么罗素则是从被战争摧毁的废墟和浓重的硝烟中踏上自己的东方旅程的。自维多利亚女王去世后,20世纪对于英国这个曾经辉煌强盛的日不落帝国而言是盛极而衰、江河日下的痛苦岁月。工业化的列车载着英国极速前进的同时,也显露出它不可被忽视的弊端。第一次世界大战的爆发击碎了欧洲民众对文明的信心,造成了民众信仰的崩塌。西方社会百废待兴,深陷于经济和文化的双重危机中。因此,第一次世界大战之后,面对千疮百孔的社会境况和日益理性化、科层化和僵硬化的现状,西方思想文化界在20世纪初形成一股反思启蒙现代性的潮流,即深刻反省科学万能、理性进步的迷梦,批判资本主义文明、工业化大发展的弊端,及它们给欧洲带来的巨大创伤。

---

① Suzanne P. Ogden. "The Sage in the Inkpot: Bertrand Russsell and China's Social Reconstruction in the 1920s". *Modern Asian Studies*. Vol. 16, No. 4 (Oct., 1982): 530.

② 冯崇义:《罗素与中国:西方思想在中国的一次经历》,北京:生活·读书·新知三联书店,1994年,第91页。

③ Suzanne P. Ogden. "The Sage in the Inkpot: Bertrand Russsell and China's Social Reconstruction in the 1920s". *Modern Asian Studies*. Vol. 16, No. 4 (Oct., 1982): 531.

"现代性"是一个极其宏大且颇多争议的论题。发端于启蒙运动时期的现代性,将人们从宗教的束缚中解放出来,使其摆脱封建与蒙昧,获得理性人格和独立价值。随着启蒙运动的高涨,"公共领域和市民社会渐趋形成,社会文化的发展出现了显著的分化过程,新生资产阶级登上了历史舞台"①。在思想文化方面,人们崇尚"自由""民主""平等""博爱",强调自身的主体地位,反对封建神权,质疑神性,努力摆脱被奴役、被束缚的状态,真正获得独立与自由;在社会发展领域,对"科学""理性"的强调,推动了社会飞速前进,给西方社会带来了福祉,亦为人类创造了丰富的物质财富;在时间观与历史观念上,复兴过去早已让位于期待未来。人们沉醉在科学技术的迅速发展给社会带来的巨大便利中,对进步与未来充满乐观主义情绪。因此,在科学技术、社会发展等条件成熟后,英国在18世纪60年代率先开始了工业革命,并于19世纪三四十年代基本完成。英国工业革命的成功使国家结构和生产关系重大改变,并一跃成为世界强国。随着工业主义与资本主义两个维度的相应确立,现代性已深入整个西方社会的核心,显示出强大的威力。

然而,伴随着启蒙现代性控制了整个西方社会,它的弊端也开始显现。首先便是社会的科层化、个人主体的物化趋势。正如齐美尔指出的那样:"社会分化加剧,社会关系越来越趋向于功能化,主体文化与客体文化的鸿沟越来越深,个人文化的萎缩,但物质文化异常发达,人的文化最终沦为物的文化。"②其次,在宗教式微之后,理性成为禁锢人性的新的枷锁。机械的人生观让人失去了精神家园,金钱、物欲成为众人追逐的对象。一味抬高科学、理性抹杀了人之为人的感性本质,并使人滋生了孤独感、失落感、空虚感、焦虑感等负面情绪。最后,科学的迅猛发展却未必只给人们带来福祉。越来越多的科学技术被用于军事目的,反而成为夺走千万人生命的杀人武器,尤其是核武器的研发。于是,人们对未来的乐观

---

① 周宪:《审美现代性批判》,北京:商务印书馆,2005年,第13页。
② 同上书,第67页。

情绪渐渐消沉下来,反思启蒙现代性的思潮也在20世纪上半叶达到了高潮。对现代性的反思并非突然出现,从卢梭、黑格尔、马克思到尼采、韦伯、弗洛伊德,再到利奥塔、哈贝马斯、吉登斯等西方思想家对此均有深刻论述。反思是现代性的核心所在,因此正如提出现代性来反思传统,从现代性中分裂出来的审美现代性也成为反思和克服启蒙现代性之缺陷的强大力量,几乎贯穿了现代性发展的整个过程。尤其在"文艺复兴和宗教改革之后,资本主义迅速发展,人的异化日趋严重,物质的丰富与世道人心之间的落差成为人类共同面临的世界性问题,反思现代性因此成为人文主义者和社会思想家的普遍自觉"①。罗素身处如此复杂的历史文化语境中,又受到反思启蒙现代性思潮的影响,于是将目光投向了遥远的、未被工业化所玷污的东方净土——中国,想要在中国寻找到一种充满希望的文明。由此看来,罗素访华及其著作《中国问题》所具有的意义,已超出了单纯对中国问题的阐释,而是当时中西方社会、政治、经济、文化发展的一个缩影,标志着"人们对于资本主义文明的反省,不仅深刻地影响了整个西方世界,而且也影响到东方"②。

既然西方文明的前途已日益晦暗,那么倘若要寻得一些出路和良方则必须前往他处,这是长久以来西方的有识之士在面对民族文化危机时做出的重要选择之一。因此,在《中国问题》的首章,罗素便哀叹道:"西方文明的希望日显苍白",而他正是带着这样一种心境开始自己的中国之行的。在到达中国之前,罗素曾寄希望于苏俄。他于1920年5月至11月到苏俄考察,后者经过1917年的十月革命,正以崭新的面貌立于世界之林。然而他失望地发现"那里不过是西方资本主义文明的一种折射","并没有发现什么事物是值得称道和喜爱的"③。他眼中的城市是肮脏的、丑

---

① 曹莉:《反思现代性:吴宓新人文主义文化观的价值与局限》,载《杭州师范大学学报(社会科学版)》,2016年第6期,第37页。
② 郑师渠:《五四前后外国名哲来华讲学与中国思想界的变动》,载《近代史研究》,2012年第2期,第7页。
③ [英]B.罗素:《我的思想发展》,丁纪栋译,载《哲学译丛》,1982年第4期,第61页。

陋的，民众是饥饿的、贫困的。因此，罗素在自传中毫不掩饰对苏俄的厌恶，强调："在俄国度过的这段时间是一场愈来愈甚的噩梦……残酷、贫困、猜疑……构成了我们生活于其间的气氛。我们的谈话不断受到暗中监视。"①罗素对苏俄和西方的失望越深，他对中国的期望越强烈。正是怀着这样的目的，罗素在中华大地上找到了苏俄和西方都缺乏的美好。

总体而言，罗素主要从三个方面借中国批判了西方的启蒙现代性造成的弊端。一是反转"西方中心主义"对中国的偏见和贬低，认为中国与西方是平等的，不应受到其剥削和侵略；二是赞扬中国人爱好和平，富有忍耐力和包容力的性格特征，以此来对照陷入战乱和屠杀的西方世界；三是提出人与自然和谐共处，注重内省、洒脱、冲淡的"中国的人生观"，表达自己对"社会进化论"的质疑，并主张用中国的精神文明对抗西方的物质文明。罗素在《中国问题》中对中国文化及中国人几乎都是溢美之词，有时甚至无视中国国内的现实境况而一味对其加以"美化"。这当然是罗素"基于对世界资本主义和帝国主义的探究，对中国文化、政治和经济困境的一种同情的阐释"②，体现出痛惜西方文明之衰颓，"借他山之石"的自我批判立场。

首先，作为具有自省精神的知识分子，罗素尽量抛开西方固有的偏见，以平等、友好的态度看待中国。他认为："若要使西方各国与中国的交流产生良好的结果，我们就不应该自命为高等文化的使者；更不应该视中国人为劣等民族，而自以为有剥削、压迫和欺骗他们的权利。"③这一见解反映了"布鲁姆斯伯里团体"反帝国主义的共同倾向。然而，从18世纪末到19世纪中叶，中国却几乎在所有领域都遭受了来自西方社会的攻击。如"欧洲的语文学领域展开了一场围绕语言与人类历史和民族性格关系

---

① ［英］伯特兰·罗素:《罗素自传》（第二卷），陈启伟译，北京：商务印书馆，2003年，第150页。

② Lin Hsiu-ling. *Reconceptualizing British Modernism*：*The Modernist Encounter with Chinese Art*. The University of Chicago. Ph.D. 1999，p.175.

③ ［英］罗素:《中国问题》，秦悦译，上海：学林出版社，1996年，第2页。

的科学考证"①，研究结果认为汉语是低下劣等的语言，由此暗示中国也同样腐朽落后。而自1859年达尔文的《物种起源》问世以后，关于物种进化的讨论便不断展开。到19世纪80年代，"生物学的优生论、环境决定论的地理学和文化进化论的人类学等社会科学领域，在东方学研究上印上科学的标签，种族主义的论调恣意遍布"②。种族主义者站在西方中心立场，认为中国人具有先天的基因劣势，因此属于劣等低下的民族。一旦这种强者vs弱者、高等vs劣等、进步vs落后的二元论被奉为圭臬，加之强调弱肉强食、适者生存的进化法则，非法侵略他国便具有了正当与合法性。因此，自19世纪始，英、法、德、美在世界范围内寻求侵略扩张。而中国自鸦片战争后便成为任西方列强宰割的肥肉，中国的近代史正是一部抗争侵略的血泪史。

  罗素坚决反对将中国视作劣等民族的做法。在他看来中国人爱好和平，中国文明包容开放，中国人的"生命哲学"更是解救世界的良药，反倒是标榜自由、民主、先进的西方资本主义国家更加可耻，他们才是造成中国动荡不安的刽子手，应该感到羞愧并对此负责。罗素在《中国问题》一书中对"帝国主义扩张给西方宗主国和殖民地国家以及人类文明带来的影响和后果"③做出自己的反思。他尖锐地戳破英国等西方国家对中国的压迫，认为"伪道德可以看作英美文化的主流"④，而"西方人想管理中国的目的无非是使富人更富而已，但他们肯定会说这样做的目的在于让中国有个良好的政府。'良好'这个词解释起来挺困难，而'良好的政府'解释起来就方便了，所谓'良好的政府'就是能够让资本家赚大钱的政府"⑤。因此，罗素支持中国通过发展实业、改良教育、汲取科学的养分等措施，早日摆脱被奴役、被压迫、受欺辱的现状。他亦将中西方与外界交流的

---

  ① 黄丽娟：《建构中国：跨文化视野下的现当代英国旅行文学研究》，北京：中国社会科学出版社，2013年，第40页。
  ② 同上书，第50页。
  ③ 同上书，第57页。
  ④ [英]罗素：《中国问题》，秦悦译，上海：学林出版社，1996年，第127页。
  ⑤ 同上书，第132—133页。

目的加以对比,认为"中国人向西方寻求的是知识,他们认为这是通向智慧的大门(其实未必);西方人到中国去无非三个目的:打仗、赚钱、传教。虽然第三种动机具有理想主义的美德,并激励了许多英雄,但这三种人——军人、商人、传教士都是强迫世界采纳我们的文化,或多或少抱有强硬的态度"①。由此可见罗素对西方资本主义国家的无情谴责和对中国的同情。

其次,罗素笔下中国人的形象也迥异于西方对中国人的丑化处理。"爱好和平"是最受其欣赏的品性。罗素认为"中国历史上虽然征战连绵,但老百姓天性是喜好和平的"②。同时,"中华民族是全世界最富忍耐力的,当其他的民族只顾及数十年的近忧之时,中国则已想到几个世纪之后的远虑。它坚不可摧,经得起等待。现在那些自称'文明'的国度,滥用封锁、毒气、炸药、潜水艇和黑人军队,很可能在未来几百年里互相残杀,从世界舞台上消失,而只剩下那些爱好和平的国家,尽管它们贫穷而又弱小。中国如能幸免于战争,那么它的压迫者最终也许会被拖垮,中国人能自由地追求符合人道的目标,而不是追求白种民族都迷恋的战争、掠夺和毁灭"③。罗素这样说与他对战争的厌恶和对和平的向往有关。终其一生,罗素都在为和平呐喊与奔走,他的自传第二、三卷字字都是对和平的向往和对战争的控诉。第二次世界大战爆发之前,他坚定的反战倾向曾使他备受排挤和非议,甚至遭受牢狱之灾。罗素在自传中写道:"战争的前景使我满怀恐惧,但是使我尤感的却是这个事实,即:近百分之九十的人在预料到战争造成的屠杀时竟是极大的快乐。我不得不修正我对人性的看法了。"④的确,20 世纪上半叶西方爆发的两次世界大战给全世界造成了深重的灾难。在罗素访华之前,1914 年第一次世界大战爆发。直到1918 年,战争的硝烟仍弥漫整个欧洲。这是欧洲历史上破坏性最强的战

---

① [英]罗素:《中国问题》,秦悦译,上海:学林出版社,1996年,第 155 页。
② 同上书,第 154 页。
③ 同上书,第 6 页。
④ [英]伯特兰・罗素:《罗素自传》(第一卷),胡作玄、赵慧琪译,北京:商务印书馆,2002年,第 4 页。

争之一,不但夺走了千万条生命并造成了严重的经济损失,而且引发了西方严重的信仰危机。罗素自称第一次世界大战让他产生了一些新的兴趣,因此他"非常关心战争以及如何阻止未来战争的问题"①。在罗素的哲学体系中,他将人的冲动分为两类:占有的和创造的。其中"国家、战争和贫穷作为占有的冲动的具体例子",同时"教育、婚姻和宗教作为创造的冲动的具体例子"②。他认为"建立在创造性冲动之上的生活才是最好的生活"。因此,罗素不失讥讽地认为欧洲乌烟瘴气、满目疮痍的现状正是西方人凭靠"占有的冲动"制造的恶果,喜好战争的西方人正在以永不穷尽的精力毁灭世界,曾经创造福祉的科学技术已然成为自掘坟墓的工具。所谓的西方文明已经丧失了生命力,最终将走向泯灭人性的可怕地步。而相比之下,中国人"虽然也承认兵力上敌不过外国列强,但并不因此而认为先进的杀人方式是个人或国家所应重视的"③,所以他们总是保持"冷静安详的尊严",既不蓄意挑起战争,对帝国的热衷极其淡薄;又用持久的忍耐力对抗外界的入侵,有极强的同化和包容能力。因此,中国文明已延续数千年,且仍具有生命力。而"世界列强如果仍然好勇斗狠,那么,随着时间的推移和科学的进步,破坏的程度也越来越大,终将自取灭亡"④。自18世纪末开始,随着西方社会眼中的中国形象趋向负面,中国人不好战争、爱好和平的性格特点被视作停滞、落后、懦弱、野蛮的代名词。如今,在帝国主义战争频仍的严重局面下,这一形象在20世纪初终于出现了反转。这一现象再一次证明了中国这条"变色龙"⑤作为西方的文化"他者",在西方建构现代性过程中始终是其对照自身的参照系。

---

① [英]B. 罗素:《我的思想发展》,丁纪栋译,载《哲学译丛》,1982年第4期,第61页。
② [英]伯特兰·罗素:《罗素自传》(第二卷),陈启伟译,北京:商务印书馆,2003年,第8页。
③ [英]罗素:《中国问题》,秦悦译,上海:学林出版社,1996年,第159页。
④ 同上书,第198页。
⑤ 参见[英]雷蒙·道森:《中国变色龙:对于欧洲中国文明观的分析》,常绍民、明毅译,北京:时事出版社、海南出版社,1999年。英国汉学家雷蒙·道森认为,在西方人的观念史中,中国是一条"变色龙"。这并非意指中国自身善变,而是说西方人会从特定的历史语境出发,依据自身的需要和心态的变化而想象与再造中国。

最后,罗素在《中国问题》中对科学技术和工业文明进行了不遗余力的批判。他在书中告诫道:"中国的知识分子所真正面临的问题是学习西方人的知识而不要染上西方人机械的人生观。"① 他所谓的"机械的人生观"正是启蒙现代性的产物,它"把人看作一堆原料,可以用科学方法加工处理,塑造成任何合我们心意的模式"②。罗素对机器文明及其带来的物欲膨胀和金钱崇拜亦表现出极大的忧虑,他批判西方对"进步"狂热的追逐和盲目的乐观情绪,认为"我们在西方崇拜'进步','进步'成了一种伦理伪装,去伪装成为变心原因的欲望"③。这种对"社会进化论"的质疑正是反思启蒙现代性的重要前提。罗素进而感叹:"至于人生的乐趣,是我们生活在工业文明的时代,受生活环境重压而失去的最重要、最普通的东西。但在中国,生活的乐趣无所不在,这也是我要赞美中国文化的一大原因。"④

因此,罗素对中国文明的赞美几乎全都集中在提出中国式人生观来对抗西方"机械的人生观"。罗素在书中对中国人崇尚宽容忍耐、含蓄平和、友爱礼让、与自然和谐共处的人生哲学予以充分褒奖,体现出他对道家学说的倾心赞扬。在罗素看来,中国人的观念处于两种哲学的交替影响之下:一种是"灌输给人们严格的伦理道德准则"⑤的儒家思想,另一种是提倡"自由的哲学","贬低政府","贬低对自然的干涉"的道家思想⑥。他肯定儒家学说在前工业时代的社会发展中起到的重要作用,但亦认为以"孝道和族权"为核心的家族观念会"有碍公共精神的发展","导致旧势力的肆虐"⑦;儒家推崇的中庸之道与繁文缛节,亦可能窒息中国人的精神自由。相反,罗素认为"老庄的道家思想潜移默化,深深根植入中国文化土壤中,故让中国人的人生比西方的人生更淡定、文雅、包容、洒脱以及

---

① [英]罗素:《中国问题》,秦悦译,上海:学林出版社,1996年,第63页。
② 同上。
③ 同上书,第160页。
④ 同上书,第3页。
⑤ 同上书,第27页。
⑥ 同上书,第149页。
⑦ 同上书,第29页。

内省"①。道家哲学启示下的中国人生观因而"能够用来平衡西方文化中激进与野蛮的作风"②,将陷入危机的西方人从垂死的、惯例的、工具化的文明的常规形式中拯救出来。故而他十分欣赏老子在《道德经》中所提出的"圣人在天下,歙歙焉,为天下浑其心,百姓皆注其耳目,圣人皆孩之"(《道德经》第 49 章)的观点,向往有道圣人在其位,使天下人心归于浑朴、返回婴儿般自然纯真状态的美好境界;在《中国问题》的扉页,他亦引用了《庄子·应帝王》中"浑沌凿窍"的创世寓言,还全文引用了《庄子·外篇·马蹄第九》,表达了对庄子"天道无为""顺物自然",反对束缚和羁绊、保持纯真的歆羡。

　　罗素对中国人的喜爱,对中国文明的推崇,对伦理道德的强调,对道家思想的赞扬皆来自其批判西方文明的学者立场,鲜明地体现了他对西方启蒙现代性的深刻反思。同时,他对中西文明的对比,也反映了其为世界文明寻求良方的可贵品质,具有道德关怀、普适价值和预言意义。

第四节　当"道德中国"遭遇"现实中国"

　　作为在 20 世纪上半叶沟通中英文学—文化交流的桥梁,迪金森和罗素的巨大贡献和深远影响已得到国内外学界的普遍赞赏。但是,在一片肯定声中也掺杂着质疑和批评。例如有学者认为迪金森并没有全面把握后革命时期中国政治的不稳定③;罗素对现代性的反思也不能指导中国解决现实中最紧迫的问题,因而其访华很快也让中国学者感到希望幻灭④。顾

---

　　① 丁子江:《罗素与中华文化——东西方思想的一场直接对话》,北京:北京大学出版社,2015 年,第 236 页。
　　② 同上书,第 235 页。
　　③ Jason Harding. "Goldsworthy Lowes Dickinson and the King's College Mandarins". *Cambridge Quarterly*. Vol. 41, No. 1 (Mar., 2012): 30.
　　④ Suzanne P. Ogden. "The Sage in the Inkpot: Bertrand Russsell and China's Social Reconstruction in the 1920s". *Modern Asian Studies*. Vol. 16, No. 4 (Oct., 1982): 529—600; Eric Hayot. "Bertrand Russell's Chinese Eyes". *Modern Chinese Literature and Culture*. Vol. 18, No. 1 (Spring, 2006): 120—154.

明栋在阐释"汉学主义"理论时有言:"无论是贬华派还是颂华派,他们均采用一种主观立场来看待中国,好为他们自己的议程服务,在很多情况下,他们有意识无意识地促进了也许可以称作'认识论的殖民化'的进程。"①上述观点均可为我们进一步思考迪金森与罗素的中国观提供参考。

的确,当"道德中国"遭遇"现实中国",迪金森和罗素塑造的"乌托邦中国"形象便显得与当时中国的现实境况格格不入了。19、20世纪之交短短数十年间,中国已发生沧桑巨变。然而动荡的中国图景却在迪金森和罗素的著作中难觅踪迹。因此,难以否认,二者对中国文化的看法的确带有主观偏见和误读。他们对中国社会真实境况的有意忽视,对中国文明过于理想化的阐释,均与中国当时的社会情形相悖。

究其原因,迪金森、罗素均受到西方传统、个人志趣、文化隔阂和时代氛围的多重影响,这些均使其常陷入身份认同与理念冲突的矛盾之中。其中国文明观形成于他们对中国文明的为我所用的策略,或者说即便他们拥有一双中国的眼睛,但仍是西方人的头脑与灵魂。"当时整个欧洲被抛入空前惨烈的大战,西方民主本身看来正走向盲目的自杀。血腥的战争对狄金森的人本主义乐观精神是个重大打击"②,因此,"在狄金森的影响下,以希腊与中国双模式建立现代价值,成为一批英国知识分子的理想"③。E. M. 福斯特在传记中曾提及迪金森的《"中国佬"信札》是为西方人,而非东方人所写。④ 迪金森本人也毫不掩饰这一立场,在自传中明确表示,应该对我们的西方社会做出一些彻底的批判⑤,"用一种熟悉的文

---

① [美]顾明栋:《汉学主义:东方主义与后殖民主义的替代理论》,张强、段国重、冯涛等译,北京:商务印书馆,2015年,第155页。
② 赵毅衡:《对岸的诱惑:中西文化交流记》,上海:上海人民出版社,2007年,第201页。
③ 同上书,第202页。
④ E. M. Forster. *Goldsworthy Lowes Dickinson*. New York: Harcourt, Brace and Company, 1934, p. 144.
⑤ G. L. Dickinson. *The Autobiography of G. Lowes Dickinson and Other Unpublished Writings*. Ed. Dennis Proctor. London: Gerald Duckworth & Co. Ltd., 1973, p. 165.

学形式来暴露我认为的西方文明的弱点"①。罗素将中国塑造成与西方文明针锋相对、迥然相异的乌托邦,亦是出于自己的西方学者之立场。基于此,我们切不可把迪金森与罗素对西方文化的反思,沾沾自喜地拿来,误以为是对中国人或中国文化的无条件溢美,而罔顾劳伦斯的提醒:"中国成了英国热爱和幻想的对象,正如非洲之于法国,而在这个热情挖掘的过程中,人们听不到政治文化现实发出的声音。"②

西方学者对中国文明的评说,也引起了中国学者的关注。鲁迅曾在《灯下漫笔》中将其分为以下几类:"外国人中,不知道而赞颂者,是可恕的;占了高位,养尊处优,因此受了蛊惑,昧却灵性却赞叹者,也还可恕的。可是还有两种,其一是以中国人为劣种,只配悉照原来模样,因而故意称赞中国的旧物。其一是愿世间人各不相同以增自己旅行的兴趣,到中国看辫子,到日本看木屐,到高丽看笠子,倘若服饰一样,便索然无味了,因而来反对亚洲的欧化。"③据此分法,罗素应该属于"可恕的"外国人,所以鲁迅只是说他赞美轿夫"也许别有意思罢"。至于迪金森,则未能在中国引发如此大的反响。虽然二人的中国观和文化立场都趋同,但受不同历史文化语境的影响,二者与"现实中国"的遭遇和碰撞却有较大差异。因此,有必要分别予以评述。

如前所述,迪金森的中国文明观形成于西方文明反省自身的需要,尤其当他在撰写《"中国佬"信札》时并未到访中国,所以他对中国文化的理解多是西方本位的"他者"想象。其中国文明观始终掺杂着"真实知识"和"文学想象",但都并非真正的中国。因此,在面对读者质疑该著作者的身份时,他反复强调自己西方人的主体身份,而非继续凭借"中国佬"隐

---

① G. L. Dickinson. "Eastern and Western Ideals: Being a Rejoinder to Williams Jennings Bryan". *The Century Magazine*. Vol. 73, No. 2 (Dec., 1906):313.
② [美]帕特丽卡·劳伦斯:《丽莉·布瑞斯珂的中国眼睛》,万江波、韦晓保、陈荣枝译,上海:上海书店出版社,2008年,第195页。
③ 鲁迅:《灯下漫笔》,见《鲁迅全集》(第一卷),北京:人民文学出版社,2005年,第228页。

藏。①当迪金森在1912年踏上前往中国的旅程后,他对中国的描述似乎也同《"中国佬"信札》一样并无太大的改变,反倒更加理想化了。然而,其朋友比阿特丽斯·韦伯和西德尼·韦伯夫妇也在1911年访问了中国,所得的感受却大相径庭。他们尖刻地批判了中国,充斥着种族主义的论调,认为现实的中国毫无迪金森所夸赞的美好景象,反倒十分肮脏、落后、晦暗、劣等。因此,迪金森"布鲁姆斯伯里团体"的朋友经常认为:"他的浪漫主义想象为他的中国印象蒙上了一层面纱,事实上,他所建立的是一座精神的宝塔。"②

基于此,学者谢雅卿将迪金森的历史际遇和个人经历相结合,撰文《G. L. 迪金森与中国:在"中国佬"的面具之后》,从文化异装癖(cultural transvestism)的策略、自恋的东方之旅、作为中介的同性恋三个方面剖析了迪金森同中国的亲密关系及其深层的文化逻辑。她颠覆了学界的传统认知,颇有新意地指出:"迪金森固然深深地热爱和崇拜着中国文化,但这种崇拜来自一种欧洲中心主义的想象、同化和同质化,而非源于中国本身。他象征性地将自己置于一种文化和性别的'他者'地位,去创造一个新的身份来表达自己的渴望。"③谢雅卿的阐释为理解迪金森与中国的关系提供了一个新的视角,其中的观点值得思考。总体而言,迪金森中国文明观中的两个不可调和的悖论值得深入探讨。在1912—1913年的远东旅程中,他亲身感知了不同的东方文明的特质,并描述出多元文明交融又迥异的美妙图景。在其提交的旅行报告《论印度、中国与日本文明》伊始,迪金森便极富洞见地指出:"东方并非一个整体,而现代西方却是一个整

---

① G. L. Dickinson. *The Autobiography of G. Lowes Dickinson and Other Unpublished Writings*. Ed. Dennis Proctor. London: Gerald Duckworth & Co. Ltd., 1973, p.181.
② [美]帕特丽卡·劳伦斯:《丽莉·布瑞斯珂的中国眼睛》,万江波、韦晓保、陈荣枝译,上海:上海书店出版社,2008年,第249页。
③ Xie Yaqing. "G. L. Dickinson and China: Behind the Mask of John Chinaman". *English Literature in Transition*, 1880—1920. Vol. 61, No. 4 (2018):496.

体。"①因此,"最好还是不要企图把东方概括为一个整体,而是要个别地对待印度、中国和日本以及他们对西方的反应,就像它们自身已经向我显示的那样"②。迪金森还做出一个精辟的概括:"印度的重要标志是宗教;中国的主要标志是人性;日本的主要标志是武士精神。"③但这带来了第一个悖论:一方面,迪金森将中西方文明尖锐对立,揭示二者的巨大鸿沟和差异性,以中国文明的灿烂来反照西方文明的晦暗;另一方面,他又强调中西方的相似性和同质性。因为在他看来,中国文明比印度、日本文明都要理想,其原因就在于"中国人不仅像西方人,而且还像西方中的英国人。他们的头脑像我们的头脑一样运转,他们是实践的、明智的、理性的……东方也许是东方,西方也许是西方,尽管我非常怀疑这一点……东方必须限定为印度,中国则应包含于西方"④。相较而言,他批判印度的神秘主义、对宗教的极端虔诚、偶像崇拜,其中多少包含着东方主义的色彩,这也从侧面证明了他仍未完全摆脱西方中心主义。迪金森的另一个悖论则有关他对中国文明的叙述。一方面,在他的笔下,中国仍是未受到工业化、工具理性所浸淫的东方乌托邦,它既承载着西方人对未来的希冀,也寄托了他们对前工业化时代的西方的怀旧情绪;另一方面,他又承认"由于发人深省的原因,东方已经在(我可以称之为)生活体系方面以及这一体系所依赖的各种智力成就方面落后于西方"⑤,而中国落后的生产力和萧条的社会将会阻碍中国文明的发展,因此他主张中国也应该学习西方先进的经验或良方,但学习西方科学的弊端亦是显而易见的。

迪金森的思想悖论或许是因为他受到人文主义和西方中心主义的拉扯。但谢雅卿因此评论道:"迪金森崇拜东方的唯一原因并非因为它的优越性,而是因为它仍然处于一个未开发的阶段,一个较低的文明层次,仍

---

① [英]G.L.狄更生:《"中国佬"信札——西方文明之东方观》,卢彦明、王玉括译,南京:南京出版社,2008年,第44页。
② 同上。
③ 同上。
④ 同上书,第114页。
⑤ 同上书,第77页。

然保留着西方已经失去的前工业时代的精神光环。"因此,"迪金森被困于一个自我封闭的、散漫的系统中,而且他的中国之旅本质上是一个趋向自我的自恋之旅(a narcissistic journey towards the self)"①。这番评判值得商榷。因为尽管迪金森对中国理想化的阐释仍存在有意的误读,但他的确发现了中国文明中远优于西方的部分,故而从客观上反转了西方中心主义对"优等""劣等"的划分,也扭转了西方话语体系中长期负面的中国形象,这是不可争的事实。再者,作为一名具有国际人文主义视野的学者,迪金森早已跳出了单纯对比中西文明之优劣的窠臼,而着力探索世界文明的理想形态。在旅行报告中,他对东西方文明的优劣之处都做出了适当论析,正是意欲构建更为理想的世界文明新模式。因此,他主张中国应珍惜早已被西方践踏的自然人性、伦理道德,但又要吸纳西方文明体系中的科学理念,正是源于对世界文明的思考。而其后由他主导筹建的"国际联盟"(League of Nations)更是对这一思考的实践。

　　总体而言,迪金森的东方之旅在中西文化交流史上具有重要意义,同时也推进了其对世界文明的探索。正如著者在《面貌:东西方游记》中所言:"东西方的接触或许是我们这个时代最重要的实际情况;只有当各个文明努力去理解其他文明并藉此更好地理解自身,东西方的接触所造成的行动问题和思想问题才能得以解决。"②迪金森并未将中西文明全然割裂开,而是希冀文明间的相互理解和融合。但同时他也强调要植根于民族的土壤,保持自身文明的优势与特质,因为"从别的文明那里产生的理念可以改变思想,但却不能渗透不同种族的灵魂"③。迪金森在此恰恰反驳了西方的"文化帝国主义"。因此,认为他将中国视作尚未开发的、较低的文明层次,则未能完全把握他的人文主义理念和世界文明观。

---

① Xie Yaqing. "G. L. Dickinson and China: Behind the Mask of John Chinaman". *English Literature in Transition*, 1880—1920. Vol. 61, No. 4 (2018): 508.
② [英]G. L. 狄更生:《"中国佬"信札——西方文明之东方观》,卢彦明、王玉括译,南京:南京出版社,2008年,第83页。
③ 同上书,第67页。

罗素的中国之旅则在中国社会和知识界引起了相当大的震动。其与中国文化在20世纪初的碰撞是中西方文化、思想交流的一个时代缩影。罗素的《中国问题》与其反思启蒙现代性的倾向已在上节中论述,故不再赘述。其在中国停留将近一年,对中国人和中国的现实境况也已十分熟悉,故在他的一些私人信件中也不乏对中国的谴责,如认为中国人贪婪、怯懦、冷漠、懒惰、不诚实、政府腐败。但他又补充道:"中国人待我不薄,我不愿意揭他们的短处。但出于对真理负责,也出于对中国人的考虑,隐讳不是好主意。只是我希望读者记住,中国是我所接触的国家中最好的之一,然而却遭到如此的虐待,我要对世界上每一个强国发出更严重的声讨。"①可见其对中国文明的看法是矛盾的。因此,冯崇义指出:"当我们深入了解到罗素对西方文明及人类整体命运的忧虑,我们便能够明了罗素在某些场合赞美中国传统文化的真实意图。对其他西方人对中国文明的歌颂和批评,也都应该冷静地结合其总体思想来领会。"②

罗素对中国传统文化的推崇,让他在中国的旅程充满了无休止的争议。事实上,罗素在中国讲学时正是中国新旧思想激烈交锋的复杂年代,他的演讲和言论在全国范围之内引发了对中国文化、国粹、社会改造等问题的激烈论争。罗素对待科学和工业的态度似乎更偏向于有选择地吸纳,在《中国问题》中,他明确指出中国文化的一个重要弱点:缺乏科学。因此,他希望中国能够学习西方的科学技术,强调中国人要有科学精神和态度,但绝不能染上西方人机械的人生观。在他看来,西方文明的显著长处正在于科学的方法;而中国文明的长处则在于对人生归宿的合理解释,因此"人们一定希望看到两者逐渐结合在一起"③。只要中国人能够保持自己文明的优良传统,对西方的机械文明有批判性地接受,终将"受到所

---

① [英]罗素:《中国问题》,秦悦译,上海:学林出版社,1996年,第164—165页。
② 冯崇义:《罗素与中国:西方思想在中国的一次经历》,北京:生活·读书·新知三联书店,1994年,第215页。
③ [英]罗素:《中国问题》,秦悦译,上海:学林出版社,1996年,第153页。

有热爱人类的人们的极高崇敬"①。反之,西方也要学习中国人朴素自然的人生观,由此来对抗趋向陌路的启蒙现代性。这正是罗素在中国寻找到的答案。诚然,罗素的中国文明观过于理想化,这种不同文明间人为的、机械的、割裂的索取和拼合在实践中很难实现。因此,其主张构建的理想文明乃是采用"优生学的手段来改善文明的'基因',从而培育出一种更为合理和完美的理想的文明"②。

　　罗素对待科学技术和工业发展似乎是一种"中庸"和"改良"的态度。他主张的是以中国的文化传统为根本,在此基础上小心地学习和吸收西方现代化的技术和理念。罗素对待机械文明的态度与中国的"东方文化派"和"学衡派"的思想有诸多契合之处,事实上罗素的中国之行离不开梁启超等人的极力促成。这两个学派"都站立在了西方反省现代性的,新的思想支点上,同时却又分别服膺其中不同的两派思潮:以柏格森为代表的非理性主义即浪漫主义的生命哲学和以白璧德为代表的美国新人文主义"③。两派学人皆反对科学万能的论调,抨击物欲的膨胀和理性的僵化,提倡"重新审视中西文化,独立发展民族新文化"④,在理念上和罗素的思想不谋而合,将反思启蒙现代性的观念引入中国,并从不同的视角拓展了对中国文化的不同理解,使20世纪初的中国思想界和文化界呈现出百家争鸣、异彩纷呈的态势。

　　然而,正如"东方文化派"和"学衡派"在当时的中国处于边缘地位,绝非文化的主流一样,罗素的中国之行同样引出不少风波,甚至"在华讲学期未满,主客双方都觉得尴尬起来,以至于罗素后来是带着遗憾,带着不

---

① [英]罗素:《中国问题》,秦悦译,上海:学林出版社,1996年,第198页。
② 童庆生:《为了我们共同的文明:狄金森的中国观及其国际人文主义》,王冬青、高一波译,载《深圳大学学报(人文社会科学版)》,2014年第1期,第23页。
③ 郑师渠:《反省现代性的两种视角:东方文化派与学衡派》,载《北京师范大学学报(社会科学版)》,2013年第5期,第31页。
④ 同上篇,第36页。

满,离开了中国"①的。因为,中国知识分子中的激进派对罗素受到的赞扬是很不以为然的。罗素在中国的这种境遇有其原因,首先,自近代开始,西方用坚船利炮迫使中国开启半殖民地半封建社会的屈辱历史,国家陷入战火纷争和动荡不安的苦难之中。因此,中国人民寄希望于科学技术和进步理念,他们相信正是启蒙现代性带来西方社会的繁荣与发展,而罗素坚守中国文化的主张明显与此追求不符。其次,20世纪初的中国还处于现代化的十字路口,正面临选择前行方向的关键时刻。而中国渴望向西方学习的"是近代西方特产,20世纪最重要一门功课,即是'现代性'。中国的现代意识,可以说是'学得性现代意识',不是中国文化的自然发展"②。中国人亟待改革的心态让他们希冀从罗素那里得到关于社会改造的实际建议,期待他的意见可以救助中国于危难之中。而罗素对中国文化"中庸"式的建议并不能达成此项目的,他对哲学问题的深刻理解也因中国民众缺乏较高的哲学素养回应者寥寥。因此,中国人需要启蒙,中国社会需要现代化发展,科学进步和工业技术仍然是摆脱困顿的有力手段。罗素所说的启蒙现代性的种种弊端因时间的错位很难让中国人感同身受。最后,罗素基于反思西方启蒙现代性而对中国的溢美之词让他忽视了中国社会的诸多问题和弊端。比如,他在《中国问题》中以中国轿夫为例来称赞中国人总有一种"冷静安详的尊严"③,却引发了鲁迅对其的嘲讽,认为"轿夫如果能对坐轿的人不含笑,中国也早不是现在似的中国了"④。周作人也在1920年10月19日登于《晨报副刊》的一篇匿名文章中讲道:"罗素初到中国,所以不大明白中国的内情,我希望他不久就会知道,中国的坏处多于好处,中国人有自大的性质,是称赞不得的。"因

---

① 朱学勤:《让人为难的罗素》,见沈益洪编:《罗素谈中国》,杭州:浙江文艺出版社,2001年,第419页。
② 赵毅衡:《对岸的诱惑:中西文化交流记》,上海:上海人民出版社,2007年,第2页。
③ [英]罗素:《中国问题》,秦悦译,上海:学林出版社,1996年,第159页。
④ 鲁迅:《灯下漫笔》,见《鲁迅全集》(第一卷),北京:人民文学出版社,2005年,第228页。

此,"我们欢迎罗素的社会改造的意见,这是我们对他的唯一的要求"①。他们的意见从某种程度而言正是当时文化界的激进学者对罗素的看法。与其类似,1924年泰戈尔访华同样引发了轩然大波,中国左派精英对其的嘲笑和责难远甚于罗素,而泰戈尔所受的冷遇很大程度上亦是源自其维护东方传统文化的主张与中国当时的主流思想极不协调。

历史地看,中国20世纪初的新文化运动及其批判传统文化的立场代表了历史的一种必然选择,推动了现代科学在中国的发展并开启了民众的民主觉悟。与此同时,我们也不应忽视另一种有价值的反调,它由来华访问的迪金森、罗素、泰戈尔等名哲带来,并可喜地在中国找到了同路人。他们对启蒙现代性的弊端有着深刻体悟,因此倡导东方文化的精神文明,批判西方的物质文明,反对盲目全盘西化的主张,从而与新文化运动的激进主义保持了一种动态平衡和相互制约,具有重要的历史意义,其独特的历史和学术价值亦不容忽视。

20世纪初的中西方正经历着历史性的换位。以徐志摩和西方学者的交往为例,他为了追随罗素而来到英国,并与"布鲁姆斯伯里团体"的成员结下深厚的友谊,甚至被称为"布鲁姆斯伯里团体"在中国的成员。然而罗素、迪金森等却仍将其看作是受古典中国文化熏陶的"中国人",宁愿与他探讨中国古典文化而非现代中国激进的文化改革。因此,秦立彦认为:"一些西方人想了解和学习中国,中国人则想学习西方,都期待一种不同的'他者'来补救自己。希望对方带来的东西,很可能是对方已经否认的东西。但只要自己愿意,总可以借到所需的光,哪怕那发光者并不认可或并不具有那种光。"②可见,按照自身的政治、文化需求,对"他者"文明进行选择性地美化和阐释,并非只发生在西方学者身上。东方学者也会采用同样的文化利用策略,也会选择忽略西方文明大厦的倾颓,而期待接受来自西方的全部讯息。

---

① 周作人:《罗素与国粹》,见沈益洪编:《罗素谈中国》,杭州:浙江文艺出版社,2001年,第368页。
② 秦立彦:《棘手的悖论》,载《读书》,2009年第10期,第98页。

总体而言，迪金森、罗素在《"中国佬"信札》和《中国问题》等论著中对"道德中国"大加颂扬，一方面使得中国于19、20世纪之交成为西方在哲学伦理层面的文明典范；另一方面，也应指出其对中国文明的赞扬与中国当时的现实境况相抵牾，其原因在于他们仍是出于西方学者的立场，将中国视作批判西方启蒙现代性之弊端的重要借力，从而对中国进行了同情的美化。但无论如何，迪金森和罗素眼中的"乌托邦中国"客观上带来了英国社会对中国的评价转向，二者其后在国际社会为中国的现实问题极力奔走，更无愧于是中国人永远的朋友。由此可见，西方现代主义学者对中国文化的赞扬和阐释是矛盾复杂的，既体现出其与中国文化的亲和力，又折射出自身不可避免的文化悖论。

第五章 美学家心目中的审美中国:弗莱等的中国艺术渊源

长久以来,中西方文化间的彼此影响已被视作"世界历史上自文艺复兴以来意义最为重大的事件之一"①。具体到艺术领域,"东西方的交流,极大地开阔了艺术家的视野,有时也开阔了其作品受众的眼界。此时的艺术家不仅相互借鉴对方的装饰性的题材内容,他们也至少在某种程度上意识到了对方的艺术主旨和艺术理想"②。作为文化"他者",中国除了是西方思想家与知识精英反思启蒙现代性弊端、批判资本主义和工业文明、展开文化自省的精神资源,其在美学观念与艺术形式上,同样为西方美学家与艺术家提供了从文艺复兴以来的现实主义传统中突围而出、创新技巧、重塑风格的重要参照。正如中国台湾学者林秀玲所言:"英国现代作家和艺术家不仅'发现'了中国高雅艺术,还将中国艺术吸收进英国复杂的美学探讨和现代艺术的创作实践中。"③通过西方现代主义美学家对中国艺术的自觉汲取和阐

---

① [英]迈克尔·苏立文:《东西方艺术的交会》(引言),赵潇译,上海:上海人民出版社,2014年,第11页。
② 同上书,第12页。
③ Lin Hsiu-ling. *Reconceptualizing British Modernism: The Modernist Encounter with Chinese Art*. The University of Chicago. Ph.D. 1999, p.13.

发,中国文化元素成为西方美学现代主义运动中不可缺少的组成部分。在此方面,"布鲁姆斯伯里团体"的美学家、艺术评论家罗杰·弗莱和克莱夫·贝尔做出了突出的贡献。通过回顾17—18世纪西方世界的"中国热"中对中国艺术的认知,并将其与中西艺术在20世纪初的碰撞加以对比,我们可以更加清晰地理解从"中国热"到20世纪以来的"东方文艺复兴",西方接受中国艺术的明显差异。

第一节 17—18世纪西方"中国热"中对中国艺术的认知

纵向来看,19、20世纪之交是西方理解和阐释中国艺术的分水岭之一。如果说17、18世纪风靡欧洲的"中国热",培养了西方对中国艺术品和艺术风格的感性认识,那么20世纪初西方现代主义者对中国文化的重新发现和阐释,则标志着中国艺术开始在美学观念层面成为西方称颂与借鉴的对象。因此,梳理西方对中国艺术的理解与接受历程,即在纵向坐标轴上展现中国艺术在西方接受视野中的历史演变,为我们审视20世纪初弗莱、贝尔汲取中国艺术元素的独特方式与美学意义提供了基本前提。

早在15世纪,中国瓷器、丝绸等已在欧洲出现,成为上层贵族的新宠。英国艺术史家迈克尔·苏立文在其专著《东西方艺术的交会》中指出:"葡萄牙人于1509年到达马六甲,1516年到达澳门。他们到达东亚不久,就开始慢慢将中国瓷器运往西方,并很快形成了风气。"① 由此,自16世纪开始,"西方美术和远东美术之间"展开了"积极对话"。② 进入17世纪,葡萄牙人对中国瓷器的垄断专卖局面被荷兰人打破。"荷兰人分别于1600年和1602年在海上缴获了两艘满载瓷器的葡萄牙商船,随后将

---

① [英]迈克尔·苏立文:《东西方艺术的交会》,赵潇译,上海:上海人民出版社,2014年,第101页。
② 同上书,第14页。

货物运回阿姆斯特丹出售。这一事件标志着'中国热'在欧洲的真正兴起。"①1602年"荷兰东印度公司"的成立,更是加速了中国产品在欧洲的流行,并使其渐由贵族独享的专属品转为中产阶级乃至下层百姓也追捧的时尚消费品。尤其是垂柳青花图案的瓷器,更是成为中国艺术品乃至中国的代名词。

17世纪30年代后,中国瓷器,尤其是青花瓷,开始在荷兰的静物画中大量出现。荷兰画家伦勃朗收集了大量艺术品和古董文物,后来因破产而拍卖,目录中即有中国瓷碗和小型瓷人像。这一喜好中国物品、进而发展到中国艺术的浪潮从荷兰进一步扩展到法国,随后扩展至整个欧洲:"路易十四的凡尔赛宫和王储的枫丹白露宫都收藏有大量的东方艺术品。凡尔赛宫1667—1669年的收藏品清单中提到有一套从中国运来的12幅镶板屏风——泥金底子,上绘风景、人物和花鸟。"②在中国绘画传入欧洲的过程中,屏风画起到了重要作用。路易十四还拥有欧洲除罗马之外藏书最为丰富的中国图书馆,内有280多卷的百科全书《古今图书集成》、14卷本的《中国大百科辞典》,以及1本1679年印行的《芥子园画谱》等。欧洲的艺术家们开始以此为据来模仿中国绘画,画出了一些初步具有中国风味的作品。

从总体上看,中国对18世纪欧洲艺术的影响不算很大,但园林艺术设计方面的影响却一枝独秀。早在1683年,英国政治家威廉·坦普尔爵士就在他的论文《论崇高的美》("Upon Heroick Virtue")中以很长的篇幅介绍了中国园林:

> 我们认为,建筑和植物规划,讲究要有一定的适当比例,形式要对称,或统一,才能体现美感;路径和树木彼此距离完全相等,排列得互相呼应。中国人对这种种植方式嗤之以鼻,认为一个可以数到

---

① [英]迈克尔·苏立文:《东西方艺术的交会》,赵潇译,上海:上海人民出版社,2014年,第102页。

② 同上书,第110页。

100的小儿,也能将树木两两相对地种成直行,想要延伸多远都行。中国人丰富的想象力体现在经营布置之美上,其美令人赏心悦目,却又显得那么自然,没有明显的让人一望便知的规律和部署。我们对这种类型的美很陌生,他们对其却有特定的表达词句。当他们一见某物就被吸引住了时,他们称之为无规则之美,或类似的赞美之辞。任何人若欣赏过最好的印度服装,或中国屏风和瓷器上的图画,都会发现这类无规则之美。①

《世界公民》的作者、18世纪英国作家哥尔德斯密斯在创办于伦敦的《中国哲学家》上也评论道:"英国人的园林艺术还没有达到如中国那样完美的程度,不过最近正开始模仿他们。我们正努力遵循自然,而不是规矩形式;树木被容许自由伸张其茂密的枝叶;溪水不再被迫从它们自然的河床改道,而是可以顺着山谷蜿蜒流行;随意安放的花卉代替了人工砌的花坛以及剪得平整如茵的绿草坪。"②

西方的艺术家们开始理解这种"无规则之美"其实是匠心的体现,是"伪装的韵律的体现",并与欧洲开始流行的、从巴洛克风格发展而来的洛可可视觉艺术风格彼此呼应、声援,冲击了美存在于规律、对称和秩序等的古典主义理念。学界亦有人将洛可可风格的形成视为中西文化交流的结果③,认为"欧洲的艺术家和工匠们从来自中国的艺术品和工艺装饰品中找到了美感,那细腻的造型,色彩艳丽的图案,特别适合洛可可艺术的

---

① [英]迈克尔·苏立文:《东西方艺术的交会》,赵潇译,上海:上海人民出版社,2014年,第120页。
② 同上书,第120—121页。
③ 学界针对中西文化交流和洛可可风格之关联的研究成果,代表作有以下几种:[德]利奇温:《十八世纪中国与欧洲文化的接触》,朱杰勤译,北京:商务印书馆,1962年;[英]G.F.赫德逊:《欧洲与中国》,王遵仲、李申、张毅译,北京:中华书局,1995年;张国刚:《启蒙时代欧洲的中国趣味与罗可可风格》,载《清华大学学报(哲学社会科学版)》,2005年第4期;林金水:《从罗可可之风看17—18世纪西方对东方文化的接纳与调适》,载《史学理论研究》,2010年第2期。学者的普遍共识是,可用洛可可风格的兴起和发展来观照中西方文化、艺术间的交流,以及概括"中国热"时期西方普遍的艺术风气。

欣赏品味"①。利奇温在其著作《十八世纪中国与欧洲文化的接触》中也细致阐述了"中国风尚"与洛可可风格在瓷器、漆器、刺绣品、壁纸、绘画、建筑、戏剧及文学等诸多方面的相互融合与影响,从而认为:"罗柯柯艺术风格和古代中国文化的契合,其秘密即在于这种纤细入微的情调。罗柯柯时代对于中国的概念,主要不是通过文字而来的。以淡色的瓷器,色彩飘逸的闪光丝绸的美化的表现形式,在温文尔雅的十八世纪欧洲社会之前,揭露了一个他们乐观地早已在梦寐以求的幸福生活的前景。"②

在此背景下,中国皇家园林,如热河行宫、圆明园等深受西方人推崇。到了18世纪中叶,英国建筑设计师威廉·肯特在英国园林和公园设计中运用了装饰性的中国元素,推广"理性的自然情趣"这一欣赏理念,园林设计师威廉·钱伯斯(William Chambers)爵士1720年写作《论东方园林》("Dissertation on Oriental Gardening")一文,以圆明园的设计美学作为其理解中国园林思想的依据。苏立文对中西园林的美学旨趣进行了比较,认为"中国园林的概念与西方园林对于风景绘画美的追求可以相互媲美,而二者又有微妙的差异。中国园林是微观式的,它在时间中展开,就像中国山水画卷一样,观赏者一边舒缓开卷,一边想象自身在山峦湖水中的游历;欧洲园林风景画的理想概念,体现为像观看一幅风景画似的对于美景的一览无余,正如这个词义所指,是一系列从选定角度观览到的经过认真构思的图画:这里是普桑,那里是洛林,下一个是萨尔瓦多·罗萨。中国人的概念是接近自然的,或至少看起来自然的;欧洲人则是静态的,赞赏人造加工。西方风景画似的园林从一个画面轻易地转移到另一个画面,具有连续性,其感觉仍然是从外部观看一个接一个的由框架割断了的景观——这在中国山水画的美学观念中属于最低的范畴;中国园林则是

---

① 刘海翔:《欧洲大地的"中国风"》,深圳:海天出版社,2005年,第68页。
② [德]利奇温:《十八世纪中国与欧洲文化的接触》,朱杰勤译,北京:商务印书馆,1962年,第20—21页。罗柯柯即洛可可。

进入一个身临其境亲自感受的自然世界"①。他进而指出,中国园林美学渗透进了18世纪英国园艺欣赏品位的中心理念,并以非对称和"有控的无规则"手法重现自然的观念,间接对欧洲的风景绘画产生了一定影响。1841年鸦片战争期间,英国皇家植物园邱园之内还专门修建了一座两层的中国式宝塔,塔上用汉字镌刻了"中国万物"字样。

综上,中国的园林设计美学和建筑图案,加之琳琅满目的其他装饰艺术品,以及丝绸、茶叶等实用消费品等,共同织就了一幅斑斓富丽的中国图景,并和儒家伦理、政治制度、哲学理念一道,为欧洲社会向启蒙王国迈进提供了重要的助推力量。

第二节 19世纪末—20世纪初西方对中国艺术的重新"发现"

伴随着资产阶级革命和工业革命后科学技术的突飞猛进,18世纪中叶之后,西欧诸国率先步入了现代化的轨道,国力大增。在启蒙理性、进步神话的影响和东西方力量对比发生改变的背景下,将中国视为孤立于世界历史进程之外的停滞、落后的古老国家的声音多了起来,中国逐渐转变为西方列强实现自我认同,并为其殖民扩张提供意识形态支持的贫穷、黑暗而邪恶的"他者"。加之猎奇心理获得满足后审美趣味的转移等因素的影响,"中国热"在欧洲范围内开始退潮,西方对中国艺术的接受热情也逐渐冷却。到了19世纪上半叶,"欧洲对中国艺术品的热情被新兴的严谨的古典主义浪潮吞没,欧洲与东方的短暂恋情到此结束"②。

而由于西方话语中甚嚣尘上的"黄祸"论、负面的"中国佬"形象塑造的影响,中国在19世纪中期之后一步步沦为受西方列强凌辱的半殖民地半封建社会的历史,以及晚清以来的中国有识之士号召奋起学习西方先

---

① [英]迈克尔·苏立文:《东西方艺术的交会》,赵潇译,上海:上海人民出版社,2014年,第125页。

② 同上书,第128页。

进的科学技术以唤醒东亚雄狮的时代语境,不少人想当然地以为,中国不仅在科技领域落后了,在艺术领域也在西方面前自愧弗如。事实上,在19世纪末—20世纪初年,中西文化艺术交流再度进入了"蜜月期",而且这种影响关系绝非单向,即一方面中国文学艺术深受西方滋养,另一方面,中国文化元素同时也成为西方文艺自我革新、发展出轰轰烈烈的美学现代主义运动的重要源泉。正是在此意义上,弗莱将欧洲对中国艺术的这一重新"发现"誉为"东方的文艺复兴"。1912年,英国批评家刘易斯·恩斯坦(Lewis Einstein)亦将现代主义者对中国绘画的发现视同于意大利诗人弗朗西斯科·彼特拉克(Francesco Petrarch)获得一份希腊的手稿,虽读不懂,但异常珍视的感觉。

那么,从"中国热"到"黄祸"论,再到"东方的文艺复兴"的阶段性逆转是在何种语境下发生的呢?如美国汉学家史景迁(J. Spence)在北大讲演录《文化类同与文化利用——世界文化总体对话中的中国形象》中所言,中国形象的嬗变本质上是西方基于自身的需要而进行的文化利用。对于并存于世的多种文化形态而言,某一种文化对另一种文化的认知既存在着知识,亦存在着想象,其映射出的往往是该文化自身的欲望与期待,常常出现于该文化自身出现问题或发生危机之时,于是就借一种未知其详或一知半解的异域文化资源来警醒与反照自身。因此,我们不妨还是从19世纪后半叶到20世纪初的西方社会变迁中去寻找答案。

这里有两点值得注意:其一是怀着对西方没落的忧虑,欧美的有识之士开始对启蒙现代性话语核心价值中的科学、理性与进步产生怀疑,于是再度将目光转向东方以探寻道德与美学的启示,从古老的直觉主义和神秘主义等中寻求将西方从物欲横流、工具理性大行其道的渊薮中拯救出来的良方。英国历史学家霍布斯鲍姆写道:"到了19世纪70年代,资产世界的进步已到了可以听到比较富有怀疑、甚至比较悲观意见的阶段。而且这些意见又因19世纪70年代种种未曾预见的发展而得到加强。文明进步的经济基础已经开始动摇。在将近30年史无前例的扩张之后,世界经济出现了危机。"①美国汉学家克拉克亦认为:"在广义上,19世纪末和20世纪初,欧洲知识分子在启蒙主义的唯理论和维多利亚时代对进步的信仰中,也逐渐产生出一种无所依傍的失落感,一种对颓废观念的兴趣,以及探索新异思想海洋的渴望。从传统到现代,社会和经济结构迅速变化,进步之程度令人惊诧。在科学的激励下,唯物主义者哲学兴盛,远古宗教性的信念和仪式日渐衰微。但是,这些因素综合在一起,催发的却是一种对西方文明所带来的舒适和承诺的不满,这就促使人们去寻求一种比西方文明更安全、更有意义的替代物。"②面对包括世界观、价值观以及终极关怀等在内的传统观念的空前裂变和崩溃,"东方传统哲学日渐被带入西方学术传统中"③,对欧洲精神产生了冲击。此时,中国等东方国家再度扮演了西方在危急时刻自我反思的文化"他者"。

其二是西方帝国主义侵略狂潮,造成中国大量文化艺术珍品在这一时期被通过多种渠道掠往海外。如法国汉学家米丽耶·德特利所写:"1860年对圆明园的烧掠,以及1900—1901年的义和团事件所导致的(对)紫禁城的占据与掠夺等等,为艺术品市场带来了无法估计的宝藏。这些宝藏后来逐渐形成一些特别的收藏系列,然后不时造就出公开的展览。"④到了20世纪初,伦敦、巴黎、布鲁塞尔、纽约等已成为西方进行东方古玩与艺术品贸易的大型集散中心,各大博物馆、艺术画廊、拍卖行、古玩商店等有关中国艺术的收藏、展览、捐赠与交易此起彼伏,丰富和拓展了西方知识精英和普通民众对中国文化的认知,"打破了古代中国收藏传统的狭窄视野,造成了中国收藏于全球范围内的现代性转变"⑤。而这种

---

① [英]艾瑞克·霍布斯鲍姆:《帝国的年代:1875~1914》,贾士蘅译,南京:江苏人民出版社,1999年,第28页。
② [美]J.J.克拉克:《东方启蒙:东西方思想的遭遇》,于闽梅、曾祥波译,上海:上海人民出版社,2011年,第141页。
③ 同上书,第144页。
④ [法]米丽耶·戴特丽:《18世纪到20世纪"中国之欧洲"的演进》,唐睿译,载乐黛云、[法]李比雄主编:《跨文化对话》(第28辑),北京:生活·读书·新知三联书店,2011年,第275页。
⑤ 缪哲:《我来自东:东亚艺术收藏在西方的建立:1842—1930》(前言),王珅、[法]约瑟夫·克博兹、缪哲、[美]大卫·斯唐编著,杭州:浙江大学出版社,2016年,第8页。

"现代性转变",导致了西方世界于19世纪末、20世纪初对中国艺术接受的特点体现为由当下的艺术转为古代的艺术,由世俗器物与装饰性艺术转为高雅艺术,由实用功利目的转为对其背后的美学理念的探究。而在20世纪之前,西方人将中国艺术几乎等同于装饰性艺术,即在突出其地位的低下。此时陆续被运到西方的中国艺术品和古代文物不像明清器物那么富有装饰性,却更符合现代主义者关于"纯粹形式"的口味。费诺洛萨充满激情地认为西方艺术过于狭隘,远东拥有高级的文化,尤其到了宋代,完全可以和古希腊、文艺复兴时代的顶峰时期相媲美。1914年,英国国家博物馆的瓷器专家R.L.霍布森(R.L. Hobson)在评论纽约举行的一场早期中国陶器与雕刻展时说:"只是在近年,欧洲与美国出现了广泛的喜爱早期中国艺术的运动,这一运动最具有标志性的现象,是中国部分的展品全由宋元时期的器物所构成。"[1]当时卓越的欧洲艺术收藏家、鉴赏家如拉斐尔·佩楚西(Raphael Petrucci)、劳伦斯·宾扬等均从中国宋元明代的画作中发现了个性的表达、悠远的意境,以及抽象观念的呈现,认为中国画将外部自然上升到人类思想的高度,追求人与自然的合一。弗莱也从巴黎的文物贩子手上买过一些中国古代的艺术品。

中国高雅艺术折射出的独特文化与美学蕴涵,使得急欲从漫长的现实主义传统中蝉蜕而出的现代主义艺术家们惊喜地觅得了知音,意识到自己的艺术理想早在古代远东文明中即已焕发出诱人的光彩。汉学研究中的中国艺术研究开始在英国兴起并走向系统化。夏德(Friedrich Hirth)于1888年撰著了《古代瓷器:中国古代工业与贸易研究》(*Ancient Porcelain: A Study in Chinese Mediæval Industry and Trade*)、赫伯特·A.翟理斯1905年发表了《中国图像艺术史导论》(*An Introduction to the History of Chinese Pictorial Art*)。1910年,卜士礼(Stephen Wootton Bushell)翻译、出版了《中国陶瓷描述:〈陶说〉翻译》(*Description*

---

[1] R.L. Hobson. "Chinese, Corean and Japanese Potteries". 1914. Rpt. *Catalogue of an Exhibition of Early Chinese Pottery and Sculpture*. By S.C. Bosch Reitz. New York: Metropolitan Museum of Art, 1916, p. xxiii.

of Chinese Pottery and Porcelain: *Being a Translation of the Tao Shuo*)。1915年,查尔斯·赫拉克勒斯·里德(Charles Hercules Read)爵士出版了《中国艺术品收藏名录》(*Catalogue of a Collection of Objects of Chinese Art*)。劳伦斯·宾扬则先后出版了《远东的绘画》《飞龙在天》《英国收藏的中国绘画》,并在《伯灵顿杂志》发表了一系列有关东亚艺术的著名论文。因此,里德爵士在《中国艺术品收藏名录》的前言中指出:"在美学思想的领袖人物当中,有关世界艺术的观念,已经很难回避如此普遍的一种革命,即针对中国艺术的态度的显著变化……在中国,存在着一种本质上了不起的艺术。"①劳伦斯·宾扬在《飞龙在天》中也写道:"中国艺术某些方面所包孕的思想看来是特别现代式的,尤其是它接受人在广阔的宇宙中的真实位置,它对生命在所有的生物中不断延续的直觉的领悟,它对人之外的与人之内的生命形式都给予同样的关切。比尼翁说,'这是一种比欧洲艺术更为沉思型的艺术……'"②

　　与此相应,有关中亚、东亚等地区艺术的考古发现与鉴定研究成果,也就顺理成章地成为当时主流的艺术批评刊物如《伯灵顿杂志》《雅典娜神殿》等乐于刊登的文章。尤其是《伯灵顿杂志》,在20世纪初刊载了多篇有关西方在中亚探险、考古的文章,对中国文物的挖掘与价值给予了充分关注,成为艺术批评、考古与鉴赏学家们借鉴世界各国、各地区的艺术遗产,以推动现代主义美学观念的主要阵地。

　　1868—1900年间,卜士礼任英国驻北京公使的医生。热爱中国文化的他率先向《伯灵顿杂志》提供了一系列关于中国艺术的论文,并融入了考古学和人种学方面的内容。1905年,《伯灵顿杂志》为卜士礼的著作《中国艺术》(*Chinese Art*)刊发了书评,认为其研究涉及中国历史、宗教、语言、制造业等多个领域,内容相当丰富。1909—1933年间,曾在英国国

---

① Charles Hercules Read. "Preface". *Catalogue of a Collection of Objects of Chinese Art*. London: Burlington Fine Arts Club, 1915, p. ix.
② 转引自赵毅衡:《诗神远游:中国如何改变了美国现代诗》,成都:四川文艺出版社,2013年,第131页。比尼翁即宾扬。

家博物馆负责管理东方文物达 27 年的 R. L. 霍布森在杂志上陆续发表了多达 60 余篇关于中国陶器的文章,并尝试梳理、概括不同时期中国艺术趣味的变革。1903 年,弗莱在研究意大利早期文艺复兴艺术方面的恩师、美国艺术史家伯纳德·贝伦森(Bernard Berenson)在杂志上发文,比较了基督教艺术与佛教艺术,批评了前者过于拘泥于现实的科学化倾向,肯定了佛教艺术的精神性特征。1912 年,又有学者发文比较了提香关于施洗者约翰的肖像画与一幅中国关于隐士的画,认为后者出自一个文明的艺术家之手,画的是一个现代的人,既有前者的神性,又有其缺失的"情感的意味"(emotional significance)。

1903 年,在八国联军侵华期间遭到洗劫的东晋画家顾恺之的《女史箴图》进入了英国国家博物馆。1904 年,劳伦斯·宾扬在《伯灵顿杂志》上以《公元四世纪的一幅中国绘画》("A Chinese Painting of the Fourth Century")为题发表了其黑白复制品,并指出了其重要的历史意义:"过去的一年里,我们的国家收藏中有了一项非同凡响的收获,这不仅是指收藏本身而言,而且对我们了解这幅画产生的早期历史提供了新的启示。"[①]他不仅强调了中国艺术的"精神性与表现性",还强调了《女史箴图》对于理解佛教艺术影响的重要性:"从另一方面说,我们不能轻视佛教的影响。如此强大的精神力量能够极强地深化一个民族的艺术的内涵;而内涵又不能与技法相分离。费诺洛萨先生所说的 4—5 世纪以来的中国艺术'在主题上体现出世俗性',并'与纯粹的儒教学说与观念紧密相连'的观点需要得到充分的修正。"[②]在该画于 1910 年首次对大众展出后,宾扬又在 1910 年第 17 期《伯灵顿杂志》上发表了《英国国家博物馆的中国画》("Chinese Paintings in the White Wing of the British Museum")一文,专门进行了评论。1912 年,宾扬出版了有关这幅画的专论《女史箴图》

---

① Laurence Binyon. "A Chinese Painting of the Fourth Century". *The Burlington Magazine for Connoisseurs.* Vol. 4, No. 10 (Jan., 1904): 40.

② Laurence Binyon. *Chinese Paintings in English Collections.* Paris and Brussels: G. Vanoest, 1927, p. 44.

(*Admonitions of the Instructress in the Palace*)。时为《伯灵顿杂志》编辑的弗莱当然也意识到了这幅画的历史意义。他在1913年第24期《伯灵顿杂志》上发表评论,评价了宾扬的这部专论,指出"我们在顾恺之的作品中,看到了一种拥有纯粹的自我意识,有着精致、几乎是具有讽刺意味的对于仪态的细节的理解,以及对于面部与身体表达的微妙之处的理解",认为顾恺之的"《女史箴图》必然始终会被视为具有根本意义的一个起点"。① 特别值得提及的是,宾扬以顾恺之的画作为范例,首先将中国南朝画家谢赫的"气韵生动"的美学观念翻译成"rhythmic vitality",并通过《伯灵顿杂志》将这一观念带入了西方世界。之后,"韵律"(rhythm)这一概念,不断出现在弗莱与伍尔夫等现代主义美学家与小说家的笔下,本书下一章会对此详述。

而《伯灵顿杂志》之所以能如此密集地刊发上述研究中国艺术的论文,与刊物编辑的眼光是不可分的。刊物创办30年内,有3位著名的、对中国艺术情有独钟的编辑:查尔斯·约翰·霍尔姆斯(Charles John Holmes,1868—1936)的任职时间是1904—1909年,后于1909—1916年间任英国国家肖像馆主任,是劳伦斯·宾扬与弗莱的亲密友人。弗莱和罗伯特·塔特洛克(Robert Tatlock,1889—1954)的任职时间覆盖了1909—1933年。霍尔姆斯在《古色古香的中国青铜器》("Archaic Chinese Bronzes")一文中曾有预言:"欧洲艺术的下一个运动(即现实主义的可能性被耗尽之时)很可能转回头来采取中国人在一千年前所宣称的法则。"② 在另一篇文章《日本艺术对欧洲的用途》("The Use of Japanese Art to Europe")中,他同样肯定了东方艺术的"暗示迅捷变化的情感,以及随之而来的活力的力量"③。作为编辑兼重要作者的弗莱,

---

① Roger Fry. "Rev. of *Admonitions of the Instructress in the Palace*, by Laurence Binyon". *The Burlington Magazine for Connoisseurs*. Vol. 24, No. 127 (Oct., 1913):50—51.
② C. J. Holmes. "Archaic Chinese Bronzes". *The Burlington Magazine for Connoisseurs*. Vol. 7, No. 25 (Apr., 1905):19.
③ C. J. Holmes. "The Use of Japanese Art to Europe". *The Burlington Magazine for Connoisseurs*. Vol. 8, No. 31 (Oct., 1905):10.

更是在刊物上发表了大量的展览评论和书评。

自1903年起,弗莱即开始了《伯灵顿杂志》的创办工作,目的是使英国拥有与欧洲大陆媲美的高级艺术研究刊物,所以其邀约的作者均为当时杰出的艺术史家和艺术鉴赏家。弗莱为《伯灵顿杂志》供稿约30年,并于1909年起接替霍尔姆斯的工作成为副主编,强烈影响了刊物的编辑策略。由于弗莱的影响,刊物将评论范围扩展到法国现代主义绘画,并广涉儿童艺术、非欧洲艺术(含中国艺术)等非传统主题。1910年弗莱主持的第一届后印象派画展成功举办之后,杂志更是与现代主义绘画紧密相连,同时开始关注中国艺术的美学特质,使其成为革新欧洲的现实主义保守传统的异域资源。其时,弗莱连续发表了《东方艺术》(1910)、《中国瓷器与手工雕像》(1911)等多文。1911年,他为一位中国瓷器私人收藏家撰写了题为《理查德·贝内特收藏的中国瓷器》的评论,在两页半的篇幅中用了十余次"美丽"一词,以赞美一只中国花瓶的"空间布局与韵律的大师级感觉"。① 1912年6月,弗莱在《伯灵顿杂志》上刊文评论了斯坦因的报告《华夏沙漠中的遗迹》(*Ruins of Desert Cathay*),强调了斯坦因的敦煌发现的重要性:"它们为人们了解唐代伟大的宗教艺术,以及对于中国和萨珊王朝(波斯)之间的联系均提供了新的线索。这一早期艺术的许多方面的问题均未得到解答,但是每一项新发现都可能显示出东西方之间早期存在深厚的相互联系,并使得我们进一步理解欧洲艺术是如何并在何种程度上受到这些潜藏的流脉的影响。"② 1922年,他又发表了题为《一只白玉蟾蜍》("A Toad in White Jade")的文章,对一件小型中国玉雕进行了形式主义分析,赞美了其"对动物内在生命的栩栩如生的表现",指出这是"造型设计的杰作","拥有拥抱生命的自由与微妙之感"。③ 1918年,

---

① Roger Fry. "Richard Bennett Collection of Chinese Porcelain". *The Burlington Magazine for Connoisseurs*. Vol. 19, No. 99 (Jun., 1911):133—139.

② Roger Fry. "Review of *Ruins of Desert Cathay*, by Aurel Stein". *The Burlington Magazine for Connoisseurs*. Vol. 21, No. 111 (Jun., 1912):174.

③ Roger Fry. "A Toad in White Jade". *The Burlington Magazine for Connoisseurs*. Vol. 41, No. 234 (Sep., 1922):103.

他又发表了《线条之为现代艺术中的表现手段》("Line as a Means of Expression in Modern Art")的长文,指出"我们从未像中国和波斯人那样尊重过线条的价值",提倡"以纯粹线条来表达的可能性"。线条的"韵律拥有无限的种类",恰似在"马蒂斯的线条的品格"中所见。① 此外,他还发表了《部分中国古董》("Some Chinese Antiquities",1923)等文,大力推介中国艺术,使得《伯灵顿杂志》成为当时密集刊发中国艺术评论的最知名的西方艺术刊物。学者拉尔夫·帕菲克特在论文《罗杰·弗莱,中国艺术和〈伯灵顿杂志〉》中指出:"或许,《伯灵顿杂志》对现代主义和中国艺术的倡导中最重要的相交点,出现于后者声援了弗莱于1910年举行的第一次后印象派画展。"②他明确提到了中国艺术对于弗莱倡导现代主义美学的意义。

综上,美学现代主义者们对中国艺术的阐发,正是在此背景下展开的。

第三节　弗莱等的现代主义探索及与中国的艺术之缘

在英国现代主义文艺美学的发展进程中,弗莱无疑是一个举足轻重的人物。在潜心研究中世纪与文艺复兴时代的意大利艺术的同时,弗莱一直在思考欧洲近现代艺术的发展走向。1906年与法国先锋派画家保罗·塞尚的精神邂逅,使弗莱惊喜地发现了自己一直在摸索的艺术表现形式的当代范本。弗莱为现代主义形式美学而奋斗终生的事业由此开启。1909年,弗莱在《新季刊》(*New Quarterly*)上发表了著名论文《论美

---

① Roger Fry. "Line as a Means of Expression in Modern Art". *The Burlington Magazine for Connoisseurs*. Vol. 33, No. 189 (Dec., 1918): 201—203, 205—208.

② Ralph Parfect. "Roger Fry, Chinese Art and *The Burlington Magazine*". In *British Modernism and Chinoiserie*. Ed. Anne Witchard. Edinburgh: Edinburgh University Press Ltd., 2015, p. 66.

感》("An Essay in Aesthetics",又译为《一篇美学论文》),提出了关于"两重生活"的论述。他写道:"人具有两重生活的可能性,一种是现实生活,另一种是想象生活。两种生活之间有很大的差别,自然选择的过程带来本能反应,例如从危险中逃跑,将是整个过程的重要组成部分,人把全部自觉意识的努力转向这种反应。但在想象生活中这种行动是不必要的,因为整个意识可能集中在经验的感觉和感情方面,通过这种方式我们从想象生活中得到不同层次的价值标准和不同类型的感觉。"①接着,弗莱用照片上的画面与实际生活的差异,以及反映街景的镜子中的内容与实际生活的差异做比较,揭示了"两重生活"的差异性,得出了结论:"绘画艺术是想象生活的表现而不是模仿现实生活"②;"艺术是作为想象生活的表现"③;"我们必须放弃根据艺术对生活的反应来评价艺术的意图,而将它看做以自身为目的的一种感情表现"④。由此,弗莱提出了反对逼真模拟现实,而注重主体想象能力与情感表达的艺术创作观与审美观。

倾心于想象生活的弗莱甚至在言谈中将"生活"与"想象生活"合为了一体。伍尔夫后来在受弗莱家族之托撰写的《罗杰·弗莱传》中,把他的这一观点记录了下来:"在我看来,生活……指的是任何时期的人们对他们周边事物的总体与本能的反应,这些人希望能将自我意识、他们对宇宙的观点合为一个整体。"⑤而在将这种异常丰富、驳杂的"反应""意识"与"观点""合为一个整体"的艰巨任务面前,他深感"我们对人类精神生活的韵律实在是知之太少"⑥。由此,弗莱通过自己的"想象生活"观,与数个世纪以来在西方绘画界流行的传统写实主义艺术理念划出了明确的分野,标志着他从文艺复兴时代的意大利绘画,包括中国在内的世界各民族

---

① [英]罗杰·弗莱:《论美感》,见《视觉与设计》,易英译,南京:江苏教育出版社,2005年,第12页。
② 同上书,第13页。
③ 同上书,第18页。
④ 同上。
⑤ Virginia Woolf. *Roger Fry*: *A Biography*. London: Hogarth Press,1940,p. 289.
⑥ Ibid.,p. 293.

早期艺术,以及欧陆新兴的现代主义艺术中汲取滋养,从而向保守的英国艺术界宣战的开端。

在第一次后印象派画展展览目录的"前言"中,弗莱简洁勾勒了马奈、塞尚、梵高、高更与马蒂斯们不满于绘画艺术的机械再现,由印象派向后印象派转变的艺术轨迹。曾几何时,原始艺术在西方中心主义、帝国主义和种族主义话语的影响下,曾是"粗野""鄙俗"与"落后"的代名词。如英国学者欧文·琼斯就认为中国艺术是"半野蛮的"(half-barbarians)。他曾如此评价中国的装饰艺术:"无论是在彩绘装饰还是编织装饰中,中国人表现出来的水准都如原始人一般。他们最成功的作品是以几何图案为基调的,可是即使在这些作品中,一旦他们不运用那些等长的交叉线条,他们就好像不知如何安排空间是好。"①但弗莱却赞美原始艺术"不是再现眼睛所见的东西,而是在一个为心灵所把握的对象上画下线条"②,认为后印象派画家们不仅继承了文艺复兴绘画的传统,而且与原始艺术本质相通。

弗莱的探索获得了不少同行的积极回应。作为弗莱主持的格拉夫顿画展的组织委员会成员之一,霍尔姆斯在《关于1910—1911年间格拉夫顿画廊的后印象派画家的札记》(Notes on the Post-Impressionist Painters, Grafton Galleries, 1910—11)中,建议观众要抛弃习以为常的"欧洲人的"眼睛,而从全新的、东方的视角来观察与理解后印象派画家的作品。因为在他看来,"西方人的眼睛"是理性的,而"东方人的眼睛"则以不同的方式看待事物。从东方的立场来看,或许后印象主义艺术最容易理解。③除了意识到后印象派艺术与东方立场的共通性之外,和弗莱一样,霍尔姆斯也意识到东亚艺术对后印象派画家可能的影响,还在文中列

---

① [英]欧文·琼斯:《世界装饰经典图鉴》,梵非译,上海:上海人民美术出版社,2004年,第276页。

② [英]罗杰·弗莱:《后印象派画家》,见《弗莱艺术批评文选》,沈语冰译,南京:江苏美术出版社,2010年,第102页。

③ Charles John Holmes. *Notes on the Post-Impressionist Painters, Grafton Galleries, 1910—11*. London: Warner, 1910, pp. 7—8.

举了好几个例子,包括"有意识的简化原则""综合""避免伦勃朗式的强烈效果""通过平面色彩和有力的线条勾勒来获取装饰效果"等,指出这是千年以来中国传统艺术的有机组成部分,而后又体现在日本的彩色版画之中。①

霍尔姆斯同样将印象主义视作科学创新的僵死末路,而将后印象主义视为一场反抗科学与物质主义再现的、表达个人独特视觉的反启蒙运动。迈克尔·萨德勒(Michael Sadler)又进一步声援了霍尔姆斯,肯定了其对法国画家奥诺雷·杜米埃尔和东亚艺术关系的观察,并在1924年出版的著作《杜米埃尔:人与艺术家》(Daumier: The Man and the Artist)中强调:"杜米埃尔的画作与中国、日本艺术相似的那些特征,在一个已经被东方文化所占领的时代,居然没有获得足够的注意,这实在是值得注意的事情。"②由此我们发现,在寻求东西方艺术共通性的道路上,弗莱已开始拥有了一些同路人。

第二次后印象派画展于格拉夫顿画廊成功举行后,伦纳德·伍尔夫后来在自传中回忆说:"生活在1911年的伦敦是一件多么令人激动的事","因为我们都有一种从维多利亚的迷雾中走出来的轻松感",一种"从军国主义、帝国主义和反犹主义中走出来的"感觉,还有"塞尚、马蒂斯和毕加索的深刻革命"的感觉。③ 艺术批评家兼传记家弗朗西斯·斯帕尔丁(Frances Spalding)在《20世纪英国艺术》(British Art Since 1900, 1986)中这样写道:"'第二届后印象主义展览'成功地强化并扩展了第一届的影响。1910年的展览上,高更、梵高和塞尚的作品是主要代表,而1912年的展览却是由毕加索和马蒂斯占主导地位。这两次展览的综合效应表明,一个伦敦的观众必须在两年时间内跟上在法国已持续了三十

---

① Charles John Holmes. *Notes on the Post-Impressionist Painters*, *Grafton Galleries*, *1910—11*. London: Warner,1910, pp. 7—8.
② Michael T. H. Sadler. *Daumier: The Man and the Artist*. London: Halton and Truscott Smith,1924, p. 5.
③ Leonard Woolf. *Beginning Again: An Autobiography of the Year 1911—1918*. London: The Hogarth Press,1963, pp. 36—37.

多年的艺术发展进程。……后印象主义者不再满足于记录流变着的外界图式,而是追寻更持久更主观的效果,要么构建更突出更基本的结构,如塞尚的作品,要么强调他们自己的反应,并由此选择、在某种程度上是重组视觉事实。罗杰·弗赖依在第二届后印象主义展览目录中对这一区别做了十分简明的阐述;这些艺术家毕竟并不寻求表现那种除了实际事物外观的苍白映像以外最终还会是何物的东西,而是要激起对新的确定现实的坚信不疑。他们不寻求摹仿形状,而是要创造形状;并不摹仿生命,而是找到生命的对等物。"①1920 年,收集了弗莱在 1900 年到 1920 年间先后发表于《伯灵顿杂志》《雅典娜神殿》等刊物上的重要艺术评论,如《论美感》("An Essay in Aesthetics",1909)、《法国后印象派画家》("The French Post-Impressionists",1912)、《艺术与生活》("Art and Life",1917)、《保罗·塞尚》("Paul Cézanne",1917)及《艺术家的视觉》("The Artist's Vision",1919)等的艺术评论集《视觉与设计》(*Vision and Design*)首度印行。弗莱其他的批评与理论著作,还包括《乔万尼·贝利尼》(*Giovanni Bellini*,1899)、《艺术家与精神分析》(*The Artist and Psychoanalysis*,1924)、《艺术与商业》(*Art and Commerce*,1926)、《变形:艺术评论文集》(*Transformations: Critical and Speculative Essays on Art*,1926,以下简称《变形》)、《塞尚》(*Cézanne*,1927)②、《弗兰德斯艺术》(*Flemish Art*,1927)、《亨利·马蒂斯》(*Henri Matisse*,1930)、《法国艺术的特征》(*Characteristics of French Art*,1932)、《反思英国绘画》(*Reflections on British Painting*,1934)、《最后的演讲》(*Last Lectures*,1939)等。其中最具影响力的是艺术评论集《视觉与设计》《变形》,研究塞尚画风发展的厚重专著《塞尚及其画风的发展》,以及担任剑桥大学斯雷德艺术讲座教授期间所做系列演讲的合集《最后的演讲》。在文集《视觉

---

① [英]弗朗西斯·斯帕尔丁:《20 世纪英国艺术》,陈平译,上海:上海人民美术出版社,1999 年,第 39—40 页。弗赖依即弗莱。

② 中译本题名为《塞尚及其画风的发展》,沈语冰译,桂林:广西师范大学出版社,2009 年。后文以中译本题名指代本书。

与设计》中,弗莱有多篇文章谈到中国/东亚的艺术,如 1909 年的名作《论美感》、1910 年的《南非部落人艺术》("The Art of the Bushmen")、1910 年的《慕尼黑的伊斯兰艺术展览》("The Munich Exhibition of Mohammedan Art")、1918 年的《美洲古代艺术》("Ancient American Art")等。在分析其他民族的早期艺术时,中国也常常成为弗莱的论述参照。

1973 年,贝希尔·格雷在其皇皇大著《中国与伊斯兰艺术研究》第一卷《中国艺术》的第三部分《西方对中国艺术趣味的发展,1872—1972》("The Development of Taste in Chinese Art in the West 1872 to 1972")中,曾对 19 世纪后期以来西方世界对中国艺术趣味的阶段性变化有所概括,指出其在 20 世纪第一个十年的兴趣点在中国绘画;20 年代之后,宋瓷逐渐成为新宠;30 年代之后,兴趣则又转向青铜器和玉器。但无论如何,较之于过去数百年间西方人对中国艺术的接触与认识,只有到 19 世纪末、20 世纪初年,他们对中国艺术的兴趣与理解才称得上是具有美学深度的,而弗莱、贝尔正是此一方面的代表。他还特别强调了弗莱在中国艺术与当代西方艺术关系研究中的重要地位,指出"该时期的另一个特征是美学的态度,它将对中国艺术的赞赏与当代艺术中的先锋派运动相连,与包括拜占庭艺术、黑人艺术等在内的视野的拓展相连。在所有这一切当中,……罗杰·弗莱都是极为关键性的人物,他努力在艺术发展的所有伟大时期中寻找一致性"①。中国艺术、日本艺术、拜占庭艺术、黑人艺术与南美艺术等被与当时正处在实验阶段的现代主义先锋艺术联系在了一起,成为弗莱、贝尔等人在不同种族、不同时代的艺术形式中寻求共通性与一致性的重要资源。

1901 年,慈善家卡农·巴内特(Canon Barnett)在伦敦东区建立了白教堂画廊(Whitechapel Gallery),当年即在其中举办了一场中国艺术展。尽管这里的藏品显然不如在英国国家博物馆和维多利亚与阿尔伯特博物

---

① Basil Gray. "The Development of Taste in Chinese Art in the West 1872 to 1972". *Studies in Chinese and Islamic Art*, Vol. I: Chinese Art. London: The Pindar Press, 1985, p. 23.

馆中的那么好,在看过这场展览之后,弗莱还是不吝赞美之词,于1901年8月3日在《雅典娜神殿》刊文,指出"这里有很多显现出高超的工艺标准、对材质的敏感,乃至对完美的强烈渴望的藏品,代表了最好的中国作品。它们将有助于清除那些认为中国文明不仅不同而且毫无疑问较之我们更为低劣的流行理论"。他尤其赞美了其中的第186号藏品,即一柄背面雕有一头母牛的青铜镜。他认为:"极少有民族像中国人那样拥有对于色彩如此广泛而又持续的敏感,步入白教堂画廊获得的那种快乐,就好比一个人毫无思想准备地从麦尔安德路单调的灰色中来到这里一般。"弗莱还继续写道:"尽管艾特肯先生的收藏并不包含最近来自欧洲的抢劫性探险所获得的成果,但依然可以发现有相当一批很好的中国艺术品,其中部分除了美学的意义之外,还拥有相当的社会学与人种学的意义。"①1908年,在阅读了劳伦斯·宾扬的著作《远东的绘画》后,弗莱深感东方艺术的魅力,在应牛津大学哲学学会之邀所作的演讲中,特别提到早期的中国绘画拥有再现与表现的双重品质。②

1925年,他在《伯灵顿杂志》发表题为《中国艺术》的论文,并与劳伦斯·宾扬合作,很快扩充成《中国艺术导读手册》,成为20世纪上半叶影响最大的有关中国艺术的论著之一。据伍尔夫在《罗杰·弗莱传》中回忆,1933年,在出任剑桥大学斯雷德艺术讲座教授后,为了准备课程,他"醉心于中国艺术,几乎忘了时间"③。弗莱本人在1934年4月12日给朋友伽梅尔·布勒南(Gamel Brenan)的信中则写道:"我正在为下学期的讲座辛苦准备:早期中国,印度,然后是希腊和罗马。规模很大,而我其实更愿意把整个学期都献给中国。"④1935—1936年间,国际中国艺术展览在

---

① Roger Fry. "Chinese Art at the Whitechapel Gallery". *The Athenaeum*. No. 3849 (Aug., 1901): 165.
② [英]罗杰·弗莱:《造型艺术中的表现与再现》,见《弗莱艺术批评文选》,沈语冰译,南京:江苏美术出版社,2010年,第81页。
③ Virginia Woolf. *Roger Fry: A Biography*. London: Hogarth Press, 1940, p. 287.
④ Denys Sutton. ed. *Letters of Roger Fry*, Vol. 2. London: Chatto & Windus, 1972, p. 690.

伦敦伯灵顿府皇家艺术学院举行,成为伦敦艺术界之盛事。1935年12月,《伯灵顿杂志》还为此出了"中国艺术专号"。虽然弗莱那时已经离世,但由于其30余年的不懈努力,中国艺术终于进入了西方精英文化的视野。弗莱的斯雷德讲稿后经艺术史家肯尼思·克拉克爵士(Sir Kenneth Clark)整理出版,以《最后的演讲》(Last Lectures)为题于1939年由剑桥大学出版社出版。其中,弗莱从有机整体的美学理念出发,高度赞扬了中国的青铜与陶瓷艺术。

作为弗莱的助手与同道,克莱夫·贝尔对同期在伦敦各大画廊和美术馆举办的一系列中国青铜器和绘画展览均进行了积极的评论,并在弗莱美学思想启发下和自身对东西方艺术理解的基础上,于1914年推出了《艺术》(Art)一书,提出了以"有意味的形式"为核心的现代形式美学观。通过梳理东西方艺术形式的相通性与内在一致性,贝尔从审美形式的角度阐释了世界各民族艺术,为打破欧洲中心主义壁垒、接受中国艺术奠定了基础。在第一章《审美假说》中,贝尔对"有意味的形式"下了一个著名的定义:"唤起我们审美情感的所有对象的共同属性是什么呢?……可能的答案只有一个——有意味的形式。在每件作品中,以某种独特的方式组合起来的线条和色彩、特定的形式和形式关系激发了我们的审美情感。"①由于以线条与色彩的独特组合方式,也即形式与形式之间的关系激发了读者与观众的审美情感,文化差异造成的理解障碍获得了被跨越的可能性。贝尔认为原始艺术最能体现出"有意味的形式"特征,因而也最能深刻地打动人心,并赢得跨文化的理解与共鸣。他尤其认为苏美尔、埃及、希腊和中国魏唐的艺术均以形式之美给人留下了深刻的印象,认为它们都具有三个特点:没有再现,没有技巧上的装腔作势,唯有给人留下深刻印象的形式。② 贝尔还高度赞扬了中国"以魏、梁、唐代佛教名作为顶峰的艺术坡段",认为其"要高于以7世纪希腊原始艺术为顶峰的坡段,

---

① [英]克莱夫·贝尔:《艺术》,薛华译,南京:江苏教育出版社,2005年,第3—4页。
② 同上书,第12页。

也高于以苏美尔雕塑为顶峰的艺术坡段"。①

在收入文集《塞尚之后:20世纪初的艺术运动理论与实践》(1922)中的《艺术批评中的艺术》("Art in Art Criticism")一文中,贝尔进一步解释道:"由于与历史有关的艺术作品存在永久性和普遍性,所以这些作品得以被保存了下来,换句话说就是,如果它们的创作者离开了,这些作品纯粹的美感和特质还是一样的动人、容易理解。"②贝尔还指出,一个人并不需要熟悉"佛教的形而上学的最新进展",但却可以理解宋代的绘画。③由此指出,正因为艺术的本质在于"有意味的形式",艺术的成就高下与所谓文明开化程度并非一一对应,所以在《艺术和政治的关系》一文中列举了历史学家们梳理出来的四个伟大的文明时期:希腊时期、罗马帝国第一个和第二个世纪、15世纪和16世纪初的意大利、从投石党运动结束到大革命,而自己却倾向于去掉罗马时代,而换上中国的宋朝,因为希腊、中国和意大利在视觉艺术方面都非常发达。④

综上,以弗莱和贝尔等为代表的"布鲁姆斯伯里团体"现代主义者以开阔的世界主义眼光接纳了包括中国、拜占庭帝国、南美洲和非洲等在内的非西方艺术。由于它们很难以文艺复兴以来的西方标准加以阐释,因此修正自身的艺术标准,以形式之美跨越文化鸿沟,便成为弗莱和贝尔进入"他者"文化、理解世界艺术的便捷入口。在《中国艺术的几个方面》("Some Aspects of Chinese Art")中,弗莱写道:"中国艺术事实上是十分能被欧洲的情感所接受的……你无需成为一个汉学家就可以理解一座中国雕像的审美特征。"⑤弗莱还写道:"这些中国艺术家,即便是最为早期的,也或多或少和我们是同类的人。他们已经是完全自觉的艺术家;他们

---

① [英]克莱夫·贝尔:《艺术》,薛华译,南京:江苏教育出版社,2005年,第64页。
② [英]克莱夫·贝尔:《塞尚之后:20世纪初的艺术运动理论与实践》,张恒译,北京:新星出版社,2010年,第63页。
③ 同上书,第62页。译文据原文有改动。
④ 同上书,第128页。
⑤ Roger Fry. Transformations: Critical and Speculative Essays on Art. London: Chatto & Windus, 1926, p. 68.

使用的形式语言与我们的之间没有任何障碍……我们感觉到能够分享艺术家自己的快乐,因而能够与他的精神建立起一种融洽的联系。"①弗莱用艺术形式以跨越文化障碍:"即便是周代的青铜艺人似乎也是十分复杂的;他们和我们一样经历与理解文明的生活,同时——正是这一点使得他们如此珍贵——他们以我们自己的语言来呈现,而与自然相连的那种模糊的感觉和记忆,却早已被我们自己的祖先所遗失。"②贝尔的说法异曲同工,他在《艺术》中指出:"完美的情人能够感受到深刻的形式意味,他超脱于时间和地点的偶然因素之外,对于他来说,考古学的、历史的、圣徒传闻的内容都是无关紧要的,如果一件作品的形式是有意味的,那么它的出处是毫无关系的。"③在为本段引文所作的脚注中,他进一步补充道:"具有敏感性的欧洲人能够立即对伟大的东方艺术中的'有意味的形式'作出反应,而面对中国业余艺术爱好者所心仪的琐屑逸事和社会批判却无动于衷。"④

弗莱和贝尔以形式审美作为进入中国艺术的门径;同时从自身艺术变革的需要出发,再度阐释、发挥了中国艺术,使之成为西方现代主义形式美学观念形成的重要资源。

---

① Roger Fry. *Transformations: Critical and Speculative Essays on Art*. London: Chatto & Windus, 1926, p.79.
② Roger Fry. "Preface". *Animals in Chinese Art*. D'Ardenne de Tizac. London: Benn Brothers Limited, 1923.
③ [英]克莱夫·贝尔:《艺术》,薛华译,南京:江苏教育出版社,2005年,第19页。
④ 同上书,第19页脚注1。

第六章　弗莱、贝尔对中国艺术美学的汲取与阐发(一)

西方现代主义文艺运动的发生与发展,本质上固然是西方社会思想、文化与艺术变革的内在驱动的产物,如苏立文所言:"20世纪最初20年内骤然出现了许多激动人心的启迪思想,这种领悟不是出于西方人对东方艺术的深入研究,而是西方艺术不可避免地走向将艺术家从对象中解放出来的趋势,这一趋势始发自高更和象征主义画派。"①文学艺术家们在积极探索变革之道的过程中举目四望,惊喜地发现了来自异域的精神资源,于是从外来文化中汲取、化用了诸多养分并加以阐发。弗莱、贝尔等"布鲁姆斯伯里团体"中的美学家对中国艺术美学原则的借鉴就是一个典型的例证。他们的借鉴与阐发,具体体现在对艺术作品主观表现、散点透视与平面构图的推重、对线性艺术的韵律之美的嘉许、对"留白"的重视、对设计的观念与结构的艺术的强调,以及对艺术创造中有机平衡理性与情感的肯定等。他们的艺术批评实践,又进一步推进了伍尔夫、福斯特等在一定程度上将上述原则平移至小说理论与实践领域,成为中国文化元素助推现代主义文艺运动的重要案例。

---

① [英]迈克尔·苏立文:《东西方艺术的交会》(引言),赵潇译,上海:上海人民出版社,2014年,第263页。

第一节 对主观表现、散点透视与平面构图的推重

弗莱和贝尔从主观表现的美学立场出发,推重中国艺术的散点透视与平面构图原则,使得线条、色彩及其构成的二维平面成为现代主义形式美学的突出特征。

如前所述,欧洲自文艺复兴和古典主义时代以降,无论在语言文字还是视觉艺术领域一直追求最大限度地再现自然,以明暗对照和三维透视作为描摹自然的两大法宝。前者最早是由达·芬奇尝试的绘画技法,并经由意大利画家卡拉瓦乔的出色运用而日臻成熟,最终在伦勃朗的继承下达到极致,成为西方画家最重要的创作准则之一。后者则受到科学精神、几何学原理等的深刻影响,以逼真模拟对象为目的,通常采用固定焦点来观照对象,以精确地在平面上表现具象三维实体所处的立体空间。"古典派大师一直认为有必要保持所谓的画面完整性,即以极其生动的三维空间幻觉来表示平面的恒久存在。"[①]对此,宗白华先生在《论中西画法的渊源与基础》中有所阐释:"西洋自埃及、希腊以来传统的画风,是在一幅幻现立体空间的画境中描出圆雕式的物体。特重透视法、解剖学、光影凸凹的晕染。画境似可走进,似可手摩,它们的渊源与背景是埃及、希腊的雕刻艺术与建筑空间。"[②]在这一传统之下,欧洲人以自身的标准来衡量"他者",中国艺术因缺乏透视而常招致批评。

其实,中国画并不以视觉的精确性为鹄的,而贵在表达创作主体的情感、思想等精神性内涵,或哲理性、宗教性的人生体悟。公元6世纪,中国南朝齐梁时期的画家兼理论家谢赫在《古画品录》中提出了绘画"六法",首要法则即"气韵生动",强调的便是作品和作品中刻画的形象要具有一

---

① [美]克莱门特·格林伯格:《现代派绘画》,见[英]弗兰西斯·弗兰契娜、查尔斯·哈里森编:《现代艺术和现代主义》,张坚、王晓文译,上海:上海人民美术出版社,1988年,第5页。
② 宗白华:《论中西画法的渊源与基础》,见《中国文化的美丽精神》,武汉:长江文艺出版社,2015年,第190页。

种生动的气度韵致，以生命的律动来体现主客体的交融。这一抒情写意的原则后来成为中国美学的理论核心，以及从宋代以来的中国文人画追求的目标。

北宋著名画家郭熙在《林泉高致》中则提出了"三远"理论，开中国画构图中散点透视原理的先河："山有三远：自山下而仰山巅，谓之高远；自山前而窥山后，谓之深远；自近山而望远山，谓之平远。高远之色清明，深远之色重晦，平远之色有明有晦；高远之势突兀，深远之意重叠，平远之意冲融而缥缥缈缈。其人物之在三远也，高远者明了，深远者细碎，平远者冲澹。明了者不短，细碎者不长，冲澹者不大，此三远也。"①简而言之，所谓"三远"，即"高远""深远""平远"，是一种将各种视角（仰视、俯视、平视）所见之自然并列于同一幅作品中来表现的透视方法，这种透视法不同于西方绘画固定在同一焦点上的透视，因而被称为散点透视。"三远"因其灵活多变的视角而使艺术突破了机械摹写自然的层次，上升到着重表现艺术家性灵、格调和神韵的抽象高度。中国清代画家邹一桂对中西绘画技法进行了对比："西洋人善勾股法，故其绘画于阴阳远近，不差锱黍，所画人物、屋树，皆有日影。其所用颜色与笔，与中华绝异。布影由阔而狭，以三角量之。画宫室于墙壁，令人几欲走进。学者能参用一二，亦其醒法。但笔法全无，虽工亦匠，故不入画品。"②他认为西洋注重透视的写实画法虽然逼真，却全无笔法，缺乏艺术的创造力，不能算是真正的绘画艺术。而能够入画品的画，应采宋人沈括所说的"以大观小之法"，即画家画山水，讲求以心灵之眼统视全景，由全体来看部分，是为"以大观小"，而非机械的照相。

当代美学家宗白华先生以唐代王维的诗歌与绘画为例，比较了西洋透视技法所模拟的逼真世界与中国诗画所表达的空间意识的差异性："在西洋画上有画大树参天者，则树外人家及远山流水必在地平线上缩短缩

---

① 郭熙：《林泉高致》，周远斌点校、纂注，济南：山东画报出版社，2010年，第51页。
② 邹一桂：《小山画谱（卷下）·西洋画》，北京：中华书局，1985年，第43页。

小,合乎透视法。而此处南川水却明灭于青林之端,不向下而向上,不向远而向近。和青林朱栏构成一片平面。而中国山水画家却取此同样的看法写之于画面,使西人诧中国画家不识透视法。"①在对比中西绘画的不同理念及其形成的渊源时,他解释道:"中国画的透视法是提神太虚,从世外鸟瞰的立场观照全整的律动的大自然,他的空间立场是在时间中徘徊移动,游目周览,集合数层与多方的视点谱成一幅超象虚灵的诗情画境。(产生了中国特有的手卷画)所以它的境界偏向远景。"②叶维廉则在《道家美学与西方文化》中进一步阐释发挥了中国山水画的"不定向""不定位"的透视背后所体现的道家美学思想:"中国山水画里的所谓透视,是不定向、不定位的透视,有时称散点透视或回游透视,前山后山、前村后村、前湾后湾都能同时看见。山下的树、半山的树、山顶上的树的枝干树叶的大小都没有很大的变化,譬如宋人的一张《千岩万壑》里所见,我们仿佛由平地腾空升起一路看上去。这种视觉的经验,是画家不让观者偏执于一个角度和一种距离,而让他不断换位去消解视限,让几种认知的变化可以同时交汇在观者的感受网中。"③在此类画中,人没有凌驾于自然之上,而是万象全面运作、构成的一部分,体现了反对人的宰制欲、否定人的侵犯性,追求自我虚位、天人合一的道家思想。

然而,"只要人们还保持只有对三维空间的物体以相应准确的立体空间的形式表现出来才算是好的艺术这一概念,只要人们还相信只有像洛林和普桑那样艺术表现的画面构成的完美是神圣不可侵犯的,中国山水画的意图和方法就不会被人们理解"④。在西方世界迈入 20 世纪的门槛之后,文学艺术家们打破现实主义、自然主义对自然的机械摹写,注重心

---

① 宗白华:《中国诗画中所表现的空间意识》,见《艺境》,北京:商务印书馆,2017 年,第 252 页。
② 宗白华:《论中西画法的渊源与基础》,见《中国文化的美丽精神》,武汉:长江文艺出版社,2015 年,第 201 页。
③ 叶维廉:《道家美学与西方文化》,北京:北京大学出版社,2002 年,第 3—4 页。
④ [英]迈克尔·苏立文:《东西方艺术的交会》,赵潇译,上海:上海人民出版社,2014 年,第 118—119 页。

灵的深度与情感表达的倾向开始抬头,现代主义艺术运动中的内在真实观逐渐形成。从表现内在精神的要求出发,现代主义者们认为绘画可以不复拘泥于固定焦点透视,而进行散点透视;不复限定于三维立体空间的逼真模拟,而可以在二维的平面上诗意创造。于是,"1909—1920 年之间,欧洲美术界发表了一系列炮火式宣言,旨在摧毁关于自然和艺术目的之关系的传统观念。对传统的攻击来自各方面,尤以慕尼黑为中心。康定斯基(1866—1944)于 1909 年提出的'艺术中任何事情都是允许的'这一著名论断,确立了现代艺术运动的基调。次年《未来主义画派宣言》声明,任何形式的模仿都应该被蔑视。康定斯基坚持,艺术家的创作灵感不是来自自然再现的可视形体,而是'自然的内在精神层面'。马蒂斯在巴黎声称,艺术的'固有的真实'必须先从物体的外部形态解放出来才能加以表现"①。

　　当再现现实不复成为主要目的时,只能通过描绘占有空间的物体来表现空间的传统绘画观念逐渐受到西方艺术家的摒弃。1890 年,法国画家莫里斯·德尼宣称:"无论是裸体画还是别的什么……任何绘画从根本上说,都是画材表面以某种秩序组建起来的色彩覆盖的平面。"②德尼的朋友、修道士兼画家维科德亦写道:"画家的任务从建筑师认为他结束的地方开始……让透视法滚蛋……作画的墙壁必须保持一个平面的视觉效果……没有图画,只有装饰。"③和三维空间不同,二维平面在唤起想象、激发情感、创造诗意的艺术空间方面的潜能开始受到艺术家们的关注。如苏立文对德尼的评价所示:"德尼坚持将艺术家的内在视觉放在首要地位,认为艺术是表现而不是再现的手段,他的这些观点预示了 20 世纪美术的发展方向,这是他未曾预料到的。这种思想一方面直接导致了抽象艺术和抽象表现主义艺术的出现,另一方面,它导致了一种新的对自然的

---

① [英]迈克尔·苏立文:《东西方艺术的交会》,赵潇译,上海:上海人民出版社,2014 年,第 264 页。
② 同上书,第 231 页。
③ 同上书,第 260 页。

看法,这种自然观使东西方美术的真正融合最终成为可能。"① 正是在此背景下,艺术家们从文艺复兴时代的意大利绘画,以及远东的绘画中找到了可以参照的范本。

在此过程中,前拉斐尔派和印象画派尤以对东方/中国艺术的倾心接受,成为"布鲁姆斯伯里团体"美学家与艺术家们汲取中国文化艺术元素以发展现代主义的前阶。前拉斐尔派的著名画家但丁·加布里埃尔·罗塞蒂和詹姆斯·A. M. 惠斯勒都热衷于收藏中国艺术品,尤其是青花瓷器。同时,他们认为文艺复兴之前的原始艺术与自然更为接近,推崇乔托的作品。他们对中世纪欧洲艺术与东方艺术的兴趣,为现代主义对原始艺术的推崇奠定了基础,成为克莱夫·贝尔"有意味的形式"观念的思想来源之一。贝尔在《艺术》中即对原始艺术的形式大加赞赏,认为"原初主义艺术的秘密便是所有时代、所有地方的一切艺术的秘密——对深刻的形式意味的敏感性和创作力"②。美国画家惠斯勒常居伦敦,晚年作品追求东方趣味。他从远东艺术中汲取了抛弃三维立体构图、反对现实主义的机械再现的革命性观点,以此为现代艺术打开了道路,成为弗莱举办后印象派画展的前驱。1905 年 4 月,弗莱在《评论季刊》(*Quarterly Review*)上发表了题为《瓦特与惠斯勒》("Watts and Whistler")的文章,在向惠斯勒表达了敬意的同时,也指出其对中国和日本艺术的赞赏尚停留于门槛,借助远东的艺术来实现西方美学变革的任务还刚刚起步:"我们终于开始以长期以来对待希腊艺术的那种敬意来对待中国和日本的古典艺术了。"③

印象派画家亦注意到了中国绘画与日本版画使用线条与色彩作为基本表现方式的美学特征。无论是中国文人画还是日本版画,都没有由浓

---

① [英]迈克尔·苏立文:《东西方艺术的交会》,赵潇译,上海:上海人民出版社,2014 年,第 263 页。
② [英]克莱夫·贝尔:《艺术》,薛华译,南京:江苏教育出版社,2005 年,第 107 页。
③ Charles Hercules Read. "Preface". *Catalogue of a Collection of Objects of Chinese Art*. London: Burlington Fine Arts Club, 1915, p. 29.

淡色彩堆积形成的气氛烘染,色彩不追求质感,不画阴影,单纯平展的一个个色块由清晰、轮廓分明而富有韵律感的线条分割开来,图画空间也被坦然地视作只是一个平坦的表面,而不像西方绘画那样试图在平面上制造一个幻象中的立体真实。法国画家马奈的《奥林匹亚》(1863)、《死去的斗牛士》(1864—1865)、《吹笛少年》(1866)等名作,均使用了平面画法。其 1868 年创作的左拉肖像中不仅使用了平涂手法和色块装饰手法,背景上甚至还出现了日本屏风和日本版画。德加于 1866—1867 年间创作的《海滨浴场》中,传统油画追求的质感、深度与色彩气氛亦被平面涂抹的单纯色彩和线条组合所代替。

  1901 年,弗莱成为《雅典娜神殿》杂志的固定艺术评论家。他对中国艺术品的关注亦几乎同时开始。由于中国艺术成为潜在的审美依据,弗莱在为后印象派进行的辩护中,常常会援引东方艺术以为参证。在《格拉夫顿画廊(之一)》中,他自问自答:"为什么艺术家要如此放纵地抛弃文艺复兴,以及随后的数个世纪里已经赋予人类的所有[绘画]科学的东西?为什么他要任性地回到原始艺术,或者如人们嘲弄时所称的野蛮艺术中去?回答是,这既非任性也非放纵,而是出于必然,假如艺术想要从其自身的科学方式的不断累积的、毫无希望的臃肿中解放出来的话,假如艺术想要重新获得表达思想情感的力量,而不想诉诸拜倒在艺术家危险技艺之下的好奇与惊叹的话。"①1913 年,弗莱在《东方艺术》一文中再度写道:"我们对自己的传统的幻象破灭,更加厌倦了,因为它长期以来似乎将我们拘禁在一个过于平淡无奇与注重表面的再现之中。""对我们而言,东方艺术即代表了发现一种更具精神性、更具表达力的设计观念的希望。"②贝尔同样注意到了西方艺术精神的复苏中存在着中国神秘主义的影响。他评论了宾扬关于中国艺术和美学的著作《飞龙在天》,并发表在 1911 年

---

① [英]罗杰·弗莱:《格拉夫顿画廊(之一)》,见《弗莱艺术批评文选》,沈语冰译,南京:江苏美术出版社,2010 年,第 104 页。
② Roger Fry. "Oriental Art". Editorial. *The Burlington Magazine for Connoisseurs*. Vol. 17, No. 85 (Apr., 1910):3.

10月第7期的《雅典娜神殿》上。

由精神性的表达出发,弗莱发现了中国绘画独特的透视观念。在《论美感》中,他探讨了欣赏中国绘画作品的方法:"在某些中国绘画中,太大的画幅使我们不能立刻看到整个画面,我们也不打算那么做。有时一处风景是画在一卷很长的绢上,我们只能逐段地分片欣赏,当我们在一端把它卷起来时,我们就游历了辽阔的原野,可以顺着河流的源头直到大海来探索它的变迁,当这一切完成后,我们对画面的统一性得到一个十分清楚的印象。"①的确,不同于西方画家,中国画家向来不拘于一个固定的地点,从一个单一视角把对象"照搬"到画布上,而是灵活改变视角和透视方法,用线条与笔墨建构出连续而独特的空间,从而更具有音乐的律动和节奏感,由此在有限的笔墨中表达对生命哲学的无限思索。

从散点透视与平面构图中,弗莱进一步发现了线条的重要意义。作为中世纪与文艺复兴时代意大利绘画研究专家,弗莱很早即指出了文艺复兴时期画家擅长在平面上勾勒线条的基本特征。1900—1901年,弗莱在《评论季刊》上连续发表了数篇文章,详细介绍了意大利著名画家乔托卓越的创作才能与艺术成就,称其为"世界上最伟大的线条大师之一",并提出了画家在处理线条时必须要注意的三大因素:"首先是装饰性的节奏,我们视觉的构成也如同听觉一样,那些可以做出数学分析的某种关系是愉悦的,其他则是不调和的。其次,线条的意义在于使我们在想象中重构一个真实的,而不必是现实的物体,这种性质最完美的体现是将真实形式最可能的联想凝缩到最单纯、最易理解的线条中去;既没有混乱和累赘,也没有机械的,因而是无意义的单调。最后,我们可以将线条看做一种给我们深刻印象的姿势,如同笔迹一样直接启示艺术家的个性。"②这里,弗莱实则提出了绘画线条的和谐、简约与个性化特质。他以"装饰性

---

① [英]罗杰·弗莱:《论美感》,见《视觉与设计》,易英译,南京:江苏教育出版社,2005年,第20—21页。

② [英]罗杰·弗莱:《乔托——阿西西圣方济各教堂》,见《视觉与设计》,易英译,南京:江苏教育出版社,2005年,第108—109页。

的韵律"这一表述概括了乔托笔下的线条之美,认为画家用简洁、有力的曲线将画作的各部分紧密连接为一个整体,清晰地凝聚成一个和谐、动人的形式。同时,线条不仅成为绘画的基本手段,更是作家情感态度的直观呈现。

在接触到中国的绘画、书法与雕塑艺术之后,弗莱很快将意大利早期艺术与东方艺术联系到了一起,彼此阐发、相互参证,从中提取了现代主义艺术革新的可行之路。在1910年第212期的《评论季刊》上,弗莱在评论宾扬的《远东的绘画》(1908)时,甚至从中国宋代绘画中读出了"极端现代性",指出"宾扬先生很好地描绘了对于第一次看到一幅宋代画作(甚至是复制品)的任何欧洲人来说都是最惊诧的事实,即这些画家的极端现代性"①。在弗莱看来,没有阴影和深度的纯粹的线条为画家们从现实主义绘画传统中解放出来提示了一条古老而又崭新的路径,后印象派大师的众多杰作即体现了这种追寻现代性的努力,并与东方艺术、原始艺术彼此呼应:"从另一个角度看,抛弃三维空间的实际错觉——失去明暗对照法与大气色彩的后果,也并不是没有补偿。我相信,任何一个不带先入之见的人看了挂在格拉夫顿画廊的这些画作的总的效果,都会承认,之前还没有一个现代艺术的展览拥有这样明确的纯粹装饰性的绘画品质。只要观众让他的感官而非流行的见解说话,不要带着一幅画应当是什么以及应该做什么的先入之见去看画,那么他就会承认,这些绘画中自有一种色彩的审慎与和谐,构图的力量与完整,从而构成一种总的平和康宁的感觉。事实上,这些作品与早期的原始绘画,以及东方艺术中的杰作相似,并没有在墙上挖出一个借以呈现别的景观的空洞来。它们构成了他们所装饰的整个墙面的一部分,暗示了一些能唤起观众想象力的景观,而不是强加在观众感官之上的东西。"②1910年,弗莱又在《民族》(Nation)上发表文章《后印象派画家(之二)》,分别为塞尚、梵高、高更、马蒂斯、毕加索的现

---

① Roger Fry. "Oriental Art". Quarterly Review. No. 212 (1910):228.
② [英]罗杰·弗莱:《格拉夫顿画廊(之一)》,见《弗莱艺术批评文选》,沈语冰译,南京:江苏美术出版社,2010年,第106—107页。

代艺术创作进行辩护。其中,在谈到马蒂斯时,弗莱尤为强调其素描作品中的线条之美,认为"他的笔迹以其率性与自发,令人更多地想起东方的艺术而非欧洲的制图术。绘画中的造型情感不依赖于光影,而是由线条与色彩唤起,这一点在他的绘画作品中或许只是有所暗示而已,但在他的小型青铜雕塑作品里,却清清楚楚地呈现出来"①。在 20 世纪之前,原始艺术常常与低级、野蛮、劣等、愚昧等负面特质密切相连,但在进入 20 世纪之后,以弗莱为首的现代主义美学家重新定义了原始主义与东方艺术,在古色古香的中国青铜器中发现了抽象设计,在古花瓶中发现了连续性的优美线条,在新出土的墓葬雕刻中发现了明晰可感的形式,在中国绘画中发现了简化的、书法的特质,进而提炼出线性、抽象性与简约性等品格。原始主义因而被修正成为高雅艺术、先锋艺术的一个代名词。中国、日本、14 世纪意大利的文艺,英格兰与弗兰德斯中世纪晚期的艺术,以及非洲与大洋洲的艺术由此都可以被纳入其中,成为现代主义文艺运动的助推力量。

1911 年,第一次后印象派画展结束后,弗莱在格拉夫顿画廊发表演讲,再度称赞了塞尚与马蒂斯笔下的平面线条与色块运用:"艺术的许多优点来自对线条赋形与纯粹色彩之为主要表现机能的接受。线条本身,作为笔迹的质地直接诉诸人类心智的特性,大大得到了强化。我认为,我们根本不可能否定眼前这些艺术家的笔迹具有一种与众不同的力量与表现风格。正是从这样一种角度去看,马蒂斯那奇形怪状的抽象与充满活力的作品,才能得到最好的理解。在他的《绿眼女人》中,我们找到了一个很好的例子。从纯粹再现的角度看,画中的人物显得荒谬可笑,但是它那种线条赋形的节奏在我看来十分令人欣喜;而他并不关心明暗这一事实,使他能够构筑起一个极其辉煌而有力的色彩和谐体。"②

---

① [英]罗杰·弗莱:《后印象派画家(之二)》,见《弗莱艺术批评文选》,沈语冰译,南京:江苏美术出版社,2010 年,第 110—111 页。
② [英]罗杰·弗莱:《后印象主义》,见《弗莱艺术批评文选》,沈语冰译,南京:江苏美术出版社,2010 年,第 128 页。

美国汉学家费诺洛萨亦认为"'中国伟大的唐代绘画'给我们上了一课",指出"我们在艺术中寻找的并不是事物,而是事物之美。如果一种美很大程度上存在于线条、空间的界限、比例、形状、线条节奏的统一与系统,这就是一种伟大的艺术传统,可以凭借它创造出绝美的音乐……艺术演变真正的目标并不在于向彩色照片无限靠拢,而是在可能的情况下在空间、比例和线条节奏中填入更壮丽的、精致的美"。① 深受费诺洛萨影响的美国意象派诗人庞德同样盛赞亚洲观世音形象中装饰性线条的抽象美。1913年,他与宾扬合作出版了专著《波提切利》,"将'中国和日本早期佛教艺术的杰作'与波提切利所体现的'线条的独特力量''韵律运动的想象'相关联,因此也与佛罗伦萨的'现代绘画的联系'有关联"②。

1919年发表于《雅典娜神殿》的《艺术家的视觉》是弗莱另一篇关于线条的重要论文,他在其中详细阐释了中国宋代瓷器的线条、色彩及其复杂关系,指出形式之美正存在于这一切所构成的有机整体之中:"沉醉于这种视觉的艺术家绝对专注于理解统一在物品中的形状与色彩间的关系。例如,假设我们正在观看一个宋盘:我们逐渐理解了它呈现出的外轮廓的形状,完美的连续波纹,某种类型的曲线的微妙变化;我们也感觉到轮廓内的凹形曲线的关系,我们意识到用特殊材料制成的胎壁的精确厚度,它的密度与强度的特征;最后我们可能认识到所有这些体现了色彩与微光闪耀的造型特性是多么使人激动。……我们甚至可以说一个罐子是艺术家头脑中一种观念的表现。"③文中,弗莱还用了"创造视觉"这一表述,完整描述了艺术家运用各种形式手段,将"日常视觉"升华而为"创造视觉"的过程:

---

① Ernest F. Fenollosa. *Epochs of Chinese and Japanese Art: An Outline History of East Asiatic Design*, Vol. Ⅰ. London: Heinemann, 1913, pp. 130—131.
② [英]罗纳德·布什:《20世纪西方与中国的同化:美国诗人庞德〈比萨诗章〉中的"观音"想象》,见高奋主编:《现代主义与东方文化》,杭州:浙江大学出版社,2012年,第55页。
③ [英]罗杰·弗莱:《艺术家的视觉》,见《视觉与设计》,易英译,南京:江苏教育出版社,2005年,第31页。

第六章 弗莱、贝尔对中国艺术美学的汲取与阐发（一）

它要求最彻底地脱离表象的任何意义和含义。自然万花筒的任何转动几乎都在艺术家那儿产生这种超然的与不带感情的视觉；同时，当艺术家观照特殊的视觉范围时，（审美的）混沌与形式和色彩的偶然结合开始呈现为一种和谐；当这种和谐对艺术家变得清晰时，他的日常视觉就被已在他内心建立进来的韵律优势所变形了。线条运动方向的某种关系对他来说变得充满意味，他不再仅是偶然好奇地理解它们，而是富于热情，开始得到重点强调的这些线条，极其清晰地从静止中突现出来，与第一印象相比，他更清楚地看到了它们。色彩也是如此，在自然中色彩总是不明确的、难以捉摸的，但在艺术家眼中却非常明确和清楚，这取决于色彩之间的必然联系，如果他决定表现他的视觉，就能明确而清楚地表现色彩。在这种创造视觉中，物体则因此趋于解体，其独立的各个部分变得模糊不清，在整体上它们好像被置于由许多视觉斑点构成的镶嵌画中。整个视野内的各种物体变得如此接近，统一个别物体中的色调与颜色的分散块面被忽视了，只注重大范围内每一色调与颜色的一致性。①

在这一过程中，弗莱重点强调了"线条""色彩"以及它们之间的相互组合关系之于表达"意味"的重要意义。

由于包括弗莱和贝尔在内的"布鲁姆斯伯里团体"众多艺术家以及欧陆画家与理论家们的倡导与实践，以线条为主的平面画法成为现代主义绘画艺术的重要特征，东方艺术与欧美现代主义艺术之间的关联亦开始获得人们的认可。在其1923年的著作《现代法国画家》（Modern French Painters）中，让·哥顿（Jan Gordon）指出法国的后印象派画家如梵高与高更都深受东方艺术的影响，甚至达到了艺术家们可以被看成属于"他者"文化的程度："由于希腊艺术的超越性开始受到质疑，其他国家、地区、

---

① ［英］罗杰·弗莱：《艺术家的视觉》，见《视觉与设计》，易英译，南京：江苏教育出版社，2005年，第32页。

风格的艺术的优点受到考察,中国、埃及、哥特、拜占庭和波斯的艺术显示出独一无二的美,在许多方面都超越了希腊。梵高与高更两位都受到这些东方艺术的强有力影响。西方已准备好接受在东方长期以来被视作惯常的那些东西的方方面面的观念。……他们(指梵高与高更)属于'他者'文化。"①1924年,在发表于《伯灵顿杂志》第45期的《绘画的二维艺术》一文中,H. S. 威廉姆森(H. S. Williamson)亦概括了现代艺术的两大特征:其一便是使用线条(lines),通过它们变化的逻辑关联以唤起秩序与意义的感觉;其二是使用色调的逐渐变化(progressions of tones)。这种色调变化"并不主要用来表达三维,也不表现光线效果,而是要增强线性韵律(linear rhythms),主要是要唤起横向的运动"②。他尤其强调了线条的意义,认为任何再现"都可以通过方法的极度简化来获得形象的表达——通过纯粹的线条的勾勒——因为关于光线与阴影的暗示的完全缺位,似乎能刺激大脑有关在线条与线条之间想象体积的思维能力"③。因此,关于以线条勾勒的平面之于现代主义的意义,艺术史家克莱门特·格林伯格总结道:"强调形体支撑必不可少的平面感仍然是现代派绘画艺术自我批评和定义过程中最基本的因素。……二维空间的平面是绘画艺术唯一不可与其他艺术共享的条件。因此,平面是现代派绘画发展的唯一定向,非它莫属。"④

除了以弗莱、贝尔为代表的"布鲁姆斯伯里团体"美学家的阐发与推崇之外,亦有文学家尝试将线性这一现代主义形式美学观念移植到语言文字艺术之中,由此开创现代主义小说创作的新天地。如在现代小说理论的倡导者、意识流小说大师伍尔夫的小说中,即有明显的以简笔勾勒的抽象化特点。1930年4月9日的日记中,关于小说《海浪》中的人物塑

---

① Jan Gordon. *Modern French Painters* (1923 edition). London: Lane, 1929, p. 100.
② H. S. Williamson. "The Two-Dimensional Art of Painting". *The Burlington Magazine for Connoisseurs*. Vol. 45, No. 256 (Jul., 1924):27.
③ Ibid., p. 22.
④ [美]克莱门特·格林伯格:《现代派绘画》,见[英]弗兰西斯·弗兰契娜、查尔斯·哈里森编:《现代艺术和现代主义》,张坚、王晓文译,上海:上海人民美术出版社,1988年,第5页。

造,伍尔夫写道:要"以寥寥数笔刻画出一个人物性格的基本特征。必须要大胆去做,几乎就像漫画一样"①。她的这部小说本就不打算具象化地刻画人物。作品中的六位主要人物,都体现出高度的抽象化特征,象征性地表达了伍尔夫对生命与宇宙的关联、时光流逝等形而上问题的哲学思考。

第二节 从"气韵生动"到韵律之美

弗莱和贝尔还借鉴了中国以书法、绘画与雕塑等为代表的线性艺术形式追求"气韵生动""骨法用笔"的美学原则,将线条勾勒中的动感之美、活力之美与西方古典音乐与诗歌艺术中的节奏感与韵律感融为一体,提出了"韵律""线性韵律"等形式美学的基本观念与创作技巧,使中国美学词汇成为现代主义美学的有机组成部分。

在中国,艺术中的线性特征及其表现力、韵律感长久以来一直深受艺术家的青睐,在艺术领域中具有无可替代的地位。如前所述,南朝画家谢赫在其著名的"六法"论中首推"气韵生动",并将"骨法用笔"列为第二法,显示出对笔法、线条的高度重视,认为用笔的风格、力度等因素将影响线条的韵律和节奏。线条要富有骨气韵味,通过简劲有力的勾勒而产生生命的律动感,同时将色彩的节奏融化于线条的节奏当中。

作为中国最为独特而又纯粹的线性艺术,书法备受艺术评论家关注。与西方绘画使用的工具硬毛笔相比,中国绘画的工具是柔软吸水的毛笔,"笔锋尖而细,擅长勾勒线条,软毛笔特有的性状,给画家以自由舒展的广阔天地,中国绘画讲究笔法、笔意,并从中可以表现出笔墨情趣"②。苏立文曾在《中国艺术史》中写道:"到4世纪,书体众多、审美词藻丰富的书法成为中国卓越的视觉艺术。书法的评价标准不是书写内容,而是书写本

---

① Leonard Woolf. *A Writer's Diary*. London: The Hogarth Press, 1954, p.157.
② 童炜钢:《西方人眼中的东方绘画艺术》,上海:上海教育出版社,2004年,第212页。

身的美感。"①李泽厚则直接在《美的历程》中将书法称作"线的艺术",并认为"这种净化了的线条——书法美,就不是一般的图案花纹的形式美、装饰美,而是真正意义上的'有意味的形式'……它是活生生的、流动的、富有生命暗示和表现力量的美"②。这种"活生生的、流动的、富有生命暗示和表现力量的美",就是韵律。而无论是线条的韵律还是色彩的韵律,在中国艺术中与人的生命节奏、人的情感变化等具有同构对应的关系。在苏立文眼中,无论是上古彩陶、之后的青铜器,还是再之后的书法艺术的线条中,均流溢着生命的动感与能量:"在流畅的仰韶彩陶装饰中,我们已经看到了这种独特的、通过富有生命力的线条韵律表达形式能量的中国式手法。在铜器上,这种手法更强健,而多个世纪之后,又在笔墨语言中找到了更高层次的表达方式。"③

  弗莱很早即敏锐地捕捉到了中国艺术中的生命律动,并据此对心爱的画家塞尚和马蒂斯等人的作品进行了阐释。1910年,他在翻译了法国画家兼批评家莫里斯·德尼(Maurice Denis)的论文《塞尚及其画风的发展》并为之作序时,即指出塞尚"苦心孤诣地强调不同方向富有韵律的平衡,从而营造了一种更为简洁的整体"④。在1910年第3期《民族》上,弗莱借用中国艺术捍卫了马蒂斯的非传统绘画,指出:"马蒂斯证明了他大师级的韵律设计感,以及一种书法的罕见之美,就其直接性与准确性而言,会让人更多地想起东方而非欧洲的制图术。"⑤1911年,第一次后印象派画展结束后,弗莱在格拉夫顿画廊发表演讲,后刊登于1911年5月1日的《双周评论》。这篇以《后印象主义》为题的评论详细介绍了后印象主义的艺术家及其成就,明确地指出线性韵律对后印象派绘画的重要意义:

---

 ① [英]迈克尔·苏立文:《中国艺术史》,徐坚译,上海:上海人民出版社,2014年,第112页。
 ② 李泽厚:《美的历程》,北京:生活·读书·新知三联书店,2009年,第45页。
 ③ [英]迈克尔·苏立文:《中国艺术史》,徐坚译,上海:上海人民出版社,2014年,第36页。
 ④ [英]罗杰·弗莱:《德尼〈塞尚〉译序》,见《弗莱艺术批评文选》,沈语冰译,南京:江苏美术出版社,2010年,第98页。
 ⑤ 转引自 J. B. Bullen. ed. *Post-Impressionists in England*. London: Routledge, 1988, p. 133。

"独特的线条韵律与独特的色彩和谐,自会产生其精神效应,总能一会儿产生一种情感,另一会儿又产生另一种情感。艺术家通过线条,通过色彩,通过抽象形式的节奏,以及通过她所使用的物质材料的质地,跟我们做游戏"①,认为"韵律是绘画中根本性的、至为重要的品质,正如它在所有艺术中的重要性一样——再现则是第二位的,而且永远不能侵犯更为重要、也更为根本的韵律的要求"②。1912 年,马蒂斯的绘画和素描在弗莱主持的第二次后印象派画展上再次获展。这一次,在《第二次后印象派展览目录》(*Catalogue of the Second Post-Impressionist Exhibition*)中,弗莱再次肯定了马蒂斯对线条韵律感的设计艺术,并将之与中国艺术观念联系在了一起:"马蒂斯的目的是通过线条的连续产生流动的节奏和空间关系的逻辑性,而首先是一种全新的色彩方法使我们相信他的形式的真实性。和他的著名的节奏性设计一样,他在这方面比欧洲其他任何艺术家都更接近中国艺术的理想。他的作品在极完美的程度上具有区别于这种风格的所有艺术家的装饰性设计的整体感。"③

之后,在弗莱的论述中,"韵律"(rhythms)不仅成为高频度出现的词汇,其内涵亦以 "linearity" "uniqueness" "unpredictability" "chance" "variety" "vitality" "sensibility" 等变体形式而不断获得表达。"线条韵律"或"线性韵律"更是成为他心目中大师作品的重要标志。

1913 年,弗莱发表了《丢勒与他的同时代人》。在解释自己何以如此重视与崇拜文艺复兴时代的意大利艺术时,弗莱指出,在"所有欧洲艺术家都真正追求完整掌握再现的表现力"时,意大利画家却并未单独追求过这个目标,而是不断被"设计的观念""修正和控制"着,这种观念即"依靠轮廓和体积的纯粹结构的表现力,以及线条韵律的完美和秩序所表现出

---

① [英]罗杰·弗莱:《后印象主义》,见《弗莱艺术批评文选》,沈语冰译,南京:江苏美术出版社,2010 年,第 125 页。
② 同上书,第 126 页。
③ [英]罗杰·弗莱:《视觉与设计》,易英译,南京:江苏教育出版社,2005 年,第 155 页。

来的设计思想"①。弗莱认为这种"设计思想"是欧洲艺术从中世纪的世界中真正获得的主要遗产。他还以意大利画家曼坦那作对比,批评了同一时期德国画家丢勒由于"被对写实性的新的好奇心所吸引,很难领会那些从意大利传统继承下来的设计中主要的与基本的原则"②,因而其临本虽有"很多精彩的细节",却"使某种韵律的统一性和平面的静谧关系荡然无存"③。

塞尚静物画与风景画中鲜明强烈的色彩、对装饰效果的重视等都给弗莱留下了异常深刻的印象。但对他而言,画面上微妙的"造型运动的韵律"是至为重要的品质。他如此写道:塞尚"能以某种魔力使群山、房舍、林木拥有稳固的有机性,他能在一个让人清晰感觉到的空间中表达它们,同时又使整个画幅保持一种几乎难以言说的造型运动的韵律"④。他甚至用了"一种穿透整体结构的造型韵律"(a continuous plastic rhythm penetrating throughout a whole composition)⑤这一表述,来概括他心目中最伟大的画家塞尚的画作和挚友伍尔夫的小说的共同特征。

1918年,弗莱在《伯灵顿杂志》发表了《线条之为现代艺术中的表现手段》,进一步对绘画中所谓的"书法式线条"(calligraphic linearity)与"结构性线条"(structural linearity)作了区分,指出二者的显著差别在于,前者"尽管画得十分迅速,线条却几乎拥有某种夸张的细腻与感性"⑥;尽管看似随意、武断,却具有令人惊异且难以复制的和谐韵律,它"倾向于比任何其他赋形的品质更多地表现观念的不稳定性与主观性的一面"⑦。

---

① [英]罗杰·弗莱:《丢勒与他的同时代人》,见《视觉与设计》,易英译,南京:江苏教育出版社,2005年,第125—126页。
② 同上书,第128页。
③ 同上书,第127页。
④ 转引自 Leon Edel. *Bloomsbury: A House of Lions*. London: The Hogarth Press, 1979, p. 161.
⑤ Roger Fry. *Characteristics of French Art*. London: Chatto & Windus, 1932, p. 146.
⑥ [英]罗杰·弗莱:《线条之为现代艺术中的表现手段》,见《弗莱艺术批评文选》,沈语冰译,南京:江苏美术出版社,2010年,第217页。
⑦ 同上书,第216页。

后者则被谨慎、敏锐地置于恰当的位置,因而显得"刻意得多,在速度上更缓慢,较少狂热,就其本身来看也较少吸引力"①。他如此对"书法式线条"进行了定义:"纯粹线条中存在着表现的可能性,其韵律也许拥有各种不同的表现类型,以表现心境与情景的无限多样性。我们称任何这样的线条为书法,只要它所企求的品质是以一种绝对的确信来获得的。"②他认为马蒂斯的素描作品体现为"书法式线条",认为正是"书法式线条",才使得马蒂斯的素描作品拥有了"崭新而又微妙的韵律"③,表达了丰富而多样的情感。同一篇文章中,他亦赞扬了"布鲁姆斯伯里团体"画家邓肯·格兰特的素描作品拥有"那伟大的书法之美,及其节奏的自由、弹性与轻松"④。在《变形》中,弗莱再度运用了"书法式线条"的概念,将一幅汉代古墓中的绘画在"线性"的层面上与乔托、多纳泰罗、达·芬奇与伦勃朗的画作进行了类比⑤,认为"中国设计原则及其韵律的本质"并非陌生,和一些欧洲艺术家的特征十分相似⑥。他还将波提切利视作在本质上属于中国艺术家的另一个例子,指出"他同样几乎完全依赖于线性韵律(linear rhythms)来组织其设计,他的韵律亦有着我们可以在中国优秀的画作中找到的那种流畅的连续性和优美闲适的旋律"⑦。他甚至将安格尔看成"或许是一名'中国'画家",因为"他同样十分重视线性的组合,不管造型性如何,即便是造型性的产生,也更多的是由于对线性轮廓的精确规划,而非欧洲人所依赖的其他办法"⑧。由于欧洲艺术从中世纪到文艺

---

① [英]罗杰·弗莱:《线条之为现代艺术中的表现手段》,见《弗莱艺术批评文选》,沈语冰译,南京:江苏美术出版社,2010年,第218页。
② 同上书,第213页。
③ 同上。
④ 同上书,第217页。
⑤ Roger Fry. *Transformations: Critical and Speculative Essays on Art*. London: Chatto & Windus, 1926, p.131.
⑥ Ibid., p.68.
⑦ Roger Fry. *Transformations: Critical and Speculative Essays on Art*. New York: Chatto & Windus Books for Libraries Press, Inc., 1968, p.73.
⑧ Ibid.

复兴时代早期开始,即已存在重视线条、韵律、节奏与和谐的传统,因此他认为西方人在理解中国的线性韵律时应当是毫不费力的。在弗莱心目中,欧洲古典艺术、原始艺术、东方艺术在表达艺术家内在激情的感性力量方面均有着内在的一致性,因此被他信手拈来、彼此参证,为现代主义艺术的革新提供滋养。

《最后的演讲》中的文稿,来自弗莱任剑桥大学的斯雷德艺术讲席教授期间对公众与艺术爱好者的世界艺术系列演讲。由于东晋画家顾恺之的《女史箴图》收藏于英国国家博物馆,并多次展出,知名度很高,所以在梳理了中国绘画艺术的发展演变之后,弗莱尤其详细分析了《女史箴图》中的几个代表性的场景,认为在其中的一个场景中,画家非常擅长运用平滑流畅、具有韵律感的线条以构图并勾勒人物形象,从而在整体造型上形成了和谐的金字塔形结构。他还称赞了唐代著名画家阎立本,认为他与顾恺之受到相同绘画传统的熏陶,但是线条表现更有力量,人物更富生机,韵律和谐也更多样化。为了阐述线条与感性表达之间的内在联系,弗莱还将用尺子画成的直线和徒手画就的线条做了对比,指出二者的区别在于"用尺子画成的线条完全是机械的,亦即我们所说的无感性的(insensibility)。而任何徒手画成的线条都必须表现出创作它的神经机制所特有的某种特征"[①]。弗莱进而以抽象派大师保罗·克利(Paul Klee)的一幅画作,以及自己用机械的直线完成的一幅仿作为例,细致地说明了两种线条在表现"感性"上的巨大差别,指出尽管两种线条在形态上有所相似,但观众大可忽略仿作中那些受到严格控制的、精确的线条。反观出自保罗·克利笔下的线条,不管是通过抽象、简化、变形的技法对人物形象进行的象征性表述,还是呈现出来的独特构图比例和图式设计,都始终浸透着艺术家特殊的审美体验,是其个性化的选择与创造。同时,艺术家怀着不同的心境和情感创作出的线条自然也显露出丰富多样的特征和质感。因此,弗莱认为,当我们像对待艺术品一样看待这些线条时,

---

[①] Roger Fry. *Last Lectures*. Cambridge: Cambridge University Press, 1939, p.22.

就能感受到我们称之为"艺术家感性"的东西。①

对线条、"韵律"及其背后蕴藏的艺术家个性、天赋、情感与创造力的推崇,同样被"布鲁姆斯伯里团体"的小说家,如弗吉尼亚·伍尔夫和E. M. 福斯特所自觉吸纳并加以运用,使之化为其现代主义小说探索中的重要组成部分。

安德鲁·桑德斯在《牛津简明英国文学史》中写道:虽然"弗赖那本书的标题小心翼翼地避免使用'形式'这个词,但正是这个与重要的限定性形容词'别有含义的'相联系的词,通过直接引用、通过暗示,贯穿于二十五篇短论文之间。虽然《视觉与设计》主要致力于对绘画和雕塑的重新考虑,但它的理论性阐述对弗吉尼亚·吴尔夫的试验小说的影响是很大的"②。这里,"那本书"指的是弗莱的艺术评论集《视觉与设计》,"别有含义的"中译,即通常所说的"有意味的"。桑德斯指出:"弗吉尼亚·吴尔夫的批评方法吸取并重新运用了贝尔和弗赖的美学思想中的精华部分,并以此为工具,为小说摆脱人们对情节、时间、同一性的普遍理解的那种潜在自由进行辩护。"③这里,桑德斯明确指出了弗莱与贝尔的现代主义形式美学观对伍尔夫现代主义小说观念与创作的影响。

如前所述,和弗莱一样,"韵律"一词在伍尔夫那里具有相当高的使用频度。在一封给薇塔·萨克维尔-韦斯特的信中,在提到关于《到灯塔去》希望获得的韵律时,伍尔夫这样写道:"韵律这东西真是意味深远,难以用言辞表述。一种景象、一种情绪,早在言辞能够表达之前,就已经创造出头脑中的这一浪花;在写作中(这是我的信念)你得重新捕捉这一过程,让它重新发挥作用(表面上看,这与言辞毫无关系),随后,当它在脑海中碎裂、翻滚之时,它会允许言辞将之表达出来。"④这表明,对伍尔夫而言,韵

---

① Roger Fry. *Last Lectures*. Cambridge: Cambridge University Press, 1939, p. 23.
② [英]安德鲁·桑德斯:《牛津简明英国文学史》,谷启楠等译,北京:人民文学出版社,2000年,第537页。弗赖即弗莱,吴尔夫即伍尔夫。
③ 同上书,第538页。
④ Aileen Pippett. *The Moth and the Star*. Boston: Little, Brown, 1955, p. 225.

律是情绪与风格的综合体,一种思考方式,其中思想的韵律裹挟着激起了它们的多种情绪。在日记中,伍尔夫也曾谈及《波因茨宅》(即后来的小说《幕间》)中的韵律,说她听见了这一韵律,并在每一个句子中都加以使用。随着小说的进展,韵律不仅体现为散文韵律,成为人物感情的一种动力图式,而且读者也会充满感情地加以回应。就像潮起潮落,韵律表达的情感深深地影响了读者。

因此,"头脑中的这一浪花"为伍尔夫的韵律使用设定了基本图式。如《达洛卫夫人》的开篇,作家即为读者提供了波浪的意象,以波浪起伏的韵律来表达人物的情感起伏:在六月明媚的清晨,病后初愈的达洛卫夫人决定自己去买花。清新的空气让夫人一下子回到了三十多年前对布尔顿的少女时代生活的记忆:"那儿清晨的空气多新鲜,多宁静,当然比眼下的更为静谧;宛如波浪拍击,或如浪花轻拂;寒意袭人,而且又显得气氛肃穆……"①达洛卫夫人刚接到彼得的来信,知道他最近就要从印度回来,马上想起了他们当年在布尔顿时的美好恋情。从总体上说,《达洛卫夫人》中存在着欢快与沮丧两大韵律基调,其中的每一个人物从某种程度上说都呈现了这两种情绪的循环,有的持续一会儿,有的在整个场景中都是如此。对欢快与活力而言,情绪是上升性的;对沮丧而言,情绪是下降性的。具体到克拉丽莎身上,她在开头部分在伦敦街头漫步与花店买花时是欢快的,最后部分成功地举行了盛大的宴会也是欢快的。作为她的影子,退休老兵赛普蒂默斯则更多表达了负面的情绪,最终以惨烈的方式跳楼自杀。然而,在小说的发展过程中,克拉丽莎的情绪又是循环的:从欣喜到焦虑,从初见彼得时的欢乐到恼怒地认识到如果结婚他们会怎样,从痛恨偏执、傲慢的基尔曼小姐再到心平气和地看到对面窗口的老太太。而赛普蒂默斯的情绪同样经历了从沮丧到平和或欢快的循环过程,比如从公园回家后,他的这样一段意识流所流露的:"他自己仍待在嵯峨的岩

---

① [英]弗吉尼亚·伍尔夫:《达洛卫夫人》,孙梁、苏美译,上海:上海译文出版社,2000年,第3页。

石上,仿佛一个遇难的水手跌坐在礁石上。他寻思:我把身子探出船外,掉入水里。我沉入海底。我曾经死去,如今又复活了,哎,让我安息吧,他祈求着。……恍惚在苏醒之前,鸟语嘤嘤,车声辚辚,汇合成一片奇异的和谐;繁音徐徐增长,使梦乡之人似乎感到被引至生命的岸边,赛普蒂默斯觉得,自己也被生活所吸引,骄阳更加灼热,喊声愈发响亮,一桩大事行将爆发了。"①小说结尾部分,当他在妻子编织帽子的温暖氛围中产生了对生活的依恋时,霍姆斯医生前来。面对即将被送入冰冷无情的精神病院的可怖前景,他选择了以生命来抗拒命运。

小说中,除了每一个体升降起伏的情绪韵律之外,总体上还暗示出一种逐渐紧张的情感节奏,这一节奏在布雷德肖爵士带来了赛普蒂默斯自杀的消息后达到高潮,达洛卫夫人与退休老兵两条意识流线索也交织到了一起。伍尔夫在有关《达洛卫夫人》的笔记中写道:"这将具有心理学的意义。在一天当中,紧张感逐渐增强。"②这说明作家是有意识地在处理与掌控作品的节奏与韵律的。

到了《到灯塔去》中,韵律的起伏更加明显,人物、韵律、情绪与意象似乎融为一体,韵律的运动亦更加微妙、内化与有机。总体而言,在《到灯塔去》的韵律背后的基本情绪是期待、盼望,或者从更外在的标准上说,是对力量、怜悯和抚慰创伤的寻求。具体说来,其中包括莉丽对拉姆齐夫人关爱的渴望,拉姆齐夫妇彼此情感需要的满足,拉姆齐先生对事业发展超过Q的期盼,詹姆斯对灯塔之旅的浪漫梦想,拉姆齐夫人对生命有所意义的期待,还有塔斯莱对自我表现的种种机会的寻求,等等。诸多个人愿望强化了作品的整体情绪氛围,其最终的满足似乎都由最后灯塔之旅的实现为标志,比如莉丽终于在对拉姆齐夫人的思念、对其在窗口的形象的回忆中获得了关于她的视觉,成功地完成了自己的画作;凯姆与詹姆斯则到达

---

① [英]弗吉尼亚·伍尔夫:《达洛卫夫人》,孙梁、苏美译,上海:上海译文出版社,2000年,第69页。
② 转引自 Harvena Richter. *Virginia Woolf*:*The Inward Voyage*. Princeton,New Jersey:Princeton University Press,1970,p.218。

了童年时代渴望的灯塔,并在心理上实现了与父亲的和解。作家通过人物情绪起伏的韵律变化,成功地表现了每个人的"灯塔之旅"。

　　同样以韵律、节奏的起伏回环来表现人物情绪微妙变化的出色例证,还有小说第一部分晚宴之后拉姆齐夫人独自回味保罗与敏泰订婚的消息的意识流程。起先,她为事情如她所盼望的那般大功告成而满心喜悦,"她觉得,那种出自真情的与别人感情上的交流,似乎使分隔人们心灵的墙壁变得非常稀薄,实际上一切都已经汇合成同一股溪流,这些桌、椅、地图是她的,也是他们的,是谁的无关紧要,当她死去的时候,保罗和敏泰会继续生活下去"①。后来,她走进育儿室看望孩子,却意外地发现他们还兴奋得没有入睡。她心烦意乱起来,开始在心里迁怒于女仆和自己。由于白天拉姆齐先生和塔斯莱关于下雨的断言让詹姆斯伤透了心,她转而又怨恨起了丈夫和他的这位学生,随即又怨恨起自己来,觉得是自己点燃了孩子的希望,却又让希望落了空。这时,她看到了天上一轮鹅黄色的满月,又听到了美丽的长女普鲁心血来潮地想在夜色中去海滩观赏海浪的请求。"突然间,不知为了什么缘故,拉姆齐夫人好像成了二十岁的姑娘,充满着喜悦。她突然充满着一种狂欢的心情。他们当然应该去,当然应该去,她笑着嚷道;她飞快地跑下最后三、四级楼梯……"②她克制住和年轻人一起奔向海边的冲动,"嘴角带着一抹微笑"前往书房去陪伴她的正在用功的丈夫。

　　第一部分《窗》是以书房内拉姆齐夫妇两人心理上的和解与情感上的彼此需要与满足而告终的。伍尔夫在此同样以对位的方式,呈现了夫妇二人充满韵律变化的情绪波动,最后以拉姆齐夫人表示安慰与和解的一句"对,你说得对。明天会下雨的,你们去不成了"③,而使两条充满张力的情绪线索融为一体。

---

　　① [英]弗吉尼亚·伍尔夫:《达洛卫夫人　到灯塔去》,孙梁、苏美、瞿世镜译,上海:上海译文出版社,1997年,第321页。
　　② 同上书,第324页。
　　③ 同上书,第332页。

小说不仅以人物的情绪波动来实现韵律感,同样以一些意象来表达情绪的韵律。这些意象多与作为灵魂人物的拉姆齐夫人相连,因为小说中的几乎每一个人都想分别从她那里获得爱、同情、赞许、情感满足,等等。这些意象主要包括喷泉、光束和树,本身也有同样的升降起伏的变化韵律,而主导意象是喷泉。在儿子詹姆斯的心目中,母亲身上有着一股喷泉般的神秘能量。如作品开头部分,伍尔夫即通过莉丽和威廉·班克斯先生在海边赏景的视角,诗意地抒写了喷泉的意象:"出于某种需要,他们每天傍晚总要到那儿去走一遭。好像在陆地上已经变得僵化的思想,会随着海水的漂流扬帆而去,并且给他们的躯体也带来某种松弛之感。起初,那有节奏的蓝色的浪潮涌进了海湾,使它染上了一片蓝色,令人心旷神怡,仿佛连躯体也在随波逐流地游泳,只是在下一个瞬间,它就被咆哮的波涛上刺眼的黑色涟漪掩盖,令人兴味索然。然后,在那块巨大的岩礁背后,几乎在每天傍晚,都会喷出一股白色的泉水,它喷射的时间是不规则的,因此,你就不得不睁着眼睛等待它,而当它终于出现之时,就感到一阵欣悦……"①喷泉的出现令他们狂喜。当拉姆齐先生突兀地破坏了母子相处的温馨氛围,自私地乞求妻子的同情与眷顾,以使自己不再自我怀疑时,在詹姆斯的意识中,母亲在瞬间化为了生命的喷泉,而父亲则变成了一只贪婪地汲取生命的滋养的"光秃秃的黄铜的鸟嘴":"拉姆齐夫人刚才一直把儿子揽在怀中懒洋洋地坐着,现在精神振作起来,侧转身子,好像要费劲地欠身起立,而且立即向空中迸发出一阵能量的甘霖,一股喷雾的水珠;她看上去生气蓬勃、充满活力,好像她体内蕴藏的全部能量正在被融化为力量,它在燃烧、在发光,而那个缺乏生命力的不幸的男性,投身到这股甘美肥沃的生命的泉水和雾珠中去,就像一只光秃秃的黄铜的鸟嘴,拼命地吮吸。"②随后,在儿子的幻觉中,母亲"升华为一棵枝叶茂盛、硕果累累、缀满红花的果树,而那个黄铜的鸟嘴,那把渴血的弯刀,他的父

---

① [英]弗吉尼亚·伍尔夫:《达洛卫夫人 到灯塔去》,孙梁、苏美、瞿世镜译,上海:上海译文出版社,1997年,第222—223页。
② 同上书,第240—241页。

亲,那个自私的男人,扑过去拼命地吮吸、砍伐,要求得到她的同情"①。在抚慰完丈夫,令他心满意足地离去后,"她感到了那种成功地创造的狂喜悸动……这脉搏的每一次跳动,似乎都把她和她的丈夫结合在一起,而且给他们双方都带来了一种安慰,就像同时奏出一高一低两个音符,让它们和谐地共鸣所产生的互相衬托的效果一样"②。

除了数部代表作之外,伍尔夫的小说处女作《远航》中的主人公雷切尔从英格兰前往南美洲、再从别墅前往英国游客的度假旅馆的外部行动韵律的变化,以及从幽居的室内前往大海与航船、从圣玛丽娜前往南美洲原住民生活的丛林探险时内在情感的韵律的回旋等,亦均与雷切尔从青少年时代到走向成长与成熟的心理与情感韵律彼此呼应与平行。

在《变形》中,弗莱曾有一言:小说中能唤起审美情感的形式关系是"大脑状态的韵律变化"(rhythmic changes of states of mind)③。克莱夫·贝尔在晚年写作的回忆录《老朋友》中也说过:"作为一门精致的艺术,写作乃是罗杰的弱项。说起散文、诗歌的韵律,他有一点朦朦胧胧的概念,但却迷恋于创建关于韵律的理论。"④伍尔夫可说十分出色地实现了她的密友与导师弗莱关于韵律的文学理想。

第三节 以"留白"作为"有意味的形式"的构成元素

"留白"的观念源出于中国书法和绘画的布局艺术,讲究尺幅与画面不能过满,要适当留有空白,为读者和观众留下想象和品位的空间,深化尺幅与画面的意境。由此,"留白"并非没有东西,而在于求其空灵,虚中

---

① [英]弗吉尼亚·伍尔夫:《达洛卫夫人 到灯塔去》,孙梁、苏美、瞿世镜译,上海:上海译文出版社,1997年,第242页。
② 同上。
③ Roger Fry. Transformations: Critical and Speculative Essays on Art. London: Chatto & Windus, 1926, p.57.
④ [加]S.P.罗森鲍姆编著:《岁月与海浪:布鲁姆斯伯里文化圈人物群像》,徐冰译,上海:江苏教育出版社,2006年,第37页。

求实,从而达到"无画处皆成妙境"的艺术境界。如清代邓石如即称:"字画疏处可以走马,密处不使透风,常计白以当黑,奇趣乃出。"①这讲的就是"留白"的妙处。当代画家黄宾虹感叹:"古人作画,用心于无笔墨处,尤难学步,知白守黑,得其玄妙,未易言语形容。"②美学家宗白华先生也强调:"中国画底的空白在画的整个的意境上并不是真空,乃正是宇宙灵气往来,生命流动之处。"③他在阐释"留白"对绘画意境的重要作用时,以八大山人的一幅作品为例,进行了诗意的阐释:"尝见一幅八大山人画鱼,在一张白纸的中心勾点寥寥数笔,一条极生动的鱼,别无所有,然而顿觉满纸江湖,烟波无尽。"④此处,画面的空白并非真正空无一物,反倒处处都闪耀着生动和空灵的光彩。观众无穷的想象力被空白所激发,仿佛能看到鱼儿在清澈的水波中悠闲游走。

因之,"留白"所体现的疏密有致的辩证关系,使其成为中国绘画中形象构成、延续与衍生的重要原则,代表了艺术家建立于独特的审美意识基础上的结构方式和光影处理方式。"留白"的观念同样被弗莱、贝尔等美学家所吸收,成为"有意味的形式"设计的构成元素之一,用于对先锋派绘画作品的形式分析之中。

弗莱注意到法国新印象派画家乔治·修拉的作品中存在对"空白"的使用,认为它有可能来自对中国画法的借鉴。修拉的特点是喜欢在画面上将一些黑色块集中起来,由此让一些空白的部位显出明显的形状,通过达到完美平衡效果的层次变化和黑白对比,将令人意想不到的情景展现在观众面前,其代表作如《大碗岛上的星期日下午》《安涅尔浴场》和《翁弗勒的灯塔》等。在收入《变形》的《修拉》一文中,弗莱问道:"在修拉之前,

---

① 转引自包世臣:《艺舟双楫》(上),况正兵、张凤鸣点校,杭州:浙江人民美术出版社,2017年,第146页。
② 黄宾虹:《画学文存·黄宾虹谈艺录》,上海:上海人民美术出版社,2018年,第202页。
③ 宗白华:《中国古代绘画美学思想》,见《中国文化的美丽精神》,武汉:长江文艺出版社,2015年,第146页。
④ 宗白华:《中西画法所表现的空间意识》,见《中国文化的美丽精神》,武汉:长江文艺出版社,2015年,第207页。

还有谁曾精确地掌握留白的可能性呢？之前还有谁掌握那巨大的平面空白区域，正如我们在他的《格拉沃利讷》中看到的未被破坏的表面可以成为绘画设计的组成部分的呢？"①在《修拉》中，他还认为无论是传统的英国风景画还是中国和日本的风景画，都是以唤起诗意的效果为基础的。英、美先锋派绘画开始关注空白与色彩、空白与画刷之间的关系，这些都得自中国艺术，以及中国道家美学中"虚实相生"的辩证理念。

在《最后的演讲》中，在分析唐代诗人、画家王维的一幅画作时，弗莱再次谈到了中国艺术风格以及修拉与中国艺术的关系，写道："一个让人十分好奇的情况是，在创造人体和描摹物象时会放弃光线与阴影的明显效果的中国人，本该对我们用以表达诸如此类的氛围效果的更为微妙的色调关系十分敏感——就此点而言本该已参与西方艺术近千年了——或许，修拉给我们提供了欧洲人与中国最为接近的一个范例，他同时也像这位风景画的作者、名叫王维的唐代艺术家一样，主要将其表达建立于各空白区域间的感情之上。"②

弗莱还在他心爱的画家塞尚的画作中捕捉到了"留白"的鲜明特征。通过细致追踪塞尚画风的发展，他发现塞尚成熟时期的水彩画与前期的绘画相比有了很大的不同，主要表现在画作轮廓的笔触越来越空灵，色块的涂抹也越来越淡薄了，因此指出"塞尚似乎要尽可能放弃将画布涂得满满的做法，以至于这里那里出现了一些白色的细微空隙，即使当作品已经完成之时。画笔的实际书写也变得越来越松秀灵动"③。在阐释塞尚晚年的风景画时，弗莱又一次提到了"留白"的价值。在评析画作《通往黑色城堡的路》时，他首先指出塞尚对"色彩"的运用颇有特色："无限自然的印象通过玄奥生动与元气淋漓得以重建，也只有借助于这种玄奥与元气，那

---

① Roger Fry. *Transformations: Critical and Speculative Essays on Art*. London: Chatto & Windus, 1926, p.50.
② Roger Fry. *Last Lectures*. Cambridge: Cambridge University Press, 1939, p.149.
③ ［英］罗杰·弗莱：《塞尚及其画风的发展》，沈语冰译，桂林：广西师范大学出版社，2009年，第145页。

些经过细心选择的要素才终于发出变化无穷的回响。这种得到强调的元气,部分是由于塞尚那变化莫测的笔迹,因为它也变得更空灵自由,以更富弹性的韵律运动。在这里,塞尚表明他完全是一位新的'水彩画'技法的大师。"同时,他创作水彩画的技法更加成熟,对留白的表现也更具特色。弗莱注意到:"因为他会在白色的画布上留下大量空白。笔触经常在画布上产生间隙。然而,如果我们站在适当的距离之外来观看画面。造型连续性的效果却又是完全彻底的。我们能意识到每一个平面的校正与后退。虽然色彩之间有许多空白,作品却已告完成。"①这段评价显示出塞尚的水彩画与西方传统油画的鲜明区别。对写实传统的反叛,对其画面之外的韵致和天地的发现,若以中国绘画注重留白的美学标准为参照,或许方能获得更为准确而到位的理解。所以,弗莱的论著《塞尚及其画风的发展》的中文译者沈语冰在书中的一条注释中专门指出:"塞尚之前,西方油画基本上只有实笔,没有空隙,否则会被认为画尚未完成。塞尚洞察了留白的意义,从而也突出了实笔的意义。实笔是质实还是松秀空灵,才成为风格问题。这样细致入微的差异,只有像弗莱那样懂得如何欣赏中国画的西方美术史家和美术评论家才有可能把握。"②这里我们仿佛看到,在弗莱与塞尚的心心相印中,亦有中国艺术美学观念作为纽带发挥的作用。

　　作为弗莱曾经的情人与贝尔的妻子,伍尔夫的姐姐文尼莎·贝尔的先锋派绘画探索中,"留白"美学原则的影响也是鲜明存在的。从肖像画方面来看,吉列斯比指出:文尼莎"以下列两种方式达到了对人物肖像超乎表面的呈现:她尝试捕捉画笔下人物的基本特征,同时,她使人物外形让位于对光线、色彩以及整体构图的兴趣"③。因此,放弃对人物外貌细节的刻意追逐,着意捕捉与呈现个性化的本质特征,成为文尼莎肖像画的

---

① [英]罗杰·弗莱:《塞尚及其画风的发展》,沈语冰译,桂林:广西师范大学出版社,2009年,第177—178页。
② 同上书,第152页。
③ Diane Filby Gillespie. *The Sisters' Arts: The Writing and Painting of Virginia Woolf and Vanessa Bell*. New York: Syracuse University Press, 1988, p.168.

首要特征。

　　20世纪二三十年代之后,文尼莎的肖像画更加追求神似,抓住人物身上的突出特点,勾勒为数不多的面部特征,并以之作为整体画面设计的有机组成部分。关于文尼莎的情人邓肯·格兰特在两次后印象派画展前后发生的变化,弗朗西斯·斯帕尔丁以他的两幅画为例,曾经做过清晰的对比:"他画的《詹姆斯·斯特雷奇》的肖像表明了爱德华时代人对优雅节制的喜好。波斯地毯上色调的逐渐变化和向后缩小的图案,有助于将人物置于令人信服的空间之中。与他那放松的姿态相对应的是后面屏风上一些母题的布局。表面的漫不经心使人察觉不出全画是经过精心推敲的。这些被人称道的品质正是格兰特在《浴盆》一画中加以摒弃的;同样生硬的影线用来暗示地板,而不是对纹理进行巧妙的描画,幕布或是屏风位于右侧,桌布铺在后面的梳妆台上,处于裸女的肋骨之部位;暗示了空间,然后又以黑线条有意识否定了这一空间。这黑线不间断地勾勒出裸女抬起的臂膀和后面的镜子,将这两部分统一于画面。现在每一笔触、每一线条都为整体服务。《浴盆》在错觉技能方面的所失,由在形式活力方面的所得加以补偿。当格兰特在广播节目'沙漠岛之碟'被问到,在他的画中,他最希望哪一幅被人记住时,他回答说:《浴盆》。"①在文尼莎身上发生的,也正是同样的变化。她的作品中不少人物不仅缺乏细部的具体特征,甚至显得面容与身形模糊,只剩下粗线条的轮廓,典型例子可举1912年的《工作室:邓肯·格兰特和亨利·杜塞特在阿希汉姆作画》(The Studio: Duncan Grant and Henri Doucet Painting at Asheham)。同年,文尼莎亦为妹妹画下了两幅没有面部特征的肖像《弗吉尼亚·伍尔夫》(Virginia Woolf)和《弗吉尼亚·伍尔夫在阿希汉姆》(Virginia Woolf at Asheham)。1913年,文尼莎完成了《利顿·斯特拉齐的肖像》(Portrait of Lytton Strachey),同样调配了多变的色彩和简洁的轮廓线,勾勒出传记

---

① [英]弗朗西斯·斯帕尔丁:《20世纪英国艺术》,陈平译,上海:上海人民美术出版社,1999年,第41—42页。斯特雷奇即斯特拉齐。

艺术大师斯特拉齐的面部与身体轮廓,给人留下了深刻印象。

在风景画中,文尼莎亦不追求逼真琐碎的细节堆砌,相反诉诸想象,以适当的画布上的空白来创造此时无形胜有形的艺术效果。1922年,罗杰·弗莱在发表于《新政治家》的一篇文章中写道:"文尼莎·贝尔的作品中,人物的外部特征如此之少,真是令人好奇;她画布上的房间都是空的,她的风景也是孤单单的。"①她著名的画作《斯塔兰德海滩》(Stutland Beach,1912)即以紫色、橙色、深褐等简洁色块、几何图案与为数不多的人体轮廓线组合而成。《围屏风景》(Screen Landscape,1913)同样以遒劲、简约的线条与大幅色块传递出强烈的情感效果。

而对于努力尝试将弗莱等人的现代主义形式美学观念融入自己的现代主义小说创作实践的伍尔夫来说,她的处理方法是将画布上的空白转化为小说人物的"沉默"或"停顿",以对"沉默"与"停顿"的恰当处理,来创造"此时无声胜有声"的效果,表达主体的复杂感情,对应于画布上的"此时无形胜有形"。她在关于18世纪英国感伤主义小说家斯特恩的小说《感伤之旅》的随笔《感伤之旅》中,称赞斯特恩是现代派作家的先驱,正是因为他对沉默而非对言辞的兴趣。她盛赞了作家"把我们的兴趣从外部世界转向人的内心世界"的能力:"正是对导游手册和通衢大道视而不见,反而专注于人内心世界的曲折骚动,斯特恩才以其相当奇特的方式贴近了我们这个时代。正是对话语忽略不计,反而对沉默兴致盎然,斯特恩才成为现代派作家的先驱。"②她同样十分欣赏19世纪俄国作家屠格涅夫用语的简省与含蓄。屠格涅夫始终是伍尔夫最为尊崇的俄国作家之一。她起码公开发表过三篇有关屠格涅夫的书评,反复强调了作家严肃认真的写作态度、均衡简约的结构布局与意味隽永的思想深度。屠格涅夫不会像托尔斯泰那样将笔下人物心灵激战的全过程和盘托出,而仅仅将心

---

① Roger Fry. "Independent Gallery: Vanessa Bell and Othon Friesz". *The New Statesman*. Vol. 19, No. 477 (Jun., 1922): 238.

② [英]弗吉尼亚·伍尔芙:《伍尔芙随笔全集》(Ⅰ),石云龙、刘炳善、李寄、黄梅译,北京:中国社会科学出版社,2001年,第300页。

理冲突的结果以简洁的对话或动作进行呈现,因而其小说一般篇幅都较为简省。

在随笔《屠格涅夫的小说》中,伍尔夫这样评价了《罗亭》:"小说的场景大小与长度不合比例,它蔓延到心灵深处,从那里释放出新鲜的想法、情感、画面,犹如真实生活当中的某个瞬间,有时要待它过去了很久之后才会显现出它的意义来。我们注意到,尽管人们总是用着最自然的语调讲话,他们说出来的内容却总是出人意料;意义在声音既经停止了之后方才现身。而且,人们为了让我们感知他们的存在并不一定非得要开口讲话:'伍林特瑟夫犹如刚睡醒似的,站起身抬起头。'——他虽未发一言,我们就已明了他的所在。阅读的间隙我们举目窗外,被书中事物所激起的情绪更深地回到我们心中,因为这种情绪的放送是借助于语言之外的其他媒介实现的,它通过树木、云彩、狗吠声、夜莺的歌声发出,这样,我们被四面八方的东西——交谈、沉默、事物的外观所包围,场景变得异乎寻常的完整。"①在随笔《屠格涅夫掠影》中,她又一次写道:屠格涅夫"是个最经济的作家,最明显的一个表现是他自己绝不在书中占地方"②;"他从不对人物加以评论,他只把他们呈现在读者面前,余下的事他就不管了。……但读者的想象力始终处于一种高度激发的状态,使得每一幕、每个人物都显得如此生气勃勃"③。在伍尔夫看来,屠格涅夫的"经济",不仅体现在结构布局、情节与人物心理刻画的简省,同样体现在作家不随意进入作品、干扰读者的个人判断的客观与节制,即作家以隐身而体现出来的"沉默",以及作品中人物的不发一言。这种语言艺术中的"沉默"所达成的效果,正类似于画家画幅上的"留白"的艺术效果。

以"沉默"的方式释放作品中人物和读者的个人情感,使之获得自由与

---

① [英]弗吉尼亚·伍尔芙:《伍尔芙随笔全集》(Ⅱ),王义国、张军学、邹枚、张禹九、杨羽译,北京:中国社会科学出版社,2001年,第864页。
② [英]弗吉尼亚·伍尔芙:《伍尔芙随笔全集》(Ⅳ),王义国、黄梅、江远、戚小伦译,北京:中国社会科学出版社,2001年,第1936—1937页。
③ 同上书,第1937页。

舒展的写作技巧,在伍尔夫的《远航》中即已出现。作品中,雷切尔的未婚夫特伦斯·黑韦特对雷切尔说起自己正在写一部"关于沉默的小说"①。他又进一步解释说,"沉默"就是"关于人们不愿说的事情"②,"沉默"能够揭示"感情"。在一则关于《岁月》的日记中,伍尔夫写道:"我想,我明白了如何能插入幕间节目——我的意思是通过沉默的空白(spaces of silence)。"③《岁月》中,这种"沉默的空白"多次出现。而黑韦特"关于沉默的小说"的预言,似乎在伍尔夫的最后一部小说《幕间》中实现得最为充分。

《幕间》讲述的是1939年6月的一天发生在英格兰中部一个有着五百多年历史的村庄内的故事,设置了两条外部叙事线索,一条是乡绅巴塞罗缪·奥利弗一家的故事,另一条为拉特鲁布女士指导村民演出露天历史剧的故事。在小说中,"沉默"成为人物表达情感的特殊手段。如奥利弗家的儿媳伊莎贝拉与丈夫贾尔斯关系不睦,暗恋上了一位陌生的乡绅农场主威廉·道奇,但又知道不可能有什么结果。就在他们观看演出的幕间休息期间,伍尔夫出色地以"沉默"与"空白"表现了这样一幅人们心中暗流涌动的场景。表面上,大家悠闲地聊着天,猜测着拉特鲁布女士的意图究竟是什么:

> 舞台上什么都没有出现。曼瑞萨太太手上戴的几个戒指闪烁出点点红光和绿光。他(指贾尔斯)看看这些戒指,又看看露西姑妈,目光从姑妈移向威廉·道奇,从道奇又移向伊莎。她不肯正视他的眼睛。他低下头看看自己的沾有血迹的网球鞋。
>
> 他(指贾尔斯)(无言地)说:"我真是太不幸了。"
>
> "我也是,"道奇有同感。
>
> "我也是,"伊莎想。
>
> 他们都被人捕捉,被人囚禁;他们都是囚徒,在观赏着一个场景。

---

① [英]弗吉尼亚·吴尔夫:《远航》,黄宜思译,北京:人民文学出版社,2003年,第246页。
② 同上。
③ Virginia Woolf. Diary, July 17, 1935. In *The Diary of Virginia Woolf*, Vol. 4: *1931—1935*. Ed. Anne Olivier Bell. London: The Hogarth Press, 1982.

舞台上没有动静。留声机的嗒嗒声简直让人发疯。①

我们看到,在这里,谈话其实并未真正展开,仅在人物的思想中无言地进行。场景中几乎没有物理意义上的运动,只有戒指的闪光,以及贾尔斯眼光的移动。但是,这一幕场景所暗示的情感关系及其复杂性是十分丰富的,构成了小说真正精彩的篇章。

而除了以无声来表达有声之外,沉默在该小说中的第二个重要意义在于促使人物反躬自省,由此获得对历史、现实与人性的反思。作品通过拉特鲁布女士对英国历史的回顾和对英国文学史的介绍,实则表达了伍尔夫本人的历史观与文学观。拉特鲁布女士的露天历史剧"包括表现古英语时代的序幕、中世纪的歌曲、表现伊丽莎白一世的塑像剧、后莎士比亚时代的一个话剧中的一场、表现'理性时代'的塑像剧、复辟时代的话剧、表现维多利亚时代的戏剧、表现'现在'的场景以及结束语"②。为了让观众感受"现在",加强参与度,随着音乐的开始,她独具匠心地安排众多演员用各式各样的镜子照向观众,以便促使观众在揽镜自照中获得自我认知:"他们一跃而出,晃动身子,蹦蹦跳跳。镜子的光闪动着,舞蹈着,跳跃着,亮得刺眼。现在是老巴特……他被镜子照到了。现在是曼瑞萨。这边照到一个鼻子……那边照到了一张脸……这是我们自己吗?"③结果,在镜子面前,"大家都挪了挪位置,整理一下衣服,假作斯文;他们举起了手,挪动着腿。就连巴特,就连露西都转过脸去了。大家都在躲避,或者是遮挡自己……"④这里,观众虽未发声,但直接参与了舞台的演出,暴露出了人性的矫饰、伪善,以及文明的暴虐与肮脏。小说的最后,伍尔夫通过"沉默",甚至直接点出了话语的建构性,由此表达出对现行历史文化传统的质疑。

---

① [英]弗吉尼亚·吴尔夫:《幕间》,谷启楠译,北京:人民文学出版社,2003年,第142页。
② 谷启楠:《幕间》(前言),见[英]弗吉尼亚·吴尔夫:《幕间》,谷启楠译,北京:人民文学出版社,2003年,第3页。
③ [英]弗吉尼亚·吴尔夫:《幕间》,谷启楠译,北京:人民文学出版社,2003年,第149页。
④ 同上书,第151页。

第七章 弗莱、贝尔对中国艺术美学的汲取与阐发（二）

除了上一章中重点分析的三个方面，弗莱、贝尔等人还从形式美学的立场出发，从中国古典造型艺术品中发现了简约与抽象化的美学风格，以及情感与智性在艺术创造过程中共同发挥了作用的美学特色，与法国绘画大师塞尚画作的基本特点以及欧洲中世纪与文艺复兴时代作品的特色彼此印证，发展出设计的观念与结构的意识，以及强调在艺术创造过程中需要情感与智性的均衡合作的观念，并使之成为"布鲁姆斯伯里团体"现代主义美学追求的鲜明特色。

第一节 从简约与抽象中发展设计的观念与结构的意识

弗莱美学思想的核心是以设计的观念和结构的意识，通过高度的简约与抽象，以追求视觉艺术的有机整体性。用其在《艺术与生活》一文中的表述来说，即为"重新发现结构设计与和谐的原则"①。1910年，第一届后印象派画展的秘书德斯蒙德·麦

---

① ［英］罗杰·弗莱:《艺术与生活》，见《视觉与设计》，易英译，南京：江苏教育出版社，2005年，第7页。

卡锡在弗莱的提纲基础上撰写的展览目录"前言"中，对此曾有过解释："'设计中的综合'乃是潜在于后印象派方法中的原则。这种综合允许艺术家使其'绘画中的再现力量'有意识地臣服于'整体设计中的表现性力量'。"①体现这一美学观念的当代范本，是弗莱最为推崇的塞尚的作品；而这一观念在历史上的样板，即是来自遥远中国的造型艺术。

今天，我们已很难考证或断言是对中国造型艺术和谐有机整体的体悟，帮助弗莱形成了这一美学观念，进而对塞尚的画作进行了形式美学的分析，抑或是对塞尚的热爱与研究，对塞尚画作形式美学特点的领悟，帮助他更好地理解与把握了中国古代造型艺术的美学特点。但有一点是可以肯定的，即古典与当下、东方与西方活生生的艺术作品之间相互参照、相互印证、相互声援，为弗莱提出与倡导其有关"结构设计与和谐"的美学主张提供了丰富厚重的知识背景。弗莱在几乎同一时段中，兼用东西方、古典与当代的艺术作品进行了形式美学的阐发，扩大了现代主义艺术形式分析的影响。

在《变形》的多篇评论中，弗莱都赞美了中国古代青铜器的和谐整体性。他认为一件精美的青铜器，其底座、腹部、把柄等部分不但要线条流畅，而且要与整体协调统一，构成一个有机整体。在《变形》中，弗莱甚至还明确指出了中国古典雕塑艺术的这种抽象化倾向对当代西方雕塑的影响："有趣的是，在中国影响西方现代艺术的众多实例中，我们可能会注意到，在当代雕塑家中有一种接受这种卵形结构的倾向。"②他所举出的例子，包括罗马尼亚雕塑家康斯坦丁·布朗库西和法国雕塑家阿里斯蒂德·马约尔等人。

在《塞尚及其画风的发展》一书中，弗莱详细地阐述了塞尚绘画以简约抽象的"变形"方式，以求整体和谐的特征，并在论述中提及中国早期艺

---

① 沈语冰：《罗杰·弗莱的批评理论》，见［英］罗杰·弗莱：《塞尚及其画风的发展》的附录，沈语冰译，桂林：广西师范大学出版社，2009年，第221页。

② Roger Fry. *Transformations: Critical and Speculative Essays on Art*. New York: Chatto & Windus Books for Libraries Press, Inc. ,1968, p. 76.

术:"在塞尚借以界定高脚盘与玻璃杯的那些形状中,他表明了这一和谐感的驱动在何种程度上控制了他对对象的观察。除了这两个对象,矩形与球体占据了主导地位。也就是说,形状简得不能再简了。但高脚盘和玻璃杯的圆口子在透视中呈现为两个椭圆,而椭圆形乃是一种能够激发不同情感的形状,正如人们可以在哥特式建筑令人不安的效果中看到的那样。它与圆形和直线都难于取得和谐。所以,人们无须惊讶便能发现塞尚改变了它们的形状,使其两端近于圆形。这一变形剥夺了椭圆的优雅和轻盈,却赋予了它以庄重和厚实的特征,就像那些球体一样。渐渐地,人们或许能注意到,这种变形在早期中国艺术中是经常出现的,无疑遵循着与塞尚相同的直觉。"① 在此,我们看到,弗莱在解释塞尚的抽象、简约的构图风格时,心中是装着中国早期艺术的。

同时,和指出塞尚的构图特点是"以极其简单的几何形状来进行思考"的著名观点如出一辙,弗莱指出中国艺术家常以"圆柱体、球体和椭球体"来塑造雕像的形体。这与塞尚晚年的名言"大自然的形状总是呈现为球体、圆锥体和圆柱体的效果"②可以说相映成趣。那么,塞尚是根据什么来进行设计的? 他的画面的构图原则又是什么? 对此,弗莱做出了进一步的发挥。他写道:"在他对自然的无限多样性进行艰难探索的过程中,他发现这些形状乃是一种方便的知性脚手架,实际形状正是借助于它们才得以相关并得到指涉。"这就是说,面对纷纭复杂的自然形状,塞尚"总是立刻以极其简单的几何形状来进行思考,并允许这些形状在每一个视点上都为他的视觉感受无限制地、一点一点地得到修正"。弗莱认为,这就是塞尚对艺术问题的解决办法,尤其是他的静物画,"不仅使我们能够清晰洞见他诠释形式的方法,还能帮助我们抓住那些最能体现他作品

---

① [英]罗杰·弗莱:《塞尚及其画风的发展》,沈语冰译,桂林:广西师范大学出版社,2009年,第92—93页。

② 同上书,第96页。

特色的构图原则"。① 他具体以《有瓜叶菊的静物》(Still-life with a Cineraria)为例,细致分析了塞尚"建筑般精确的构图"和"处理角度的原始单纯",说塞尚"在中心线上摆放着抽屉的把手,盛樱桃的盘子,还有大水壶,一个叠在另一个之上。……在别的地方,我们发现了得到高度强调的垂直线。这样一种极其稳健的结构只为地板上的画框那两条重复的对角线,以及画面左侧房间的后缩线所打破;这一点又由水壶中的勺子大角度的对角线,以及从桌子上垂下的餐巾边缘得到平衡"②。而在对塞尚成熟时期的风景画如《普罗旺斯的农舍》进行形式分析时,弗莱指出"这幅画也有着同样朴素简约的形状,直线形占据了绝对主导地位",还认为它显示出诸平面序列的精确逻辑:"在作品的任何一个部位,这一序列都在一个持续的过程中演化,从任何一个角度都不可抗拒地在观众的想象中强化其精确的后退,使我们得以抓住它们相互嬉戏的运动的意义。"③

统观《塞尚及其画风的发展》全书,弗莱对塞尚作品的设计观念与结构分析比比皆是。在第13章《成熟期的水彩画及其对晚年肖像画创作的影响》中,在分析了塞尚所有肖像画中几乎最为著名的《热弗卢瓦先生肖像》,盛赞其"画面所达到的绝对平衡"和"令人惊讶的结构的坚实性"后④,弗莱指出,塞尚是现代画家中第一个"通过参照几何学脚手架的方式来组织现象的无限复杂性"⑤的艺术家。但弗莱紧接着又提醒人们:"这不是什么强加于现象的先天框架,而是一种经由长时间的静观而从对象中渐次提炼出来的诠释。"⑥弗莱还花了很多笔墨详细地分析了塞尚成就最高、最著名的静物画《高脚果盘》的轮廓结构,认为"对塞尚而言,由于他知性超强,对生动的分节和坚实的结构具有不可遏止的激情,轮廓线的

---

① [英]罗杰·弗莱:《塞尚及其画风的发展》,沈语冰译,桂林:广西师范大学出版社,2009年,第96页。
② 同上书,第98页。
③ 同上书,第133页。
④ 同上书,第150页。
⑤ 同上书,第151页。
⑥ 同上。

问题就成了一种困扰。我们可以看到这种痕迹贯穿于他的这幅静物画中"①。他对《带姜罐的静物画》和《有盖汤盘与瓶子的静物画》的构图亦进行了形式分析。他使读者看到,在塞尚那里,无论在肖像画还是静物画中,家人与朋友、苹果与洋葱等日常生活中最亲近而熟悉的人与物不复作为功利对象,而成为审美静观的对象。塞尚精心研究他(它)们的位置、形体、色彩、彼此的明暗远近等对比关系,以高度概括、简约的能力,以画布上的轮廓线创造出独特的造型效果。而正是由于塞尚对画面的结构性拥有高度的自觉,方使得画面不复是画家机械、被动的临摹,而是凝结了艺术家的激情与知性,同时对生活的感悟与理解的第二自然体现出抽象、概括、凝练、简约而遒劲有力的特点。

同时,塞尚又认为,色彩是具有独立造型价值的元素,色彩的变化可以呼应与画布表面平行的各个平面,亦即以色彩的变化与各种组合来暗示空间感的存在。弗莱即将塞尚对于色彩的空间造型意义的发现与运用,概括为"塞尚的造型色彩科学"②。如塞尚的一幅著名画作《玩纸牌的人》的色彩效果,就是以坐在左边的人上衣的紫蓝色同坐在右边的人的黄色带有蓝色阴影的形象的对比,以及这些颜色同背景及画中红调子、黄调子的对比为基础的。通过千变万化的色调,这幅作品由此产生了形象刻画的立体感。画中的人物正像这幅画上的桌子和背景那样,由一片片色彩组成,成为整幅画面的有机组成部分。画布上的每一寸可以说都洋溢着优美的光点,细微对比色的嬉戏以及永远应和着的感性。这一特点,与弗莱所推重的中国绘画的平面构图特征又是彼此吻合的。

更为可贵的是,本身亦为画家的弗莱还凭依个人体验,尝试对此画的创作过程加以还原,这就使得对塞尚画作的形式分析又与心理分析联系了起来。弗莱认为,这一过程即艺术家用"视觉"对现实进行过滤,再通过"设计"加以"变形",将之上升为艺术品的过程:"呈现在艺术家视觉中的

---

① [英]罗杰·弗莱:《塞尚及其画风的发展》,沈语冰译,桂林:广西师范大学出版社,2009年,第94页。

② 同上书,第100页。

实际对象首先被剥夺了那些我们通常借以把握具体存在的独特特征——它们被还原为纯粹的空间和体积元素。在这个被简化（abstract）的世界里，这些元素得到了艺术家感性反应中的知性成分（sensual intelligence）的完美重组，并获得了逻辑一致性。这些经过简化的东西又被带回到真实事物的具体世界，但不是通过归还它们的个别特性，而是通过一种持续变化和调整的肌理来表达它们。它们保持着删拨大要的可理解性，保持着对人类心智的适宜性，同时又能重获真实事物的那种现实性，而这种现实性在一切简化过程中都是缺席的。"①结合弗莱两部最具代表性的艺术评论集《视觉与设计》与《变形》的标题，我们发现："视觉""设计""变形"等表述绝非弗莱随意使用，确实是浓缩了其艺术理想的关键词。其中均蕴含着作家、艺术家的主观情感与创造意图，和弗莱认为艺术要捕捉人类精神的内在韵律的主张一脉相承，与中国古典视觉艺术的精神追求息息相通。

弗莱对艺术创造过程的分析，又能使我们联想到伍尔夫在随笔《狭窄的艺术之桥》中的相关论述。伍尔夫认为，新时代的小说"和我们目前所熟悉的小说之主要区别，在于它将从生活后退一步，站得更远一点。它将像诗歌一样，只提供生活的轮廓而不是它的细节。它将很少使用作为小说的标志之一的那种惊人的写实能力。它将很少告诉我们关于它的人物的住房、收入、职业等情况；……它将密切地、生动地表达人物的思想感情，……表达个人的心灵和一般的观念之间的关系，以及人物在沉默状态中的内心独白"②。这段表述，清晰地表明了弗莱与伍尔夫在绘画艺术与小说艺术观念方面追求抽象化与主观性的一致性。由于伍尔夫的小说《到灯塔去》的很大一部分内容关注的是女画家丽莉·布瑞斯珂的精神成长，其作画过程中的艰苦探索与体悟，亦正是弗莱有关艺术家创造过程的

---

① [英]罗杰·弗莱：《塞尚及其画风的发展》，沈语冰译，桂林：广西师范大学出版社，2009年，第134页。

② [英]弗吉尼亚·伍尔夫：《狭窄的艺术之桥》，见瞿世镜编选：《伍尔夫研究》，上海：上海文艺出版社，1988年，第576页。

分析的形象展现。

到了《最后的演讲》中,弗莱以殷商时期常见的青铜器"盂"为例,阐释了青铜器的造型之美,将其视作"中国艺术古典风格最完美的例证"①,认为其高超的艺术价值在于"充满魔力的象征主义被简化为最抽象的几何形式……随着将其表现简化为最纯粹的形式,艺术家得以集中其所有力量在艺术品的整体形式和造型的和谐上。他创作了设计的杰作,每一部分的比例都让我们对其绝佳的适当性感到惊讶"②。在他看来,青铜器深刻地体现了艺术家的有机整体观,即每一个局部都完美地融入整体,而不显得怪异;每一个细节都为整体的和谐感服务,而不显得突兀;每一条曲线都恰如其分地勾勒出精妙的造型感,而不显得重复和单调。最终,通过艺术家的设计理念和艺术技巧,青铜器的局部与全局、细节与整体以和谐的比例构成一个有机整体,具有了极大的美感和风格化特征。

综上,与塞尚的精神相遇与相知,对中国古典视觉艺术原则的欣赏、领悟与阐释,影响与强化了弗莱的视觉艺术要通过"造型""设计""结构"与"秩序"而成为完整的有机美学整体的观念。创造简约和谐的形式结构成为"布鲁姆斯伯里团体"艺术家们的自觉追求。而自从弗莱进入"布鲁姆斯伯里团体"并迅速成为受到大家爱戴的精神导师后,他的美学思想逐渐取代 G. E. 穆尔的不可知论,成为知识分子智性交谈的新主题。也是在"布鲁姆斯伯里文化圈"的现代主义艺术氛围影响下,伍尔夫的意识流小说实验亦体现出鲜明的"结构"与"设计"的艺术匠心。

在《一间自己的房间》中,伍尔夫曾经这样指出小说的形态:"无论如何,它是一种结构,在人们的头脑中自成其形态,有时是方形的,有时是塔状的,有时四下里伸展,有时坚实紧凑,有时又像穹顶状的君士坦丁堡圣索菲亚大教堂。回顾一些有名的小说,我想,这一形态源出与之相应的某种情感。但这种情感随即就同别样的情感混合起来,因为所谓'形态'

---

① Roger Fry. *Last Lectures*. Cambridge: Cambridge University Press, 1939, p. 108.
② Ibid.

(shape),不是由石块与石块之间的关系构成的,而是由人与人之间的关系造就的。……其整体结构,充满了无限的复杂性……因为它正是由许许多多不同种类的情感所构成的。"①结合伍尔夫的小说,我们发现,作家将"结构"或"形态"这类从绘画艺术中移植过来的术语,转化为对小说中人物不同种类的情感关系所构成的复杂性的表现。1918 年,在回复罗杰·弗莱对她的短篇小说《墙上的斑点》的赞扬时,她如此写道:"我想,还不能确定是否就不能以文字的形式来创造一种颠倒的造型感。"②20 世纪 20 年代中期,她在和姐姐的通信中再度讨论了写作的绘画效果问题③,《达洛卫夫人》正是在这段笔谈期间创作的小说,体现出超越传统文学的线性时间规约的尝试。在日记中,伍尔夫数度提到这部小说的构思古怪、新颖,对她之前的作品《远航》《夜与日》以及《雅各的房间》将有所超越。也正是在这期间,她发表了自己的美学宣言《贝内特先生与布朗太太》,声言"我们在英国文学的一个伟大时代的边缘颤抖"。她还在与法国画家雅克·拉弗拉通信,讨论写作如何突破线性本质、达到共时性效果之时,表达了自己希望能够抛弃"句子的传统路线",告别"过去时代的虚假"的意愿。④《达洛卫夫人》正是作家渴望以辐射状而不是线状来写作,同时描绘出"在空中朝离心方向溅起的水花"和"一波接一波传向黑暗的、被遗忘的角落的水波"的一部作品。⑤ 这一时期,与姐姐及友人的通信与讨论,见证了伍尔夫的小说实验中的结构美学探索。

比如,《雅各的房间》是伍尔夫实验现代小说技法的第一部长篇小说。

---

① [英]弗吉尼亚·吴尔夫:《一间自己的房间及其他》,贾辉丰译,北京:人民文学出版社,2003 年,第 62—63 页。译文有改动。

② Virginia Woolf to Roger Fry, 21 Oct. 1918. In Virginia Woolf. *The Letters*, Vol. 2: *The Question of Things Happening 1912—1922*. Eds. Nigel Nicolson and Joanne Trautmann. London: Chatto & Windus, 1976, p. 285.

③ Virginia Woolf. *The Letters*, Vol. 3: *A Change of Perspective 1923—1928*. Eds. Nigel Nicolson and Joanne Trautmann. London: Chatto & Windus, 1977, pp. 135—136.

④ [英]昆汀·贝尔:《伍尔夫传》,萧易译,南京:江苏教育出版社,2005 年,第 313 页。

⑤ 同上书,第 314 页。

第七章　弗莱、贝尔对中国艺术美学的汲取与阐发(二)　225

作品从书名上看像是一部男性成长小说,但主人公雅各其实只是一个虚无缥缈的载体,雅各的房间也几乎是一个空荡荡的房间。作品主要由他在不同时期、不同女性心里留下的不同印象所构成。因此,雅各更像是一条串起了不同女性生活画面的线索,"细腻地逐渐向我们揭示妇女们的内心世界,在雅各从童年到成年,在从一个女性到另一个女性一连串的现代都市冒险历程中,在他逐渐从少女转移到少妇寻找乐趣和知识的过程中,文本的叙事在逐渐揭示女性欲望的本质"①。到小说倒数第二章中,作家才将各色人等汇聚到了一起:雅各和博纳米在海德公园聊天;克拉拉·达兰特也在同一个公园里遛狗;当钟敲到五点的时候,怀孕的弗洛琳达正望着餐厅的镀金钟,心里思念着雅各;而同样无望地想着雅各的范妮·埃尔默正沿着滨河大道走着,不断自我宽慰……由此,作家交错地运用时间与空间等标志物的提示,将此前散乱的叙事线索和碎片化的生活片段收拢到一起,指向雅各。最终,这根以雅各为轴心的线索又回到了母亲佛兰德斯夫人那里,打结做束。因此,这部小说的"结构"或"形态"是以雅各这根主线串起众多情感线索,并通过时空等提示物加以勾连。较之伍尔夫之后的小说,该作的"结构"或"形态"并不算复杂,但之后小说的不少特征均在这部作品中有清晰体现。

在关于《达洛卫夫人》的笔记中,伍尔夫曾写道:"无论如何,要非常小心地结构。必须安排好对比。……一方面,赛普蒂默斯的疯狂的步伐要逐渐加快;另一方面,晚会也逐渐逼近。设计极端复杂。必须小心翼翼地考虑好平衡。"②这一段引文中充满了绘画艺术中的术语或概念,如"结构""对比""设计""平衡"等,由此使小说的"形态"建立在前文已经分析过的人物两大基本的情绪变动的基础上:一为以克拉丽莎为代表的向上的运动,暗示充满活力与生机的感情,一为以赛普蒂默斯为代表的向下的运

---

① 姚翠丽:《前言》,见[英]弗吉尼亚·吴尔夫:《雅各的房间;闹鬼的屋子及其他》,蒲隆译,北京:人民文学出版社,2003年,《雅各的房间》前言第4页。
② *Dalloway Notebook I*, October 16,1922. 转引自 Harvena Richter. *Virginia Woolf: The Inward Voyage*. Princeton, New Jersey: Princeton University Press,1970,pp. 226—227。

动,表现沮丧的情绪。小说最后,两股运动戏剧性地交汇到了一起。就在首相也来了,晚会大获成功的时刻,克拉丽莎理解了退伍老兵的意愿与抉择,意识到了自己与他的相似之处,感同身受地体会到了"地面飞腾,向他冲击,墙上密布的生锈的尖钉刺穿他,遍体鳞伤"①的身体感觉。赛普蒂默斯之死为她敞开了一道门,使她窥见了自己过去生命的丰盈和现在的空虚。在对生活与生命的反思中,克拉丽莎实现了对社会体制与主流生活方式的质疑与批判。

1927年3月,文尼莎再度通过伦敦艺术家联合会展出了部分素描作品。伍尔夫在称赞了姐姐画笔的自然与抒情性的同时,再度感叹"我们现在都处在同样的位置……关心全新的结构的问题"②。所以,在《到灯塔去》中,她通过丽莉的困惑与探索,栩栩如生地表现了现代艺术构图的艰难:"当她注视之时,她可以把这一切看得如此清楚,如此确有把握;正当她握笔在手,那片景色就整个儿变了样。就在她要把那心目中的画面移植到画布上的顷刻之间,那些魔鬼缠上了她,往往几乎叫她掉下眼泪,并且使这个把概念变成作品的过程和一个小孩穿过一条黑暗的弄堂一样可怕。"③在该小说的早期手稿中,丽莉的画甚至与文尼莎的好几幅画之间均有直接的联系。④ 而从宏观上看,小说整体设计上也追求一种空间的布局,第三部分是第一部分的复现或重构,而以第二部分《时光流逝》作为勾连。尤其在第三部分,伍尔夫成功地在同一时间内叙述了丽莉在草坪上作画和拉姆齐先生带着一双儿女前往灯塔这两件事。为此,弗莱专门

---

① [英]弗吉尼亚·伍尔夫:《达洛卫夫人》,孙梁、苏美译,上海:上海译文出版社,2000年,第188页。
② Virginia Woolf to Vanessa Bell, 5 Mar. 1927. In Virginia Woolf. *The Letters*, Vol. 3: *A Change of Perspective 1923—1928*. Eds. Nigel Nicolson and Joanne Trautmann. London: Chatto & Windus, 1977, p. 341.
③ [英]弗吉尼亚·伍尔夫:《达洛卫夫人 到灯塔去》,孙梁、苏美、瞿世镜译,上海:上海译文出版社,1997年,第221页。
④ Diane Filby Gillespie. *The Sisters' Arts: The Writing and Painting of Virginia Woolf and Vanessa Bell*. New York: Syracuse University Press, 1988, p. 197. Note: *To the Lighthouse*, The Original Holograph Draft, p. 273.

写信赞扬,认为这是伍尔夫最好的作品,因为"事物的同时性不再困扰你了,你随着每一个异常充实的意识瞬间的节拍前进、后退"①。

E. M. 福斯特同样高度重视小说的结构艺术。作为有着深厚艺术修养的小说家与批评家,他在《小说面面观》的第八部分《模式与节奏》中,谈到了绘画中的"模式"和音乐中的"节奏"与小说之间的关系。福斯特认为:"故事吸引的是我们的好奇,情节诉诸的是我们的智识,而模式则挑动我们的美感,它使我们将这部小说当做一个整体来看待。"②福斯特分析了《泰伊丝》《罗马图景》《奉使记》等几部小说各自的"模式"即结构方式,特别强调了"整体性""一致性"对于艺术美的营造发挥的作用,认为"模式主要源自情节,宛如云朵中的一道光,云散后仍清晰可见。'美'有时就是一部小说的'外形',就是其整体性,就是其一致性"③。他通过细致分析美国心理现实主义小说家亨利·詹姆斯作品《奉使记》的沙漏外形或对称结构,强调了"设计"的重要性。"詹姆斯写作的时间越长,就越发确信一部小说应该成为一个整体——虽并非一定要如《奉使记》般成就一种对称的几何图形,却必须依附于一个单一的主题、情境、姿态,这个中心非但应该控制所有的人物、生发出小说的情节,而且应该从小说的外部将小说凝聚起来——将分散的叙述收罗为一张网,使它们统统凝结为一颗行星,绕着记忆的天空有条不紊地转动。小说的整体必须体现为一种模式,而这个模式中有可能产生的一切散乱不羁的支线都必须剪除。"④可见,通过抽象、简约等变形原则对形式加以设计,通过和谐的结构以追求艺术品的整体有机和谐之美,是"布鲁姆斯伯里团体"成员的共同美学追求。这一现代主义艺术意识与中国古典艺术美学精神相映成趣。

---

① [英]昆汀·贝尔:《伍尔夫传》,萧易译,南京:江苏教育出版社,2005年,第338页。
② [英]E. M. 福斯特:《小说面面观》,冯涛译,上海:上海译文出版社,2016年,第142页。
③ 同上书,第144页。
④ 同上书,第152页。

第二节 追求情感与智性的和谐协作

如"布鲁姆斯伯里团体"研究学者约翰斯顿所写:"布鲁姆斯伯里美学的巨大力量就在于它声称情感(sensibility)与智性(intellect)对于艺术家来说同等必要,正如弗吉尼亚·伍尔夫所言,艺术家必须是双性同体的,既有女性的情感,而又有男性的智性,而且——这一要求必须同时满足,以便情感与智性可以自由地协作——排除双方的偏见。布鲁姆斯伯里相信,艺术家的职责,在于运用智性与情感,以创作出同时因美学上的统一性和作品本身提供给我们的生活的视觉而令我们满意的作品。"①"布鲁姆斯伯里团体"对情感与智性自由协作以获得美学上的统一性的不懈追求,集中体现于罗杰·弗莱身上。关于弗莱的美学品格,克莱夫·贝尔晚年在回忆录中写道:"智慧与敏感的结合,在艺术、历史、科学等领域无所不晓的渊博学识,对于精致工具的灵巧运用,以及使语言贴近思想情感的无与伦比的组织表达能力,这些都使他无可争议地成为一流批评家。"②

作为受过剑桥严谨的科学训练、而后转向绘画创作与艺术鉴赏的美学家,弗莱心目中完美的艺术家与艺术品始终是理性与情感的有机结合体。1910年,就在弗莱组织了在英国画坛掀起轩然大波的第一次后印象派画展后不久,关于印象主义画派的地位,弗莱一方面肯定了其"赋予绘画的任何一部分以精确的视觉价值"的杰出贡献;另一方面又指出其在"回应人类激情与人类需求的能力"方面的缺陷,强调了"人类理智"在"重估现象"方面不可或缺的重要价值。③ 同年12月,他再度为后印象派画家辩护,在《民族》杂志上发表了《后印象派画家之二》,认为法国后印象派

---

① J. K. Johnstone. *The Bloomsbury Group: A Study of E. M. Forster, Lytton Strachey, Virginia Woolf, and Their Circle*. London: Secker and Warburg, 1954, p. 93.

② [英]克莱夫·贝尔:《老朋友》,徐冰译,见[加]S. P. 罗森鲍姆:《岁月与海浪:布鲁姆斯伯里文化圈人物群像》,徐冰译,南京:江苏教育出版社,2006年,第46页。

③ [英]罗杰·弗莱:《格拉夫顿画廊(之一)》,见《弗莱艺术批评文选》,沈语冰译,南京:江苏美术出版社,2010年,第105页。

大师保罗·塞尚的最伟大处,是在印象派的色彩当中又能见出秩序与"建筑般的规划"。塞尚眼中的大自然非常独特,呈现为结晶体般的效果,其风景画《埃斯塔克》体现出画家"智性化了的感性力量"①。在弗莱看来,塞尚艺术成功的奥秘,正在于"感性"与"智性"二者的无一缺席。

在1919年发表的艺术评论《雅克马尔-安德烈藏画》中,弗莱对文艺复兴时期意大利画家保罗·乌切洛(Paolo Uccello)绘画技巧的赞许,同样是由于他并非被"自然的观察方式"牵着鼻子走,而是在日常视觉的基础上调动理性,通过"简化"与"抽象"这一属于理性分析范畴的工作方式,以创造出"一种纯粹的审美形式结构的"特点。他写道:"对乌切洛来说,情况恰恰是简化与抽象通过建构他的透视性全景图的需求而强加在自然的观察方式上,他获得了真正的自由来创造一种纯粹的审美形式结构的表现力。……在乌切洛手中,绘画几乎变成一门如同建筑那样的抽象和纯粹的艺术。他对形式之间的相互作用的感觉,对平面的节奏排列是最细微、最精致的,最远离任何日常琐事或(在较通俗意义上的)装饰形式。"②在他看来,乌切洛也是一位在创作中不仅诉诸情感,同样诉诸智性的艺术家。

在其最具代表性的艺术批评著作《塞尚及其画风的发展》中,弗莱更是动用了许多笔墨,细致分析了塞尚的画作作为"感性"与"智性"的结合体的成就与特征,认为塞尚成熟时期的静物画,正是直觉感悟、心灵的激情、冷静的观察与抽象演绎共同作用的结晶。如《高脚果盘》之所以能成为塞尚成就最高、最著名的静物画之一,正在于塞尚发挥了"智性",以高度概括、简约的能力,用画布上恰当的轮廓线达成了造型效果。③ 甚至对于色彩,塞尚也并未完全将之视作表现激情的手段,而是指出了理性在对

---

① [英]罗杰·弗莱:《格拉夫顿画廊(之一)》,见《弗莱艺术批评文选》,沈语冰译,南京:江苏美术出版社,2010年,第109页。
② [英]罗杰·弗莱:《雅克马尔-安德烈藏画》,见《视觉与设计》,易英译,南京:江苏教育出版社,2005年,第119—120页。
③ [英]罗杰·弗莱:《塞尚及其画风的发展》,沈语冰译,桂林:广西师范大学出版社,2009年,第94页。

色彩的运用中所必须发挥的作用。塞尚晚年还曾有过一段名言:"绘画意味着,把色彩感觉登记下来加以组织。在绘画里必须眼和脑相互协助,人们须在它们相互形成中工作,通过色彩诸印象的逻辑发展。"①这里,"眼和脑相互协助"同样表达的是情感与智性的和谐互补。因此,在论述塞尚的工作方式与画作特点时,弗莱多次强调了画家的分析、思考、概括与抽象能力。

在弗莱看来,中国古典造型艺术亦是理性与情感综合作用的产物。在《最后的演讲》中,弗莱一方面强调欣赏中国艺术品时一部分的愉悦感源自与艺术家创作精神的亲密接触;另一方面,又指出艺术家在创作青铜器时也很好地控制了情感的表达,在严谨的秩序和自由的欲望中找到了平衡。他将殷周和秦汉时期的青铜器"那情感和理智之间紧张的平衡"视为造型和谐的关键要素,赞美"这些青铜器很好地阐释了周朝艺术那独特的审美价值:在单个整体中各部分之间的严格协调统一,以及完全感性的处理方式。它那情感和理智之间紧张的平衡,对我们十分具有吸引力。我在这些青铜器的元素呈现中发现了造型和谐的要素"②。他认为在中国的早期艺术中,几何规律和情感之间存在着最独一无二的平衡,中国艺术的情感从未在任何时代中被彻底地压抑。③ 以具体的某件青铜器为例,弗莱又细致论析道:"这件周朝的工艺品显示出无可挑剔的完美比例。它代表在艺术家的精神中那令人愉悦的平衡,即在他捕捉到自己的灵感时的激烈情绪,表现它时那笨拙的坦率,以及这种控制的影响使他能够避免任何不够协调的强调之间存在的平衡。"④由此可见,青铜器之美,一方面因其是艺术家倾注情感的艺术结晶,表现出和谐的比例和生动的造型;另一方面又源于艺术家对自身创作灵感和激情的绝佳调控,从而使之包

---

① [德]瓦尔特·赫斯:《欧洲现代画派画论》,宗白华译,桂林:广西师范大学出版社,2001年,第17页。
② Roger Fry. *Last Lectures*. Cambridge: Cambridge University Press, 1939, p.114.
③ Ibid., p.100.
④ Roger Fry. *Transformations: Critical and Speculative Essays on Art*. New York: Chatto & Windus Books for Libraries Press, Inc., 1968, p.71.

蕴着艺术家丰富的情感和无穷的生命力。

由此看来，正是美学观念的高度统一，才使得弗莱对文艺复兴时代的意大利艺术、塞尚的艺术，以及来自远东的造型艺术惺惺相惜，并据此彼此阐发。作为弗莱的密友与传记作家，伍尔夫对弗莱所追求的感觉与理智彼此制约、以达中和的艺术创造过程和理想艺术境界，始终怀有清晰认识。用她的话来表述就是："他总是用自己的头脑去修正感觉。同样重要的是，他也总是用感觉去修正大脑。"①在同一篇文章中，她还进一步解释了弗莱这一思想与艺术特征的生成背景，认为正是科学与文学艺术上的双重训练，使他身上同时具备了重逻辑推理、抽象思辨，以及直觉感悟、情感本能的双重能力："他年轻时受的是科学家的训练，科学曾使他痴迷。诗歌也是他终身的乐趣之一。他精通法国文学，而且还是一位高水平的音乐爱好者。"②在弗莱逝世后为他举办的纪念画展上，伍尔夫再次论及弗莱身上具有"两种不同品质——他的理性与情感"的统一，指出："许多人拥有这两种品质中的一种；许多人则拥有另一种……但是鲜有人同时拥有两种，更少有人使这两种品质能够和谐地协作。但这正是他所能做到的。当他在思考的时候，他同时也在看；当他在看的时候，同时又在思考。他相当敏感，但与此同时又毫不妥协地诚实。"③在为弗莱撰写传记时，伍尔夫指出弗莱在《塞尚及其画风的发展》中所称赞的塞尚艺术的特点，也完全适用于他自身："我们在塞尚的画作中发现的那种和谐，那种在生机勃勃的、抽象的和某种程度上说极难达到的智慧，与极度的优雅和反应的敏捷所代表的情感之间的和谐一致，在此体现为大师的手笔。"④

弗莱身上这种情感与智性和谐协作的品格，在伍尔夫看来既是一种完美的人格力量，也是自己努力要通过作品加以传递的信念。如在"生命

---

① ［英］弗吉尼亚·伍尔芙：《罗杰·弗赖》，见《伍尔芙随笔全集》（Ⅱ），张军学、邹枚、张禹九、杨羽译，北京：中国社会科学出版社，2001年，第682页。
② 同上书，第683页。
③ Virginia Woolf. *The Moment and Other Essays*. London: The Hogarth Press, 1947, p. 85.
④ Virginia Woolf. *Roger Fry: A Biography*. London: The Hogarth Press, 1940, p. 285.

三部曲"的华彩之作《海浪》中，伍尔夫即以一贯的充满诗意的暗喻笔法，通过其化身人物罗达的独白，表达了穿透事物的表象而直抵内核、把握抽象真理的自觉意识。波西弗死后，罗达终于"能看清事物了"："那儿有个正方形；那儿有个长方形。运动员们拿起正方形来放在长方形上面。他们放得十分准确；他们准备了一个极好的安身处。几乎什么也没有剩在外面。结构已经清晰可辨；草创的东西已经在这里说明了；我们并不是那么各不相同，也并不是那么卑劣；我们已完成了一些长方形的东西，并且把它们竖在正方形上。这是我们的胜利；这是我们的安慰。"①

与弗莱一样，美学家克莱夫·贝尔同样对情感与智性两者的协调高度重视。贝尔以著名的美学概念"有意味的形式"而名世，其形式美学思想直接继承了18世纪康德的"自由美"，以及19世纪后期兴起的唯美主义理念，认为非功利的审美情感决定了艺术家必须采用"我们在其背后可以获得某种终极现实感的形式"②，即"有意味的形式"。贝尔一方面强调创造"有意味的形式""不依赖于猎鹰般锐利的眼光，而是依赖于奇特的精神和情感力量"③，肯定了童心、直觉与艺术激情的作用；另一方面，他又通过对心爱的画家塞尚、梵高等的艺术倾向，以及对包括中国在内的非西方艺术形式特征的分析，概括出古典艺术与先锋派艺术共同具有的"简化"与"构图"的原则。"简化"即"把画家们用来宣示事实的大堆细节简化掉"④，"构图"即"以某种独特的方式"对"线条和色彩、特定的形式和形式关系"⑤加以组合。而无论是"简化"还是"构图"，都不仅要诉诸情感与直觉，更要诉诸智性的发挥。因此，"有意味的形式"创造同样是艺术家情感与智性的有机结晶。

作为伍尔夫的姐夫、文学顾问与终身挚友，贝尔不仅陪伴并见证了伍

---

① ［英］弗吉尼亚·吴尔夫：《海浪》，吴均燮译，北京：人民文学出版社，2003年，第125页。
② ［英］克莱夫·贝尔：《艺术》，薛华译，南京：江苏教育出版社，2005年，第31页。
③ 同上书，第34页。
④ 同上书，第127页。
⑤ 同上书，第4页。

尔夫作为一名小说家的成长,亦成为她多部作品中主要人物的原型。而伍尔夫的小说也因与形式美学思想的密切关联,甚至被人们称为语言文字领域中的"有意味的形式"。伍尔夫去世后,她的另一位老友、小说家福斯特在剑桥大学所做的纪念讲座中,同样强调了伍尔夫敏锐的感觉,以及对智性的尊重。可见,情感与智性的自由协作确实是"布鲁姆斯伯里团体"普遍的美学追求。约翰斯顿在总结"布鲁姆斯伯里团体"的精神氛围时写道:"无限的有机变化、秩序、深刻了解而获知的真理、现实——这些就是布鲁姆斯伯里所要求于艺术的东西,它们构成了这些人尝试各类艺术作品,从传记到音乐,从绘画到小说的试金石。变化与深刻了解而获知的真理或许与艺术家的情感有关,秩序与现实则或许与他将从生活中攫取的物质材料组织为审美整体的能力有关。这一能力或许可称之为智性的(intellectual),就它被理解为虽然并不等同,却类似于那种在科学或哲学中结构逻辑体系的能力而言。"①

在"布鲁姆斯伯里团体"这一充满浓厚的双性同体氛围、追求情感与智性互补的自由世界中,伍尔夫不仅在小说《奥兰多》中虚构了"双性同体"的奇妙景观,还将"双性同体"视为女性艺术家锻造完美的人格理想的美学标志。

早在短篇小说《墙上的斑点》中,伍尔夫即已借无名主人公的无边思绪,提出了"离开表面""进行不断深入的沉思"②的必要性。在《一间自己的房间》中,她通过对历史上与现实中女性创作的回顾,分析了女性从事艺术创造面对的压力,包括外部与内心的困扰,认为困扰即不良的情绪会破坏、影响艺术的纯净。她还以夏洛蒂·勃朗特小说《简·爱》的创作为例,重点分析了女性写作中"愤怒"情绪导致的负面影响。伍尔夫写道:"愤怒干扰了作为小说家的夏洛蒂·勃朗特应当具备的诚实。她脱离了

---

① J. K. Johnstone. *The Bloomsbury Group: A Study of E. M. Forster, Lytton Strachey, Virginia Woolf, and Their Circle*. London:Secker and Warburg,1954,p. 93.
② [英]弗吉尼亚·吴尔夫:《雅各的房间;闹鬼的屋子及其他》,蒲隆译,北京:人民文学出版社,2003年,《闹鬼的屋子及其他》部分第33页。

本该全身心投入的故事,转而去宣泄一些个人的怨愤。……她的想象力因为愤怒突然偏离了方向……正如我们能不时感觉到压迫引发的某种尖刻,感觉到激情的表象下郁积的痛苦,感觉到作品中的仇怨,这些作品,尽管都很出色,但仇怨带来的阵痛却迫得它们不能舒卷自如。"①伍尔夫指出,虽然人们认为勃朗特的天赋高过奥斯丁,但是,由于情绪损害了艺术,"她的天赋永远不能完整和充分地表达出来。她的书必然有扭曲变形之处。本该写得冷静时,却写得激动,本该写得机智时,却写得呆板,本该描述她的人物时,却描述了她自己"②。而这种不平之气,在勃朗特所处的那个时代的女作家来说又是普遍而自然的,因为她们被剥夺了与男性一样去体验、交往与旅行的权利,而只能寂寞地远眺荒野。由此,伍尔夫直指男权社会的不公,暗示要达到理性与情感协同的艺术创造境界,前提是性别的自由与平等。

由情感与智性失衡造成的后果的分析,伍尔夫推进到关于"最适宜创造活动的精神状态"的思索,得出了她的"明净的、消除了窒碍的头脑"③的结论,由此推导出两性和谐互补的必要性。她由一对青年男女共乘一辆出租车的场景获得启发,认为与肉体的和谐相对应,头脑中的两性同样应该和谐:

> ……看到两人搭车而去,它给我的满足感,让我不禁自问,头脑中的两性是否与肉体中的两性恰相对应,它们是否也需要结合起来,以实现完整的满足和幸福。我不揣浅陋,勾勒了一幅灵魂的轮廓,令我们每个人,都受两种力量制约,一种是男性的,一种是女性的;在男性的头脑中,男人支配女人,在女性的头脑中,女人支配男人。正常的和适意的存在状态是,两人情意相投,和睦地生活在一起。如果你是男人,头脑中女性的一面应当发挥作用;而如果你是女性,也应与

---

① [英]弗吉尼亚·吴尔夫:《一间自己的房间及其他》,贾辉丰译,北京:人民文学出版社,2003年,第64页。
② 同上书,第61页。
③ 同上书,第49页。

头脑中男性的一面交流。柯勒律治说,睿智的头脑是雌雄同体的,他说的或许就是这个意思。在此番交融完成后,头脑才能充分汲取营养,发挥它的所有功能。也许,纯粹男性化的头脑不能创造,正如纯粹女性化的头脑也不能创造。①

伍尔夫认为优秀的艺术家如莎士比亚、斯特恩、济慈、考珀、柯勒律治、普鲁斯特等拥有"雌雄同体"的大脑,这种大脑"更多孔隙,易于引发共鸣;它能够不受妨碍地传达情感;它天生富于创造力、清晰、不断裂"②。而"纯是理智占上风,头脑就会僵化,变得枯燥起来"③。"任何创造性行为,都必须有男性与女性之间心灵的某种协同。相反还必须相成。头脑必须四下里敞开,这才能让我们感觉,作家在完整地传达他的经验。必须自由自在,必须心气平和。"此所谓"头脑中的联姻"④。

为了进一步表达这一双性和谐互补,情感、直觉与智性、逻辑推理的中和与均衡的美学理想与人格理想,伍尔夫还在几乎与《一间自己的房间》同时创作的小说《奥兰多》中,以夸张、荒诞的超现实主义奇想,虚构了一个人物变性的故事,形象地表达了她的"双性同体"观,将两性间的互补关系,进一步发展为对同一个人身上的理性与直觉因素彼此协调的境界的追求,进而阐释了诗人的艺术获得成功的奥秘所在。

神奇变性后的奥兰多不仅通过换位思考呈现了两性看待事物的不同视角,更以丰富的阅历赢得了诗神的青睐,与伟大的诗人产生了共鸣。为了写好从1586年即已开始的诗歌《大橡树》,奥兰多频频换装,在两性角色之间自由穿行,并拥有了"双重收获"⑤。奥兰多进而领悟了人性中更加复杂而普遍的现象,即"每个人身上,都发生从一性向另一性摇摆的情

---

① [英]弗吉尼亚·吴尔夫:《一间自己的房间及其他》,贾辉丰译,北京:人民文学出版社,2003年,第85页。
② 同上书,第86页。
③ 同上书,第90页。
④ 同上书,第91页。
⑤ [英]弗吉尼亚·吴尔夫:《奥兰多》,林燕译,北京:人民文学出版社,2003年,第127页。

况,往往只是服装显示了男性或女性的外表,而内里的性别则恰恰与外表相反"①。由于单一性别总存在缺陷,双性互补的必要性由此获得呈现。也正是由于双性的视野,奥兰多与具有同样气质的丈夫夏尔·谢尔默丁之间产生了奇特的默契。"双性同体"的理想人格结构使得奥兰头脑中的双性可以平等对话,平衡互补,《大橡树》也成为传世之作。伍尔夫由此表明,拥有"双性同体"的头脑,是成为真正伟大的艺术家的前提。鲁丝·格拉堡(Ruth Gruber)认为:"(奥兰多的)变性因而似乎表现为一种哲学的可能性,遥远的古代观念的语言表达。……随着时间推移,他能够分别体现出两性的特征。弗吉尼亚·伍尔夫将他身上的男性与女性分离开,恰似古希腊的神祇将双性的人分离一样。"②这一追求两性的平等交流、思想与情感互补、理性与直觉兼容的观念,既是奥兰多以及"她"的原型薇塔·萨克维尔-韦斯特,也是伍尔夫本人乃至每一位女性的自由写作理想。这表明经受过多次性别创伤的伍尔夫,呼吁女性克服自身的怨愤,以开阔的胸襟和双性的视野,突破智性与情感非此即彼的二元对立思维模式,追求整合性别差异的人性理想。

综上,由情感与智性的自由协作、均衡互补发展而来的"双性同体"观,代表的是女性主义文学先驱伍尔夫完美的人格理想与自由写作梦想,在其生成的过程中,"布鲁姆斯伯里团体"自由宽松、崇尚智慧与理性的美学观念、精神氛围与生活方式所产生的影响是不可忽视的。中国古典艺术的美学原则通过弗莱、贝尔的阐释,也在其中发挥了潜在的影响力。

林秀玲认为:"在中国艺术与现代西方艺术之间发现平行之处和可能存在的影响,是弗莱在现代运动中为反传统的实验辩护的另一项创造。"③通过弗莱与贝尔打破民族藩篱、跨越时间疆域、提取艺术作品

---

① [英]弗吉尼亚·吴尔夫:《奥兰多》,林燕译,北京:人民文学出版社,2003年,第108页。
② Ruth Gruber. *Virginia Woolf: The Will to Create as a Woman*. New York: Carroll & Graf Publishers, 2005, p. 147.
③ Lin Hsiu-ling. "Reconciling Bloomsbury's Aesthetics of Formalism with the Politics of Anti-Imperialism: Roger Fry's and Clive Bell's Interpretations of Chinese Art". *Concentric: Studies in English Literature and Linguistics*. Vol. 27, No. 1 (Jan., 2001):171.

的内在一致性的形式美学分析,以及伍尔夫与福斯特等的现代主义小说探索,中国古典艺术美学被同化进了英国的现代主义文学艺术之中。

第三节　形式主义美学的内在悖论

弗莱与贝尔所崇尚的美学观念,以超时空、超国界的形式主义姿态,体现出反政治或非政治的倾向。然而,反政治或非政治本身其实也是一种政治。弗莱和贝尔的形式主义审美体系是针对西方中心主义和文化帝国主义,要求扩大世界文化艺术版图和拥抱文化的多样性的,但其形式主义美学理论的形成与完善本身又受惠于帝国主义文化掠夺所带来的非西方艺术在西方的流行,其中又存在着一定的悖论。

一方面,弗莱和贝尔等"布鲁姆斯伯里人"的世界主义胸襟与自由主义思想决定了他们对另一种文化的尊重。他们在自己的祖国对异族侵略压迫面前,怀有一种人道主义的负罪感,所以他们高度尊敬中国艺术,尝试以一种建立于形式审美基础上的文化全球主义来解决与调和美学与道德之间的冲突。如前文所论迪金森的《"中国佬"信札》和罗素的《中国问题》自不必说,劳伦斯·宾扬在评论《女史箴图》时,亦一针见血地批评了帝国主义的抢劫行径:"西方文明的军队做的是破坏性的事。"他期待着"或许,某一天,当我们开始学会看待中国艺术杰作时不想首先烧毁它的时候,我们或许可以从本土的判断中得到知识"。[①] 第一次世界大战爆发后,贝尔在许多小册子中都提出英国应该撤出第一次世界大战的主张,在1915年的《立即和平》(*Peace at Once*)中,甚至提出了结束战争的具体方案,其中之一,就是呼吁英国军队从中国撤出。他写道:"日本大约不会撤出胶州。但是为了证明我们的公正,我们必须将威海卫交还给中国,中国海因而还是属于黄种人的,对此,他们似乎比白人更有权利。"[②] 近半个世

---

① Laurence Binyon. "A Chinese Painting of the Fourth Century". *The Burlington Magazine for Connoisseurs*. Vol. 4, No. 10 (Jan., 1904):40.

② Clive Bell. *Peace at Once*. Manchester: National Labour, 1915, pp. 42—43.

纪之后,阿瑟·韦利也写了《中国人眼中的鸦片战争》(*The Opium War Through Chinese Eyes*,1958)一文,严厉批判了英国的沙文主义。"布鲁姆斯伯里团体"的知识分子一方面出于对帝国主义侵华的义愤而自觉选择站在了受害者的一方;另一方面,他们对中国艺术的尊重还源自对文艺复兴以来欧洲艺术发展渐入机械再现的死胡同的强烈不满,所以站在西方立场上进行了自我批评,并愿意虚心向远东及世界其他民族文化借鉴学习。与此同时,不得不指出的是,他们对中国文化的理解和阐释,又未能真正从中国语境出发,而是更多与自身需要,与英国现代主义的发展需要相连的,这就使得他们表面上反政治化的审美主义、形式主义,背后又有着政治化的特点。这种政治化除了表现出"布鲁姆斯伯里团体"的文学艺术家不从众、不媚俗、不迎合官方立场和主流价值观的高尚品格和独立姿态,同时也在下列两个方面体现出来:

其一是虽然他们对受压迫民族满怀同情,并明确地表明了自己的反战、反帝立场,但他们对中国文化与艺术的了解与接触确实是在西方殖民主义的特定语境下发生的,并直接受惠于帝国主义侵华战争所造成的中国艺术品大量流入欧美这一事实。这即是弗莱、贝尔等人所面临的自由的世界主义立场建立于英帝国主义遗产的基础之上的尴尬处境。

其二是他们以形式审美作为实现跨文化理解的便捷之途,无疑将东方艺术之美带到了西方人的面前。反对讲故事、表达哲学思想,这是他们引入非传统或反传统的艺术,以及跨越文化疆界的"他者"艺术的一种策略。但如前所述,无论是中国艺术还是其他非西方艺术的形式背后,均有独特的民族文化内涵作为支撑,艺术形式是与特定时代背景、艺术家的思想个性以及文化传统水乳交融的。弗莱和贝尔声称艺术是无国界、超民族的,具有超越时空与文化语境的普遍性,无异于将中国艺术从其文化特殊性中剥离了出来,抽空了艺术的文化蕴涵与生成语境,付出了牺牲艺术作品的哲学、宗教、社会等方面的意义的代价。举例来说,弗莱和贝尔特别关注中国青铜器、佛教雕像等的形状、形式和设计,将传统的中国绘画仅仅视作线条与色彩组合而成的"有意味的形式",而抽空了这些艺术品中的文化蕴涵,并未关注其仪式的、宗教的功能,因而忽略了其中所体现的宗教、哲学、政治与社会方面的意义。

美国学者帕特丽卡·劳伦斯在其研究"布鲁姆斯伯里团体"文学、艺术家与中国现代文学社团关系的著作《丽莉·布瑞斯珂的中国眼睛》中,反复提到弗吉尼亚·伍尔夫在小说《到灯塔去》中关于女画家丽莉·布瑞斯珂的那双细长的、富有中国特征的眼睛,并写道:"英国的现代主义艺术家把目光投向了东方,与此同时,大量新的文化、哲学、审美体验与感受在20世纪初纷纷崭露头角。丽莉那双'中国眼睛'富含象征意义,是伍尔夫触及文化、政治、美学的成功写作手法,不仅暗示着英国画家融合了中国的审美观,而且暗示着欧洲现代主义甚至包括当代的对我们自己的文化和美学之'地方'(即普遍性)的质疑。"[①] 如形式审美本身是一柄双刃剑一样,在此,我们或许不仅可以把丽莉的"中国眼睛"解读为以弗莱、贝尔为代表的伦敦现代主义艺术家发现、拥抱中国艺术的审美慧眼,同时亦可解读为西方人由于文化差异与自我本位对东方的理解中不可避免存在的误读、遮蔽甚至扭曲。当然,反之亦然。

如英国汉学家雷蒙·道森所言,在西方人的观念史中,中国是一条"变色龙",意指西方人会从特定的历史语境出发,依据自身的需要和心态的变化而想象与再造中国。由此,中国形象史反射出的,其实是西方思想史的一个侧面,这一观点可用于阐释中西文化—文学交流史上出现的诸多现象,同样亦可用于对"布鲁姆斯伯里团体"美学家们的理解。为了理解"他者"文化的意义,欣赏通过帝国主义行径而被带入伦敦的中国艺术,弗莱们倡导一种针对世界艺术的、超越文化与民族疆界的审美体系。他们对中国艺术的理解一方面阐发了其部分审美特征,另一方面同时也是在言说他们自身和英国现代主义。丽莉的中国眼睛是好奇的、热情的,同时也需要更加敏锐而审慎地反观自身。实现跨文化的沟通与理解任重

---

① [英]帕特丽卡·劳伦斯:《丽莉·布瑞斯珂的中国眼睛》,万江波、韦晓保、陈荣枝译,上海:上海书店出版社,2008年,第15页。

道远。

　　综上，与其他艺术传统一道，中国艺术成为20世纪初欧洲艺术变革的重要助推力量。英国现代主义者做了真诚的努力去理解中国及其文化，但其对中国艺术与文化的赞美又与其在英帝国内部的政治地位紧密交织。帝国时代使多元文化聚集到大都会的中心伦敦成为可能。中心化与去中心化、帝国与反帝国的自由主义倾向之间呈复杂纠结的态势。当然，除了中国艺术之外，彼时影响和推动英国现代主义的还有其他因素，如俄国文学与芭蕾舞艺术，日本的能剧与浮世绘艺术，以及拉丁美洲、非洲和大洋洲的艺术等。

第八章 作家想象中的神秘中国:伍尔夫、斯特拉齐等的中国因缘

除了汉学家阿瑟·韦利对中国经典诗文不遗余力的译介与研究,迪金森和罗素到中国的实地访问、考察及其成果,弗莱和贝尔等对中国艺术的亲近、借鉴与阐发之外,"布鲁姆斯伯里团体"的作家们也与中国文化,以及当时的中国知识分子群体有着不解之缘。通过种种渠道,他们对中国的历史文化传统与现实发展状况表示关注和发表评论,并以或实际交往或文字虚构的方式,想象了遥远东方的神秘中国。其中的主要代表为现代小说理论的倡导者、意识流小说大师弗吉尼亚·伍尔夫,传记艺术大师利顿·斯特拉齐,现代主义小说家 E. M. 福斯特,"布鲁姆斯伯里团体"的年轻一代朱利安·贝尔,以及团体的朋友、现代主义诗人与散文家奥登和衣修伍德等人。

第一节 伍尔夫与中国以及中国文人的渊源

通过汉学家翟理斯、宾扬、韦利等的著述与翻译,外甥朱利安·贝尔等亲友有关中国的旅行著述,与朱利安的中国朋友、现代女作家凌叔华的书信往还,以及身为小说家、社会活动家和政治家的丈夫伦纳德·伍尔夫所收藏的包括《中国见闻》(1922)、

《佛国记》(1923)和《动荡的中国》(1924)在内的藏书等渠道,伍尔夫建构起了有关中国的文学想象。

首先,如前所述,伍尔夫除了读过阿瑟·韦利早年自费印制并分赠"布鲁姆伯里团体"友人的中国诗歌译著,由此建立起了有关中国古典诗歌的初步印象之外,还读过清代蒲松龄的文言短篇小说集《聊斋志异》的英文译本。早在19世纪40—60年代之间,《聊斋志异》的部分篇目与故事即已经由德、美等国来华传教士与外交官之手,被陆续介绍给了英语世界的读者。①《聊斋志异》英译史上的标志性人物是英国外交官、汉学家翟理斯。1880年,翟理斯独立完成的两卷本《〈聊斋志异〉英译选集》(Strange Stories from a Chinese Studio)由英国T.德拉律公司(Thos. De La Rue & Co.)在伦敦出版,深受读者欢迎,此后不断修订再版,其164篇聊斋故事中有多篇后被收入不同版本的故事与传说选集中,成为英语世界影响最大的聊斋译本。

1913年,伍尔夫在阅读翟理斯的《聊斋志异》译本之后,于随笔《中国故事》("Chinese Stories")中将其与同时期的英国作家亨利·菲尔丁和塞缪尔·理查生的小说进行了比较,谈到了它的"怪诞"特征。②《聊斋志异》为伍尔夫打开了有关中国的才子佳人、花妖狐魅等民间传说的光怪陆离的世界,激发了她对中国的好奇与想象。在她看来,蒲松龄笔下的小说与文化世界是"颠倒混乱"的,人在读完之后,会产生一种"仿佛在设法走过一座垂柳瓷盘里的桥"③的感觉,并深为小说中一系列富于诗意的想象所吸引。她的大量随笔作品表明,伍尔夫还读过其他东方国家的部分作品的英文本,如日本紫式部的《源氏物语》,阅读并评论过一些英、美作家以东方生活为题材或涉及东方形象的作品。此外,伍尔夫夫妇创办的霍

---

① 吴永昇、郑锦怀:《〈聊斋志异〉百年英译(1842—1946)的历时性描述研究》,载《北京化工大学学报(社会科学版)》,2012年第3期。
② Virginia Woolf. Collected Essays, Vol. 2. New York: Harcourt Brace Jovanovich, 1967, pp. 7—9.
③ Ibid., p. 7.

加斯出版社还分别在1927年与1929年出版了两部有关中国的著作——《今日中国》(*The China of Today*)和《中国壁橱及其他诗歌》(*The China Cupboard and Other Poems*)。

在此基础上，伍尔夫建立起有关中国与中国人的文学想象，将她心目中淡泊、从容、睿智而又崇尚直觉的中国特色，分别刻印在她笔下的三个人物形象身上，即随笔《轻率》("Indiscretions"，1924)中的英国玄学派诗人约翰·多恩、小说《达洛卫夫人》中达洛卫夫妇的独女伊丽莎白·达洛卫和《到灯塔去》中的中年女画家丽莉·布瑞斯珂，使他们分别都拥有一双"中国眼睛"[①]。

其次，除了迪金森、罗素、罗杰·弗莱的妹妹玛乔里·弗莱等先后来华访问之外，在她的亲友圈子里，对伍尔夫的中国想象影响最大的是她心爱的外甥、克莱夫·贝尔和文尼莎·贝尔夫妇的长子朱利安·贝尔来华任教的事件。这一事件直接促成了伍尔夫与中国作家凌叔华的书信往还。

青年诗人朱利安·贝尔毕业于剑桥大学国王学院，曾出版诗集《冬之动》(*Winter Movement*，1930)和《冬日的作品——以及其他的诗歌》(*Work for the Winter and Other Poems*，1936)。在他英年早逝之后，弟弟昆汀·贝尔在纪念文集的前言中写道："朱利安尽管一直都喜欢探究复杂的问题，但这种探究并没有让他成为一个思想者。他首先应该是一个诗人。他的诗歌风格呈现出简洁、凝练的特征，并富有很强的表现力。在他诗歌中，他能够逃脱围绕在他内心深处所有的焦虑和不安。他是他那个时代我最喜欢的一个诗人。"[②]美国学者彼得和威廉姆主编的文集《前线旅程——前往西班牙内战的两条道路》(*Journey to the Frontier: Two Roads to the Spanish Civil War*，1970)，分别介绍了朱利安在英国、

[①] 参见高奋：《走向生命诗学——弗吉尼亚·伍尔夫小说理论研究》，北京：人民出版社，2016年，第118—136页。

[②] Quentin Bell. *Julian Bell: Essays, Poems and Letters*. London: The Hogarth Press, 1938, p.1.

中国和西班牙的生活,为后人研究这位在现代英国诗歌发展史上昙花一现,但在20世纪中英文学—文化关系中却有着独到且重要地位的诗人、学者与教师的成就,提供了一手的资料。

1935年,年轻的朱利安·贝尔获得中英文化协会与国立武汉大学的任命,来华担任为期两年的英语与英国文学教授。他不仅教授英语作文、讲解莎士比亚,还每周做一次有关英国现代主义文学方面的讲座。为此,他还曾特地写信向母亲求助。通过朱利安·贝尔、I. A. 理查兹、威廉·燕卜荪和20世纪30年代来华的其他学者的教育活动,中国学生开始接触现代英国文学。因此,朱利安·贝尔一方面将英国现代主义文学创作与批评观念,以及"布鲁姆斯伯里团体"的自由主义伦理观带到了武汉;另一方面,其热情洋溢的书信、诗歌和散文,又成为他的父母、姨妈和其他"布鲁姆斯伯里人"感受、想象与触摸中国历史与文化的中介。他对中国风景、人情、世态的描写,还有他寄回的中国丝绸、陶器、汉鼎、青瓷、玉器等器物,不断向母亲和姨妈印证、强化着她们在伦敦参观伯灵顿国际中国艺术展后获得的印象,吸引着她们进一步探究中国的美学传统。文尼莎一边想象着朱利安信中描述的中国,一边与朱利安分享她参观中国艺术展的感受:"我的理论是,中国——这片风景——和她的美丽画卷是一样的——那片微妙的蓝色、褐色和灰色,勾起人们对其他色彩的联想;而且,生活在这个国度里的人们无不受其影响。他们顺理成章地临摹了风景。这个体系以某种方式浸入了他们的灵魂,挥之不去,以至他们的思想和感触沉浸其中。"[①]

在来华当年写给伍尔夫的一封信中,朱利安告诉他的姨妈:"这个国家十分可爱,中国人都很有魅力;我在做有关现代的讲座,时间覆盖了1890—1914年、1914—1936年两个时间段。我不得不阅读作家们的作品;这是必须要做的事;我们都写得太多啦;我想,我该把《到灯塔去》作为

---

① 转引自:[美]帕特丽卡·劳伦斯:《丽莉·布瑞斯珂的中国眼睛》,万江波、韦晓保、陈荣枝译,上海:上海书店出版社,2008年,第349页。

第八章　作家想象中的神秘中国:伍尔夫、斯特拉齐等的中国因缘　245

一本指定教材。"①此时,伍尔夫的作品已在中国获得译介,她也作为欧美"心理小说"的代表作家之一而获得了赵景深、叶公超、徐志摩、范存忠、卞之琳等学者与作家的推崇。就在1935—1936年间,朱利安将伍尔夫的传世名作《到灯塔去》的英文本介绍给了他的中国学生。

1935年10月,负责接待朱利安的东道主、国立武汉大学文学院院长陈西滢的夫人凌叔华开始旁听朱利安讲授的"莎士比亚"和"英国现代文学"课程。朱利安在10月23日写给母亲的信中,不吝笔墨地赞美了这位中国的才女作家:"她,叔华,是非常聪颖敏感的天使……请想象一下那么一个人,毫不造作,非常敏感,极其善良极其美好,生性幽默,生活坚定,她真是令人心爱。"又写道:"如果你能寄张水彩画让我送给叔华,我想她会高兴的。前天她给我看了很多画——很多卷——其中还包括罗杰送给徐的画。在她家的墙上还挂有一张罗杰的装饰画。另外,她还有很多宋代画的复制品。我不知道你会在多大程度上喜欢叔华的作画风格——或许太文学了,尽管她喜欢简洁本色地表现事物,这与过去在欧洲看到的所谓中国艺术风格的装饰画很不一样。"②此处,朱利安对中国宋代文人绘画诗意、冲淡艺术风格的评价,与罗杰·弗莱的中国绘画观是一致的。

陈西滢和凌叔华夫妇周围那种与"布鲁姆斯伯里团体"颇为相近的知识氛围使朱利安倍感亲切,很快喜欢上了中国和武汉。他在1935年9月写给好友艾迪·普雷菲尔的信中说:"我的邻居陈西滢一家就像是光明的天使。这里还有'布鲁姆斯伯里—剑桥'的外围文化。陈西滢是戈迪的朋友,他们二人又都认识徐志摩——对布鲁姆斯伯里意义重大的穿针引线式的人物。整个环境和氛围酷似在家的时候。"③他还于1936年3月12日给姨妈写信,以诗人的风格和画家的眼睛描绘出自己印象中的武汉风

---

①　Patricia Laurence. *Lily Briscoe's Chinese Eyes*: *Bloomsbury, Modernism, and China*. Columbia, South Carolina: University of South Carolina Press, 2003, p. 44.

②　凌叔华:《中国儿女——凌叔华佚作·年谱》,陈学勇编撰,上海:上海书店出版社,2008年,第235页。"徐"指徐志摩。

③　Patricia Laurence. *Lily Briscoe's Chinese Eyes*: *Bloomsbury, Modernism, and China*. Columbia, South Carolina: University of South Carolina Press, 2003, p. 40. "戈迪"指G.L.迪金森。

景:"血红色的月亮升起来,从云间穿过。"①1936 年 5 月 2 日,伍尔夫在给朱利安的回信中表达了对中国的想象及对中国文化与"布鲁姆斯伯里团体"亲缘关系的认同:"在我心中,我本能地认为中国就是一瓶青瓷,这瓶里插着几朵鲜花,还散发着淡雅的芳香。我觉得在中国的文化中流淌着比你想象的更多的布鲁姆斯伯里的血液。"②而在 1936 年 5 月 21 日写给朱利安的信中,伍尔夫一边对他初来乍到的不适进行了宽慰,一边又表达了对外甥能来到这个神秘而又古老的东方国度的欣羡:"事实上我觉得你身上有很多值得羡慕的地方。但愿我在你这个年龄已经在中国待上三年了。"③1936 年 12 月,伍尔夫亦在回复朱利安的信中写道:"我感觉东方人的血管中流淌着和我们同样的鲜血;他们全都显得那么沉静、含蓄而端庄持重。"④武汉大学图书馆迄今还保留着朱利安和他的学生们在一起,以及学生们举行英语演讲竞赛的合影。这些学生当中便有后来与朱利安发展起了亲密的私人友谊的叶君健。

朱利安十分欣赏凌叔华的作品,多次在信中向母亲和姨妈提及。在 1936 年 1 月到 1937 年 3 月回国前写给母亲、姨妈、弟弟昆汀·贝尔和好友艾迪·普雷菲尔的信中,朱利安均如醉如痴地报告了自己对这位优雅的东方才女的倾慕之情。在一封很可能写于 1936 年秋的信中,他告知姨妈:"我对院长夫人怀有柏拉图式的爱情,她是中国优秀的女作家……她热烈地崇拜您的作品。"⑤1935 年 12 月 17 日,朱利安在给母亲的信中热切地写道:"我渴望着英国人能读到苏⑥的作品;她很可能会

---

① Patricia Laurence,*Lily Briscoe's Chinese Eyes: Bloomsbury, Modernism, and China*. Columbia, South Carolina: University of South Carolina Press, 2003, p. 229.
② Virginia Woolf. *The Letters of Virginia Woolf*, Volume VI: 1936—1941. Eds. Nigel Nicolson and Joanne Trautmann. New York: Hartcourt Brace Trautmann, 1980, p. 32.
③ Patricia Laurence, *Lily Briscoe's Chinese Eyes: Bloomsbury, Modernism, and China*. Columbia, South Carolina: University of South Carolina Press, 2003, p. 59.
④ Ibid., p. 70.
⑤ Ibid., p. 46.
⑥ 原文为 SUE,与凌叔华名字中"叔"音相近,为朱利安·贝尔、弗吉尼亚·伍尔夫和文尼莎·贝尔在信中对凌叔华的称呼。

第八章　作家想象中的神秘中国:伍尔夫、斯特拉齐等的中国因缘　247

获得成功。"①他甚至在 1935 年 11 月 1 日给普雷菲尔的信中把凌叔华称为"一个中国的布鲁姆斯伯里人",称院长的夫人是"我所碰到过的最出色的女性","她和弗吉尼亚一样敏感,充满了智慧,比我认识的所有人都要出色"②;并在一年后即 1936 年 12 月 18 日的信中,进一步赞美了凌叔华的作品:"它们好得不同凡响。我不知道,弗吉尼亚是否允许存在另一位如此优秀的女作家,即便她是用中文写作的。"③朱利安对中国文化的了解和倾慕,既有"布鲁姆斯伯里团体"整体氛围的影响,也有凌叔华的影响。其一,让他爱上了北京。通过凌叔华,他见到了齐白石,还拜访了北京的中国知识分子。他在给母亲和同学的信中津津乐道在北京浪漫而神秘的日子。其二,是帮他打开了认识中国绘画、诗歌、书法、金石的窗口。1935 年 11 月 6 日,朱利安在给母亲的信中写道:"至于叔华,我们相处得很好,我们已经逐渐地成为无话不谈的好朋友了。今天我再次欣赏了她的画作。她的作品大部分都是临摹从北京带来的宋朝和明朝的画作。当然,我在欣赏她的画作时尝试着忘却你的绘画世界:在她的绘画作品里没有那些注重深度空间的事物,也没有塞尚式的风格。但是叔华绘画的风格正是我一直渴望拥有的:仅仅以一种天赋的敏感来处理笔下的题材,让画面上的景物有着诗一般的情绪。她的绘画不是现实主义风格的。她对笔下风景的描绘散发出来的不仅仅是一个画家的才情,更是展现了一个诗人的气质。她经常会画出一条小径,或者一段马路。我常常想要走进她的画作里,我似乎能够在那里找到我对世界的原始情绪。如果有一天我也开始画中国画的话,那也许是多么滑稽的一件事情啊。"④这里,朱利安已经十分敏锐地从凌叔华的中国古代绘画仿作中感受到了中国艺术抽象简约、返归自然、诗意盎然的风格特征。此外,凌叔华还会给他讲解中

---

① Patricia Laurence, *Lily Briscoe's Chinese Eyes: Bloomsbury, Modernism, and China*. Columbia,South Carolina:University of South Carolina Press,2003, p.83.
② Ibid., p.63.
③ Ibid., p.83.
④ 转引自龚敏律:《远游在东方的缪斯——外籍来华诗人与中国文学的互动影响研究》,长沙:湖南师范大学出版社,2018 年,第 112—113 页。

国绘画和书法。朱利安于是开始练习毛笔字，学习说中文，尝试用中国水彩画来画鲜花，甚至在给朋友的信中表达了想以中国形式来尝试写诗和短篇小说的愿望。在给艾迪·普雷菲尔的信中，朱利安还报告了自己每天上午和凌叔华一道工作，共同翻译与润色她的短篇小说和中国古诗的英文表达的情景。由他协助凌叔华翻译并加以润色的早期作品，起码包括《疯了的诗人》《写信》和《无聊》三篇。根据陈学勇编撰的凌叔华年谱，1928年4月10日，小说《疯了的诗人》首发于《新月》杂志第1卷第2号；1931年，《写信》首发于《大公报》"万期纪念号"；1934年，《无聊》首发于《大公报》"文艺副刊"。朱寿桐认为："凌叔华的创作对于心理怔忡和心理变态的刻画也颇为热衷。"①如在《疯了的诗人》中，即"干净利落地运用了精神分析的现代文学笔法，人物内心深处的病态得到了淋漓尽致的揭示"②。

1936年，《无聊》由凌叔华与朱利安·贝尔合作翻译，以"What's the Point of It?"为题发表于温源宁主编的英文刊物《天下》月刊第3卷第1期，在上海出版；1937年，《疯了的诗人》亦由凌叔华与朱利安·贝尔合译，以"A Poet Goes Mad"为题发表于《天下》第4卷第4期；同年12月，《写信》由凌叔华单独译成，以"Writing a Letter"为题发表于《天下》第5卷第5期。③ 而朱利安·贝尔对凌叔华作品中部分英文表达的调整，则约略可见一位西方文化教养下的读者对中国文化的不理解和有趣误读。④ 作为"布鲁姆斯伯里团体"的年轻一代，朱利安还以团体的价值观为基础，建议含蓄节制的凌叔华更加大胆地表现女性的情欲。虽然凌叔华深受中国传统文化濡染，属于"闺阁派"作家，此时又已把主要兴趣转向宋元古画研

---

① 朱寿桐：《新月派的绅士风情》，南京：江苏文艺出版社，1995年，第439页。
② 同上书，第440页。
③ 凌叔华：《中国儿女——凌叔华佚作·年谱》，陈学勇编撰，上海：上海书店出版社，2008年。
④ 参见"Selection from Ling Shuhua's Story 'Writing a Letter' with Julian Bell's Annotations". In Patricia Laurence. *Lily Briscoe's Chinese Eyes: Bloomsbury, Modernism, and China*. Columbia, South Carolina: University of South Carolina Press, 2003, pp. 405–408.

第八章 作家想象中的神秘中国:伍尔夫、斯特拉齐等的中国因缘

究,因此并未采纳他的建议,但朱利安的影响依然在多年后问世的《古韵》(Ancient Melodies)中潜在地体现了出来。因此,凌叔华在朱利安的推荐和指点下对包括伍尔夫著作在内的现代主义文学的阅读,她所接受的"布鲁姆斯伯里团体"价值观对其创作的潜在影响以及传统文化教养对上述影响的抵制,两人共同参与的文学翻译活动等,均可在西方现代主义初入中国的语境下,被视为一次饶有意味的跨文化对话。而这一对话的珍贵结晶,除了上述文学交流的诸多史实之外,更有日后凌叔华的英文自传体小说《古韵》的写作与出版。

在朱利安牺牲于西班牙反法西斯战场①之后,文尼莎和凌叔华彼此安慰的往返信件与互赠礼物,又进一步延续与扩展了中英现代主义文化和美学间的交流。在1939年12月5日的信中,文尼莎询问凌叔华是否看过弗莱关于中国艺术的演讲稿,还给她寄去了伍尔夫撰写的弗莱的传记。身为画家、小说家、书法家和收藏家的凌叔华,亦成为向"布鲁姆斯伯里团体"传播中国文化的桥梁。1940年2月4日,在收到凌叔华寄来的圣诞卡片和手绘日历后,文尼莎认为它们很像是马蒂斯的作品,又具有纯正的中国风味。1950年,她在建议定居伦敦的凌叔华参观意大利文艺复兴时代艺术时,和当年的弗莱一样,再次将中国艺术与马蒂斯和锡耶纳画派的"平面"风格进行了比较,表现出"布鲁姆斯伯里团体"艺术家美学品位的高度一致性。

1938年的中国正处在抗战的艰苦岁月之中,远在英伦的伍尔夫也处在第二次世界大战阴云的笼罩之下。在一篇简短的回忆性文字中,凌叔华描述了自己给从未谋面的伍尔夫写信的心理动因:"一天,我偶然间获得了弗吉尼亚·伍尔夫的《一间自己的房间》并读了这本书,我深为她的写作所吸引,因此突然地,我决定给她写信,看看她要是处在和我同样的

---

① 爱情受挫的朱利安回国后志愿参加了奔赴西班牙的"国际纵队",并于1937年7月18日在马德里守卫战中牺牲。

境地会做些什么。"①当时的伍尔夫已经出版了她几乎所有最优秀的作品,正在为其老友罗杰·弗莱撰写传记。两位女作家的通信时间大约在1938年3月到1939年7月之间。凌叔华致伍尔夫的信尚有部分在英国与美国保存②,伍尔夫致凌叔华的六封信则收录于1975—1980年间出版的六卷本《弗吉尼亚·伍尔夫书信集》的第六卷中。从双方的相关资料与信件内容中我们可以推断,凌叔华是在战争的苦闷中向这位素未谋面却又深感亲近的异国作家寻求安慰和建议的。

  1938年11月16日,凌叔华在致伍尔夫的信中写道:"在过去的几周内,所有的坏消息一起都来了;我们意外地丢了广州,汉口的军队也不得不撤退,西方人束手无策……我明白,上前线作战是无济于事的,因为我们甚至找不到敌人,我们只会看到机器……我梦想……我看到家里一片狼藉,家具成了碎片,屋外是横七竖八的死尸,没有来得及埋葬的尸体散发出恶臭,我想,你或许愿意了解一点点极度悲惨的感觉,于是我写了这些告诉你。"③而同受法西斯战祸侵害,并屡遭丧亲之痛的伍尔夫也深深同情中国人民,力劝凌叔华像自己一样在写作中寻求寄托,忘却苦闷与焦虑。因此,联结痛失至亲与挚友的两位女作家的桥梁不仅是朱利安,还有她们心爱的艺术。她们作为渴望写作的妇女作家,都生活在个人和民族历史困苦的挣扎状态下,又同样出身于上层官宦与知识分子家庭,有着同样的教养,很容易产生心理上的亲近与精神上的共鸣。之前,凌叔华的小说作品如《无聊》等,已经体现出通过妇女之间的相互关系来描写妇女,表现人物内在精神世界和进行形式探索等特征,这也表明了她们沟通的基础。1938年,伍尔夫刚刚完成了被誉为《一间自己的房间》的姐妹篇的论著《三枚金币》并将其出版。该作围绕妇女与战争的关系等核心问题,展开了许多有关妇女社会地位和社会责任问题的探讨。当下的战争危机构

---

① Patricia Laurence. *Lily Briscoe's Chinese Eyes: Bloomsbury, Modernism, and China*. Columbia,South Carolina:University of South Carolina Press,2003, p. 253.
② Ibid.
③ Ibid., p. 268.

成伍尔夫反思战争根源、战争对女性命运的影响等问题的现实情境,而远在东方的凌叔华笔下中华民族惨遭异族涂炭的情景,或许也为伍尔夫的思考与写作提供了一个更为开阔的历史背景。"……我们发现,在她们的丈夫们传记的字里行间,无数的妇女在工作着——但我们如何给这些工作定名呢?生九个或十个孩子,操持家务,照顾残废,探望穷人和病人,这儿要照顾老父亲,那儿又要照顾老母亲——这个职业既无名也无利;但我们发现,十九世纪无数绅士们的母亲、姐妹和女儿在从事这一行业,我们不得不把她们的生活暂且堆积在她们丈夫和兄弟的生平故事之后,按下不表,留待那些有时间阅读,有足够想象力分辨的人们从中获取信息。"①伍尔夫呼吁在要求妇女尽一切可能帮助绅士们阻止战争之前,"首先使她们得到教育,其次使她们能够通过从事职业而谋生,否则,她们不会拥有独立而公正的影响力来帮助您阻止战争",而"这些事业是息息相关的"。②

在伍尔夫的鼓励下,凌叔华开始撰写英文自传性的小说《古韵》,并逐章寄给远在英国的伍尔夫提意见。除了伍尔夫之外,她还获得了"布鲁姆斯伯里团体"其他重要成员如文尼莎·贝尔、薇塔·萨克维尔-韦斯特和伦纳德·伍尔夫的帮助。尤其是伍尔夫与凌叔华之间的通信,成为中英文学交流史上不可多得的重要事件。昆汀·贝尔日后在关于伍尔夫的著名传记中写道:"弗吉尼娅对遭受痛苦的本能反应总是写作,她对疾病或不幸表示实际同情的方式是写信。"③

在《弗吉尼亚·伍尔夫书信集》里,注明写于1938年4月5日的信,是现存于世的伍尔夫致凌叔华的第一封信:

亲爱的苏·凌:
我希望你已经收到了我对你的第一封来信的复函。我收到你的

---

① [英]吴尔夫:《吴尔夫精选集》,黄梅编选,济南:山东文艺出版社,2000年,第669—670页。
② 同上书,第676页。
③ [英]昆汀·贝尔:《伍尔夫传》,萧易译,南京:江苏教育出版社,2005年,第314页。

信仅仅几天以后,就给你写了回信,文尼莎刚刚又转来你三月三日的信,但愿我能对你有所帮助。我知道你有充分的理由比我们更不快乐,所以,我想要给你什么劝慰,那是多么愚蠢呵。但我唯一的劝告——这也是对我自己的劝告——就是:工作。所以,让我们来想想看,你是否能全神贯注地去做一件本身值得做的工作。我没有读过你的任何作品,不过,朱利安在信中常常谈起,并且还打算让我看看你的作品。他还说,你的生活非常有趣,确实,我们曾经讨论过(通过书信),你是否有可能用英文写下你的生活实录。这正是我现在要向你提出的劝告。你的英文相当不错,能给人留下你希望造成的印象,凡是令人费解的地方,可以由我来作些修改。

你是否可以开一个头,把你所能记得起来的任何一件都写下来?由于在英国没人知道你,你的书可以写得比一般的书更自由,那时,我再来看看是否能把它印出来。不过,请考虑到这一点,不是仅仅把它当作一种消遣,而是当作一件对别人也大有裨益的工作来做。我觉得自传比小说要好得多。你问我,我推荐你读哪些书,我想,十八世纪的英语是最合适外国人读的英语。你喜欢读书信吗?有考珀的,华尔浦尔的,都很清晰易懂;司各特的小说(《罗布·罗伊》);简·奥斯丁的小说;再有就是,盖斯凯尔夫人的《夏洛蒂·勃朗特传》。现代作家中,乔治·穆尔的小说就写得很平易。我可以给你寄一些英文书,可是我不知道这些书你是否有了。不过,从来信中可以看出,你的英文写得很好,你不需要效法他人,只需速读,以便取得新的词汇,我这里不谈政治,你可以从我说过的话里看出,我们英国人是多么深深地同情你们,又爱莫能助。从此间的友人那儿我们得知有关中国的事态,不过,也许现在事情会有所转变,最坏的时候就要过去。

无论如何请记住,如果你来信谈到有关你自己的任何事,或者是有关政治的事,我总是高兴的,能读到你的作品,并加以评论,对我来说将是一大快事。因此,请考虑写你的自传吧,如果你一次只写来几页,我就可以读一读,我们就可以讨论一番,但愿我能做得更多。致以最深切的同情。

你的弗·伍尔夫①

1938年3月24日,凌叔华在致伍尔夫的信中,告知其已开始动笔写自己的生活经历。在同年7月7日的信中,她请求伍尔夫允许自己称她为老师(teacher or tutor),并对她解释了这一称呼在中国人心目中的崇高地位。伍尔夫则在7月27日的回信中请凌叔华称自己为更为亲昵的"弗吉尼亚"而不是"伍尔夫夫人"。在"天空中满是飞机"的伦敦,伍尔夫将凌叔华寄来的礼品置于案头,回赠了《夏洛蒂·勃朗特传》和兰姆散文集,还叮嘱她"怎么想就怎么写",表示"我将乐于给你任何力所能及的帮助,我将乐于拜读你的作品,并且改正任何错误"。她选择盖斯凯尔夫人的《夏洛蒂·勃朗特传》也有激励之意,认为它"或许能使你领略到十九世纪英国女作家的生活——她们面临的困难,以及她如何克服这些困难"②。这些都给予凌叔华以英文写作自传的信心。

第二节 伍尔夫与凌叔华《古韵》的写作与出版

在伍尔夫的鼓励下,凌叔华开始写作《古韵》,并逐章寄给她,这中间历时约一年半。伍尔夫高度评价了凌叔华的作品,在1938年10月15日发自萨塞克斯僧舍的信中这样写道:"我非常喜欢这一章,我觉得它极富有魅力。自然,对于一个英国人,初读是有些困难的,有些地方不大连贯;那众多的妻妾也叫人摸不着头脑,她们都是些什么人?是哪一个在说话?可是,读着读着,就渐渐地明白了。各不相同的面貌,使我感到有一种魅力,那些明喻已十分奇特而富有诗意。……说实在的,我劝你还是尽可能接近于中国情调,不论是在文风上,还是在意思上。你尽可以随心所欲

---

① 杨静远:《弗·伍尔夫至凌叔华的六封信》,载《外国文学研究》,1989年第3期,第9页。
② 同上篇,第10页。

地,详尽地描写生活、房舍、家具陈设的细节,就像你在为中国读者写一样。"①

这一时期,凌叔华为避日军空袭而带女儿迁至四川乐山,但依然难以躲避战争的喧嚣。在 1938 年 12 月 12 日给伍尔夫的信中,她把写作"视为生活中唯一闪亮的火花,给我温暖与勇气"②,并继续和伍尔夫讨论有关非母语写作的困难问题:"我知道,要我用英文写出一部出色的书来几乎没有可能,因为我无法得心应手地运用我写作的工具。这就好比在烹调时,假如你用外国人的锅或炉子来烧中国菜,一定烧不出原来那种味道。美味常常会由此而丧失。对于写作来说,我不知道这其中的差别会有多少。每当我读到好的翻译,总是立刻觉得宽慰……亲爱的弗吉尼亚,我希望你能告诉我该怎么办,因为我总是处在一种紧张的状态中。噢,我又是多么希望你能像从前那样,对我说好好努力,不要失望啊。"③

其实,凌叔华的英文基础本来已经相当不错。根据陈学勇编撰的作家年谱我们发现,早在燕京大学求学时期,凌叔华就编写过两出英文短剧《月里嫦娥》与《天河配》;1924 年,翻译并在《燕大周刊》发表过三篇有关欧洲画家生平经历的译文,同年在英文刊物 Chinese Journal of Art and Science(《中国艺术与科学杂志》)上发表了作品 The Goddess of the Han (《中国女皇》);1926 年,翻译了俄国作家契诃夫与有"英国的契诃夫"之称的女作家凯瑟琳·曼斯菲尔德的短篇小说各一篇;1929 年,有过翻译约翰·梅西(John Macy)所著《世界文学故事》(The Story of the World Literature)的念头;1932 年,翻译过奥斯丁的名作《傲慢与偏见》,不过没有译完。更不用说她在朱利安·贝尔的帮助下,将自己的作品翻译成英文过程中受到的锻炼。有这样先天的基础,再加之耐心的异国导师伍尔夫的精心指点,凌叔华英文写作的进步十分自然。

---

① 杨静远:《弗·伍尔夫至凌叔华的六封信》,载《外国文学研究》,1989 年第 3 期,第 10 页。
② Patricia Laurence. *Lily Briscoe's Chinese Eyes: Bloomsbury, Modernism, and China*. Columbia, South Carolina: University of South Carolina Press, 2003, p. 271.
③ Ibid., p. 273. 为 1938 年 12 月 31 日信。

伍尔夫试图指出凌叔华在用英语写作时害怕出错的恐惧,并了解在中国,在她书写女性自传时,是几乎没有传统可以借鉴的。她对凌叔华的同情、体谅与她对英国女性作家历史处境的关注直接相关。在《一间自己的房间》中,伍尔夫写道:"不论劝阻和批评对她们的写作有何影响——我相信影响很大——与她们把思想付诸笔墨之时所面临的其他困难相比,就显得微不足道了——所谓其他困难,是指在她们背后缺乏传统支撑,或仅有短暂而局部的传统,无甚裨益。因为如果我们是女人,就会去回想我们的母系前辈们。去求助于伟大的男作家们是无用的。"①

在战争的阴霾中,伍尔夫也忍不住向凌叔华描述了自己的处境:"终日里,飞机不断在房上掠过,每天都有不幸的难民上门求援。我正在读乔叟,并且试着为我们的老友罗杰·弗赖作传。"她还说:"我很羡慕你,你生活在一片有着古老文化的、广阔荒凉的大地上。我从你所写的东西里体会到了这一点。……我把劝告自己的话奉送给你,那就是,为了完成一桩非属个人的事业,只顾耕耘,不问收获。"②收于《弗吉尼亚·伍尔夫书信集》中的最后一封信标明写于1939年7月16日。当时的伍尔夫依然在忙于罗杰·弗莱传记资料的选择,并苦苦克制着战争有可能给自己带来的再度精神崩溃。她感谢凌叔华寄赠的红黑两色招贴画,并在信的最后写道:"飞机不断在我们头上盘旋,周围到处是防空掩体,但我仍然相信我们会有和平。"③

1940年,纳粹德国的飞机终于轰炸了伦敦,伍尔夫的寓所被炸。随着战争摧毁她沉浸于艺术的象牙之塔中的梦想,伍尔夫感觉到周围的文明正在崩塌。身为犹太人的伦纳德·伍尔夫在《自传》的最后一卷中,回顾了1940年的法西斯侵略给他们夫妇的生活带来的威胁:"在城里的街道上,犹太人到处都被公开穷追不舍,直到逮捕为止,还遭到痛打和羞辱。

---

① [英]弗吉尼亚·伍尔夫:《论小说与小说家》,瞿世镜译,上海:上海译文出版社,2009年,第133页。
② 杨静远:《弗·伍尔夫至凌叔华的六封信》,载《外国文学研究》,1989年第3期,第11页。
③ 同上篇,第7页。

我看到一张照片,在柏林的一条主要街道上,一个犹太人被冲锋队员们从店里拖出来。这人裤子上的纽扣被扯开,显示他被割过包皮,因而是一个犹太人。这人的脸上流露着可怕的表情,是一种茫然的痛苦和绝望,自从人类历史肇始以来,人们就已经在荆棘冠下遭到他们迫害和侮辱的受害人脸上看到这种表情了。在这张照片上,更可怕的是那些可敬的男女们脸上的神态,他们站在人行道上,嘲笑着那个受害人。"①

伍尔夫在 1940 年的整个 8 月和 9 月都见证了那些零星的保卫英国、保卫伦敦的空战。在空袭中,不仅伍尔夫的寓所被毁,文尼莎的画室也被炸掉了。伍尔夫在给密友埃塞尔·史密斯的信中这样写道:"……眼看着被炸得满目疮痍的伦敦,那也抓挠着我的心。"②1941 年,女作家终于带着无法再从事自己心爱的写作事业的遗憾,自沉于乌斯河。

根据凌叔华 1953 年致伦纳德信中的回忆,在抗战时期,尤其是 1938—1939 年间,她共向伍尔夫寄发了 8 或 10 份手稿。而伍尔夫也几乎是逐章阅读了凌叔华的手稿,提出意见并妥为保存。由于战乱及辗转迁徙,凌叔华失落了自己的保存稿。因此,正是诚挚而细心的伍尔夫对凌叔华手稿的尊重和保存,才使日后《古韵》的问世成为可能。她们在骚乱的战争年代,穿越个人、语言、文化和民族的障碍,相互通信与激励。这在整个人类的文化与文学交往史上,都是不可多得的一段佳话。

此外,在爱子牺牲两年后,文尼莎也开始了与凌叔华的通信联系。她的爱子念念于心的远在中国的心上人的来信,为她表达和宣泄内心的悲伤提供了一个出口。③ 1938 年 10 月 16 日,文尼莎在致凌叔华的信中写道:"你的来信十分伤感。我很高兴你把自己的感受告诉了我——请一直这样做吧。那样我也可能把自己的真实感受告诉你,我们就会更加亲密了。我想,朱利安的去世对你我之间关系的发展起到了某种促进作用,如

---

① [英]昆汀·贝尔:《伍尔夫传》,萧易译,南京:江苏教育出版社,2005 年,第 433 页。
② 同上书,第 435 页。
③ 1996 年,伦敦的布鲁姆斯伯里出版社出版了文尼莎·贝尔的书信集,进一步提供了有关文尼莎、朱利安和弗吉尼亚·伍尔夫等与凌叔华交往的新材料。

果他还在世,很可能情况不会像现在这个样子——所以,亲爱的苏,让我们把这种关系变得更加亲密无间吧。"①和她的妹妹一样,文尼莎也始终关注着中国女作家的写作进展。伍尔夫自杀之后,在一封写于1941年5月27日的信件中,文尼莎甚至将妹妹的死与爱子的死联系了起来,向凌叔华描述了自己的孤寂心情。此后,她们保持通信联系长达16年之久,直至1955年11月方才中止。1938年7月24日,凌叔华在致文尼莎的信中透露了自己尝试英文自传写作的原因:"如果我的书能够向英国读者描摹中国人生活的部分图景,部分和英国人一样普通的经验,以一个东方孩子的眼光来呈现部分中国人生活和性的真相——而这些你们是绝无可能看到的,我就心满意足了。"②而在1939年12月5日的回信中,文尼莎亦对战乱中的凌叔华多有宽慰:"请不管别的,尽可能地开心起来吧——我知道朱利安如果活着,也会对你说同样的话。"③因此,可以这样说,是文尼莎和伍尔夫这对姐妹在精神上支持了孤独与痛苦的凌叔华,并见证与激励了她的写作与成长。这是一种跨越不同的地理疆域和文化,甚至超越了生死的联系与对话。

虽然伍尔夫和凌叔华的锦书往还由于战争和伍尔夫的去世而终止,但"布鲁姆斯伯里人"与凌叔华之间的关系并没有结束,后面的巧合甚至更具有戏剧性。抗战胜利后的1946年,陈西滢出任国民党政府驻联合国教科文组织代表,凌叔华随行。她1947年定居伦敦时,伍尔夫已去世6年。在凌叔华到达后,文尼莎提供了力所能及的帮助。凌叔华后来还认识了女诗人薇塔·萨克维尔-韦斯特,她与伍尔夫有着深厚的情谊,并且是伍尔夫小说名作《奥兰多》中同名主人公的原型人物。萨克维尔-韦斯特是哈罗德·尼科尔森太太的笔名。关于伍尔夫和萨克维尔-韦斯特的关系,萨克维尔-韦斯特之子奈杰尔·尼科尔森后来在《树丛里的塞尚以

---

① Patricia Laurence. *Lily Briscoe's Chinese Eyes: Bloomsbury, Modernism, and China*. Columbia, South Carolina: University of South Carolina Press, 2003, p. 237.
② Ibid., p. 273.
③ Ibid., p. 269.

及其他关于查尔斯顿的回忆》中写道:"从1925年到1928年,她们曾经保持了三年的恋情。至今我仍认为这是最不可思议的恋情。……就薇塔而言,她完全是出于对弗吉尼亚的为人和创作天赋的崇拜才一直保持着这种关系的。"①"自从她认识了弗吉尼亚,那段情谊再也没有断开过,甚至在爱情结束以后她们也一直保持着良好的私人关系。她们的爱美丽而纯洁,只要和对方在一起,彼此便能感受到发自内心的快乐。"②昆汀·贝尔的传记中也写道,1925年秋及随后的数年中,"她是弗吉尼亚生活中最重要的人——除了伦纳德和瓦尼莎之外。……薇塔似乎是为了让弗吉尼亚欢喜而被创造出来的"③。

在定居伦敦后,凌叔华注意到了发表在《观察家》杂志上的、总题为《在你的花园里》的一系列文章,作者正是萨克维尔-韦斯特。萨克维尔-韦斯特对中国植物的谈论让凌叔华深深着迷,她便写信给萨克维尔-韦斯特。萨克维尔-韦斯特邀请她到自己在西辛赫斯特的城堡去参观那显赫的花园。由于知道凌叔华的文学兴趣,萨克维尔-韦斯特偶然问起凌叔华是否曾以英文写作过,凌叔华遂提起往事。萨克维尔-韦斯特惊奇地找出了自己与伍尔夫的合影和伍尔夫送她的书,并建议凌叔华要把《古韵》完成出版。热心的萨克维尔-韦斯特后来又找到伦纳德·伍尔夫,伦纳德在僧舍旧居伍尔夫的遗物中,终于发现了《古韵》的文稿。

由于伍尔夫的关系,凌叔华自1952年5月起,亦开始了与伦纳德之间的通信。他们之间的联系保持到1969年2月,即伦纳德去世前不久。1952年7月6日,在写给伦纳德的信中,凌叔华明确谈及自己的中国观以及对流行的一些误读中国的作品的批评意见:"我希望自己能写出一部真实地表达中国和中国人的书。在西方有很多有关中国的书,但它们大多是为满足西方人的好奇心而写的。作者们有时只是出于自己的想象而

---

① [加]S. P. 罗森鲍姆著:《回荡的沉默:布鲁姆斯伯里文化圈侧影》,杜争鸣、王杨译,南京:江苏教育出版社,2006年,第42页。
② 同上书,第45页。
③ [英]昆汀·贝尔:《伍尔夫传》,萧易译,南京:江苏教育出版社,2005年,第323页。

虚构了一些有关中国人的故事。他们对读者的态度是不诚实的。因此，在西方人的眼中，中国人成了某种半幽灵、半人的生物。"①关于《古韵》，她在1952年5月29日致伦纳德的信中再度写道："我写这部作品的计划开始于(1938年)写信给弗吉尼亚期间。当时，她是第一个，也是唯一的鼓励我不断写作的人。当我听到她的死讯时，我无法再继续把这本书写下去了。正如你所知道的那样，中国当时正处在第二次世界大战期间，我不得不面对各种困难，承担起作为一名中国人的所有责任。我只能等到战争结束才能恢复写作。"②凌叔华还在伦纳德的陪同下参观了僧舍伍尔夫的起居室和心爱的花园，并在1952年8月29日给伦纳德的信中感慨道："她一定有一颗伟大的心灵；她甚至竭力去帮助一个远在千里之外、过着和她完全不同的生活的人。"③后来，在《回忆录》中，她又写道："在过去的二十年中，人们常常提及弗吉尼亚·伍尔夫。人们知道她是一位杰出的作家。但却很少有人认识到，她也古道热肠，乐于助人。"④

就这样，自1937年起，由于朱利安的关系，凌叔华和"布鲁姆斯伯里团体"成员的友情像滚动的雪球一样越来越丰厚饱满。终于在他们的倾力帮助下，凌叔华在1952年修订完成《古韵》，于次年交由伍尔夫夫妇创办的霍加斯出版社出版。《古韵》初版时附有凌叔华手绘的七幅精致水墨素描画，凌叔华将该著题献给了弗吉尼亚·伍尔夫和薇塔·萨克维尔-韦斯特。萨克维尔-韦斯特还为之亲写序言，称赞"她的文笔自然天成，毫无矫饰，却有一点惆怅。因为她毕竟生活在流亡之中，而那个古老文明的广袤荒凉之地似乎非常遥远"⑤。

《古韵》以第一人称的回忆视角，通过"我"这个懵懂无知的孩童的眼睛，以散淡的笔触记录了清末一个妻妾成群的中国封建家庭的日常生活。

---

① Patricia Laurence. *Lily Briscoe's Chinese Eyes: Bloomsbury, Modernism, and China*. Columbia, South Carolina: University of South Carolina Press, 2003, p. 274.
② Ibid., p. 287.
③ Ibid.
④ Ibid.
⑤ 傅光明：《凌叔华：古韵精魂》，郑州：大象出版社，2004年，第73页。

作品包含18个片段,包括身为直隶布政使的父亲、母亲、三妈、五妈等的日常生活场景,亲睹的刽子手行刑场面,父亲在家中所设的旧式法庭上审理犯人的情景,以及回忆中的母亲朱兰幼年被拐后卖为大户人家的养女,之后又被骗嫁入北京丁家,成为第四房小妾的不幸婚姻,等等。在这个充满了是非争斗的大家庭中,作家描写了两个世界:一个是由父亲和几位小妾,包括三妈、母亲、五妈和六妈等组成的成人世界,那里充斥着男权的压迫、妻妾们的争风吃醋与明斗暗争。父亲要娶第六房小妾了,妻妾们和孩子们强作欢颜,被迫道喜。性情刚烈的五妈"哭了一整天"①,"大颗的泪珠像断线的珍珠一样从脸颊上滚下来"②,"她的手指在发抖,胸脯起伏"③;另一个则是由"我"和好多姐姐组成的儿童世界,描写了"我"作为父亲第四房小妾的第三个女儿、整个家中的第十个女儿在大院中寂寞成长、习画的经历:"也许是因为是妈的第四个孩子,家中的第十个女儿,自然没人留心。时间一久,我也习惯了。"④小说写到"我"长大进入女校,参加五四运动,并开始写作、在文坛崭露头角为止。

  小说的情节发展令人自然地联想到伍尔夫在《一间自己的房间》中对女性历史命运的回溯与现实遭际的分析。其中父亲审理的媳妇谋害婆婆一案,通过中国封建社会的恶婆婆虐待媳妇的典型现实,涉及了女性的地位和命运问题。而凌叔华关注中国旧式大家庭中妻妾的不幸命运,并着力通过女性关系群体刻画人物形象的倾向,亦与伍尔夫的文学主张彼此呼应。在凌叔华笔下的大家庭里,妻妾明争暗斗,争风吃醋。生下儿子的妾得意扬扬,三妈和六妈之间不仅恶语相向,甚至厮打起来。而嫁进家门的新娘在卸下了冠冕和大红的衣装之后,等待她的将是一生凄凉的命运:"只有在这种特殊的场合,新娘才是尊贵的,新郎只是她恭顺的仆人。但

---

① 凌叔华:《古韵》,傅光明译,北京:中国华侨出版社,1994年,第28页。
② 同上书,第36页。
③ 同上书,第37页。
④ 同上书,第39页。

这顿饭一过,她就得伺候丈夫一生,当然得柔顺贤淑。"①五姐即是包办婚姻的牺牲品,最后被迫进了尼庵。小说中还写到"我"的父亲从不让"我"在他的书房中自由读书的事情,表明凌叔华对女性受教育问题,以及在现实生活中难以接受正规教育的状况是十分敏感的,这一点也和伍尔夫在《一间自己的房间》中对作为高等学府象征的"牛桥"歧视女性的暗讽彼此呼应。

同时,我们看到,在20世纪30年代的中国,凌叔华探索书写女性生活的方式本身也受到伍尔夫的影响。中国传统的传记写作,几乎都是以帝王将相、王公贵族为传主的,女性没有在文学与文化中获得表达的可能性。同时,传统的传记书写是反对自我表达和内省的,特别是在危机时代,个人话语只能融于家庭、团体和国家这样的集体名词中,隐没于国家话语之下。而自传的书写则有赖于自我的存在感,以及足够的心理空间。通过与伍尔夫的书信来往,凭借着伍尔夫的激励与帮助,凌叔华大胆讲述了个人生活,使自己的心灵获得了解放。由于鼓励凌叔华将英文自传的章节一一寄给她阅读,伍尔夫还为凌叔华创造了一个隐形的英语读者,使她在文化上有可能更加开放地对待妇女和自传这种文体,脱离时代和环境在观念与形式上的约束,自由地表现个体的早年生活,并以诗意的笔触表现家庭内部关系和女性处境。而凌叔华从她所处时空的文类和意识形态约束中挣脱出来之后,亦显示了自己独特的本土写作策略。

与中国传统的以男性生活为叙述中心的文本不同,凌叔华在此运用了儿童叙述者的视角,以一种隐含的文化批评的态度专注于中国清末妇女儿童的生活,表达了一种既可以自我保护,又质疑社会的声音。因为这种方法使得儿童观察者既观察到社会的不公与腐败,又不用承担政治责任。通过将天真无邪的话语和对罪恶黑暗的观察相融的形式,凌叔华巧妙而公开地讨论了中国妇女的包办婚姻和妻妾之间的猜忌等问题。

由于"布鲁姆斯伯里团体"现代主义艺术观的影响,凌叔华较之其他

---

① 凌叔华:《古韵》,傅光明译,北京:中国华侨出版社,1994年,第111—112页。

中国女作家亦更加重视人的心灵状态的呈现,对叙述语言也有着自觉的意识。孟悦、戴锦华准确地评述了凌叔华的小说艺术之于中国现代妇女文学的独特意义:"在新文化初年,她以一种女性方式接过了西方小说艺术并重建为一种适合女性表达的形式。她的人物塑造、情节设置、叙述语调乃至叙事视点都体现了一个女性作家的特有选择。她把女性的经验从一种小问题、一种呐喊变为一种艺术,这正是一代浮出地表的女儿们所能做的最大建设。"①

《古韵》问世后,大获好评。当时不少报刊如《时与潮》《泰晤士报文学副刊》《观察家》《新政治家》《环球》等都刊文评论和赞扬。《时与潮》周刊评论说:"书中洋溢着作者对生活的好奇、热爱和孩子般的纯真幻想,有幽默、智慧、不同寻常的容忍以及对生灵的深切同情。无论新旧,只要是好的,叔华都接受,从不感情用事。""布鲁姆斯伯里团体"的外围成员或亲密友人哈罗德·阿克顿(Harold Acton,1904—1994)爵士匿名地在《泰晤士报文学副刊》评论说:"叔华平静、轻松地将我们带进那座隐蔽着古老文明的院落。现在这种文明已被扫得荡然无存,但那些真正热爱过它的人不会感到快慰。她向英国读者展示了一个中国人情感的新鲜世界。"②

1962年,凌叔华在巴黎东方博物馆举办了她个人的绘画和所收藏的元明清名家画作及中国文物古玩展。时任法兰西学院院士的传记大师安德烈·莫洛亚主持了这次活动,并在后来印成的纪念册的序言中写道:凌叔华"结识了两位英国作家弗吉尼亚·伍尔夫和薇塔·萨克维尔-韦斯特,在两位的指导下,尝试着用英文写作,并成功地将自己中文作品里那充满诗意的韵致融会在了英文作品之中"③。1969年,霍加斯出版社再版了《古韵》,并译成多国语言出版。1988年,《古韵》在美国再版。

---

① 孟悦、戴锦华:《浮出历史地表——现代妇女文学研究》,北京:中国人民大学出版社,2004年,第90—91页。
② 傅光明:《凌叔华:古韵精魂》,郑州:大象出版社,2004年,第64页。
③ 同上书,第78—79页。

关于"布鲁姆斯伯里团体"与凌叔华的文学因缘,帕特丽卡·劳伦斯有一个十分完备的总结:"凌叔华的自传吸收了布鲁姆斯伯里文化圈的营养:早期受到了朱利安·贝尔和弗吉尼亚·伍尔夫的鼓励;由玛乔里·斯特拉齐编辑,后来又在薇塔·萨克维尔-韦斯特鼓励下完成,薇塔还为她的作品撰文加以介绍;C.戴·刘易斯随后也读了这本书;此书是由伦纳德·伍尔夫的霍加斯出版社出版的;哈罗德·阿克顿在《泰晤士报文学副刊》上发表了书评(未署名);J. B.普里斯特里称之为年度书籍;而且,亨丽塔·加尼特(安吉莉卡·贝尔和戴维·加尼特之女)还把这本书高声朗读给她的外祖母——文尼莎·贝尔听。"①

1990年,凌叔华去世。1991年,《古韵》由傅光明译出,在中国台湾的业强出版社出版了中文本;1994年,中国华侨出版社又推出了大陆版本;2005年,山东画报出版社又出版了该作的图文版,更名为《古韵:凌叔华的文与画》。《弗吉尼亚·伍尔夫书信集》中收录的伍尔夫致凌叔华的6封信早在1988年也由与凌叔华、苏雪林并称为"珞珈山三女杰"的剧作家袁昌英之女杨静远译出,先在《中国之友》1988年第1期刊出,随后又发表于《外国文学研究》1989年第3期。

第三节 斯特拉齐剧本《天子:一部悲情的情节剧》中的中国想象

作为"布鲁姆斯伯里团体"中最著名的传记艺术大师,斯特拉齐以《维多利亚时代名人传:枢机主教曼宁,弗罗伦丝·南丁格尔,阿诺德博士,戈登将军》(*Eminent Victorians: Cardinal Manning, Florence Nightingale, Dr. Arnold, General Gordon*,1918,以下简称《维多利亚时代名人传》)而成名,其他两部著名的长篇传记作品分别为《维多利亚女王传》(*Queen*

---

① Patricia Laurence. *Lily Briscoe's Chinese Eyes: Bloomsbury, Modernism, and China*. Columbia, South Carolina: University of South Carolina Press, 2003, p.284.

Victoria, 1921) 和《伊丽莎白女王与埃塞克斯伯爵》(*Elizabeth and Essex: A Tragic History*, 1928)。在成名之前, 斯特拉齐还写过十多年的文学评论, 评论对象包括莎士比亚、塞缪尔·约翰生、鲍斯威尔、卡莱尔、大卫·休谟、爱德华·吉本等英国历史上的著名作家、哲学家、历史学家, 还有俄国作家陀思妥耶夫斯基, 法国作家拉伯雷、拉辛和伏尔泰, 甚至还评论过一部英国人写的《李鸿章传》。他对中国悠久而灿烂的古代文明充满了敬意, 对中国的现实政治状况也十分关心。阿瑟·韦利曾谈到, 1908 年, 斯特拉齐在评论翟理斯翻译的中国古诗集《古今诗选》(*Chinese Poetry in English Verse*, 1898)时, 曾毫无保留地表达了自己的欣赏之情, 并建议韦利找来看看:"该书值得一读, 如果你能找得到的话, 它不仅能满足你的好奇心, 而且它美丽迷人。它已经出版十年了, 你会忍不住说其中的诗是我们这一代所知的最好的作品。"① 和其他"布鲁姆斯伯里人"一样, 斯特拉齐对欧洲列强恃强凌弱的帝国主义行径亦充满了义愤, 其在第一次世界大战期间完成的《维多利亚时代名人传》中对戈登将军的讽刺性描写, 即毫不留情地影射了帝国主义侵略的暴行, 谴责英法联军在第二次鸦片战争期间对中国圆明园的破坏是"在欧洲文明的名义下, 报复野蛮的东方"②。

就在中华民国成立、清朝覆亡的 1912 年, 斯特拉齐开始创作直接以中国晚清宫廷生活为题材的剧本《天子: 一部悲情的情节剧》(*A Son of Heaven: A Tragic Melodrama*, 以下简称《天子》), 这部斯特拉齐创作的唯一的剧本于 1918 年面世, 既表达了他对中国的"他者"想象, 又表现出了对中国人民的同情, 在艺术上集多种风格与元素于一身,"是由悲喜剧、罗曼司、情节剧、讽刺、怜悯、洞察力, 以及某些风格化的年代误植混合而

---

① Lytton Strachey. "An Anthology". In *Characters and Commentaries*. New York: Harcourt, Brace & Co., 1933, p. 138.

② 转引自[美]帕特丽卡·劳伦斯:《丽莉·布瑞斯珂的中国眼睛》, 万江波、韦晓保、陈荣枝译, 上海: 上海书店出版社, 2008 年, 第 341 页。

第八章 作家想象中的神秘中国:伍尔夫、斯特拉齐等的中国因缘

成的生动的历史鸡尾酒"①。斯特拉齐的兄弟詹姆斯·斯特拉齐认为,《天子》还借鉴了斯特拉齐热爱的法国剧作家拉辛的心理分析手法。

1925年,斯特拉齐和"布鲁姆斯伯里团体"的朋友们将之搬上舞台,在伦敦妇女服务会进行了演出。场景和服饰由"布鲁姆斯伯里团体"画家邓肯·格兰特与文尼莎·贝尔设计。1928年,"布鲁姆斯伯里团体"的朋友们又在斯卡拉夜总会演出了该剧。其后到1949年间,剧本又在伦敦舞台上演出了好几次,1950年、1951年又分别在BBC电台广播过。该剧以J.O.P.布兰德(J. O. P. Bland)和埃德蒙·拜克豪斯(Edmund Backhouse)合著的《皇太后统治下的中国》(*China under the Empress Dowager*,1910)为蓝本,但做了很大的变动,以义和团兴起和八国联军侵入紫禁城前夕清王室准备西逃的种种冲突为题材,是一部四幕宫廷传奇剧,出场人物包括皇太后、皇帝、王子、太监、将军、满人、宫女和刽子手。剧本在1900年8月义和团拳民在京城围捕洋人、火烧洋人教堂、围攻北京外国使领馆,欧洲军队进逼京城的大背景下,虚构了一个紫禁城内未遂的政变的故事。斯特拉齐将慈禧太后描述为一个可怕的篡位者,操纵着软弱的皇帝"天子",并长期把他软禁在皇宫之内,造成了他性情的怯懦和心理的变态,成了一个具有一定的哈姆莱特气质的悲剧人物。

剧本的主要内容如下:

第一幕的地点在北京紫禁城的皇宫内。幕启时,外面枪声大作,乱作一团。大太监李莲英、大臣王福、激进而仇外的主战派团(音 Tuan)王子、兰(音 Lan)公爵纷纷登场,发表对于时局、太后和天子的议论。李莲英受王福贿赂,左右逢源、喜欢告密。团则野心勃勃、试图夺位。荣禄(Jung Lu)登场,但似乎对外面义和团拳民烧洋人教堂、抓捕洋人、围攻使馆的紧张时局无动于衷。他手握重兵和洋枪,但一味绥靖,释放了被抓的洋人。同时,他俨然一个梦游中的多情诗人,回忆了自己刚做的一个掺杂了

---

① George Simson. "Introduction". See Lytton Strachey. "The Bloomsbury Heritage Series", *A Son of Heaven:A Tragic Melodrama*. Edited and with an Introduction by George Simson. London:Cecil Woolf Publishers,2005,p. 7.

庄周梦蝶和梁祝化蝶典故的浪漫的白日梦。

随后,老佛爷和天子登场,彼此关系紧张。太后发表了长篇大论的演说,一方面责备了荣禄的不作为,一方面又对他多有偏袒,面对群情激愤的大臣,不肯治他的罪。她重赏抓捕和杀害洋人的义和团拳民,同时又吩咐送鲜花和鲜果去安抚使领馆官员的夫人们。在失去了对荣禄的希望后转而寄厚望于李鸿章(Li Hung Chang),要求发电报催他速速返京,以稳定大局。

五年前,光绪皇帝改革失败,被荣禄和太后夺去大权,从此如行尸走肉般生不如死,成为可耻的傀儡。他向心爱的宫女她荷(Ta-he)回忆五年前的改革,思念在他的庇护下流亡欧洲的改革家康。康意外地在皇宫花园现身,秘密地托她荷带了一张字条给天子,约定下午在花园见面。

第二幕的背景转到了皇宫花园。老佛爷带着一众侍女来到花园凉亭。荣禄垂涎于她荷的美色,趁机挑逗求欢。康与天子则在不远处密谈。流亡后在欧洲生活了五年的康,思想上已经西化,此时以西方的代言人身份出现,力劝天子接纳西方军队,因为它是无往而不胜的、不可阻挡。他计划借洋人入侵的契机废掉太后的权力,帮天子恢复统治权,并在临行前要走天子的"帝国之戒"(imperial ring)作为信物。

在花园中,康拦住荣禄,力劝其放弃对老佛爷的支持,转而支持天子。而老奸巨猾的荣禄在义和团拳民和激进的康之间则首鼠两端,采取观望与拖延战术。偷听到荣禄调情的康以当晚让他如愿以偿地获得她荷为条件,逼他答应了合作。

义和团拳民冲进皇宫,太后安抚他们,表示支持他们向洋人开火、围攻使馆的要求。荣禄则成功骗到了当晚的宫廷口令"天堂般的纯洁"(Heavenly Purity)。

第三幕回到了皇宫,由五个主要场景构成。康密会她荷,利用她对天子的忠诚以及对所谓魔盒的畏惧,胁迫她答应满足荣禄的色欲并保守秘密,以交换荣禄的军事支持;天子与她荷见面,她荷强忍悲伤,担心天子不再爱她。天子则充满神经质地进行了哈姆莱特式的感叹,期盼着和她荷可以自由自在地游览世界；女侍们背地里抱怨太后的乖戾、无情与变化无常；太后如约来看戏，但情势骤变，侍女、太监们纷纷离去，她陷入了众叛亲离的局面，只有李莲英勉强还在身边；之后李莲英也走了。荣禄上，在黑暗中误将太后当成与他幽会的她荷，发现后则虚与委蛇。天子则在康陪同下正装隆重登场，宣布复位并下令拘捕太后。经过一番僵持，士兵押太后下，天子宣布复位。但远处传来了尖利的铃声。太后听闻后大喜，知道李鸿章回来了。

第四幕依然在皇宫之内。天子一夜苦寻她荷，她荷被迫道出了康要她做的自我牺牲。天子气愤不已，大骂康撒谎并背叛了自己。康通报情势有变、军队不稳、皇位不稳，因为李鸿章打败了洋人，回来支持太后了，并力促其随之逃到洋人处寻求庇护。李鸿章秘密返回皇宫，见到了从关押处逃出的太后。原来他率领的南方军队在洋人面前望风而逃，他是孤家寡人一个应召回京见太后的。两人密谋反戈一击。李鸿章担心由于荣禄部分倒向了天子，而又掌握着京城防务，太后难以逃出。

此时李莲英来报两个消息：一是康与天子已离开皇宫，二是荣禄被她荷所杀。李鸿章趁机接管了京城防务。由于洋人即将攻陷北京，他建议太后化装成农妇逃走。太后大喜，连续任命李鸿章为伯爵、公爵、皇位继承人、军队统帅等，并要求他务必抓回天子。

李鸿章手下抓获了正从城门逃离的天子与康，她荷也被抓了。受伤的康愤激之下用匕首刺向她荷，痛骂她毁掉了自己精心布局的政变。她荷则辩称是执行了天子的意愿，因为两人相会时，是天子出于忌妒要她这么做的。她忠实地执行了天子的吩咐，以此证明自己对天子的爱与忠诚。康绝望倒地而死。

太后重新控制了大局。而洋人已经入城。她在李鸿章的催促下化装成村妇，带上细软仓皇逃离皇宫，半死不活的天子也被扔在大车中带走。

之后，一个俄国士兵和一个俄国军官率先进入了皇宫。军官捡到了她荷的发梳，悄悄藏了起来。

幕闭。

剧本在中国近代史上义和团运动爆发、八国联军以洋人的教堂被烧、洋人被杀、使馆被围困为借口，举兵侵华的重大历史事件的背景下，在清王室内部主战与主和派意见不一、天子成为傀儡、太后专权、洋人即将攻陷北京的严峻历史关口，虚构了流亡欧洲的改革家康裹挟孱弱无能的天子，试图争取荣禄的支持，发动政变取太后权力而代之，但阴差阳错，政变最终在李鸿章与太后的联合反扑下失败，太后携天子仓皇西逃的故事。其中，天真无知、愚昧轻信的宫女她荷出于对天子的忠诚与爱，杀死手握重兵的荣禄，给了李鸿章以反扑的机会，成为政变失败的关键。这中间，有虚构的人物她荷，也有真实的历史人物如慈禧太后、光绪皇帝、大太监李莲英、宫廷大臣荣禄与李鸿章等，还有以真实的历史人物为原型或作为影子存在的虚构人物，如流亡而西化的改革家康，在一定程度上影射了康有为，她荷身上则有着光绪皇帝的爱妃珍妃的影子等。

作品真实地呈现了义和团运动与八国联军侵华时期中国社会的紧张氛围，但作为情节主体的清王室西逃前夕在康主导下的一场失败的宫廷政变则是虚构的，晚清重臣李鸿章、荣禄在剧中的行为与真实的历史记载多有不符，康的过于西化的政治倾向亦是斯特拉齐一厢情愿的产物。同时，将天子与她荷之间的浪漫爱情置于推进与扭转情节发展的重要地位，也体现出西方戏剧在情节设置上的基本特点，爱情在其中占有突出的地位，这一点上和伏尔泰《中国孤儿》对纪君祥《赵氏孤儿》的改编颇有类似。剧本中的情节展开时间始自当天早晨、延至深夜结束，地点基本在紫禁城之内，围绕天子政变失败的核心线索展开的特点，也基本上遵从了欧洲戏剧的"三一律"传统。

与此同时，戏剧所展现的东方文化景观，鲜明呈现了斯特拉齐作为西方作家对"他者"文化的矛盾立场：

一方面，太监摔碎的青花瓷器、太后老佛爷亲手所绘的水彩风景画、荣禄将军想入非非的"蝴蝶梦"，还有作为人物活动背景的凉亭、人工湖、小桥流水、佛塔，以及体现出浓郁中国元素的丝绸、扇子、历书、迷信等，都表现出作家对中国文化的浪漫主义的理解、兴趣、想象与仰慕，并能唤起

第八章　作家想象中的神秘中国：伍尔夫、斯特拉齐等的中国因缘

读者与观众对18世纪欧洲"中国热"的遥远记忆；另一方面，作家也通过上述器具、风物与人物与现代世界的格格不入，对历史变迁中行将就木的封建文化进行了微妙的嘲讽，同时体现出对中国人物的刻板印象，如剧中男性化的太后、女性化的天子、天真幼稚的美姬、阴险纵欲的大臣、盲目西化的改革者，等等，流露出作家在"他者"文化面前不自觉的西方优越感。如荣禄虽身为负责京畿防卫的重臣，却整日魂不守舍、吟风弄月、追逐宫中女子，是个抱残守缺的过时的怪物，代表了欧洲对"他者"中国古老、笨拙的刻板印象。斯特拉齐对东西方文化的矛盾立场尤其鲜明地体现在剧中康的塑造上。康在首次现身时，便自陈"我从西方来"。在简要回顾了在中国宫廷的失败改革之后，康宣称"现在是西方在通过我说话。过去五年我一直住在西方；我开始理解西方，虽然以前并非如此。现在我在这儿，告诉你西方意味着什么"。他悲观地预言："西方向我们所有人都伸出了利爪；它就像一个无可避免的命运一般笼罩着我们。……中国的丧钟敲响了；西方的判决降临到它的头上。古老的、不可改变的天朝大国的末日到了。"[①]这里，作家的西方文明优越意识是明显的，但与此同时，似乎又以反讽的手法表达了对西方穷兵黩武、践踏他国文明的侵略行径的批判。特别是在康怂恿年轻的天子与外交使团进行谈判，希望借助外部势力谋求复位时，作家借皇帝之口对他进行了怒斥："这是你的启蒙，你的教化，你的道德！这是你从西方带来的新生活，不是吗？由此希望颠覆与净化我们古老而蒙昧的东方！通过谎言、诡计和淫乱！"[②]，批判了欧洲帝国主义以启蒙、教化为幌子，实则以谎言、诡计和淫乱行不义之举的虚伪本质。对斯特拉齐来说，中国作为遥远的东方文明的代表是欧洲文明的"他者"，亦是可以为欧洲反思自身提供启示的形象。迪金森的《"中国佬"信札》发扬了卢梭"回归自然"的思想，在后浪漫主义的时代通过对现代性的

---

① Lytton Strachey. "The Bloomsbury Heritage Series", *A Son of Heaven: A Tragic Melodrama*. Edited and with an Introduction by George Simson. London: Cecil Woolf Publishers, 2005, p. 46.

② Ibid.

批判,倡导以诗性美德来对抗工业文明,表现出对欧洲文明的批判和忧虑。斯特拉齐剧中对感性与审美的推崇,对康的无情、欺骗与诡诈的嘲讽,和迪金森一样表达了反西方的情绪,"代表布鲁姆斯伯里以文学的方式表达了对中国人民抵制外来侵略的同情,也表达了西方利益大难临头的末日感"①。

除了杂糅多种艺术风格,运用"三一律"的戏剧原则之外,该剧的艺术特色还体现在以细腻的精神分析手法,通过人物的对白、独白、表情、动作等,塑造栩栩如生的艺术形象。

其中,慈禧太后颇像斯特拉齐在传记《伊丽莎白女王与埃塞克斯伯爵》中塑造的老年伊丽莎白女王,工于心计而又野心勃勃,长于在政治上操纵那些孱弱的男人。她冷酷残忍而又精明善变,有着强烈的权力欲,也长于调动女人的手段以达到自己的目的,剧中对荣禄和李鸿章的隐忍和收买,均鲜明地体现了这一特征。

和太后相比,天子光绪显得孱弱无能而又神经质。他曾经是个锐意进取、渴望革除积弊的青年皇帝,但在变法活动于太后与荣禄的联合政变中失败后,从此如行尸走肉、心怀不满,扮演着傀儡皇帝的角色。他多愁善感,缺乏政治家的杀伐决断,缠绵于与宫女的爱情,没有魄力与雄心,只能空发哈姆莱特式的人生感喟,最终在政变失败后彻底成为被太后玩弄于股掌的阶下囚徒。

荣禄是一位首鼠两端、深藏不露的朝廷重臣。他当年因支持太后扑灭变法而得势,手握重兵,但始终居于观望状态,此时对太后已怀有二心。他同时体现出诗人的梦幻气质,垂涎于美女她荷,利用各种机会挑逗求欢。这一弱点被康利用,愿意支持天子以换得与她荷的欢愉,最后被对天子忠心耿耿的她荷所杀,也因而使康扶持天子复位的计划流产。

在剧中,李鸿章摇身一变,成为一个武将的形象,忠诚于太后的他在危急时刻从南方只身赶回,并利用了荣禄被杀事件接管了军队,由此控制

---

① [美]帕特丽卡·劳伦斯:《丽莉·布瑞斯珂的中国眼睛》,万江波、韦晓保、陈荣枝译,上海:上海书店出版社,2008年,第265页。

了局势,支持太后重新掌握权力。

李莲英是一个贪财的大太监形象。

除了上述人物之外,最能体现斯特拉齐对中国的矛盾立场的人物形象,是在欧洲流亡五年的改革家康。他冒险回宫密见天子,渴望帮助他夺回权力。在剧本中,他是西方的代言人,崇拜西方文化与武力,希望将天子扶植为西方支持下的傀儡皇帝,而置国家主权与民族尊严于不顾。他为达目的不择手段,冷漠无情,为获得荣禄的支持而不惜诱骗她荷献身,也是一个阴谋家、冒险家的形象。由于《天子》一剧尚未有中译本,作为传记家斯特拉齐唯一的剧作,亦未得到学界的关注,故本书在此对剧情与人物进行了较为详细的分析。

综上,作为斯特拉齐一生中唯一面世的戏剧作品,又以晚清中国宫廷政变事件为题材,《天子》尝试以一个独特的角度来表现中国紫禁城内最神秘的王室内部的矛盾冲突,对中国近代史上的重大事件义和团运动和八国联军侵华事件做出作家自己的阐释,体现出斯特拉齐对中国社会发展的高度关注和对中国文化的复杂想象。

第四节 "布鲁姆斯伯里团体"其他作家与中国

而除了伍尔夫、斯特拉齐等与中国文化的神交之外,"布鲁姆斯伯里团体"成员与朋友中亲身来过中国的,除了 G. L. 迪金森、罗素之外,还有 I. A. 理查兹、比阿特丽斯·韦伯与西德尼·韦伯夫妇、哈罗德·阿克顿、弗莱的妹妹玛乔里·弗莱、贝尔夫妇的长子朱利安·贝尔、W. H. 奥登和衣修伍德等人。

阿克顿于 1932 年来到北京大学教授英国文学,前后长达 7 年。他一方面向中国学生讲授欧美现代主义文学[①];另一方面,阿克顿熟谙并热爱

---

① 据其自传《一个爱美者的回忆》,他是第一个在中国大学的英语文学课上讲解 T. S. 艾略特长诗《荒原》的教师。

中国文化,曾被康有为的女儿康同璧誉为"学贯西东"的大诗人。他独具慧眼地选译了当时 15 位中国现代诗人的新诗,如陈梦家 7 首,周作人 4 首,废名 4 首,何其芳 10 首,徐志摩 10 首,郭沫若 3 首,李广田 4 首,林庚 19 首,卞之琳 14 首,邵洵美 2 首,沈从文 1 首,孙大雨 1 首,戴望舒 10 首,闻一多 5 首,俞平伯 2 首,集为《中国现代诗选》(*Modern Chinese Poetry*),于 1936 年在伦敦出版,成为最早把中国新诗介绍给西方的译著。他与美国的中国戏剧研究专家刘易斯·哈尔斯·阿灵顿(Lewis Harles Arlington)合作,把 33 种流行的京剧折子戏译成英文,以《中国名剧》(*Famous Chinese Plays*)为题,于 1937 年在中国出版。此外,他还以 20 世纪上半叶在华欧洲人的生活为题材,创作了长篇小说《牡丹与马驹》(*Peonies and Ponies*),表现了东西方文化碰撞下的人心世态。1941 年,阿克顿与李义谢(Lee Yi-hsieh)合译的故事集《胶与漆》(*Glue & Lacquer*)在伦敦出版,内含《醒世恒言》中的四篇话本小说。此书后改标题为《四谕书》(*Four Cautionary Tales*),1948 年由伦敦约翰·莱曼出版社出版,书中附有译者注释及阿瑟·韦利所撰的导言。

  诗人 W. H. 奥登和散文家衣修伍德与"布鲁姆斯伯里团体"中包括伍尔夫在内的多人,尤其是与福斯特私交甚密。作为"布鲁姆斯伯里团体"中德高望重的小说家与评论家,福斯特之前已通过与中国友人萧乾与徐志摩等的文学对话,建立起有关中国的美好印象。福斯特很早就对东方产生了兴趣,并曾希望和他的老友迪金森与罗素一样,寻访东方。他到过埃及,也曾数度访问过印度。他甚至还有过写一部与《印度之行》相呼应的《中国之行》的打算,只不过由于从未到过中国,缺乏实地的第一手材料才遗憾作罢。他很关心与提携年轻一代作家,衣修伍德甚至是在福斯特影响下才开始小说创作的。中国抗战爆发后,奥登与衣修伍德产生了前往中国进行战地采访的念头。对于心向往之的福斯特来说,当然是高兴并支持的,所以他欣然出席了两人前往中国之前,伦敦文艺界友人为其举行的小型欢送会。

  1938 年 1 月至 7 月间,奥登和衣修伍德在中国战地进行了广泛的旅

第八章 作家想象中的神秘中国：伍尔夫、斯特拉齐等的中国因缘　　273

行报道。两人先后到了香港、广州、武汉、郑州、商丘、徐州、西安、汉口、南昌、金华、温州、上海，后假道美国回到欧洲。作品一路记载了两人在中国半年的战地见闻与经历：会见军政长官、教士修女、国际医生、战地记者、中国将士、难民、列车员工、伤兵、日本战俘等，侧面呈现了台儿庄大捷、汉口空战、淞沪会战等重大历史事件，记录了对蒋介石夫妇、冯玉祥、博古、周恩来、陈西滢夫妇等人的印象，揭露了日军空袭、焚烧城镇、奸淫妇女的暴行，记录了中国军民的艰苦抗战，表达了对中国抗战的同情、理解、尊重与支持，体现出鲜明的正义感和人道主义精神，也表现出两人深入前线的勇敢与默契。

　　中国之行结束后，奥登用诗歌、衣修伍德用旅行随笔与日志的形式整理出他们在中国抗日战场的见闻与感受，合著成《战地行纪》(*Journey to A War*)一书，于1939年由伦敦法伯出版社和纽约兰登书屋两家出版社同步出版。关于这本书的缘起，作者在初版前言中解释道："早在1937年的夏天，我们就受伦敦法伯出版社的各位先生和兰登书屋纽约分社的委托，要写一本关于东方的旅行读物。行程选择交由我们自行决定。8月，中日战事的爆发让我们决定前往中国。我们于1938年1月离开英国，7月末返回。"① 作品从结构上说包含三个部分：其一，《从伦敦到香港》篇，为奥登沿途所作的六首诗；其二，《旅行日记》篇，为衣修伍德根据旅行日记所写的战地报道，以散文体呈现；其三，《战争时期》篇，为奥登回到欧洲后围绕中国抗战所写的十四行组诗附诗体解说词。奥登的《致 E. M. 福斯特》则被编入《战争时期》十四行组诗的最后一首。《战地行纪》里还有63幅珍贵的历史照片，直观展示了中国抗战的方方面面，包括周恩来、蒋介石、宋美龄、冯玉祥、李宗仁、杜月笙等知名人士的照片。反法西斯战争远东战场的题材和诗歌、日记、图片报道的形式引起了欧美知识界的广泛关注。奥登所写的29首十四行诗，被诗人斯蒂芬·斯彭德认为是奥登诗

---

① ［英］W. H. 奥登、克里斯托弗·衣修伍德：《战地行纪》(初版前言)，马鸣谦译，上海：上海译文出版社，2012年，第1页。

歌中的丰碑,是20世纪"30年代奥登诗歌中最深刻、最富创新的篇章,也许是30年代最伟大的英语诗篇"①。

两位作家与中国文人的交往,以他们和陈西滢夫妇的接触最具代表性。在1938年4月22日的旅行日记中,衣修伍德记载了他们俩在参观武汉大学时,受到了陈西滢夫妇等的接待的始末。此时朱利安·贝尔已在西班牙牺牲。对来自"布鲁姆斯伯里团体"的这两位文化使节,凌叔华当然是百感交集并倍感亲切的。她赠给他们每人一个刺绣的卷轴,上有凌叔华手绘的武汉风景,以及她题写的古诗句。她并托他们带去对伍尔夫的问候。衣修伍德写道:"陈夫人非常欣赏弗吉尼亚·伍尔夫的作品。她委托我们将一个小盒子带给伍尔夫作为礼物。里面是一个雕刻精美的象牙骷髅。"②这一礼物后来经过约半年的辗转,终于到达了伍尔夫的手上,成为这一对从未谋面而又惺惺相惜的中英女作家珍贵友情的见证。而奥登、衣修伍德与凌叔华等人的交往,成为朱利安·贝尔之后,连接"布鲁姆斯伯里团体"与中国现代作家的又一条重要纽带。

从中国方面来看,和徐志摩、凌叔华、萧乾等一样,与"布鲁姆斯伯里团体"的多位作家、艺术家与学者产生了亲密的友情的,还有曾是朱利安·贝尔在武汉大学时的学生兼亲密友人的中国作家叶君健。这中间的牵线人,主要还是朱利安·贝尔。朱利安不仅向"布鲁姆斯伯里团体成员"推荐凌叔华,还推荐了叶君健。1935年11月6日,他在给母亲的信中写道:"我忘记告诉你了,我有一个非常聪明的学生,他举止优雅,长相非常英俊,他想当一个伟大作家,一个当今最有才气的作家。他的梦想让我觉得我的教书事业是一件有意义的事情。"③1936年1月10日,他在给母亲的信中再次写道:"叶今天早上来看我了:我觉得他很喜欢我,他是个

---

① Edward Mendelson. *Early Auden*. London: Faber and Faber, 1981, p.348.
② [美]帕特丽卡·劳伦斯:《丽莉·布瑞斯珂的中国眼睛》,万江波、韦晓保、陈荣枝译,上海:上海书店出版社,2008年,第151—152页。
③ 转引自龚敏律:《远游在东方的缪斯——外籍来华诗人与中国文学的互动影响研究》,长沙:湖南师范大学出版社,2018年,第96页。

最有希望的作家,而且很英俊。"①1936 年 9 月 25 日给约翰·莱曼的信中,他热情推荐了叶君健的作品:"如果有机会的话,我想把我的一个最有才华的学生创作的一些作品寄给你。他用世界语写作,还出版了一本短篇小说集。等我拿到这本书以后,我把它寄给你看看吧?我认为任何人都愿意读它。他是一个贫寒子弟,但渴望有机会走出国门了解世界。凭借他自己的努力,他现在在日本教英语。我建议他应该去俄国看一看,我也想把他的书推荐给洛克,看是否能够找一个翻译机构把它翻译成英文?这本小说集子确实写得不错,里面包含着伟大的同情心。他本人是一个英俊少年,风度翩翩。"②

1943 年,即在中国抗战后期,叶君健先后在重庆大学和中央大学教书。由于他擅长英文写作和演讲,受到前来中国讲学的牛津大学教授道兹的推荐,以"鼓动员"的身份前往英国做巡回演讲,向英国民众宣传中国人民奋起抗战的英勇事迹。1944 年 10 月,叶君健到达英国后,因为与朱利安·贝尔的关系而很快获得了"布鲁姆斯伯里团体"成员与友人的照拂与接纳,朱利安·贝尔的朋友、曾为伍尔夫夫妇的霍加斯出版社工作过的年轻作家约翰·莱曼,以及诗人斯蒂芬·斯彭德等均在其列。

关于莱曼与斯彭德,叶君健后来回忆说:"1944 年 10 月间,我一到达伦敦,约翰·莱曼就为我举行一个茶会。我就是在那个会上遇见他(指斯蒂芬·斯彭德——作者注)的。从体格上讲,他是一个巨人,但他是那么通人情和温柔。他说话的时候,他的声音也很温柔。和他交谈简直是一种享受。我前几天才听说,而且也感到很难过,他在夏天曾经来过北京,并且也设法找过我,但是我没有能见到他。我是多么想能再见到他啊!我也不禁要想起了他的妻子、钢琴家娜塔霞(Natasha Spender)和他们的

---

① 转引自[美]帕特丽卡·劳伦斯:《丽莉·布瑞斯珂的中国眼睛》,万江波、韦晓保、陈荣枝译,上海:上海书店出版社,2008 年,第 76 页。

② 转引自龚敏律:《远游在东方的缪斯——外籍来华诗人与中国文学的互动影响研究》,长沙:湖南师范大学出版社,2018 年,第 97 页。

儿子麦休(Mathew)。他婴儿时期的照片我至今还保存着。"①

  1944年冬,叶君健应邀去文尼莎·贝尔的查尔斯顿庄园度假。这是朱利安·贝尔曾多次在他面前提及的温馨家园,也是"布鲁姆斯伯里团体"后期的大本营。此时的"布鲁姆斯伯里团体"已人员凋零,利顿·斯特拉齐、罗杰·弗莱、朱利安·贝尔、弗吉尼亚·伍尔夫等人已相继故去,但贝尔夫妇、文尼莎的情人邓肯·格兰特、伍尔夫的丈夫伦纳德·伍尔夫、经济学家梅纳德·凯恩斯和舞蹈家莉迪亚·洛帕科娃·凯恩斯夫妇,以及贝尔夫妇的次子昆汀·贝尔等人还在坚持着他们聚会、畅谈的家庭传统。叶君健写道:"我珍视关于贝尔这一家人(The Bells)的记忆。1944年冬天我曾在他们位置在卡尔斯屯(Charleston,即查尔斯顿)的家里度过一个难忘的假期。邓肯·格朗特(Duncan Grant,即邓肯·格兰特)也在那里。他是一个害羞的人,而瓦涅莎(Vanessa Bell,即文尼莎·贝尔)话不多,却是观察力很敏锐,对于她周围的一切总是表示出极深的兴趣。他们在内心里是很温存和富有同情心的。他们说服我坐下来为他们作模特儿。我现在还不知道他们是否完成了他们所画的我的那幅肖像……由于我有职务在身,在他们接近完成时我就离开了。克莱伍(Clive Bell,即克莱夫·贝尔)有时话很多。我非常喜欢听他所发表的一些有关生活和人的见解。在这个家里生活的高潮是当大家吃午茶的时候。奈翁纳德(Leonard Woolf,即伦纳德·伍尔夫)和凯恩斯(J. M. Keynes)夫妇常常被请来参与吃茶。他们谈话包括的范围很广,从世界政治到当时的经济形势,也夹杂着一些不登大雅之堂的社会新闻。丽迪娅·洛泼珂娃(Lydia Lopokova,即莉迪亚·洛帕科娃)常常用她那颇有风趣的评述来为这些闲话增添色彩,而她的话一般总要引起哄堂大笑,因为她所用的虽然都是英语词汇,但句子的构造则全是依照俄罗斯语法。昆定(Quentin Bell,即昆汀·贝尔)是一个世故的人。他不多讲话,但一开口使用的字

---

  ① 叶君健:《从秋天飞向春天》,北京:中国社会出版社,1991年,第187页。

眼却是相当尖锐。"①他的回忆,成为对"布鲁姆斯伯里团体"晚期阶段的日常生活不可多得的生动剪影。

第二次世界大战结束后,叶君健通过英国友人的帮助获得公费生资格,留在了剑桥大学国王学院,继续研究欧洲文学,同时写作和发表英文小说。他后来回忆道:"E. M. 福斯特(E. M. Forster)搬到剑桥来了。他的住宅就在'英王学院'(King's College)传达室后边的那一幢房子里。他给了我一个名片,请我到他的新居里去吃茶。从那时起我就成了他的一个经常客人。"②叶君健还"总要去看阿瑟·卫莱(即阿瑟·韦利)。他是一个沉默寡言的人,但当他羞涩的堡垒一被扳开了缺口以后,他的话可就多了"③。叶君健与"布鲁姆斯伯里团体"的交往,为20世纪40年代的中英文学交流,亦留下了很多重要的史料,值得学界深入研究。

综上,主要以朱利安·贝尔为纽带,中英现代主义作家与艺术家们虽远隔千山万水,还是发展起了丰富而深厚的友谊,这种友谊,影响了他们各自的价值立场、美学观念乃至艺术追求,促进了各自文学艺术创作的发展,成为跨文化的中英现代主义运动中格外值得珍视的文化遗产。

---

① 叶君健:《从秋天飞向春天》,北京:中国社会出版社,1991年,第187—188页。
② 同上书,第189页。
③ 同上书,第190页。

结论　中国作为"他者之眼"

前面各章,我们在梳理中西文化—文学关系史的基础上,以大量史料为基础,从思想观念、美学主张、艺术形式与文学因缘等各个侧面展开,论述了英国现代主义文学艺术的著名团体"布鲁姆斯伯里团体"重要成员与中国思想文化之间的关系、所受中国道德哲学与艺术美学的影响、与中国文人学者与艺术家之间的精神交往和现实互动等。在此过程中,我们看到,中国与西方世界互为"他者"。中国向西方学到了很多,中国作为西方的"他者之眼"亦以别样的视角提供了不同的精神传统与审美参照,为西方社会思想观念与文学艺术的革故鼎新奉献了宝贵的思想资源。"布鲁姆斯伯里团体"现代主义运动与中国文化元素的关系是其中的突出实例。对于人类文明的共同进步与协同发展而言,这样的文化互动与彼此滋养,过去是、今后还将是一种常态。而对于中国学界来说,有鉴于在以往的中西文化—文学关系研究中,中国文学艺术乃至东方文学艺术对20世纪西方现代主义运动及其作家与艺术家产生的影响较少受人关注,故而此领域的研究,应可使东西方、中西方文化关系史链条上的一个重要环节获得重视,使我们对东西方、中西方文艺交流的双向互动关系有更准确、客观而公正的理解,进而避免对民族文化的虚无主义态度与妄自菲薄,为进一步打破种族与地域壁垒,共享人类文明的成果做出贡献。

结论　中国作为"他者之眼"　279

整体来看,此一个案的研究,或可在以下四个方面为我们提供进一步的启示:

其一,各民族的文化与文学交往,始终是双向互动的关系。所以文化与文学研究学者要拓宽视野,对重要的文化与文学现象的生成与发展,努力持开放性的观察、理解与阐释立场。

我们以"布鲁姆斯伯里团体"为代表的英国现代主义运动的生成与发展为例。关于"现代主义",传统的论述基本上都是西方本位或西方中心的,如马尔科姆·布雷德伯里和詹姆斯·麦克法兰在介绍这场声势浩大的文化—文学运动的范围时,虽然指出了其"本质上是国际性的"①,但又认为其仅仅"波及整个西方文化"②,"从一个国家流传到另一个国家,从而发展成西方传统的主线"③。还有一些学者虽然看到了现代主义运动在非欧美地区的发展,但依然认为现代主义是源自西方对文体或艺术风格的自我突破与实验,之后逐渐影响与波及了亚非与拉丁美洲等地区。不仅西方学术界如此看,即便是身处东方学术界的我们,常常也会不加质疑地接受现代主义是西方文化的产物的定见,由此将现代主义与中国文学艺术的关系视为"西学东渐"的案例之一。

但通过系统地回溯漫长的中外文化交流史可知,东西方思想观念、文学艺术交往的车道其实不是单向车道,而是双向车道,其中多见"中学西传"的实例。18世纪欧洲的"中国文化热"是如此,20世纪初作为"布鲁姆斯伯里团体"核心成员的英国精英知识分子与中国文化元素的因缘亦是如此。他们不仅对中国传统道家、佛家与儒家学说等有兴趣,也对中国传统艺术美学情有独钟。而这些文人学者与艺术家又与巴黎、纽约、柏林等地的文学艺术家们同声相求、互有影响,因而使得中国传统哲学与艺术美学观念通过复杂的交游网络,融入大西洋两岸的现代主义先锋美学与艺

---

① [英]马·布雷德伯里、詹·麦克法兰编:《现代主义》,胡家峦等译,上海:上海外语教育出版社,1992年,第13页。
② 同上书,第8页。
③ 同上书,第13页。

术运动之中。恰如钱兆明所言:"现代主义是国际主义/多元文化主义的产物和现象,东方在其中的影响力自然是不容忽视的。"①

回溯 20 世纪初年中西文化一文学的历史性遭遇,我们发现,这一时期既是西方观念体系、价值范畴通过其坚船利炮而逐渐扩大影响力之时,同时也是中国古典文学艺术通过多种途径在西方广泛传播并获得新的生命力的时期。当古老的中国艺术品通过侵略者、商人与文物贩子的掠夺、贸易与偷盗等方式进入西方人的视野,当中国的古典哲学与美学著作、诗词歌赋、小说戏剧通过传教士、汉学家之手呈现在西方读者面前时,急于从正统的现实主义、自然主义艺术世界中挣脱而出的现代主义者们惊喜地从东方文化的"古老"中找到了"崭新"的美学现代性特质。这就类似于欧洲文艺复兴之初的意大利人文主义者们,惊喜地从发掘出来的古希腊艺术遗存中发现了自己所需要的思想与艺术依凭一样。因此,在众多现代主义者的热情推介下,中国文化元素和 18 世纪时一样,再一次成为西方文化自我更新过程中的外部驱动力量,只不过不同时期发挥作用的文化侧重点有所不同。尤其在英国,以 G. L. 迪金森、伯特兰·罗素、罗杰·弗莱、克莱夫·贝尔、阿瑟·韦利、弗吉尼亚·伍尔夫等为主体的"布鲁姆斯伯里团体"学者、美学家与文学家,通过撷取包括中国文化元素在内的多民族文化遗产来阐发、推进和发展自己的现代主义观念,又与欧洲大陆和北美的现代主义者们彼此声援、共同探索,不仅使得现代主义成为 20 世纪上半叶西方最重要的美学思潮,亦使其影响辐射开去,对世界其他地区的文学艺术产生了深刻影响。如有学者所言:"如果我们跨越历史性线型时间的纵轴局限,在地理空间的横轴上来审视西方社会的现代性进程,不难发现西方总是在与他者文化、与非西方社会文化的接触与比较中,借鉴与对照在历史文化发展模式上与之完全不同的社会中趋步前行。"②—

---

① 钱兆明:《"东方主义"与现代主义:庞德和威廉斯诗歌中的华夏遗产》(前言),徐长生、王凤元译,杭州:浙江大学出版社,2016 年,第 4 页。
② 黄丽娟:《"中学西渐"——欧洲现代精神的中国借鉴》,载《沈阳师范大学学报(社会科学版)》,2015 年第 1 期,第 157 页。

方面,中国传统文化元素参与了西方美学现代主义的建构,成为其美学话语体系中不可或缺的有机组成部分;另一方面,西方美学现代主义观念与形式技巧又被吸纳入20世纪中国文化与文学之中,成为现当代中国文学艺术发展的宝贵滋养。其中,文化与文学的双向、跨国交流特征十分明显。

所以,在新的史料的发掘与研究观念的更新的强力支撑下,在当前欧美学界的现代主义研究已经与文化全球化的理论话语紧密结合到一起的背景下,"现代主义"的概念事实上已经可以被"全球现代主义"所取代,西方的学者也在不断修正自己的思维框架与学术立场。如彼得·盖伊在新著《现代主义:从波德莱尔到贝克特之后》中指出:"几乎从一开始,现代主义就是一场国际运动。"① 蒂姆·阿姆斯特朗亦承认:"现代主义通常被看作是跨国现象,表现为文化交流、放逐、弃置以及一系列城际乃至洲际的互动交流。"② 在此语境下,"全球现代主义研究不只关注现代主义文本和美学价值在跨国体系中的生产、流通、翻译和改写,也致力于考察现代主义作家如何呈现帝国主义、民族主义以及各种新型跨国联系和合作方式对于现代生活和情感思维结构的影响。这一研究范式及其运用带有明显的规范性特征,意图以一种自由世界主义理念——无论是现代主义文本中所展现的还是缺失的——来对抗全球化进程中有增无减的狭隘民族情绪和对他者的仇视,从而推动具有建设性意义的跨文化交流,以及与不断扩展的跨国空间相适应的世界观的建立"③。在此方面,法国汉学家弗朗索瓦·于连"迂回"的学术研究策略值得借鉴。他曾在与中国学者杜小真的对话中谈及自己打开视界的研究方式的更新,指出:"我的选择出于这样的考虑:离开我的希腊哲学家园,去接近遥远的中国。通过中国——这

---

① [美]彼得·盖伊:《现代主义:从波德莱尔到贝克特之后》,骆守怡、杜冬译,南京:译林出版社,2017年,第237页。
② [英]蒂姆·阿姆斯特朗:《现代主义:一部文化史》,孙生茂译,南京:南京大学出版社,2014年,第41页。
③ 张楠:《"文明的个体":弗吉尼亚·伍尔夫和布鲁姆斯伯里文化团体研究》,上海:复旦大学出版社,2018年,第173页。

是一种策略上的迂回,目的是对隐藏在欧洲理性中的成见重新进行质疑,为的是发现我们西方人没有注意到的事情,打开思想的可能性。"①于连这种拥抱异域文化以反观与反省自身的开放立场,是值得我们学习的。而"布鲁姆斯伯里团体"早在一个世纪之前,已为人们做出了样板。

其二,在追求"知识视域的融合"的过程中,要坚持批判性的反思与开放性的阐释。

通过回溯历史上的东西方思想遭遇,美国学者 J.J.克拉克曾批评了部分人认为跨文化沟通只能是一无所获的怀疑主义论调:"一种观点认为文化间的差异是如此之大,以至于文本、观念和价值都深深植入个体文化,试图跨越文化界限进行沟通将一无所获,在这种怀疑主义或相对主义的观点之下,东方主义仅仅作为一种自恋行为才是可能的。在此前提之下,我们试图阐释诸如'道'和'因果报应'的概念,只能落空,因为这些术语的含义创造于语言和哲学的文化框架内,而这种文化和我们自身的截然不同。"②如前所述,在东西方文化交流的双向车道上,既存在"西学东渐",同样有"东学西传"。"布鲁姆斯伯里团体"现代主义美学探索与中国文化元素关系的事实,再次有力地证明了跨越文化沟壑进行沟通的可行性与必要性。

但与此同时,我们又要警惕步入盲目乐观的误区,以为跨文化的沟通十分简单,只要拥有开放的心灵和美好的愿望,跨越语言与文化藩篱的对话即是可以实现的。所以克拉克同时又提醒道:"另一个完全相反的极端则是那些把哲学问题放在一边、热心地想要收获对话果实的人们,还有那些没有看见西方试图从东方文化中吸收思想时产生的特殊问题的人。"③"布鲁姆斯伯里团体"与中国文化元素关系的复杂个案,同样在跨文化的

---

① 杜小真:《远去与归来:希腊与中国的对话》,北京:中国人民大学出版社,2004 年,第 3—4 页。
② [美]J.J.克拉克:《东方启蒙:东西方思想的遭遇》,于闽梅、曾祥波译,上海:上海人民出版社,2011 年,第 266 页。
③ 同上。

阐释是否可能、跨文化的理解中是否存在"特殊问题"等方面给我们提供了宝贵的启示。因为其中涉及人类的经验和语言自身是否能伸展、超越自己的界限的问题,也即不同的文化视域能否融合的问题。在此方面,克拉克认为:"'知识视域的融合'尽管说起来很轻易,但事实上做起来却很难,还常常经受挫折,其最终结果也不是一个终点,而仅仅是道路中的一个驿站,而这条道路不提供永久性的栖息之所。"①这即是说,由于语言、观念、术语、概念等都是在漫长的历史发展中,在特定的文化语境中生成的,跨语言、跨文化、跨越哲学范畴或美学概念的行为的过程,一定会因历史传统、思维惯性、知识背景的差异等,而形成"无意"或"有意"的误读与误释,增加、删减、扭曲、变异其中的某些东西,如伽达默尔所言:"人在试图理解一个文本的同时也总是在进行投射的活动。"具体到东西方文化关系领域,西方的阐释者们常常"一向认识不到将东方思维模式放在本国语境中、以他们自己的术语去理解东方思想的重要性"②,相反会从自己的思维模式出发,将东方思想抽离出其自身赖以生成的文化语境,甚而,"西方的学者、哲学家、神学家和心理学家们不但将东方文本从其宗教和文化语境中撕裂开来,而且还将它们重置于西方话语框架内,从而不可避免地将其简单化甚至扭曲"③。具体到"现代性"与"现代主义"的研究领域,西方现代主义的批评家们有时会裁剪中国艺术的新奇概念。而在这些"裁剪"中,既存在着无知与误解、好奇与歆羡,亦有可能存在文化上的傲慢与偏见,甚至体现出控制和操纵异域思想而为我所用的实用目的,由此不可避免地将自己所属文化中的兴趣和理解投射到他们所研究的目标上,用克拉克的表述即是:"为了明确的西方目的而调整东方文化产品,为了西方的消费而修正东方的传统。"④美国汉学家包华石亦在其论文《中国体

---

① [美]J.J.克拉克:《东方启蒙:东西方思想的遭遇》,于闽梅、曾祥波译,上海:上海人民出版社,2011年,第269页。
② 同上书,第271页。
③ 同上书,第272页。
④ 同上书,第297页。

为西方用:罗杰·弗莱与现代主义的文化政治》中指出:"自从18世纪以来,'现代性'在文化政治战场的修辞功能是将跨文化的现象重新建构为纯粹西方的成就。"①

  这些固然是我们所要警惕的。与此同时,我们也不得不承认,这又是跨文化阐释与交流过程中无可避免的自然状态和与生俱来的特点。反过来看东方之于西方,亦是此理。所以由此意义上说,"一切阐释都包含着——尽管是隐藏的——这么一种过程,当文本被检查、句子被聆听、艺术作品被细读时,同时它们也被阐释者的观念视域所吸收,被当下的关系和需要所塑造,这是一种跨文本的过程,异域的著述由此被本国的文本视域所反映和重建。正如汉学家葛瑞汉所说:'我们和中国人一样,仅仅当自己将他者思想重置于我们自己的问题之中时,才会充分地与之交接。'"②所以我们又不能因噎而废食,而要以平和与包容的心态正视跨文化交流中出现的种种问题。"布鲁姆斯伯里团体"的思想家、美学家与文学艺术家们对中国文化艺术的热爱与阐发同样是语境化了的,具有"借他人酒杯、浇自己块垒"的特点。但这一点并不可怕,它既不必成为我们否定跨文化交流必要性与可能性的借口,同时我们自身又一定要不断进行批判性的反省,认识到跨文化的阐释是存在局限的,是一个不断发展的动态过程。"这一时期的进步之一是方法自觉性的增长,很大程度的阐释敏感不但激励我们反省隐藏在我们阐释结果中的问题和假设,也引导我们反省这样一个事实,即我们当下的阐释并没有宣布其最终的、权威的合法性。"③只有始终既怀有开放、包容、拥抱异文化的心态,又秉持审慎、自省、尊重"他者"的文化差异的科学态度,我们才能在面对文化流动与兼收并蓄时有更大的进益。

---

  ① [美]包华石:《中国体为西方用:罗杰·弗莱与现代主义的文化政治》,载《文艺研究》,2007年第4期,第144页。
  ② [美]J.J.克拉克:《东方启蒙:东西方思想的遭遇》,于闽梅、曾祥波译,上海:上海人民出版社,2011年,第275页。
  ③ 同上书,第276页。

其三,要努力避免唯政治正确的简单粗暴和对"东方主义"的片面阐释。

在美国学者爱德华·萨义德在《东方学》(1978)与《文化与帝国主义》(1993)等著中建立起其后殖民文化—文学批评理论后,"东方主义"的概念便不胫而走,成为理解东西方文化关系,以及西方世界对东方的模式化认知的一种简单便捷的阐释话语。在周宁看来,萨义德的东方主义作为"话语",起码拥有以下三个层面的内涵:第一,欧洲19世纪形成的有关东方的一整套知识体系;第二,该知识体系生成的将东方异类化的神话或"套话";第三,东方主义话语建制的西方对东方的权力关系。萨义德的东方主义研究具有明显的意识形态分析和权力政治批判的倾向,认为在前殖民宗主国与前殖民地国家的政治文化间存在着对立的权力话语模式。西方的强权政治、文化霸权居高临下地虚构出一套关于"东方"的套话,以反衬自己的优越感。这就是"东方主义"作为西方控制东方所设定的政治镜像。由此,西方知识分子作为东方主义者,其跨文化研究的成果仅仅起到进一步确认与强化种族歧视、文化霸权与精神操纵的效果。

后殖民文化—文学研究理论自20世纪后期被引进中国之后深受中国学界欢迎,不少学者很乐于套用萨义德关于东方主义的分析,从后殖民批评视角来审视中西文化—文学交流,从而得出西方出于文化上的傲慢与偏见,将中国塑造为异质的、低级的、怪诞的文化"他者"的简单结论,并进而对西方世界对东方文化的阐释持一种不屑一顾的排斥立场。我们要问的是:其中是否也存在一种反向的"西方主义"呢?究其实质,这两种"主义"背后的二元对立思维模式其实是一致的,也是不可取的。萨义德对"东方学""东方主义"的阐释在学界产生了很多争论,影响也很大,但不少学者并不完全赞同他的理解,对这两个术语的运用意义也不尽相同。比如作为汉学家的克拉克的著作《东方启蒙:东西方思想的遭遇》中的"东方主义"这一术语,即表达了更加复杂、更具对话性和建设性的积极意义,可为我们参考。克拉克写道:"一方面东方主义毫无疑问在某些方面是西方控制东方知识和宗教传统的一种手段,另一方面,东方主义的发展带有一种相互作用、对话式的、相互交流知识和相互同情的标记。因此,我们一方面要承认东西方关系中带有明显的政治张力和不同兴趣的标记,另一方面也必须充分意识到如下事实:作为东西方相遇的结果,东方第一次对于自身文化传统获得了权威;其次,东方也获得了对于西方的权力,因为它成为对西方文化基本性内容的衡量和批评手段。正如荣格所说:'当我们用自己的技术将东方物质世界弄得天翻地覆之际,东方用它的精神将我们的精神世界投向儒家……当我们从外部压倒了东方,东方却从内部将我们牢牢系住。'"①克拉克强调:"我们有权利质疑东方主义的动机,有权利强调其缺陷,但是并非因此接下来就可以认为它缺乏价值,把它永远锁定在帝国主义的过往之中。那种蔓延于种族主义和政治正确思考中的非此即彼的逻辑恰恰需要容忍、多元主义和相对主义,它们能够使东方主义达到最佳状态。"②这种辩证的立场更为可取。

具体到本书研究的个案中,"布鲁姆斯伯里团体"成员对中国文化与美学传统的认知与阐释固然由于文化传统等的差异而存在着诸多误解与误读,但他们对中国思想文化传统的尊重、仰慕、好奇与探索毕竟更多体现的还是出于其探求真理与美善的理性精神、人文价值与世界主义情怀,而非萨义德所谓的东方主义的歧视与贬低。所以,在观察东西方文化艺术的交流时,无论持西方中心主义,还是东方中心主义立场,都是要不得的。相反,要持有开放的心态,具体情况具体分析,不能为了政治正确而观念先行、简单划一。钱兆明先生在20世纪中美文学关系研究领域著述甚丰。他认为中国文学与西方文学在20世纪初的相遇更多是源于两种文化之间的亲和力,而非差异性,所以他用了和"东方主义"完全不同的"模仿"模式来剖析美国现代诗歌中的华夏遗产。③ 相对于简单粗暴的唯

---

① [美]J.J.克拉克:《东方启蒙:东西方思想的遭遇》,于闽梅、曾祥波译,上海:上海人民出版社,2011年,第300页。
② 同上书,第313页。
③ 钱兆明:《"东方主义"与现代主义:庞德和威廉斯诗歌中的华夏遗产》(前言),徐长生、王凤元译,杭州:浙江大学出版社,2016年,第1—2页。

政治正确的判断来说,这样的研究态度无疑更为可取。

其四,较之于17—18世纪欧洲的"中国热",20世纪初的"中国热"体现了中国文化元素在西方的美学现代性建构中发挥的作用。

安东尼·吉登斯(Anthony Giddens)写道:"现代性指社会生活或组织模式,大约十七世纪出现在欧洲,并且在后来的岁月里,程度不同地在世界范围内产生着影响。"①他进而总结了现代性的四个基本的制度性维度,分别是"资本主义(在竞争性劳动和产品市场情境下的资本积累)""工业主义(自然的改变:'人化环境'的发展)""军事力量(在战争工业化情境下对暴力工具的控制)"和"监督(对信息和社会督导的控制)"。② 18世纪启蒙运动之后,伴随着资产阶级革命、工业革命与科技进步,西欧各国在经济、政治、文化与军事等领域都突飞猛进,迅速向现代社会转型。然而,就在欧洲社会沾沾自喜的同时,隐藏于启蒙神话背后的现代性的两面性亦逐渐显露出来。一方面是伴随着科技进步、经济和社会急速发展而来的工具理性,造成了社会生活的合理化与高效能;另一方面这种合理与高效又变成了扼杀人性的冰冷的"铁笼"。于是,按照马泰·卡林内斯库的说法,现代性自身的矛盾便演化为两种现代性之间的激烈对抗。他指出:"在19世纪上半叶出现了两种现代性之间无法弥合的分裂。一种是作为西方文明史发展的一个阶段的现代性,它是科学技术进步和工业革命的产物,是资本主义所引发的广泛经济和社会变迁的产物;另一种则是作为一个美学概念的现代性。从那以后,两种现代性之间一直有一种无法缓和的敌对关系,但却在各自要摧毁对方的冲动中认可甚至激发了彼此的影响。"③前者又常被称为"启蒙现代性",与吉登斯所谓的"现代性"概念大致相当,并与"美学现代性"相对。

"启蒙现代性"以役使自然、追求利益的最大化为目标,在推动科学技

---

① [英]吉登斯:《现代性的后果》,田禾译,南京:译林出版社,2000年,第1页。
② 同上书,第52页。
③ [美]马泰·卡林内斯库:《现代性的五副面孔》,顾爱彬、李瑞华译,南京:译林出版社,2015年,第42页。

术的不断进步和提升人类文明程度方面起到了巨大的作用。然而,随着社会的贫富分化与阶级对立的加剧,物质主义、功利主义、工具理性和唯科学主义的泛滥等,温情、人性、审美等的普遍失落,人们的孤独感、异化感、失落感和焦虑感等负面情绪日益加剧,"启蒙现代性"的阴影不断暴露出来。吉登斯指出,"生产力"的拓展所带来的大规模毁灭物质环境的潜力,以及极权主义等,都是现代性的黑暗面。"极权主义与传统的专制不同,但它的结果却更为恐怖。极权统治以更为集中的形式把政治、军事和意识形态权力连接在一起,这种权力的结合形式在民族国家产生之前几乎完全是不可能的。"①尤其是战争带来的威胁,"不仅是人们所面临的核武器威胁,而且还有实际的军事冲突,构成了现代性在本世纪的主要的'阴暗面'。二十世纪是战争的世纪,实际上可以说,大量严重的军事冲突所夺去的生命,比过去的两个世纪中的任一个世纪都要多得多"②。

在对"启蒙现代性"黑暗面的暴露与批判中,一种反思性的非理性主义思潮应运而生,即"美学现代性",或称"审美现代性",其肇始于尼采的"生命哲学",在柏格森、倭铿等人的"生命创化"和"精神生活"中不断发展,逐渐成为 20 世纪上半叶西方人文知识分子的一种普遍自觉。③非理性色彩浓厚的东方哲学如佛教禅宗、印度教,以及道家思想等,成为矫正理性至上之积弊的新的精神资源。而对这些古老的精神资源的青睐,在现代主义运动中常常被称为"原始主义",或与"原始主义"交缠在一起。

周宪在《审美现代性批判》中指出:"现代主义艺术对原始主义的青睐,也为艺术提供了别样的参照系,它摆脱了西方中心论和西方文明优越论的窠臼,为艺术家审视世界提供了新的视角。诚如法国艺术家杜布费

---

① [英]吉登斯:《现代性的后果》,田禾译,南京:译林出版社,2000 年,第 7 页。
② 同上书,第 8 页。"本世纪"即 20 世纪。
③ 白薇臻、杨莉馨:《〈中国问题〉与现代性反思——从罗素访华谈起》,载《西北师大学报(社会科学版)》,2018 年第 6 期,第 138 页。

所言,西方中心的优越感是成问题的,在西方人所蔑视的诸多原始文明中存在着比西方更有价值的观念。"①在帝国主义恣意扩张的年代里,"布鲁姆斯伯里人"秉持自由知识分子特立独行的人文情怀和对"他者"文化的尊重态度,在中国道家思想、佛教禅宗观念与艺术审美中觅得了推进美学现代主义的丰富滋养,以强调感性的回归、天性的舒展,努力将主体从现代社会的异化状态中拯救出来;除此之外,"布鲁姆斯伯里团体"的美学现代主义还高度强调艺术审美的独立性。"从追求新颖形式到纯粹的审美经验,其中都隐含着一个潜在的观念,那就是对平庸、陈腐和一成不变的现实存在和日常经验的否定。"②这即是说,弗莱、贝尔、伍尔夫等现代主义者的形式美学追求,是美学现代性追求的自然延伸。这一方面同样在中国文化中获得了滋养。如果说在启蒙时代,中国工艺品、装饰艺术和园林艺术所满足的主要还是欧洲社会的时尚消费,它们和儒家伦理与政治制度一道,织就了一幅斑斓富丽的盛世中国图景,为欧洲社会向启蒙王国迈进提供了重要激励;进入 20 世纪,中国艺术更多是在美学观念层面发挥了影响,深入欧美高级艺术的精神内核,被同化为西方现代主义美学观念的有机组成部分。

可以说,西方 17—18 世纪、19 世纪末—20 世纪初的两次"中国热",分别体现的是中国文化的不同侧面对西方现代性建构的独到贡献。第一次"中国热"中,孔子思想与儒家学说作为理性的象征被引入启蒙话语,成为反对宗教狂热与贵族特权的精神旗帜。中国工艺品与装饰艺术则为启蒙思想家的赞誉提供了有力佐证,从物质文化层面印证了中国作为儒学指导下的理性国家的美好形象。随着西方社会启蒙现代性的内部裂变,以反叛科技至上和工具理性、拒绝平庸、崇尚直觉与本能等为特征的美学现代主义运动再度将东方传统哲学与文学艺术引入了西方学术文化传统,以对中国的重新"发现"开启了"东方文艺复兴",并以对道家哲学和中

---

① 周宪:《审美现代性批判》,北京:商务印书馆,2005 年,第 380—381 页。
② 同上书,第 240 页。

国古典艺术的尊崇为重要标志。上述特点集中体现在"布鲁姆斯伯里团体"成员的身上。

　　以上我们论及了课题研究可以引发的一些思考。与此同时,关于本书,还有三点补充说明之处:

　　首先,如本书正文各章所论,文化间彼此产生吸引、发生影响的起点、过程与方式都是复杂的,我们因而也很难清晰地断言英国以"布鲁姆斯伯里团体"为代表的现代主义美学运动,乃至整个西方现代主义文艺运动,其汲取、阐发并加以利用的中国文化元素,究竟可以溯源到哪里,也很难精准评估它们对西方现代主义运动的影响到底达到怎样的程度,因为具体到每个国家与民族的文学艺术,乃至对个体的思想家、文学家与艺术家来说,情况都是各不相同的。而这种精神层面的滋养如盐入水,化为无形,和其他民族的精神文化遗产一道,被不同的现代主义者有选择地加以吸收与转化,成为自身思想与艺术中的有机组成部分。当然,关于这方面进一步的细化研究,还有待学界同仁的进一步推进。

　　其次,本课题主要探讨的是英国现代主义文学艺术与中国文化元素的关联。由于在西方现代主义运动中,英国、欧洲大陆和美国的现代主义者们关系密切,编织了一个复杂的交游与影响网络,中国文化元素对英、美现代主义运动的影响,其实是很难截然分开的。当然,两国对中国文化与文学发生的兴趣和接受的侧重又是有所差异的。赵毅衡在《诗神远游:中国如何改变了美国现代诗》中即通过对比英、美新诗对中国文化的不同态度,认为英国诗坛对中国诗歌相对冷淡,而美国新诗运动则表现出对中国诗歌狂热的兴趣和自觉的吸收。在此过程中,韦利、庞德等人的中国诗歌译介与研究,为美国诗坛汲取中国文化之养分来革新诗风搭建了重要的桥梁。如美国现代主义诗人威廉·卡洛斯·威廉斯(William Carlos Williams)在其《致白居易》《春天及万物》等诗作中,均表现出对韦利汉诗译作的借鉴。钟玲指出《致白居易》在内容上是对白居易的诗作——《山游示小妓》的回应,其英语译作收录在韦利1919年出版的《中国诗文续集》中。① 钱兆明亦认为:"应该说威廉斯是在一个恰当的时机得到了韦利翻译的白居易的作品。在这位中唐时期的诗人身上,威廉斯看到了一种理想的诗歌典范。"②另一位美国著名诗人艾米·洛威尔(Amy Lowell)也和韦利有着微妙的联系。洛威尔在1919年5月3日出版的《新共和周刊》(The New Republic)上称赞韦利的译著《170首中国诗》道:"到目前为止,还没有出现过比这更好的译本。他展现了中国诗歌最真实的感受,即它的明晰、联想和完美的人性。现今还没有任何其他中国诗歌的译作具有这样的优点。"但杂志省略了洛威尔的另一句话:"我最近一直和我的一位住在中国的朋友翻译中国诗歌,所以我知道自己所讲的,虽然我并不总是同意韦利翻译那些我所熟悉的诗歌的方法,但他做了没人做过的事情。"③可见洛威尔对韦利的汉诗英译予以高度评价,但也将其视作自己的竞争者,因为彼时她正与汉学家弗洛伦斯·艾思柯(Florence Ayscough)合译《松花笺》。其后,洛威尔在给艾思柯的一封信中写道:"……目前,中国诗歌为许多人所了解,这大部分都归功于韦利。我们必须工作得更加努力和快速。"④可见韦利的译诗在西方世界的影响极大,成为其他诗人和译者学习、追赶和对照的标杆。又如卡洛琳·凯泽(Carolyn Kizer)在其诗集《叩寂寞》的前言中坦言自己和其他美国现代诗人一样,受到了韦利译诗的深刻影响。她所创作的别具一格的仿中国诗《在玛利亚滩,为简而作》("For Jan, in Bar Maria"),很明显受到韦利所译白居易的诗作《赠元稹》的影响,表现出浓郁的中国友情诗的特征。⑤而她的诗作《夏日近河之处》甚至是参考了韦利的译诗《子夜歌》和《莫愁

---

① 钟玲:《美国诗与中国梦:美国现代诗里的中国文化模式》,桂林:广西师范大学出版社,2003年,第149页。

② 钱兆明:《"东方主义"与现代主义:庞德和威廉斯诗歌中的华夏遗产》,徐长生、王凤元译,杭州:浙江大学出版社,2016年,第125页。

③ Francis A. Johns. "Arthur Waley and Amy Lowell: A Note". *Journal of the Rutgers University Libraries*. Vol. 44, No. 1 (1982): 17.

④ Ibid, p.19.

⑤ 钟玲:《美国诗与中国梦:美国现代诗里的中国文化模式》,桂林:广西师范大学出版社,2003年,第154—158页。

月》,经过拼合与改写而成的。① 由此可见,韦利的汉诗英译不但成为中英文学关系的重要纽带,更加启发了美国现代诗人的创作灵感,促成了中国诗歌与美国现代诗歌的有机融合。正如钟玲所言:"总而言之,一些中国诗歌的英译文在20世纪中叶美国诗坛建立了经典的地位,它们的经典化主要由下述力量所推动:最主要的是,有一些英文文字驾驭能力强的美国诗人或译者把中文诗翻译为优美感人的英文诗章;一些重要的美国文学选集把这些创意英译选入,视之为具经典地位的英文创作;美国汉学家和文学批评家奠定了这些创意英译的文学地位;此外,还有一些美国诗人倡言其成就及影响力。因此,创意英译虽然为数不多,却在美国诗坛的经典系列中占据了一席之地。"②

此外,就"布鲁姆斯伯里团体"中具体的思想家、美学家、文学家与艺术家而言,他们所接受的各民族精神文化遗产的情况也是各不相同的。如迪金森作为欧洲古典学专家,其与希腊、罗马文化的渊源尤其深厚;贝尔作为美学家与艺术评论家,与欧洲大陆,尤其是意大利与法国的文学艺术血脉相通;伍尔夫作为博览群书的书评家与小说家,所获得的精神滋养,除了本国的文化—文学传统之外,还有希腊、法国、美国、俄国的思想与文化等。可以说,社会文化转型的历史际遇,团体成员开放的胸襟以及对跨语言、跨民族、跨国界的多元文化资源的汲取,共同造就了"布鲁姆斯伯里团体"在思想、美学、文学、艺术等领域的辉煌。

最后,"布鲁姆斯伯里团体"在中国艺术美学观念滋养下发展起来的形式美学主张,还对欧洲大陆和美国的先锋派艺术的发展发挥了重要的影响,使得整个西方世界的现代主义艺术革新背后均体现出东方文化影响的底色。如弗莱对中国艺术的看法即深刻影响了美国作家、艺术收藏家格特鲁德·斯坦因(Gertrude Stein),使其在评价毕加索时格外关注其

---

① 程章灿:《东方古典与西方经典——魏理英译汉诗在欧美的传播及其经典化》,载《中国比较文学》,2007年第1期,第43页。
② 钟玲:《美国诗与中国梦:美国现代诗里的中国文化模式》,桂林:广西师范大学出版社,2003年,第44页。

绘画中的书法式线条,形式主义的艺术观念也与弗莱趋同。而斯坦因家族又是西方现代主义运动中的一颗璀璨明珠,家族成员不但和毕加索、塞尚、马蒂斯等现代主义艺术家有密切交往,而且广泛购买和收藏中国艺术品。如毕加索、马蒂斯均在格特鲁德·斯坦因家中观赏过中国艺术品,我们或可推测他们作品中的东方装饰元素也许与此有一定关联。① 由此而言,斯坦因用中国艺术之眼来欣赏毕加索的作品,一方面敏锐地捕捉到了其艺术作品中的中国文化元素,另一方面也反向印证了中国古典艺术中存在着鲜明的"现代性"。

三百多年前,德国哲学家莱布尼茨曾在其编纂的《中国近事》的序言中欣喜地写道:"我认为这是命运的一个奇妙安排,今天人类的生养和完善应该集中在我们亚欧大陆的两个极端,即欧洲与中国……或许是上天的安排,使最文明和最遥远的两种人各自向对方伸出了自己的手。他们逐渐将人类引向一个更美好的生活方式。"②美国当代人类学家克利福德·吉尔兹(Clifford Geertz)也说:"用别人的眼光看我们自己可启悟出很多瞠目的事实。承认他人也具有和我们一样的本性则是一种最起码的态度。但是,在别的文化中间发现我们自己,作为一种人类生活中生活形式地方化的地方性的例子,作为众多个案中的一个个案,作为众多世界中的一个世界来看待,这将会是一个十分难能可贵的成就。只有这样,宏阔的胸怀,不带自吹自擂的假冒的宽容的那种客观化胸襟才会出现。如果阐释人类学家们在这个世界上真有其位置的话,他(们)就应该不断申述这稍纵即逝的真理。"③"布鲁姆斯伯里团体"现代主义运动与中国文化元素的关系表明,中国文学—文化在参与反思西方社会现代性与建构审美现代性两方面均具有不可或缺的作用。中国不仅在漫长的人类文明史上

---

① 具体可参见林秀玲:《西方现代主义与中国艺术的接触初探》,载《中外文学》,2000年第7期,第72—75页。
② Gottfried Wilhelm Leibniz. *Writings on China*. Eds. Daniel J. Cook and Henry Rosemont. Illinois: Open Court, 1994, p.78.
③ [美]克利福德·吉尔兹:《地方性知识——阐释人类学论文集》,王海龙、张家瑄译,北京:中央编译出版社,2000年,第19页。

做出过重大贡献,进入20世纪之后同样在道德与审美等不同维度上为西方文明对现代性的审视提供了宝贵的参照。在当今经济与文化全球化的时代背景下,重温20世纪初年的人类东西方文明经由英国"布鲁姆斯伯里团体"的汉学家、哲学家、美学家、文学家与艺术家作为桥梁而完成的再度相遇相知,我们得以更加深切地感受到人类命运共同体的伟大设想所蕴含的美好愿景。

参考文献

一、中文文献

（一）著作部分

1. ［英］蒂姆·阿姆斯特朗:《现代主义:一部文化史》,孙生茂译,南京:南京大学出版社,2014年。
2. ［英］G. R. 埃文斯:《剑桥大学新史》,丁振琴、米春霞译,北京:商务印书馆,2017年。
3. ［美］艾恺:《世界范围内的反现代化思潮——论文化守成主义》,贵阳:贵州人民出版社,1991年。
4. ［法］安田朴:《中国文化西传欧洲史》(上下册),耿昇译,北京:商务印书馆,2013年。
5. ［英］W. H. 奥登、克里斯托弗·衣修伍德:《战地行纪》,马鸣谦译,上海:上海译文出版社,2012年。
6. ［英］克莱夫·贝尔:《塞尚之后:20世纪初的艺术运动理论与实践》,张恒译,北京:新星出版社,2010年。
7. ［英］克莱夫·贝尔:《文明》,张静清、姚晓玲译,北京:商务印书馆,1990年。
8. ［英］克莱夫·贝尔:《艺术》,薛华译,南京:江苏教育出版社,2005年。
9. ［英］昆汀·贝尔:《伍尔夫传》,萧易译,南京:江苏教育出版社,2005年。
10. ［英］昆汀·贝尔:《隐秘的火焰:布鲁姆斯伯里文化圈》,季进译,南京:江苏教育出版社,2006年。
11. ［英］劳伦斯·比尼恩:《亚洲艺术中人的精神》,孙乃修译,沈阳:辽宁人民出版社,1988年。

12. [英]马·布雷德伯里、詹·麦克法兰编:《现代主义》,胡家峦等译,上海:上海外语教育出版社,1992年。

13. [法]贝尔纳·布里赛:《1860:圆明园大劫难》(修订版),高发明、丽泉、李鸿飞译,上海:上海远东出版社,2015年。

14. 曹宇明、徐忠良主编:《圆明园流散文物考录·英国卷Ⅰ》,上海:上海远东出版社,2015年。

15. 陈惠:《阿瑟·韦利翻译研究》,长沙:湖南教育出版社,2012年。

16. 陈志华:《外国造园艺术》,郑州:河南科学技术出版社,2001年。

17. 程新编:《港台·国外 谈中国现代文学作家》,成都:四川文艺出版社,1986年。

18. [英]雷蒙·道森:《中国变色龙:对于欧洲中国文明观的分析》,常绍民、明毅译,北京:时事出版社、海南出版社,1999年。

19. [英]G. L. 狄更生:《"中国佬"信札——西方文明之东方观》,卢彦明、王玉括译,南京:南京出版社,2008年。

20. 丁子江:《罗素与中华文化——东西方思想的一场直接对话》,北京:北京大学出版社,2015年。

21. 杜平:《想象东方:英国文学的异国情调和东方形象》,上海:上海外语教育出版社,2008年。

22. 杜小真:《远去与归来:希腊与中国的对话》,北京:中国人民大学出版社,2004年。

23. 段怀清、周俐玲编著:《〈中国评论〉与晚清中英文学交流》,广州:广东人民出版社,2006年。

24. 段怀清:《传教士与晚清口岸文人》,广州:广东人民出版社,2007年。

25. [英]额尔金、沃尔龙德:《额尔金书信和日记选》,汪洪章、陈以侃译,上海:中西书局,2011年。

26. 冯崇义:《罗素与中国:西方思想在中国的一次经历》,北京:生活·读书·新知三联书店,1994年。

27. [英]罗杰·弗莱:《弗莱艺术批评文选》,沈语冰译,南京:江苏美术出版社,2010年。

28. [英]罗杰·弗莱:《视觉与设计》,易英译,南京:江苏教育出版社,2005年。

29. [英]弗兰西斯·弗兰契娜、查尔斯·哈里森编:《现代艺术和现代主义》,张坚、王晓文译,上海:上海人民美术出版社,1988年。

30. ［英］E. M. 福斯特:《福斯特读本》,冯涛等译,北京:人民文学出版社,2010年。
31. ［英］E. M. 福斯特:《小说面面观》,冯涛译,上海:上海译文出版社,2016年。
32. 复旦大学古籍整理研究所、章培恒先生学术基金编:《域外文献里的中国》,上海:上海文艺出版社,2014年。
33. 傅光明:《凌叔华:古韵精魂》,郑州:大象出版社,2004年。
34. ［美］彼得·盖伊:《现代主义:从波德莱尔到贝克特之后》,骆守怡、杜冬译,南京:译林出版社,2017年。
35. 高奋:《走向生命诗学——弗吉尼亚·伍尔夫小说理论研究》,北京:人民出版社,2016年。
36. 高奋主编:《现代主义与东方文化》,杭州:浙江大学出版社,2012年。
37. ［英］林德尔·戈登:《弗吉尼亚·伍尔夫——一个作家的生命历程》,伍厚恺译,成都:四川人民出版社,2000年。
38. 葛桂录:《雾外的远音:英国作家与中国文化》,银川:宁夏人民出版社,2002年。
39. 葛桂录:《中英文学关系编年史》,上海:上海三联书店,2004年。
40. 葛桂录主编:《20世纪中国古代文学在英国的传播与影响》,郑州:大象出版社,2017年。
41. 葛桂录主编:《中国古典文学的英国之旅——英国三大汉学家年谱:翟理斯、韦利、霍克思》,郑州:大象出版社,2017年。
42. 龚敏律:《远游在东方的缪斯——外籍来华诗人与中国文学的互动影响研究》,长沙:湖南师范大学出版社,2018年。
43. ［美］顾明栋、周宪主编:《"汉学主义"论争集萃》,北京:中国社会科学出版社,2017年。
44. ［美］顾明栋:《汉学主义:东方主义与后殖民主义的替代理论》,张强、段国重、冯涛等译,北京:商务印书馆,2015年。
45. 郭熙:《林泉高致》,周远斌点校、纂注,济南:山东画报出版社,2010年。
46. 何芳川、万明:《古代中西文化交流史话》,北京:中国国际广播出版社,2010年。
47. ［英］G. F. 赫德逊:《欧洲与中国》,王遵仲、李申、张毅译,北京:中华书局,1995年。
48. ［德］瓦尔特·赫斯:《欧洲现代画派画论》,宗白华译,桂林:广西师范大学出版社,2001年。
49. ［美］塞缪尔·亨廷顿:《文明的冲突与世界秩序的重建》(修订版),周琪等译,北京:新华出版社,2010年。

50. 胡绳:《从鸦片战争到五四运动》(简本),北京:红旗出版社,1982年。
51. 胡优静:《英国19世纪的汉学史研究》,北京:学苑出版社,2009年。
52. 黄丽娟:《构建中国:跨文化视野下的现当代英国旅行文学研究》,北京:中国社会科学出版社,2013年。
53. [英]艾瑞克·霍布斯鲍姆:《帝国的年代:1875～1914》,贾士蘅译,南京:江苏人民出版社,1999年。
54. [英]艾瑞克·霍布斯鲍姆:《革命的年代:1789～1848》,王章辉等译,南京:江苏人民出版社,1999年。
55. [德]霍克海默:《霍克海默集》,曹卫东编选,上海:上海远东出版社,1997年。
56. [英]安东尼·吉登斯:《现代性的后果》,田禾译,南京:译林出版社,2000年。
57. [美]克利福德·吉尔兹:《地方性知识——阐释人类学论文集》,王海龙、张家瑄译,中央编译出版社,2000年。
58. 冀爱莲:《阿瑟·韦利汉学研究策略考辨》,北京:人民出版社,2018年。
59. 贾涛:《中国画论论纲》,北京:文化艺术出版社,2005年。
60. 姜智芹:《文学想象与文化利用:英国文学中的中国形象》,北京:中国社会科学出版社,2005年。
61. [美]马泰·卡林内斯库:《现代性的五副面孔》,顾爱彬、李瑞华译,南京:译林出版社,2015年。
62. [美]J.J.克拉克:《东方启蒙:东西方思想的遭遇》,于闽梅、曾祥波译,上海:上海人民出版社,2011年。
63. [美]唐纳德·F.拉赫:《欧洲形成中的亚洲》(第一卷第一册[上]),周云龙译,北京:人民出版社,2013年。
64. [美]帕特丽卡·劳伦斯:《丽莉·布瑞斯珂的中国眼睛》,万江波、韦晓保、陈荣枝译,上海:上海书店出版社,2008年。
65. 李奭学:《中国晚明与欧洲文学:明末耶稣会古典型证道故事考诠》(修订版),北京:生活·读书·新知三联书店,2010年。
66. 李陀、陈燕谷主编:《视界》(第1辑),石家庄:河北教育出版社,2000年。
67. 李泽厚:《美的历程》,北京:生活·读书·新知三联书店,2009年。
68. 李真编著:《20世纪中国古代文化经典在英国的传播编年》,郑州:大象出版社,2017年。
69. [意]利玛窦、[比]金尼阁:《利玛窦中国札记》,何高济、王遵仲、李申译,北京:中华书局,1983年。

70. [德]利奇温:《十八世纪中国与欧洲文化的接触》,朱杰勤译,北京:商务印书馆,1962年。

71. 凌叔华:《古韵》,傅光明译,北京:中国华侨出版社,1994年。

72. 凌叔华:《中国儿女——凌叔华佚作·年谱》,陈学勇编撰,上海:上海书店出版社,2008年。

73. 刘海翔:《欧洲大地的"中国风"》,深圳:海天出版社,2005年。

74. 刘禾:《跨语际实践:文学,民族文化与被译介的现代性(中国,1900—1937)》(修订译本),宋伟杰等译,北京:生活·读书·新知三联书店,2008年。

75. 刘洪涛:《徐志摩与剑桥大学》,北京:商务印书馆,2011年。

76. 刘明倩:《从丝绸到瓷器——英国收藏家和博物馆的故事》,上海:上海辞书出版社,2008年。

77. 鲁迅:《鲁迅全集》(第一卷),北京:人民文学出版社,2005年。

78. [加]S. P. 罗森鲍姆编著:《回荡的沉默:布鲁姆斯伯里文化圈侧影》,杜争鸣、王杨译,南京:江苏教育出版社,2006年。

79. [英]伯特兰·罗素:《罗素自传》(第一卷),胡作玄、赵慧琪译,北京:商务印书馆,2002年。

80. [英]伯特兰·罗素:《罗素自传》(第二卷),陈启伟译,北京:商务印书馆,2003年。

81. [英]罗素:《中国问题》,秦悦译,上海:学林出版社,1996年。

82. 马肇椿:《中欧文化交流史略》,沈阳:辽宁教育出版社,1993年。

83. [德]卡尔·曼海姆:《意识形态与乌托邦》,黎鸣、李书崇译,北京:商务印书馆,2000年。

84. 孟华主编:《比较文学形象学》,北京:北京大学出版社,2001年。

85. 孟悦、戴锦华:《浮出历史地表——现代妇女文学研究》,北京:中国人民大学出版社,2004年。

86. 钱兆明:《"东方主义"与现代主义:庞德和威廉斯诗歌中的华夏遗产》,徐长生、王凤元译,杭州:浙江大学出版社,2016年。

87. [英]欧文·琼斯:《世界装饰经典图鉴》,梵非译,上海:上海人民美术出版社,2004年。

88. 瞿世镜编选:《伍尔夫研究》,上海:上海文艺出版社,1988年。

89. 萨本仁、潘兴明:《20世纪的中英关系》,上海:上海人民出版社,1996年。

90. [美]爱德华·W.萨义德:《东方学》,王宇根译,北京:生活·读书·新知三联书店,1999年。
91. [美]爱德华·W.萨义德:《文化与帝国主义》,李琨译,北京:生活·读书·新知三联书店,2003年。
92. [英]安德鲁·桑德斯:《牛津简明英国文学史》,谷启楠等译,北京:人民文学出版社,2000年。
93. 沈福伟:《中西文化交流史》(第2版),上海:上海人民出版社,2006年。
94. 沈益洪编:《罗素谈中国》,杭州:浙江文艺出版社,2001年。
95. 沈语冰:《20世纪艺术批评》,杭州:中国美术学院出版社,2003年。
96. 沈语冰:《透支的想象——现代性哲学引论》,上海:学林出版社,2003年。
97. [美]史景迁:《文化类同与文化利用——世界文化总体对话中的中国形象》,廖世奇、彭小樵译,北京:北京大学出版社,1990年。
98. [美]史景迁:《中国纵横:一个汉学家的学术探索之旅》,夏俊霞等译,上海:上海远东出版社,2005年。
99. [英]弗朗西斯·斯帕尔丁:《20世纪英国艺术》,陈平译,上海:上海人民美术出版社,1999年。
100. [英]奥里尔·斯坦因:《斯坦因西域考古记》,向达译,乌鲁木齐:新疆人民出版社,2010年。
101. [瑞士]维克多·I.斯托伊奇塔:《影子简史》,邢莉、傅丽莉、常宁生译,北京:商务印书馆,2013年。
102. [英]迈克尔·苏立文:《东西方艺术的交会》,赵潇译,上海:上海人民出版社,2014年。
103. [英]迈克尔·苏立文:《中国艺术史》,徐坚译,上海:上海人民出版社,2014年。
104. 孙希旦:《礼记集解》(中),北京:中华书局,1989年。
105. 唐岫敏:《斯特拉奇与"新传记":历史与文化的透视》,太原:山西人民出版社,2010年。
106. 陶渊明:《陶渊明集》,陈庆元、曹丽萍、邵长满编选,南京:凤凰出版社,2014年。
107. 童炜钢:《西方人眼中的东方绘画艺术》,上海:上海教育出版社,2004年。
108. 王珅、[法]约瑟夫·克博兹、缪哲、[美]大卫·斯唐编著:《我来自东:东亚艺术收藏在西方的建立:1842—1930》,杭州:浙江大学出版社,2016年。
109. [英]普特南·威尔:《庚子使馆被围记》,冷汰、陈诒先译,上海:上海书店出版社,

2000年。

110. 卫茂平、马佳欣、郑霞:《异域的召唤——德国作家与中国文化》,银川:宁夏人民出版社,2002年。

111. [英]弗吉尼亚·吴尔夫:《奥兰多》,林燕译,北京:人民文学出版社,2003年。

112. [英]弗吉尼亚·吴尔夫:《海浪》,吴均燮译,北京:人民文学出版社,2003年。

113. [英]弗吉尼亚·吴尔夫:《幕间》,谷启楠译,北京:人民文学出版社,2003年。

114. [英]吴尔夫:《吴尔夫精选集》,黄梅编选,济南:山东文艺出版社,2000年。

115. [英]弗吉尼亚·吴尔夫:《雅各的房间;闹鬼的屋子及其他》,蒲隆译,北京:人民文学出版社,2003年。

116. [英]弗吉尼亚·吴尔夫:《一间自己的房间及其他》,贾辉丰译,北京:人民文学出版社,2003年。

117. [英]弗吉尼亚·吴尔夫:《远航》,黄宜思译,北京:人民文学出版社,2003年。

118. [英]弗吉尼亚·伍尔夫:《达洛卫夫人》,孙梁、苏美译,上海:上海译文出版社,2000年。

119. [英]弗吉尼亚·伍尔夫:《达洛卫夫人 到灯塔去》,孙梁、苏美、瞿世镜译,上海:上海译文出版社,1997年。

120. [英]弗吉尼亚·伍尔夫:《论小说与小说家》,瞿世镜译,上海:上海译文出版社,2009年。

121. [英]弗吉尼亚·伍尔芙:《伍尔芙随笔全集》(Ⅰ),石云龙、刘炳善、李寄、黄梅译,北京:中国社会科学出版社,2001年。

122. [英]弗吉尼亚·伍尔芙:《伍尔芙随笔全集》(Ⅱ),王义国、张军学、邹枚、张禹九、杨羽译,北京:中国社会科学出版社,2001年。

123. [英]弗吉尼亚·伍尔芙:《伍尔芙随笔全集》(Ⅳ),王义国、黄梅、江远、戚小伦译,北京:中国社会科学出版社,2001年。

124. 吴伏生:《汉诗英译研究:理雅各、翟理斯、韦利、庞德》,北京:学苑出版社,2012年。

125. 伍厚恺:《弗吉尼亚·伍尔夫:存在的瞬间》,成都:四川人民出版社,1999年。

126. 熊文华:《英国汉学史》,北京:学苑出版社,2007年。

127. 许明龙:《欧洲18世纪"中国热"》,太原:山西教育出版社,1999年。

128. 杨莉馨:《伍尔夫小说美学与视觉艺术》,北京:中国社会科学出版社,2015年。

129. 杨莉馨:《寻求中西文学的会通》,上海:复旦大学出版社,2016年。

130. 叶君健:《从秋天飞向春天》,北京:中国社会出版社,1991年。
131. 叶维廉:《道家美学与西方文化》,北京:北京大学出版社,2002年。
132. 叶向阳:《英国17、18世纪旅华游记研究》,北京:外语教学与研究出版社,2013年。
133. 殷企平:《推敲"进步"话语——新型小说在19世纪的英国》,北京:商务印书馆,2009年。
134. 俞剑华编著:《中国古代画论类编(修订本)》(上),北京:人民美术出版社,2004年。
135. [德]彼得·扎格尔:《剑桥——历史和文化》,朱刘华译,北京:中信出版社,2005年。
136. [美]弗雷德里克·詹姆逊:《论现代主义文学》,苏仲乐、陈广兴、王逢振译,北京:中国人民大学出版社,2018年。
137. 张弘:《中国文学在英国》,广州:花城出版社,1992年。
138. 张楠:《"文明的个体":弗吉尼亚·伍尔夫和布鲁姆斯伯里文化团体研究》,上海:复旦大学出版社,2018年。
139. 张西平:《东西流水终相逢》,北京:生活·读书·新知三联书店,2010年。
140. 张西平:《欧洲早期汉学史——中西文化交流与西方汉学的兴起》,北京:中华书局,2009年。
141. 张西平编:《欧美汉学研究的历史与现状》,郑州:大象出版社,2006年。
142. 赵毅衡:《对岸的诱惑:中西文化交流记》,上海:上海人民出版社,2007年。
143. 赵毅衡:《伦敦浪了起来》,北京:人民文学出版,2002年。
144. 赵毅衡:《诗神远游:中国如何改变了美国现代诗》,成都:四川文艺出版社,2013年。
145. 赵毅衡:《西出洋关》,北京:中国电影出版社,1998年。
146. 郑师渠、史革新:《近代中西文化论争的反思》,北京:高等教育出版社,1991年。
147. 郑师渠:《欧战前后:国人的现代性反省》,北京:北京师范大学出版社,2013年。
148. 郑振伟:《道家诗学》,南京:江苏人民出版社,2009年。
149. 钟玲:《美国诗与中国梦:美国现代诗里的中国文化模式》,桂林:广西师范大学出版社,2003年。
150. 周宁:《天朝遥远:西方的中国形象研究》,北京:北京大学出版社,2006年。
151. 周宪:《审美现代性批判》,北京:商务印书馆,2005年。

152. 朱寿桐:《新月派的绅士风情》,南京:江苏文艺出版社,1995年。
153. 朱熹注:《四书集注》,王华宝整理,南京:凤凰出版社,2005年。
154. 宗白华:《中国文化的美丽精神》,武汉:长江文艺出版社,2015年。
155. 邹一桂:《小山画谱(卷下)·西洋画》,北京:中华书局,1985年。

(二)论文部分

1. 白薇臻、杨莉馨:《〈中国问题〉与现代性反思——从罗素访华谈起》,载《西北师大学报(社会科学版)》,2018年第6期。
2. [美]包华石:《中国体为西方用:罗杰·弗莱与现代主义的文化政治》,载《文艺研究》,2007年第4期。
3. 曹莉:《反思现代性:吴宓新人文主义文化观的价值与局限》,载《杭州师范大学学报(社会科学版)》,2016年第6期。
4. 程章灿:《阿瑟·魏理年谱简编》,载《国际汉学》,2004年第2期。
5. 程章灿:《东方古典与西方经典——魏理英译汉诗在欧美的传播及其经典化》,载《中国比较文学》,2007年第1期。
6. 程章灿:《汉诗英译与英语现代诗歌——以魏理的汉诗英译及跳跃韵律为中心》,载《江苏行政学院学报》,2003年第3期。
7. 程章灿:《魏理的汉诗英译及其与庞德的关系》,载《南京大学学报(哲学·人文科学·社会科学版)》,2003年第3期。
8. 程章灿:《魏理及一个"恋"字》,载《读书》,2008年第2期。
9. 程章灿:《魏理眼中的中国诗歌史——一个英国汉学家与他的中国诗史研究》,载《鲁迅研究月刊》,2005年第3期。
10. 程章灿:《魏理与布卢姆斯伯里文化圈交游考》,载《中国比较文学》,2005年第1期。
11. 程章灿:《魏理与中国文学的西传》,载《清华大学学报(哲学社会科学版)》,2013年第6期。
12. 程章灿:《与活的中国面对面——魏理与中国文化人的交往及其意义》,载《江苏行政学院学报》,2015年第4期。
13. [法]米丽耶·戴特丽:《18世纪到20世纪"中国之欧洲"的演进》,唐睿译,载乐黛云、[法]李比雄主编:《跨文化对话》(第28辑),北京:生活·读书·新知三联书店,2011年。

14. 邓经武:《二十世纪初中西文学的一次"换位"》,载《成都大学学报(社会科学版)》,2003年第1期。

15. 高奋:《"现代主义与东方文化"的研究进展、特征与趋势》,载《浙江大学学报(人文社会科学版)》,2012年第3期。

16. 黄丽娟:《"中学西渐"——欧洲现代精神的中国借鉴》,载《沈阳师范大学学报(社会科学版)》,2015年第1期。

17. 冀爱莲:《阿瑟·韦利与丁文江交游考》,载《新文学史料》,2010年第1期。

18. 冀爱莲:《翻译、传记、交游:阿瑟·韦利汉学研究策略考辨》,福建师范大学博士学位论文,2010年。

19. 李冰梅:《韦利与翟理斯在英国诗学转型期的一场争论》,载《外国文学评论》,2012年第3期。

20. 李云泉:《蒙元时期驿站的设立与中西陆路交通的发展》,载《内蒙古社会科学(文史哲版)》,1995年第2期。

21. 林金水:《从罗可可之风看17—18世纪西方对东方文化的接纳与调适》,载《史学理论研究》,2010年第2期。

22. 林秀玲:《西方现代主义与中国艺术的接触初探》,载《中外文学》,2000年第7期。

23. 刘洪涛:《徐志摩与罗素的交游及其所受影响》,载《浙江大学学报(人文社会科学版)》,2006年第6期。

24. [英]B.罗素:《我的思想发展》,丁纪栋译,载《哲学译丛》,1982年第4期。

25. 穆瑞凤:《大英博物馆概览》,载《中国美术馆》,2017年第5期。

26. 秦立彦:《棘手的悖论》,载《读书》,2009年第10期。

27. 邵宏:《西方现代主义与东方艺术观念》,载《诗书画》,2017年第2期。

28. 童庆生:《为了我们共同的文明:狄金森的中国观及其国际人文主义》,王冬青、高一波译,载《深圳大学学报(人文社会科学版)》,2014年第1期。

29. 王华宝、杨莉馨:《论英国文学中的"中国信札"传统》,载《江海学刊》,2018年第1期。

30. [英]玛格丽特·H.魏理:《家里人看魏理》,程章灿译,载《古典文献研究》,2007年第1期。

31. 吴永昇、郑锦怀:《〈聊斋志异〉百年英译(1842—1946)的历时性描述研究》,载《北京化工大学学报(社会科学版)》,2012年第3期。

32. 阎纯德:《从"传统"到"现代"——汉学形态的嬗变》,载《国际汉学》,2005 年第 2 期。

33. 阎纯德:《汉学和西方汉学世界》,载《中国文化研究》,1993 年第 1 期。

34. 杨静远:《弗·伍尔夫至凌叔华的六封信》,载《外国文学研究》,1989 年第 3 期。

35. 杨莉馨、白薇臻:《以形式之美跨越文化鸿沟——论伦敦现代主义运动对中国艺术的借鉴》,载《南京师大学报(社会科学版)》,2018 年第 4 期。

36. 杨莉馨:《论罗杰·弗莱对中国艺术的阐释与借鉴》,载《国际汉学》,2019 年第 3 期。

37. 俞晓霞:《徐志摩的布鲁姆斯伯里交游》,载《文艺争鸣》,2014 年第 3 期。

38. 张国刚:《启蒙时代欧洲的中国趣味与罗可可风格》,载《清华大学学报(哲学社会科学版)》,2005 年第 4 期。

39. 张西平:《应重视对西方早期汉学的研究》,载任继愈主编:《国际汉学》(第七辑),郑州:大象出版社,2002 年。

40. 郑师渠:《反省现代性的两种视角:东方文化派与学衡派》,载《北京师范大学学报(社会科学版)》,2013 年第 5 期。

41. 郑师渠:《五四前后外国名哲来华讲学与中国思想界的变动》,载《近代史研究》,2012 年第 2 期。

二、英文文献

(一)著作部分

1. Anderson, Robert (ed). *The Works of the British Poets*, Vol. 10. London: Printed for John & Arthur Arch, 1795.

2. Ash, Cay Van and Elizabeth Rohmer. *Master of Villainy: A Biography of Sax Rohmer*. Bowling Green, Ohio: Bowling Green University Popular Press, 1972.

3. Bell, Clive. *Peace at Once*. Manchester: National Labour, 1915.

4. Bell, Quentin. *Julian Bell: Essays, Poems and Letters*. London: The Hogarth Press, 1938.

5. Binyon, Laurence. *Chinese Paintings in English Collections*. Paris and Brussels: G. Vanoest, 1927.

6. Bradshaw, Tony (ed). *A Bloomsbury Canvas: Reflections on the Bloomsbury*

Group. London: Lund Humphries, 2001.
7. Brenan, Gerald. *Personal Record: 1920—1972*. London: Jonathan Cape, 1974.
8. Cooper, Jean C. *Taoism: The Way of the Mystic*. London: Mandala, 1990.
9. Dickinson, G. L. *The Autobiography of G. Lowes Dickinson and Other Unpublished Writings*. Dennis Proctor (ed). London: Gerald Duckworth & Co. Ltd., 1973.
10. Edel, Leon. *Bloomsbury: A House of Lions*. London: The Hogarth Press, 1979.
11. Eliot, T. S. *Notes Towards the Definition of Culture*. New York: Harcourt, Brace and Company, 1949.
12. Fenollosa, Ernest F. *Epochs of Chinese and Japanese Art: An Outline History of East Asiatic Design*, Vol. 1. London: Heinemann, 1913.
13. Forster, E. M. *Goldsworthy Lowes Dickinson*. New York: Harcourt, Brace and Company, 1934.
14. Fry, Roger. *Characteristics of French Art*. London: Chatto & Windus, 1932.
15. Fry, Roger. *Last Lectures*. Cambridge: Cambridge University Press, 1939.
16. Fry, Roger. *Transformations: Critical and Speculative Essays on Art*. London: Chatto & Windus, 1926.
17. Gillespie, Diane Filby. *The Sisters' Arts: The Writing and Painting of Virginia Woolf and Vanessa Bell*. New York: Syracuse University Press, 1988.
18. Goldsmith, Oliver. *The Miscellaneous Works of Oliver Goldsmith*, Vol. III. London: S. & R. Bentley, 1820.
19. Goldsmith, Oliver. *Works*, Vol. IV. J. W. Gibbs (ed). London: George Bell and Sons, 1885—1886.
20. Gordon, Jan. *Modern French Painters* (1923 edition). London: Lane, 1929.
21. Gruber, Ruth. *Virginia Woolf: The Will to Create as a Woman*. New York: Carroll & Graf Publishers, 2005.
22. Gruchy, John Walter de. *Orienting Arthur Waley: Japanism, Orientalism, and the Creation of Japanese Literature in English*. Honolulu: University of Hawai'i Press, 2003.
23. Harris, Frank. *Contemporary Portraits*, 3rd Ser. New York: Frank Harris, 1920.
24. Holmes, Charles John. *Notes on the Post-Impressionist Painters*, Grafton

Galleries, 1910—11. London: Warner, 1910.

25. Hsia, Adrian (ed). *The Vision of China in the English Literature of the Seventeenth and Eighteenth Centuries*. Hong Kong: The Chinese University Press, 1998.

26. Johns, Francis A. *A Bibliography of Arthur Waley*. London: The Athlone Press, 1988.

27. Johnstone, J. K. *The Bloomsbury Group: A Study of E. M. Forster, Lytton Strachey, Virginia Woolf, and Their Circle*. London: Secker and Warburg, 1954.

28. Jones, Nigel. *Rupert Brooke: Life, Death and Myth*. London: Richard Cohen, 1990.

29. Laurence, Patricia. *Lily Briscoe's Chinese Eyes: Bloomsbury, Modernism, and China*. Columbia: The University of South Carolina Press, 2003.

30. Lee, Thomas H. C. (ed). *China and Europe: Images and Influences in Sixteenth to Eighteenth Centuries*. Hong Kong: The Chinese University Press, 1991.

31. Leibniz, Gottfried Wilhelm. *Writings on China*. Daniel J. Cook and Henry Rosemont (eds). Illinois: Open Court, 1994

32. Lin, Hsiu-ling. *Reconceptualizing British Modernism: The Modernist Encounter with Chinese Art*. The University of Chicago. Ph. D, 1999.

33. Lubenow, W. C. *The Cambridge Apostles, 1820—1914*. New York: Cambridge University Press, 2007.

34. Mendelson, Edward. *Early Auden*. London: Faber and Faber, 1981.

35. Mepham, John. *Virginia Woolf: A Literary Life*. London: Macmillan Press Ltd., 1996.

36. Morris Ivan (ed). *Madly Singing in the Mountains, An Appreciation and Anthology of Arthur Waley*. London: George Allen & Unwin Ltd., 1970.

37. Perlmutter, Ruth. *Arthur Waley and His Place in the Modern Movement Between the Two Wars*. University Microfilms, Michigan: A XEROX Company, 1971.

38. Pippett, Aileen. *The Moth and the Star*. Boston: Little, Brown, 1955.

39. Pound, Ezra. *Gaudier-Brzeska: A Memoir*. New York: New Directions Publishing Corporation, 1970.
40. Read, Charles Hercules. *Catalogue of a Collection of Objects of Chinese Art*. London: Burlington Fine Arts Club, 1915.
41. Richter, Harvena. *Virginia Woolf: The Inward Voyage*. Princeton, New Jersey: Princeton University Press, 1970.
42. Rohmer, Sax. *The Hand of Fu Manchu*. In *The Hand of Fu Manchu, the Return of Dr. Fu Manchu, the Yellow Claw, Dope: 4 Complete Classics by Sax Rohmer*. A. Dulles (ed). Secaucus, NJ: Castle, 1969.
43. Sadler, Michael T. H. *Daumier: The Man and the Artist*. London: Halton and Truscott Smith, 1924.
44. Schwab, Raymond. *The Oriental Renaissance: Europe's Rediscovery of India and the East 1680—1880*. New York: Columbia University Press, 1984.
45. Skidelsky, Robert. *John Maynard Keynes: Hopes Betrayed, 1883—1920*. New York: Viking, 1983.
46. Stansky, Peter and William Abrahams. *Journey to the Frontier: Two Roads to the Spanish Civil War*. London: Constable, 1966.
47. Strachey, Lytton. "The Bloomsbury Heritage Series", *A Son of Heaven: A Tragic Melodrama*. Edited and with an Introduction by George Simson. London: Cecil Woolf Publishers, 2005.
48. Sutton, Denys (ed). *Letters of Roger Fry*, Vol. 2. London: Chatto & Windus, 1972.
49. Waley, Arthur. *A Hundred and Seventy Chinese Poems*. New York: Alfred A. Knopf, 1919.
50. Waley, Arthur. *An Introduction to the Study of Chinese Painting*. New York: Grove Press, Inc., 1958.
51. Walpole, Horace. *Letters. IV*. Oxford: Clarendon Press, 1903.
52. William, Chambers. *Designs of Chinese Buildings, Furniture, Dresses, Machines, and Utensils*. London: Published for the author, and sold by him next door to Tom's Coffee-House; Russel Street, Covent-Garden, 1757.
53. Woolf, Leonard. *Beginning Again: An Autobiography of the Year 1911—1918*.

London: The Hogarth Press, 1963.
54. Woolf, Virginia. *Collected Essays*, Vol. 2. New York: Harcourt Brace Jovanovich, 1967.
55. Woolf, Virginia. *Moments of Being: Autobiographical Writings*. Edited by Jeanne Schulkind and with a new introduction by Hermione Lee. Pimlico edition. New York: Random House, 2002.
56. Woolf, Virginia. *Roger Fry: A Biography*. London: The Hogarth Press, 1940.
57. Woolf, Virginia. *The Diary of Virginia Woolf*, Vol. 4: 1931—1935. Anne Olivier Bell (ed). London: The Hogarth Press, 1982.
58. Woolf, Virginia. *The Letters of Virginia Woolf*, Volume VI: 1936—1941. Nigel Nicolson and Joanne Trautmann (eds). New York: Hartcourt Brace Trautmann, 1980.
59. Woolf, Virginia. *The Letters*, Vol. 2: The Question of Things Happening 1912—1922. Nigel Nicolson and Joanne Trautmann (eds). London: Chatto & Windus, 1976.
60. Woolf, Virginia. *The Letters*, Vol. 3: A Change of Perspective 1923—1928. Nigel Nicolson and Joanne Trautmann (eds). London: Chatto & Windus, 1977.
61. Woolf, Virginia. *The Moment and Other Essays*. London: The Hogarth Press, 1947.
62. Yip, Wai-lim. *Ezra Pound's Cathay*. Princeton: Princeton University Press, 1969.

(二)论文部分

1. Bell, Clive. "Notes on the Chinese Exhibition". *The New Statesman and Nation*. Vol. 11, No. 1 (1936).
2. Binyon, Laurence. "A Chinese Painting of the Fourth Century". *The Burlington Magazine for Connoisseurs*. Vol. 4, No. 10 (Jan., 1904).
3. Binyon, Laurence. "Chotscho". *The Burlington Magazine for Connoisseurs*. Vol. 24, No. 127 (Oct., 1913).
4. Dickinson, G. L. "Eastern and Western Ideals: Being a Rejoinder to Williams Jennings Bryan". *The Century Magazine*. Vol. 73, No. 2 (Dec., 1906).
5. Fry, Roger. "*An Introduction to the Study of Chinese Painting* by Arthur Waley".

The Burlington Magazine for Connoisseurs. Vol. 44, No. 250 (Jan., 1924).

6. Fry, Roger. "Chinese Art at the Whitechapel Gallery". *The Athenaeum*. No. 3849 (Aug., 1901).

7. Fry, Roger. "Oriental Art". Editorial. *The Burlington Magazine for Connoisseurs*. Vol. 17, No. 85 (Apr., 1910).

8. Fry, Roger. "Rev. of *Admonitions of the Instructress in the Palace*, by Laurence Binyon". *The Burlington Magazine for Connoisseurs*. Vol. 24, No. 127 (Oct., 1913).

9. Fry, Roger. "Review of *Ruins of Desert Cathay*, by Aurel Stein". *The Burlington Magazine for Connoisseurs*. Vol. 21, No. 111 (Jun., 1912).

10. Fry, Roger. "Richard Bennett Collection of Chinese Porcelain". *The Burlington Magazine for Connoisseurs*. Vol. 19, No. 99 (Jun., 1911).

11. Gray, Basil. "The Development of Taste in Chinese Art in the West 1872 to 1972". *Studies in Chinese and Islamic Art*, Vol. I: Chinese Art. London: The Pindar Press, 1985.

12. Harding, Jason. "Goldsworthy Lowes Dickinson and the King's College Mandarins". *Cambridge Quarterly*. Vol. 41, No. 1 (Mar., 2012).

13. Hayot, Eric. "Bertrand Russell's Chinese Eyes". *Modern Chinese Literature and Culture*. Vol. 18, No. 1 (Spring, 2006).

14. Hobson, R. L. "Chinese, Corean and Japanese Potteries". 1914. Rpt. *Catalogue of an Exhibition of Early Chinese Pottery and Sculpture*. By S. C. Bosch Reitz. New York: Metropolitan Museum of Art, 1916.

15. Holmes, C. J. "Archaic Chinese Bronzes". *The Burlington Magazine for Connoisseurs*. Vol. 7, No. 25 (Apr., 1905).

16. Johns, Francis A. "Arthur Waley and Amy Lowell: A Note". *Journal of the Rutgers University Libraries*. Vol. 44, No. 1 (1982).

17. Kenner, Hugh. "The Invention of China". *Spectrum*. Vol. 9, No. 1 (Spring, 1967).

18. Lin, Hsiu-ling. "Reconciling Bloomsbury's Aesthetics of Formalism with the Politics of Anti-Imperialism: Roger Fry's and Clive Bell's Interpretations of Chinese Art". *Concentric: Studies in English Literature and Linguistics*.

Vol. 27, No. 1 (Jan., 2001).

19. Ogden, Suzanne P. "The Sage in the Inkpot: Bertrand Russell and China's Social Reconstruction in the 1920s". *Modern Asian Studies*. Vol. 16, No. 4 (Oct., 1982).
20. Reed, Christopher. "Making History: The Bloomsbury Group's Construction of Aesthetic and Sexual Identity". *Gay and Lesbian Studies in Art History*. Whitney David (ed). New York: The Haworth Press, 1994.
21. Strachey, Lytton. "An Anthology". *Characters and Commentaries*. New York: Harcourt, Brace & Co., 1933.
22. Waley, Arthur. "Chinese Philosophy of Art I. Note on the Six 'Methods'". *The Burlington Magazine for Connoisseurs*. Vol. 37, No. 213 (Dec., 1920).
23. Waley, Arthur. "Chinese Philosophy of Art II. Wang Wei and Chang Yen-Yüan". *The Burlington Magazine for Connoisseurs*. Vol. 38, No. 214 (Jan., 1921).
24. Waley, Arthur. "Chinese Philosophy of Art IV. Kuo Hsi (Part I)". *The Burlington Magazine for Connoisseurs*. Vol. 38, No. 218 (May, 1921).
25. Waley, Arthur. "Intellectual Conversation". *Abinger Chronicle* (Dorking, Sussex). Vol. 4, No. 4 (Aug.—Sept., 1943)
26. Wilkinson, L. P. "Obituary". *King's College Annual Report*. Vol. 19 (Dec., 1966).
27. Williamson, H. S. "The Two-Dimensional Art of Painting". *The Burlington Magazine for Connoisseurs*. Vol. 45, No. 256 (Jul., 1924).
28. Xie, Yaqing. "G. L. Dickinson and China: Behind the Mask of John Chinaman". *English Literature in Transition, 1880—1920*. Vol. 61. No. 4 (2018).

后　记

《"布鲁姆斯伯里团体"现代主义与中国文化关系研究》作为我的第二项国家社科基金项目结项成果，即将由北京大学出版社出版，我感到十分高兴与期待。这一课题的渊源可以追溯到10年之前。当时我刚从英国圣安德鲁斯大学访学归来，对弗吉尼亚·伍尔夫与"布鲁姆斯伯里团体"及其创作与视觉艺术的关系问题充满了兴趣，带着一批学生前往沪上拜望伍尔夫翻译与研究的前辈瞿世镜先生。作为"亚洲伍尔夫研究第一人"的瞿先生对我和青年学子们勉励有加，不仅与我们分享了他的读书心得与治学道路，请我们吃了大餐，还将自己多年来搜罗、积攒的伍尔夫相关著作及珍贵文献赠给了我，表现出前辈大师对后学的慷慨扶持与殷殷期待。后来，我的《伍尔夫小说美学与视觉艺术》在中国社会科学出版社出版，瞿先生又欣然作序，表达了对我后续研究的期望，其中提到了"将布鲁姆斯伯里的美学观与中国绘画理论做一点比较研究"的建议。

之前，我在访学期间曾在圣安德鲁斯大学的图书馆内集中研读与搜集了有关伍尔夫以及"布鲁姆斯伯里团体"核心成员的相关材料，在此过程中屡屡接触有关罗杰·弗莱、克莱夫·贝尔、文尼莎·贝尔、G.L.迪金森和阿瑟·韦利等团体核心与边缘成员与中国发生关联的论述。当时也曾心中一动，觉得考察整个"布鲁姆斯伯里团体"与中国文化的因缘是一个在中英文学—文化关系领域极有价值却尚未展开的论题。但由于原始资料十分分散,感觉难度也相当之大,所以并未进一步跟进思考。瞿先生的建议使我茅塞顿开,深觉将中国文化资源引入,从中外文学艺术互动的视野来展开有关"布鲁姆斯伯里团体"的研究,确实是一个十分有意义、对中国学者来说更是责无旁贷的研究课题。

随着思考的深入,我的研究目标与框架逐渐明晰了起来。作为20世纪上半叶英国最重要的现代主义文学艺术群落,"布鲁姆斯伯里团体"的众多成员为何将美学视野投向了中国?这一拥抱东方文化的集体行为背后的思想与美学逻辑是什么?他们关注、汲取与阐发的,主要是中国文学艺术中的哪些方面?而这些关注、汲取与阐发,与他们的现代主义美学探索之间是否存在一定的关联?进一步说,中国的思想文化观念与艺术美学原则,是否在英、美现代主义的发生、发展过程中潜在地发挥了作用?如果这一观点能够成立,那么,将会又有一个鲜活而重要的案例,可以证明西方现代主义美学运动的生成过程中有着东方智慧的滋养与助力,或者说,以欧美为中心的现代主义形成与发展谱系观将会获得进一步的修正。我感到这一研究极具价值,以"'布鲁姆斯伯里团体'现代主义运动中的中国文化元素研究"为题申报了2016年的国家社科基金并顺利获得了立项。于是,在之后的5年中,我的所有学术兴趣和努力,基本上都是围绕这一问题而展开的。

在此过程中,我在相关史料的搜集与梳理、中外文化—文学关系的研究方法、有关西方现代主义与形式美学的理解以及文学与艺术的跨媒介研究等领域,均从许多前辈师长与同行师友的著述中获得了重要的启发。除了瞿世镜先生之外,钱兆明、伍厚恺、张西平、周宪、钟玲、林秀玲、沈语冰、高奋、葛桂录、冀爱莲等诸位先生的大著,均令我获益良多。除了我自己带回的资料外,我在美国访学的同事谈凤霞教授、沈杏培教授设法帮我找到了宝贵的书刊;时在英国读书的小女王苇也帮我查找了不少有价值的论文和资料,包括传记艺术大师利顿·斯特拉齐唯一的剧作《天子》。还有我在圣安德鲁斯大学时认识的小友闫梦梦,在杜伦大学获得博士学位后回到北京大学英语系任教。她的博士论文主要做的是18世纪中英文学关系研究。在观点的交流、资料的查询等方面,勤奋的梦梦也给我提供了很多帮助,并在来宁做客的过程中和我的不少学生成为朋友。在此,我要向他们表示由衷的感谢!我的博士生白薇臻聪慧勤勉,蕙心兰质,她加入了我的课题组,成为课题组的重要成员和我的得力助手。她对阿瑟·韦利研究情有独钟并颇有心得,本书第三章有关阿瑟·韦利的部分,第四章有关G. L.迪金森与伯特兰·罗素的部分,以及参考文献的汇总与整理,主要是她的贡献。参与本课题的研究使她在学术上逐渐成长,为她将来进一步的学术精进奠定了扎实的基础。

我一直很庆幸,可以有一个稳定安静的环境来读自己喜欢的书,做力所能及的事。家中老人的健康与平安,家人的关爱与支持,校园生活的相对自由与淡泊,师友、师生间智慧的交流与思想的砥砺等,成为我静心读书、沉浸于"布鲁姆斯伯里团体"的精彩世界之中的重要前提。2020年上半年,在全国人民众志成城、抗击新冠疫情的特殊时刻,我们能做到的,就是支持与配合政府部门的抗疫管控,在家中静候春暖花开时节的到来。除了正常上网课,足不出户的生活相反使我有了更加充裕的时间来不断修订与完善书稿。所以,本书的面世,也伴随与见证了我们已然告别的2020年的难忘时刻,以及2021年夏南京人民再次奋力抗疫的进程,在我个人的学术道路上具有特别的意义。

本书的面世,得到了南京师范大学文学院院长高峰教授,以及江苏高校优势学科建设工程三期项目立项学科"中国语言文学"经费的鼎力支持。我要向学院领导的帮助表示衷心的感谢!本书在修订完善与征求意见的过程中,亦获得了南京大学外国语学院杨金才教授、南京大学艺术学院何成洲教授和福建师范大学外国语学院葛桂录教授的宝贵建议,在此我也要向他们的指点表示诚挚的谢意!北京大学出版社的张冰编审为本书的顺利出版提供了宝贵的帮助,吴宇森编辑十分细致认真地审读了书稿,提出了切中肯綮的修改意见,为本书增色多多,我也真诚地感谢他们两位!

由于能力所限,本书定然存在很多不足与疏漏之处,恳请方家多多批评指正。

杨莉馨

2021 年 8 月于江北东吴水苑